Bayerische Märchen

BAYERISCHE MÄRCHEN

Erzählt von
Alfons Schweiggert
Mit Illustrationen von Egbert Greven

Ehrenwirth

Die Deutsche Bibliothek – CIP-Einheitsaufnahme

Schweiggert, Alfons:
Bayerische Märchen / erzählt von Alfons Schweiggert. –
München : Ehrenwirth, 1995
ISBN 3-431-03372-5

ISBN 3-431-03372-5
© 1995 by Ehrenwirth Verlag GmbH, Schwanthalerstraße 91,
80336 München
Schutzumschlag: Atelier Kontraste, München
Titelbild: Sigrid Meggendorfer, München
Satz: ew print & medien service gmbh., Würzburg
Druck: Wiener Verlag, Himberg

Es war einmal...
Ursprung und Wesen der Volksmärchen

Märchen sind so alt wie die Menschheit. Literaturgeschichtlich feststellbar sind sie im europäischen Raum allerdings erstmals vor etwa 450 Jahren, um 1550 bei Straparola, dem Nachfolger Boccaccios, und um 1674 bei Basile in Italien. 1696/97 machte Charles Perrault das Volksmärchen literaturfähig und beeinflußte das deutsche Rokoko. In der Folge veröffentlichte Musäus 1782 seine Volksmärchen und 1786 Wieland die vielbeachteten Märchenepen.

In der Romantik steigerte sich die Zuneigung zum Märchen, so daß Novalis gleichsam als Motto verkünden konnte: »Alles Poetische muß märchenhaft sein. Im Märchen glaube ich am besten meine Gemütsstimmung ausdrücken zu können. Alles ist ein Märchen.«

Es ist deshalb nicht verwunderlich, daß auch die durch Brentano angeregte Märchensammlung der Brüder Grimm in den Jahren 1812 und 1815 in der Bevölkerung auf großes Interesse stieß. Die vorbildliche Sammeltätigkeit der beiden regte in den folgenden Jahrzehnten etliche Märchenfreunde in ganz Europa und später in der gesamten Welt an, Volksmärchen in schier unglaublicher Menge zusammenzutragen, sie nach ihrer Geschichte, ihrem Aufbau und dem Gebiet ihrer Verbreitung zu ordnen und zu untersuchen. Auch heute noch tauchen immer wieder bislang noch - unbekannte Themen und Geschichten auf, so daß die Sammeltätigkeit noch längst nicht als abgeschlossen angesehen werden darf.

Stammen *Kunstmärchen* von meist bekannten Dichtern vornehmlich aus jüngerer Zeit, so ist beim Volksmärchen wie auch beim Volkslied der Verfasser fast immer unbekannt. Wie der Name besagt, entsteht das *Volksmärchen* im Volk, wird von den Leuten weitererzählt, ausgestaltet, verändert und regt mitunter zu neuen Geschichten an. Oft reichen die nicht immer feststellbaren Wurzeln mehrere Jahrhunderte, nicht selten sogar Jahrtausende zurück und haben ihren Ursprung häufig in fremden, besonders in östlichen Kulturen.

Dabei wird nach Lutz Mackensen das »Zaubermärchen« als »die vollste und reinste Form des Volksmärchens« angesehen und »seine Verwobenheit mit dem Wunderbaren als das Besondere am Märcheninhalt« gewertet.

Aber Zauberei, Wunder und Wesen aus dem Jenseits finden sich auch in Legenden und Sagen. Deshalb werden diese Literaturgattungen mit dem Volksmärchen oft auch in einem Atemzug genannt und nicht selten verwechselt.

In der Tat sind bei *Legenden* Wunder stets als Kerngedanke zu finden, haben sie doch meist das Leben Christi oder das eines Heiligen zum Inhalt. Sie zeigen, wie Gottes Allmacht in wunderbarer Weise in das angefochtene, jedoch unerschütterlich im Glauben beharrende Dasein eines Heiligen eingreift. Der naiv gläubige Mensch hat keinerlei Schwierigkeiten, in diesem »Milieu« Wunderbares durchaus für möglich zu halten und Gottes Überlegenheit gegenüber allen Angriffen des Bösen anzuerkennen. Er begreift, daß er durch die Legende im Glauben gefestigt oder bekehrt werden soll. »Legenda« bedeutet »das zu Lesende«. Es ist also eine Geschichte, die schriftlich niedergelegt worden ist – meist von Geistlichen – und als solche auch unverändert bleiben und gläubig aufgenommen werden sollte.

Auch die *Sage* befaßt sich mit wunderlichen und wunderbaren Vorgängen im Verhältnis zum Menschen. Sie spiegelt als Volkssage die unmittelbare Gemeinschaft des Stammes und des Dorfes wider. Sie weist auf Bedeutendes und zugleich Merkwürdiges hin, belehrt und erschüttert zugleich. Sagen wurden ursprünglich geglaubt, keinesfalls als »sagenhaft« abgetan. Sage als das, was gesagt, erzählt wird, knüpft an einen bestimmten historischen Ort, an eine bekannte Gestalt oder an eine bestimmte Zeit an und ist oftmals ein Versuch, einen Namen oder eine andere Eigentümlichkeit durch den erzählten Vorgang zu erklären. Sie ist ein meist kurzer, kunst- und formloser, düsterer Bericht über ein ungeheueres, ja ungeheuerliches Geschehen. »Sie will«, so Max Lüthi, »auf den dämonischen Untergrund des Lebens hinweisen, vor unbekannten Feinden und Mächten warnen und auf alle Weise den Hörer auf die ›andere‹ Welt einstellen.«

Legende und Sage lassen also die Absicht, die »Moral von der Geschicht'«, deutlich erkennen und wirken deshalb nie so geheimnisvoll und wunderlich wie das Märchen. Steht bei der Sage und Legende immer ein reales Ereignis, ein nachprüfbares Erlebnis, ein wirkliches oder zumindest für wahr gehaltenes Faktum im Vordergrund, so mischt nach Max Lüthi das Volksmärchen mit naiver Fabulierfreude und ohne erkennbare Absicht »das Wunderbare mit dem Natürlichen, das Nahe mit dem Fernen, Begreifliches mit Unbegreiflichem, so, als ob dies völlig selbstverständlich wäre«. Sein Grundton ist meist optimistisch. Der Held ist stets erfolgreich, das Böse wird vernichtet, die Welt ist gut trotz mancher grausamer Züge. Das Volksmärchen ist, um mit Hermann Hesse zu sprechen, wie »ein Glasperlenspiel« leicht, transparent und schwerelos. »Es lebt aus sich selber, seine Form erwächst nicht wie bei Sage und Legende aus dem Stoff.« Es hat auch »keinen Hausherrn«, es darf als Kollektivdichtung angesehen werden, die sich solange verändert und lebendig bleibt, wie sie anderen mitgeteilt wird. Man kann Märchen nach-, um- und weitererzählen, sogar neuerzählen, äußern sie doch gerade in diesen Augenblicken pulsierendes Leben. Dabei verbinden sich spielerisch Scherz und Humor bedenkenlos mit Traurigkeiten und Grausamkeiten.

Das Märchen ist, was sich Adalbert Stifter von seiner eigenen Dichtung wünschte: »einfach, klar, durchsichtig und ein Labsal wie die Luft«. Nach Herders Ansicht »binden uns wahre Märchen nicht etwa nur von Zeit und Ort los, sondern von der Sterblichkeit selbst. Wir sind durch sie im Reiche der Geister«.

Es ist die Absicht der vorliegenden Sammlung bayerischer Märchen, dem Leser etwas von diesem Wesen der *Volksmärchen* zu vermitteln und bei der Lektüre nachempfinden zu lassen, vorausgesetzt er hat sich noch ein offenes, kindliches Gemüt bewahrt, dem folgende Gedanken nicht fremd sind:

Die Märchen werden in uns geboren
und leben durch unseren Glauben.
Sie sind ohne unsere Liebe verloren,
wenn wir den Sinn ihnen rauben.

Sie wirken zerbrechlich und kraftvoll zugleich,
sie stärken Vertrauen und Hoffen.
Wer arm sie besucht, den machen sie reich,
wer noch Kind ist, dem stehen sie offen.

Und sind sie auch alt, sie wirken stets jung.
Es trennt sie von uns keine Kluft.
Es bedarf nur einen Gedankensprung,
wenn ihr lockender Zauber uns ruft.

Lauschen wir ihrem Raunen und hören den Klang,
werden wir verwandelt von ihnen,
sind Bettler und Könige stundenlang
und bereit, ihnen fröhlich zu dienen.

Wir werden dafür mit Weisheit beschenkt,
kehr'n gestärkt in den Alltag zurück,
fühlen uns wie von höheren Mächten gelenkt
und in uns ihr maßloses Glück.

Die Märchen leben solange wie wir,
sie sind von der Seele ein Teil.
Wir brauchen sie alle, denn fehlen sie hier,
wird unsere Welt niemals heil.

Alfons Schweiggert

Altbayern

Die Käslaibleinkegelbahn
in den Bayrischen Alpen

Es waren einmal hoch im Gebirge, wo es heute nur noch Schnee und Felsen gibt, prächtige Almen. Es gab saftige, grüne Wiesen mit großen Viehherden, so daß die Menschen die Fülle hatten an Milch, Butter und Käse.

Wenn aber der Mensch im Überfluß lebt, dann wird er sorglos und übermütig, und er weiß nicht mehr, was er alles in seinem Stolz beginnen soll. Auch die Bauern auf den Almen wurden immer ausgelassener, und immer toller trieben sie es. Schließlich vergaßen sie sich soweit, daß sie Speis und Trank aufs Schlimmste verunehrten. Sie bauten aus lauter Käslaiblein eine Kegelbahn. Aus Butter formten sie die Kegel, und die Kugeln, die sie danach schoben, waren aus Brot gebacken. Damit sie besser rollten, gossen sie Milch und Bier auf die Bahn, gröhlten dazu, juchzten, sprangen und schrien vor Übermut.

Über dieses schandhafte Tun ergrimmte der Himmel. Ein Gewitter zog auf, wie es noch keines gegeben hatte in dieser Gegend. Ganz schwarz standen die Wolken, türmten und türmten sich immer höher hinauf, verdeckten nun die Sonne schon und zogen drohend näher und näher. Es wurde stockfinster, so daß auch den Tollsten das Singen und Springen verging und das Herz bang zu schlagen begann. Zu spät!

Näher und näher rückten die Wolken. Noch war es still, unheimlich still. Dann aber brach es los: Blitze zuckten auf, einer wie tausend so hell, Donnerschläge krachten, einer wie hundert so laut. Ein Strömen und Brausen ergoß sich vom Himmel, ein Toben und Tosen.

Vom Gestein rissen die Sintflutmassen die fruchtbare Erde und spülten sie zu Tal. Rasen und Wälder, Wiesen und Felder und alles, was noch vor kurzem gegrünt hatte im Sonnenlicht, schoß bergab. Wie eine Lawine aus Menschen, Fruchtbarkeit und Wohlstand wälzte es sich in die Tiefe. Mauern versanken und Häuser verschwanden.

Als das Wetter ausgetobt hatte, ragten an Stelle der Almen die Felsen kahl in die Höhe. Noch heute warnt das Mahnmal, daß der Mensch nicht zu übermütig werden soll und daß ihm Speis und Trank nicht gegeben sind, um damit zu freveln.

An der Grenze des bayerischen Oberlandes, nicht weit von der Zugspitze, ragen die Wettersteinfelsen auf, zackiges, steiles Gebirge, das den größten Teil des Jahres mit Schnee und Eis bedeckt ist. Die Wasserfluten aber sammelten sich im Forggensee, im Eib- und im Plansee, wo sie noch heute an die Freveltaten erinnern.

Die Garmischer Krönlnatter

In einem Dorf nahe bei Garmisch lebte einmal eine arme, aber brave Bauernmagd. Zu dieser kam oft, wenn sie im Stall war und melkte, eine Krönlnatter und tat gar freundlich. Als die Magd wieder einmal die Kühe melkte, kam die Natter ganz nahe zu ihr und sprach: »Weil du ein braves Mädchen bist und bisher keine schwere Sünde begangen hast, kannst du mich erlösen. Ich werde in drei Tagen als abscheuliche Schlange wiederkommen, dir dreimal um den Hals kriechen und dir zuletzt ein goldenes Schlüsselchen in den Mund legen. Du darfst mich aber nicht wegschütteln, denn dann hätte ich umsonst auf dich gehofft.«

Nach diesen Worten verschwand die Natter ins Gemäuer. Am dritten Tage abends, als die Magd alleine im Stall war, kam ein abscheulicher Wurm, der trug ein goldenes Schlüsselchen im Maul. Er kroch auf die Magd zu und an ihr hinauf. Dann schlängelte er sich um ihren Hals.

Sie ließ das zweimal geschehen und blieb gefaßt. Doch als er sich zum dritten Mal um ihren Hals schlingen wollte, befiel die Magd ein großes Grauen, und sie schüttelte den Wurm von sich.

Da sprach er: »Du hast mich von dir gestoßen und deshalb muß ich noch hundert Jahre als Schlange herumkriechen und leiden. Hättest du mich an deinem Hals gelassen, wäre ich erlöst und du hättest all das Geld bekommen, das ich während meines Lebens aus Geiz vergraben habe.«

Dann verschwand die Schlange und ließ sich viele Jahre nicht mehr sehen.

Das Oberammergauer Tratzmärchen

Es war einmal ein ganz kleines, altes Mandl, das hatte ein ganz kleines, weißes Bartl, und das wurde alle Morgen neu gekämmt, und das Mandl war sehr stolz auf sein Bartl. Das alte, kleine Mandl hatte aber auch ein kleines, altes Weiberl, und das mußte immer seine Gspassetln mit ihm machen. Wenn das alte Mandl am Morgen gerade sein Bartl so schön ausgestrichen und ausgekämmt hatte, dann kam das alte, kleine Weiberl und fing an, in seinem Bartl zu krabbeln und zu reißen – sieh mal: So! –, daß ihm sein Bartl ganz verfilzt wurde.

Nun wurde das kleine, alte Mandl kribblig und fing an, das kleine, alte Weiberl überall zu kitzeln – sieh mal: So! –, und das konnte sie nicht aushalten und sie fing an zu schreien – sieh mal: So! –. Dann grapschte das kleine, alte Weiberl dem kleinen, alten Manderl ins Haar und fing an, darin zu reißen und zu zerren – sieh mal: So! –, und nun schrie das kleine, alte Mandl und wurde kribbelig und fing an, das kleine, alte Weiberl in die Backen zu kneifen – sieh mal: So! –, und dann schrie das kleine, alte Weiberl wieder und kniff das kleine, alte Mandl in den Arm – sieh mal: So! –.

Nun hatte das kleine, alte Mandl genug von der Kabbelei und wollte sich wieder vertragen und streichelte das kleine, alte Weiberl über die Backen – sieh mal: So! –, und das kleine, alte Weiberl wollte sich auch wieder mit dem kleinen, alten Manderl vertragen und streichelte ihm sein kleines, weißes Bartl – sieh mal: So! –, und dann vertrugen sie sich wieder.

Aber da kam mit einem Male aus einer kleinen Ritze am Küchenboden so ein kleines, graues Mäuslein gekrochen und krabbelte dem kleinen, alten Weiberl an den Füßen herum, und das kleine, alte Weiberl schrie laut auf und lief zur Tür hinaus, und das kleine, alte Mandl lief ihm nach. – Na – und was nun? – Nun müßt Ihr alle warten, bis sie wieder zurückkommen.

14

Der Tölzer Wilddieb

Vor langer Zeit lebte einmal ein Mann bei Bad Tölz, der konnte einfach nicht mehr das Wildern bleiben lassen. Und sooft er auch seiner Frau versprach, nie wieder eine Flinte anzurühren, sooft zog es ihn doch wieder hinaus in den Wald, um ein Reh oder einen Hasen zu erlegen.

An einem Weihnachtsabend, als seine Frau einen Besuch machte, kam es wieder über ihn. Er holte heimlich die Büchse aus dem Versteck und schlich sich davon.

Kaum war er im Wald angelangt, so erblickte er einen prächtigen Hasen, der ruhig sitzen blieb und ihn zutraulich anschaute. Der Wilddieb legte an. Aber als er abdrücken wollte, stand plötzlich ein dichter Tannenbaum vor seinem Gewehr, und der Hase war verschwunden.

Mißmutig ging der Mann weiter. Aber es dauerte nicht lange, da traf er auf ein Reh. Wieder wollte er schießen. Doch wiederum stand ein dichter Tannenbaum da, als er abdrücken wollte – und das Reh war fort.

Aber der Wilddieb beachtete die Warnung nicht und schritt noch tiefer in den Wald. Da sah er einen großen Hirsch. »Du sollst mir nicht entgehen!« dachte der Mann. Doch wie er das Gewehr blitzschnell heben wollte, verfing es sich in den Zweigen des seltsamen Tannenbaums, der ihm nun zum dritten Mal erschien. Da packte den Wilddieb die Wut. Er zog ein großes Messer und hieb damit auf den verhexten Baum ein. Im selben Augenblick aber ertönte ein Weinen und Wehklagen, wie von einer Menschenstimme. Zugleich war der Tannenbaum verschwunden.

Den Wilddieb ergriff ein Grauen. Er eilte nach Hause, so schnell ihn seine Füße trugen. Doch als er zur Stubentür hereintrat, lag seine Frau krank im Bett und hatte tiefe Wunden in den Armen, wie von einem Messer.

Die gute Frau ist nach langer Zeit wieder genesen. Der Mann aber ist in seinem ganzen Leben nicht wieder zum Wildern gegangen.

Wie die Berge auf die Welt kamen

Vor langer, langer Zeit war die Erde noch ganz flach. Es gab zwar Bäume und Gras, auch Seen und Meere, sogar Städte mit Menschen darin. Aber die ganze Welt war noch flach wie ein Tischbrett.

Tausende von Jahren vergingen, bis eines Tages Jesus zum Himmel auffuhr. Er stellte sich dazu auf eine Waldlichtung und hob zum Abschied winkend die Hand. Dann blickte er zum Himmel empor, und langsam erhob er sich von der Erde. Immer weiter entfernte er sich vom Boden und stieg himmelwärts.

Plötzlich geschah etwas Unbegreifliches. Zuerst griff das Gras, dann langten die Bäume, danach die Erde selbst nach ihm. Es schien, als wollten sie Jesus zurückhalten oder aber mit ihm zum Himmel auffahren. Schon war die ganze Erde unter ihm in Bewegung geraten. Das Stückchen Wiese, auf dem Jesus gestanden hatte, hob sich lautlos empor. Nichts rieselte herab, nichts barst auseinander, keine Steinbrocken polterten in die Tiefe. Jetzt hoben sich schon die nächsten Waldränder mit, dann die Wälder, die Seen, die Städte der Menschen, die ganze Erde. Manche Teile ragten schon höher auf, anderen waren etwas zurückgeblieben, so, als ob sie sich zu spät auf den Weg nach oben gemacht hätten.

Es schien, als ob alles an den Füßen von Jesus hängen würde, als ob die Erde mit Wiesen und Wäldern seine Schleppe bildete. Als Jesus bemerkte, wer ihm da alles folgen wollte, hob er lächelnd seine Hand, und alles stand augenblicklich still. Der Erde war es nicht erlaubt, weiter mit ihm aufzufahren.

Darüber war sie so traurig, daß ihre Spitzen zu Stein erstarrten. Zum Glück aber durfte das, was bereits hoch aufragte, auch hoch bleiben, um Jesus wenigstens etwas näher zu sein.

In ihrem Schmerz begannen nun die Berge zu weinen. Aus vielen Wänden wühlten sich die Quellen und ergossen ihr Wasser in die

Tiefe. Doch dort hielten es die Fluten nicht lange aus. Sie verdunsteten und wurden zu Wolken und waren froh, auf diese Weise Jesus noch näher zu sein als die Berggipfel.

Die Bad Tölzer Nebelkappe

Es war einmal ein Holzhacker, der an seiner Arbeit nicht viel Vergnügen fand und lieber aß als zupackte, sich lieber ausruhte als sich plagte. Einst hatte er sich mittags, als eben die Sonne recht warm schien, im Wald hinter einen Busch in den Schatten gelegt, und wenn er dabei irgendeinen Gedanken hatte, so war es höchstens dieser, daß das Ausruhen doch viel süßer sei als das Arbeiten. Da hörte er plötzlich etliche feine Stimmen miteinander wispern, und als er genau aufhorchte, verstand er die Worte:»Da wollen wir wieder einmal recht lustig sein, wollten tüchtig essen und trinken und nicht eher heimgehen, als bis die Hochzeit zu Ende ist.« – »Ach«, dachte der Holzhacker,»wenn ich doch auch dabei sein könnte! Am Essen und Trinken hätte ich großen Spaß, und auch am Lustigsein sollte es mir nicht fehlen!« Er dachte es aber nicht bloß, sondern er sprach es auch laut aus.

Das hörten die Zwerglein, die in einer Höhle unter dem Busch wohnten, und deren Gespräch der Holzhacker mit angehört hatte. Sie wollten ungesehen, wie sie es schon so oft getan hatten, an der Hochzeit einer reichen Bauerstochter teilnehmen, die an diesem Tag in dem nahen Bad Tölz gefeiert wurde. Und weil sie den Wunsch des Holzhackers vernommen hatten, wollten sie dem armen Manne eine Freude machen, ihn mit zur Hochzeit nehmen und ihm auch eine jener Nebelkappen aufsetzen, mit deren Hilfe sie sich selbst unsichtbar machen konnten.

Der Holzhacker hatte natürlich nichts dagegen einzuwenden, als ihm ein Zwerglein diesen Beschluß mitteilte, und er versprach, auch die Bedingung zu erfüllen, die der Zwerg daran knüpfte. Er sagte nämlich:»Du wirst unter deiner Nebelkappe ebenso unsichtbar sein wie wir, und du kannst von dem, was auf dem Tische steht, essen und trinken, soviel du willst. In den Mägen der Bauern verschwindet bei einer solchen Hochzeit soviel, daß es nicht auffällt, wenn noch einer mit zugreift, und das, was wir Zwerge nehmen, ist ohnehin kaum zu merken. Aber eines mußt du uns versprechen: Du darfst nichts einstecken, denn sonst schützt dich die Nebelkappe nicht mehr, und du wirst von den Bauern erkannt.«

So ging es denn zur Hochzeit. Die Zwerglein taten sich gütlich, besonders aber der Holzhacker. Endlich war er so satt, daß er keinen Bissen mehr essen konnte. Aber die Tische standen noch voll. Ganze Berge von Braten und Kuchen waren noch vorhanden. Das tat dem Holzhacker leid, wenn er daran dachte, wie gut ihm ein Stück Braten oder Kuchen am anderen Tag wieder schmecken würde. Mit raschem Griff erfaßte er ein mächtiges Stück Schweinebraten und ließ es in seiner Tasche verschwinden. Im selben Augenblick aber bemerkten die Bauern den Mann, der in seiner Werktagskleidung gar nicht wie ein Hochzeitsgast aussah. Die Nebelkappe wollte ihn, wie es der Zwerg vorausgesagt hatte, nicht mehr schützen. Nun erhielt der Holzhacker zu seiner reichlichen Mahlzeit noch eine tüchtige Tracht Prügel, und mit den Hochzeitsfreuden war es für ihn vorbei. So schnell ließ er sich danach in Bad Tölz nicht mehr sehen.

Das Tegernseer Pferdeei

Eines Tages ging ein Bauer, der Schorsch hieß, auf den Markt. Als er dort so umherschlenderte, sah er einen Händler sitzen, der ein paar große Kürbisse anbot. »Was sind denn das für seltsame Dinger, die du da verkaufen willst?« fragte der Bauer. – »Pferdeeier«, antwortete der Händler. »Ach du liebe Zeit! Pferdeeier? Die sind wohl sehr teuer?« – »Nun, bezahlen lassen sie sich schon noch. Sieh mal hier, das rotbraune, das gibt einen prächtigen Fuchs und kostet nur zehn Taler!«

Das schien dem Bauern Schorsch nicht allzuviel zu sein für einen schönen Fuchs, wie man in Bayern ein rotbraunes Pferd zu nennen pflegt. Aber er wollte auch genau wissen, wie das Ei ausgebrütet werden müsse und der andere erklärte ihm: »Jeder Bauer muß solche Eier selbst ausbrüten. Es dauert vier volle Wochen. Während dieser Zeit darfst du auf keinen Fall vom Ei aufstehen. Mußt du es doch einmal tun, so solltest du es auf alle Fälle ganz warm zudecken. Am besten ist es aber, du läßt dich die ganze Zeit über von deiner Frau füttern.«

Schorsch bezahlte schweren Herzens die zehn Taler und eilte stolz mit seinem Pferdeei nach Hause, wo er seiner Frau mit großer Freude erzählte, welch schöne Sache er da eingekauft habe. Er konnte gar nicht die Zeit erwarten, bis sie ihm das Nest zurechtgemacht hatte. Dann setzte sich Schorsch zum Brüten auf das vermeintliche Ei, und seine Frau mußte ihn füttern.

Als endlich die vierte Woche zu Ende war, sprang er auf, horchte an dem Ei und klopfte daran, aber der Fuchs wollte sich nicht rühren. Da konnte er seine Ungeduld nicht länger zügeln. Er nahm das Ei und ging damit hinters Haus, wo ein großer Stein lag. Gegen den warf er es, und da der Kürbis innen schon ganz verfault war, so flogen die Stücke weit umher. Eins aber fiel in ein kleines Gesträuch, in dem gerade ein wirklicher Fuchs lag, und schlief. Erschreckt sprang der jetzt auf und lief eilig davon. Da glaubte Schorsch, es sei ein rotes Fohlen. Er rief immer: »Brrr, brrr!«, um es aufzuhalten. Schließlich gab er auf und meinte: »Wenn es müde ist, dann wird es schon einmal zu mir kommen.« Aber es kam nicht, und so wartete Schorsch bis zu seinem Tode umsonst auf den Fuchs, der ihm aus dem Pferdeei davongeschlüpft war.

Das Aufgebot

Es war einmal eine hübsche, kluge Magd. Auf die hatte es ein reicher, alter, aber ziemlich dummer Bauer abgesehen, und er beschloß, sie um ihre Hand zu bitten. Seine wiederholte Werbung war der Dirn bald so lästig, daß sie ihn los sein wollte, ohne aber ihre Stellung dabei zu verlieren. Natürlich konnte sie ihn nicht umbringen, aber sie hatte eine andere Idee.

Sie sagte deshalb zu ihm:»Bauer, ich will deinen Heiratsantrag annehmen.« Der Alte freute sich schon, aber die Magd fügte hinzu: »...vorausgesetzt, du kannst mir drei Dinge bringen, die ich schon lange vergeblich zu finden suche.« Da rief der Bauer großtuerisch: »Das ist überhaupt kein Problem für mich! Sage mir, worum es geht.« Die Magd gestand:»Es handelt sich um ganz einfache Sachen; erstens um eine Gemeinheit, die so groß ist, daß sie sich kein Mensch vorstellen kann; zweitens um eine Unzufriedenheit, die nirgendwo auf der Welt möglich ist; und drittens um eine Dummheit, die so gewaltig ist, daß es niemanden auf der Welt gibt, der sie nicht begehen könnte.«

Der dappige Bauer rannte grinsend zum Pfarrer und bestellte sofort das Aufgebot für die nächste Woche. Er glaubte nämlich, daß er bis dahin der Magd schon alles gebracht hätte. Dann fing er zu suchen an, zuerst im Dorf, dann in den Nachbarorten, dann in den Städten, im Land und in allen Ländern der Welt. Inzwischen sind 100 Jahre vergangen, und die Magd ist längst gestorben. Der Bauer aber ist bis heute nicht heimgekehrt. Das Aufgebot jedoch hängt immer noch aus im Schaukasten an der Dorfkirche.

Das Märchen vom Brandner Kaspar

Vor langer Zeit wohnte einmal bei Tegernsee in einem kleinen Häuschen ein Schlosser, der hieß Brandner Kaspar. Mit ihm lebten seine Frau, die Traudl, und seine zwei Buben, der Toni und der Girgl. Die Buben wurden schon bald Soldaten und dienten in einem bayerischen Artillerie-Regiment. Der Kaspar war ein fleißiger, braver Mann und lustig und mutig dazu. Das Wort Furcht kannte er überhaupt nicht. Als einmal ein großer, gefährlicher Hund ein Mädchen umrannte, und beinahe zerrissen hätte, packte der Brandner Kaspar den Köter mit einer Hand beim Kragen und warf ihn so an die Mauer hin, daß der nicht mehr aufstand. Neben seiner Schlosserarbeit verstand er sich gut aufs Büchsenmachen, er putzte für die Jäger die Gewehre und überholte sie besser, als das ein Büchsenmacher aus der Stadt fertig gebracht hätte. Die Jägerei und das Schießen auf Schützenscheiben war seine größte Freude. Der Oberförster hatte an ihm einen zuverlässigen Jagdgehilfen, der keinen Pfennig kostete, und dafür durfte er überall auf die Jagd gehen. Als er alt wurde, starb seine Frau, die Traudl, und ihr Tod ging ihm recht zu Herzen. Sie war nämlich eine gute und tüchtige Frau, die ihm jetzt arg fehlte. In Gottes Namen lebte er alleine weiter und noch mit 75 Jahren war er kerngesund.

Eines Tages saß er gerade allein zuhause und reparierte einen Rechen. Da klopfte es an der Tür. Der Brandner Kaspar stutzte, denn vom Anklopfen hielt er nicht viel. Neugierig rief er: »Herein!«.

Da ging die Türe auf, und herein kam ein armseliger Mann, der so zaundürr war, daß man fast seine Knochen klappern hörte. Er war bleich, hatte hohle Augen und war abscheulich anzusehen. Der Kaspar fragte: »Was gibt es, was willst Du?« Der andere entgegnete: »Kaspar, ich bin der Tod, der Boanlkramer, und ich wollte

Dich fragen, ob Du nicht vielleicht mit mir gehen willst.« »So, der Boanlkramer bist Du? Nein Bruder, mit Dir mag ich noch nicht mitgehen. Mir gefällt es auf der Welt noch zu gut.« »Das hab ich mir schon gedacht«, meinte der Tod, »aber holen muß ich doch einmal, was hältst Du vom Frühjahr?« »Wo denkst Du hin! Im Frühjahr, da fängt doch das Leben erst so richtig an. Die Blumen blühen, die kleinen Vögel singen am schönsten und die Tiere bekommen Junge. Nein! Mit dem Frühjahr bin ich nicht einverstanden.«

»Oder im Sommer?«

»Oh nein! Nicht im Sommer! Da hab ich eine Menge Arbeit im Wald mit dem Wild, und es ist auch viel zu heiß.« »Oder im Herbst?« »Ja, was fällt Dir denn ein! Bist Du verrückt? Soll ich etwa die Hirschbrunft versäumen? Und das Oktoberschießen? Das wäre nicht auszudenken.«

»Nun, also, dann im Winter?«

»Da will ich auch nicht! Da kommt die Fuchsjagd, und dann Weihnachten, und im Winter ist es mir außerdem viel zu kalt!«

»Ja, willst Du denn ewig leben? Das ist nicht möglich, Brandner Kaspar!«

»Ach Boanlkramer, ich will Dir etwas sagen: Mein Vater selig ist 90 Jahre alt geworden und so alt will ich auch werden, dann kannst Du mich abholen. Aber ich glaub, gescheiter als hier herumzureden ist es, wenn wir beide zusammen ein Glas Kirschgeist trinken. Ich habe nämlich einen recht guten, und Du schaust ja so elend aus und so dürr, daß Dir ein Glas gewiß gut tun wird und ein paar Kirchweihnudeln hab ich auch noch dazu.«

Und schon schlurfte der Brandner Kaspar zum Wandregal, holte eine Flasche heraus und ein paar Gläser und die Nudeln. Dem Tod war so etwas noch nie passiert. Er setzte sich an den Tisch und probierte den Kirschgeist. Der schmeckte ihm ausgezeichnet, gleichfalls die Nudeln, und so tranken die beiden, wobei der Kaspar fleißig nachschenkte, ein Glas nach dem anderen. Der Boanlkramer wurde dabei ganz lustig und ausgelassen, trotzdem wollte er immer wieder den Kaspar von seinen 90 Lebensjahren abbringen. Da schlug der Kaspar vor: »Weißt Du was, wir machen ein Kartenspiel, und wer gewinnt, der bekommt recht.« Und wieder ging der Kaspar an das Wandregal und nahm die Spielkarten. Der Grasober lag gerade oben darauf. Heimlich schob ihn der Kaspar in seinen Jackenärmel und legte dann die Karten auf den Tisch. »Jetzt heb ab, Boanlkramer«, sagte er, »das sind Deine Karten, und die anderen hier das sind die meinen. Wenn Du jetzt in Deinem Stoß einen Grasober hast, so gehe ich mit Dir, wann Du willst. Wenn aber ich den Grasober in meinem Stoß habe, so darfst Du nicht mehr zu mir kommen, bis ich 90 Jahre alt bin.« Der Tod, der schon einen kleinen Schwips hatte, lachte, hob den größeren Teil ab und sagte: »Meinetwegen, es gilt.« Heimlich dachte er sich nämlich: Ich habe ja mehr Karten, da könnte leicht der Grasober dabei sein.

Als er jetzt seine Karten nacheinander anschaute, steckte der Kaspar heimlich den Grasober in seinen Stoß hinein, und als der Boanlkramer mit dem Durchschauen fertig war, breitete der andere vor ihm seine Karten aus und richtig, da war auch der Grasober dabei.

»Verdammt und zugenäht!« fluchte der Tod, aber der Kaspar lachte und meinte: »Trink noch ein Glas mit mir und laß mich den 90. Geburtstag doch erleben.«

»Ich kann nichts dagegen machen«, antwortete der Boanlkramer, »aber vielleicht reut Dich einmal Dein Glück, und wenn das der Fall ist, brauchst Du mich nur zu rufen, dann bin ich auch schon da.«

»Gute Reise!« rief der Kaspar. Und als der Tod sich auf den Weg machte, mahnte ihn der Kaspar noch, er solle aufpassen, daß er nicht in den Bach stürze. Dann rieb er sich die Hände, denn er war mit dem Besuch recht zufrieden.

Nun aber kamen schlechte Zeiten. Der Tiroler Krieg brach aus und alle Leute waren entsetzt. Es war ein böser Krieg und es ging grausig zu. Viele bayerische Soldaten blieben im Feld, auch dem Kaspar seine Söhne, die er so gern gehabt hatte. Was nutzte es ihm jetzt, daß sie beim Rapport sehr gelobt wurden, sie hätten überall sehr tapfer gekämpft? Der Kaspar sollte sie nie wiedersehen und das ging ihm sehr nahe. Auch andere traurige Angelegenheiten und Widerwärtigkeiten kamen heran. Fremde Leute zogen in die Gegend, kauften große Waldstücke und fällten viele Bäume. Daraufhin änderten sich auch die alten Wildwechsel, die Kaspar so gut kannte. Die Tiere wurden weniger, die Wilddiebe hingegen immer mehr, wie es halt in Kriegszeiten so der schlechte Brauch ist. Und trotz allem, der Kaspar verzagte nicht so leicht, aber manchmal gefiel ihm die Welt doch nicht mehr so recht, und er mußte bisweilen an den Boanlkramer denken und was der gesagte hatte, er brauche ihn nur zu rufen. Aber der Kaspar rief ihn dennoch nicht.

Eines Tages ereignete sich jedoch etwas Besonderes. Eine Sennerin auf der Gindelalm wurde von einem wilden Stier aufgespießt und starb noch am selben Tag. Während ihre Angehörigen weinten und jammerten, stand das Mädchen frisch und wohlauf an der Himmelstür und wußte gar nicht, wie es hierher gekommen war. Petrus, der Pförtner, erblickte das Mädchen und machte die Türe auf, die sich neben der großen Pforte befand. Er hatte einen langen grauen Rock an und einen breiten Umhang um die Schultern, und das Mädchen schaute ihn groß und verwundert an.

»Grüß Gott, Dirndl«, sagte er. Und weil es so ein bildhübsches Mädchen war, dachte er: Die würde gut für einen schönen Engel taugen. »Ja, wo bin ich denn«, fragte sie ganz erschrocken.

»Du bist im Himmel«, entgegnete Petrus, »ich werde Dich gleich in das Paradies einweisen lassen, aber zuerst sage mir, wo kommst Du denn her?«

»Ich bin am Tegernsee zu Hause und war Sennerin auf der Gindelalm.«

»So, dann kennst Du vielleicht auch einen gewissen Brandner Kaspar?« »Sie meinen den alten Kaspar, wer wird denn den nicht kennen! Der kehrte oft in meiner Hütte ein, wenn er auf der Jagd war.«

»Geht denn der noch auf die Jagd, der muß doch schon 80 sein.«

»Ja wissen Sie, er sitzt halt die meiste Zeit. Zur Jagd geht er freilich nicht mehr so recht, aber sonst ist er noch recht rüstig.«

»Soso, aber er sollte doch auch schon heroben sein, ich warte alle Tage darauf.«

»Da dürfen Sie noch ein Weilchen warten«, meinte das Mädchen, »wenn es wahr ist, was einmal einige Leute erzählt haben.«

»Na, was haben sie denn erzählt?«

»Sie sagten halt, ich glaub es aber nicht, der Kaspar hätte einmal mit dem Tod Karten gespielt und der hätte dabei verloren und er dürfte ihn deswegen nicht vor seinem 90. Geburtstag abholen. Der Brandnerkaspar ist ein lustiger Mann und vielleicht hat er diese Geschichte irgend jemandem aufgebunden.«

»Wer weiß, wer weiß«, sagte Petrus, »da könnte etwas dran sein, jedenfalls muß ich aufpassen. Aber Dirndl, Du komm jetzt herein, ich schicke Dir gleich einen Engel nach, der Dich weiterführt. Du hast brav und fromm gelebt auf der Welt, siehst Du, und deshalb bist Du jetzt auch im Himmel heroben.«

Das Mädchen bedankte sich, küßte dem Petrus die Hand und ging dann dorthin, wo er sie hingewiesen hatte. Petrus aber schrieb gleich eine Vorladung an den Tod und schickte sie ihm. Am anderen Tage in aller Herrgottsfrühe kam er daher, untertäniger und demütiger als man es sonst von ihm gewohnt war. »Ihr habt mich rufen lassen, Herr Pförtner«, sagte er, »soll ich Euch etwas besorgen?«

Petrus schaute ihn eine Weile ernsthaft an, dann sagte er: »Boanlkramer, was muß ich von Dir hören? Du führst Dich ja ganz schön auf, spielst mit dem Brandner Kaspar um das Leben und verlierst noch obendrein, was sind denn das für Sachen? Wie konntest Du Dich unterstehen, so etwas zu tun?«

»Ja schaun Sie«, sagte der Tod, »ich weiß ja, daß der Kaspar hier heraufkommen soll, aber weil hier heroben so viele Leute sind, dachte ich mir, es macht nichts aus, wenn er ein bißchen später kommt.«

»An das dachtest Du aber nicht, nicht wahr, daß ich mit meiner Buchführung ganz durcheinander komme, wenn jeder heraufkommt, wann er will. Der Kaspar ist zu seinem 80. Geburtstag hier eingeschrieben, dieses Alter ist hoch genug, und jetzt ist er schon darüber, und Du gibst ihm sogar 90!«

Der Tod wollte etwas sagen, aber Petrus fuhr ihn zornig an: »Sei still und geh hinunter auf die Welt und bring den Kaspar herauf, sonst jag ich Dich aus dem Dienst, verstehst Du mich?« Da wagte der Boanlkramer nichts mehr zu sagen und schlich kleinlaut davon. Sorgenvoll grübelte er hin und her. »Ich habe doch dem Kaspar mein Wort gegeben, daß er 90 Jahre alt werden darf«, dachte er, »und jetzt soll ich mein Wort brechen? Mich mag ohnehin kein Mensch auf der Welt, und wenn es sich herumspricht, daß ich ein wortbrüchiger Kerl bin, dann darf ich mich nirgendwo mehr sehen lassen.« Verzweifelt überlegte er, wie er aus dieser Sackgasse wohl herauskommen könnte. Der Boanlkramer war aber schon immer ein ausgekochter Kerl und so fiel ihm bald etwas ein. Er dachte sich: »Das muß ich probieren.«, spannte seinen Wagen ein und fuhr zum Kaspar hinab. Der rauchte gerade seine Pfeife und las die Zeitung. Als er den Tod hereinkommen sah, schob der Kaspar seine Brille von der Nase und schaute, wer da käme. Sofort erkannte er den Gast, denn er war immer noch so dürr und klapprig, wie beim ersten Mal, als er ihn gesehen hatte.

»Ja, was willst denn Du?« fragte er erstaunt. »Ich habe Dich doch nicht gerufen. Und was zwischen uns beiden abgesprochen worden ist, wirst Du doch auch noch wissen oder willst Du ein wortbrüchiger Kerl sein?«

»Nein nein, das fällt mir nicht ein und ich weiß recht wohl, daß Du noch 9 Jahre zu leben hast. Da ändert sich nichts daran. Ich hatte nur gerade in der Nachbarschaft ein wenig zu tun und da habe ich mir gedacht: Besuchst den Brandner Kaspar und schaust nach, was er macht. Und weil ich meinen Wagen dabei habe und zu einem Platz fahren muß, von dem man aus recht schön ins Paradies hineinschauen kann, so bin ich auf den Gedanken gekommen, daß ich Dir den Vorschlag machen will, ob Du nicht vielleicht mit mir mitfahren willst.«»Nein nein, ich dank Dir recht schön«, sagte der Kaspar darauf, »ich bin nicht so neugierig, wie Du glaubst, und bleib schon lieber daheim, wo ich mich auskenne, als daß ich an einen fremden Ort hinfahre, wo ich nicht weiß, wie es dort ist.«

»Ja«, sagte der Tod, »Du meinst vielleicht, daß Du dort bleiben mußt, wo ich mit Dir hinfahre, davon ist aber keine Rede. Es ist nur eine Spazierfahrt und in einer knappen Stunde sind wir wieder da, denn mein Pferd galoppiert recht flott dahin.«»So?! Und kann man da wirklich ins Paradies hineinschauen?«

»Natürlich, wenn ich es Dir doch sage.«»Und in einer Stunde sind wir wieder zu Hause?«»Wenn Du Dich nicht lange dort aufhältst, das liegt ganz bei Dir, dann sind wir in einer Stunde wieder da, so wahr ich der Boanlkramer bin.«

Jetzt wurde der Kaspar doch recht neugierig auf die ganze Geschichte und er dachte sich, auf eine Stunde kann ich ja mitfahren und ein wenig ins Paradies hinein schauen, von dem ich schon so viel gehört habe. Und er holte seinen guten Freund hervor, den Kirschgeist, und schenkte ein paar Gläser ein.

»Gut, meinetwegen«, sagte er, »ich fahr mit Dir, Boanlkramer, und Du bringst mich wieder zurück. Hier, trink ein Glas, es ist ziemlich kalt draußen.« Und die beiden stießen an und tranken, und dann gingen sie hinaus ins Freie. Dort stand ein schwarzer Wagen, der aussah wie eine Totenkiste und davor war ein Rappe gespannt.

Die beiden stiegen ein, der Tod schnalzte mit der Peitsche, schon sausten sie dahin, daß der Kaspar kaum seinen Hut halten konnte. Und es verging ihm dabei Hören und Sehen. Es war so, als wenn der Sturm sie davontragen würde, so sausten sie dahin und auf einmal wurde es finster und Blitze zuckten um sie her und es donnerte und krachte fürchterlich, so daß der Kaspar schrie: »Was

ist denn das? Kehr um! Kehr um!« Da rief ihm der Tod ins Ohr:
»Hab keine Angst, wir fahren gerade durch die Gewitterwolken,
hier ist das Donnerwetter zuhause. Wir sind aber gleich durch.«
Und tatsächlich, rasch wurde es wieder heller und sie hielten vor
einem großen, aufragenden Schloß im schönsten Sonnenschein.
Verschlossen war es mit einem goldenen Tor, und der Tod läutete an einer Seitentüre. Gleich kam Petrus heraus.
»Nun, Kaspar,« sagte Petrus, »wenn Du jetzt schon einmal hier
bist, dann komm doch herein. Ich will Dir das Paradies zeigen und
Du wirst Deine helle Freude daran haben.« Er nahm den Kaspar
bei der Hand und führte ihn hinein. Aber der Tod mußte draußen
bleiben. Schon standen die beiden in einem weiten Saal mit durch-
sichtigen Wänden wie aus geschliffenem Spiegelglas und da sah
man weit hinaus in einen Garten mit den schönsten Blumen, die
in allen Farben leuchteten und mit riesigen Bäumen voller Äpfel,
Birnen, Pfirsichen und Pomeranzen, es war eine richtige Pracht.
Der Kaspar konnte vor lauter Staunen nicht sprechen. Und in diesem Garten spazierten die schönsten Engel herum, mit silbernen
Flügeln und glänzenden Kränzen im Haar und neben ihnen gingen viele, viele andere Leute und auf einmal sprangen zwei Burschen daher und jubelten und riefen:
»Ja grüß Gott, Vater, grüß Dich Gott«, und der Brandner Kaspar
erkannte seine beiden Buben, den Girgl und den Toni.
»Oh, Jesus, meine Kinder«, schrie er und fiel ihnen um den Hals.
Und er konnte gar nicht so schnell schauen, da sah er seine Frau,
die Traudl, daherkommen und bei ihr waren Vater und Mutter
und eine ganze Gruppe seiner Freunde. Und alle riefen: »Grüß
Gott«, und hatten die größte Freude und dem Brandner Kaspar
stiegen Tränen in die Augen, so daß ihm Petrus ein Taschentuch
geben mußte, damit er sie sich wegwischen konnte. Durch den
ganzen Trubel flog auf einmal ein kleiner Engel daher und sagte
zum Kaspar:
»Der Boanlkramer schickt mich, er will jetzt wieder auf die Erde
hinunterfahren und er läßt Dich fragen, ob Du mitfahren willst«.

»Nein nein, liebes Büblein«, winkte der Kaspar ab, »sag ihm, er soll nur allein hinunterfahren, ich bleib da und will nichts mehr wissen von der Welt dort unten, und sag dem Himmelsvater Vergelts Gott tausendmal, daß mir die Gnade zuteil wurde, daß ich hierher kommen durfte.«

Das war das Märchen vom Brandner Kaspar.

Der Roßhändler

Es lebte einmal ein alter Roßhändler, der hatte sich im Laufe seines Lebens 19 der schönsten Pferde in ganz Bayern zusammengekauft. Als es mit ihm zu Ende ging, setzte er in seinem Testament fest:»Meine drei Buben sollen die 19 Pferde unter sich aufteilen. Der älteste bekommt die Hälfte, mein zweiter Bub ein Viertel. Der Jüngste muß sich mit einem Fünftel begnügen.« Nach dem Tod des Vaters zerbrachen sich die Söhne den Kopf, wie sie das mit 19 Pferden machen sollten. Sie durften ja keines der Tiere verkaufen oder schlachten. Als sie ratlos herumsaßen, kam der Bürgermeister, ein Freund des Vaters, auf seinem Gaul dahergeritten. Sie schilderten ihm ihr Problem und fragten ihn:»Kannst du uns da einen Rat geben?« Der Bürgermeister grinste und meinte:»Nichts ist leichter als das«, und stieg von seinem Pferd. Er stellte es zu den 19 Pferden der drei Burschen. Dann entschied er:»So, jetzt fangen wir mit der Teilung an. Der Älteste soll die Hälfte bekommen, nicht wahr? Wir haben hier 20 Pferde, die Hälfte davon sind zehn. Hier hast du deinen Anteil. Der zweite kriegt ein Viertel, das sind fünf Pferde. Führ sie gleich auf die Seite! Und du, als Jüngster, sollst ein Fünftel haben, und das sind nach Adam Riese vier Pferde. Treib sie weg! So, damit haben wir's. Zehn und fünf und vier, das macht 19 Pferde. Eines bleibt übrig. Natürlich, das ist ja das meinige. Servus miteinander, und wenn ihr wieder einmal Probleme habt, dann wendet euch ruhig an mich.« Nach diesen Worten bestieg der Bürgermeister sein Pferd und ritt davon. Die drei Brüder waren vor Staunen sprachlos, und sie vergaßen, ihrem Helfer zu danken. Alle drei kratzten sich am Kopf, und der Älteste fragte:»Wie er das nur gemacht hat?« Da meinte der Mittlere:»Ja, das verstehe ich auch nicht.« Und der Jüngste fügte hinzu:»Das ist doch alles ganz gleich. Die Hauptsache ist

nur, daß wir den Willen unseres Vaters erfüllt haben.« Und wahrhaftig, das war wohl das Wichtigste.

Das Märchen vom Goldlaub

Es war einmal eine arme Witwe, die lebte mit ihren drei kleinen Kindern in einer schlechten Hütte. Sie arbeitete fleißig bei fremden Leuten und verdiente so das Notwendigste zum Leben. Aber einmal, im kalten Herbst, wurde sie krank. »Mutter, gib uns zu essen«, sagten die Kinder, und »Mutter, uns friert!« Aber die Mutter konnte ihnen nicht helfen. Schließlich stand der Älteste, der kleine Thomas, von der Bank auf und meinte: »Ich will wenigstens ein wenig dürres Holz im Wald sammeln zum Einschüren.« Und gleich ging er fort und fing damit an.

Als er ein großes Bündel Reisig beisammen hatte, setzte er sich für einen Augenblick auf einen Stein und rieb seine kalten Hände. Da kam auf einmal ein schönes Kind zwischen den Bäumen gegangen und sagte zu Thomas: »Ich will dir helfen. Hier, nimm diesen kleinen Stab. Wenn du damit an einen Baum klopfst, fallen goldene Blätter herunter. Merk dir aber: wer mehr verlangt, als er braucht, wird gestraft.« Und dann war das schöne Kind verschwunden.

Thomas dachte: Das muß ein Engel gewesen sein. Und dann klopfte er an den nächsten Buchenstamm und sagte:

»Liebes Bäumlein, ich bitte dich,
liebes Bäumlein, schüttle dich!
Laß fallen ein Blättlein hold,
nur ein einziges Blatt aus Gold!«

Und wirklich – es fiel ein Blatt herunter, das war aus reinem Gold. Da sprang Thomas voller Glück damit heim, und von da an war alle Not zu Ende. Aber die Mutter erlaubte nicht, daß mehr Blätter heruntergeholt wurden, als für ein einfaches Leben notwendig waren. Nur armen Leuten zuliebe durfte Thomas hie und da ein Goldblatt extra von seinem Baum klopfen.

So vergingen die Jahre, und die Kinder wuchsen heran. Den Leuten im Dorf war der bescheidene Wohlstand im Häuschen der Witwe aufgefallen, und eines Tages beobachtete ein Nichtstuer und Taugenichts, wie Thomas im Wald ein Goldblatt von einer Buche herunterholte. Er sprang auf den erschrockenen Buben zu, riß ihm das Stäbchen aus der Hand und rannte davon. Ehe Thomas ihn einholen konnte, hatte er schon an einen Baum geklopft und gerufen:

»Liebes Bäumlein, schüttle dich,
überdeck mit Golde mich,
laß fallen deine Blätter hold,
nichts will ich als Gold, Gold, Gold!«

»Gold, Gold, Gold!« tönte das Echo zurück. Der Baum verwandelte alle seine Blätter in Gold und ließ sie auf den Burschen herunterfallen, so daß er durch ihre Last erstickt wurde. Thomas konnte ihn nicht mehr retten.

Da kam auch wieder das schöne Kind zwischen den Bäumen hervor und nahm das Stäbchen an sich. »Das Gold, das auf der Erde liegt, gehört euch!« sagte es zu Thomas, und dann war es verschwunden.

Nun war die kleine Familie reich für ihr ganzes Leben, aber sie blieben immer bescheiden und hilfsbereit gegen alle Leute.

Das Rosenheimer Windröschen

Es war einmal bei Rosenheim in einem Park ein Windröschen. Es war nicht blässer als seine Kameraden, sondern zartweiß und anmutig wie diese. Oder war es gar noch ein klein weniger hübscher? Ich weiß es nicht recht. Wo Blumen wachsen, da fliegen Schmetterlinge. Wo sonst sollten sie fliegen? Apollo, so hieß der größte Schmetterling. Er hatte weiße Flügel und gelbe Ordenssterne darauf. Schmetterlinge sind, wie jeder weiß, gar eitle Insekten, die sich gern mit allerlei Schnickschnack schmücken. Sie können wohl nichts dafür, daß sie aufgeputzt sind. Sie haben sich ihre Kleider nicht beim Schneider machen lassen. Sie sind nun eben einmal so. Eines Tages kam Apollo zum Rosenheimer Windröschen.»Liebst du mich, so lieb ich Dich«, sagte er.»Freilich liebe ich Dich«, sprach das Rosenheimer Windröschen, denn es hatte ihn ernstlich lieb und verstand nicht, sich zu zieren.»Ist das wirklich wahr?« erkundigte sich der Schmetterling.»Ja, wie sollte es denn anders sein?« erwiderte das Windröschen.»Das ist schön«, sagte der Schmetterling, und damit sog er allen Honig aus des Windröschens Krone heraus. Schmetterlinge lieben den Honig, aber sie verstehen nicht hauszuhalten wie die Bienen. Apollo hatte das Windröschen leergesaugt und flog hierauf seiner Wege.

»Er kommt wohl zurück«, dachte das Windröschen. Aber darin täuschte es sich, denn Apollo war und blieb verschwunden. Er hatte an anderes zu denken.

Eines Tages jedoch geschah es, daß er eine andere Blume umflatterte, die ganz in der Nähe stand.»Nun will ich aufpassen«, dachte das Windröschen. Und seine ausgepreßte Krone ein wenig erhebend, rief es, so laut ein Windröschen eben rufen kann:»Liebst Du mich, so lieb ich Dich!«»Fällt mir gar nicht ein«, antwortete der Schmetterling. Er genierte sich nicht im mindesten.»Aber ich liebe Dich«, sprach das Windröschen.»Das ist leicht möglich«, entgegnete der Schmetterling und flog davon. Dieses Mal blieb er noch länger fort. Da stand das Windröschen allein im Grünen. Die Zeit wurde ihm lang, und es begann langsam zu welken.

Endlich kam Apollo durch einen Zufall wieder daher, prächtiger als jemals zuvor, und wiederum fragte das Windröschen:»Liebst Du mich?« »Nein, nicht im entferntesten!« antwortete der Befragte.»Aber ich liebe Dich ja!« sagte das Windröschen.»Was geht das mich an!« versetzte der schöne Apollo.»Ich liebe Dich! Ich liebe Dich! Das habe ich nun wohl schon hundert Mal gehört!« Und fort war er.

»Hör einmal, Windröschen«, ließ der knorrige Wacholderbusch, der in der Nähe stand, sich vernehmen.»Du bist dumm, daß Du Deine Herzensgefühle so zur Schau trägst! Du mußte Haare auf den Zähnen haben! Wirst Du angeschnauzt, so schnauz zurück, und verachtet man Dich, so mußt Du deutlich zeigen, wer Du bist. Sieh mich einmal an! Die Spatzen da sollten sich unterstehen, mit mir Possen zu treiben! Nein, Windröschen, Ehrgeiz muß man haben! Es ist nicht mehr in Mode, Geringschätzung mit Liebe zu belohnen!«»Aber ich kann nicht anders«, erwiderte das Windröschen.»Ich muß ihn lieben, solange ich lebe.«

»Du bist ein Schwächling«, sagte der Wacholderbusch und das war das Ärgste, was er wußte, denn mit Schwächlingen will keiner etwas zu tun haben. Und der Wacholderbusch war nicht wenig stolz auf seine große Weltkenntnis.

Die Sonne brannte heiß, und mit jeder Stunde wurde das Windröschen bleicher und matter. Da kamen ein paar Buben in den Park, um zu spielen. Einer von ihnen trug ein Schmetterlingsnetz.»Ah, welch prächtiger Falter«, rief er aus, als er den schönen Apollo erblickte.»Den möchte ich in meinem Insektenkasten haben!« Und schon fing er an, mit großem Eifer nach ihm zu jagen. Apollo geriet in große Not. Hui, wie er flog, wie er flog! Schwups, da senkte sich das Netz und klatschte ihm auf die Flügel, daß er kopfüber ins Gras fiel, genau neben das Windröschen.

»Hierher ist er geflogen!« rief der Knabe und bückte sich, um ihn zu suchen. Als er ihn aber nicht fand, lief er weiter, um andere Schmetterlinge zu jagen.

Es war nicht so leicht, Apollo zu finden, denn das Rosenheimer Windröschen hatte ihn unter seinen Blättern versteckt. Das war ein ausgezeichneter Schlupfwinkel. Das Windröschen selbst aber war bei der Suche von einem der Buben vom Stengel gerissen worden und lag nun abgebrochen da unter den übrigen grünen Halmen. »Gut, daß ich entwischt bin«, rief Apollo und arbeitete sich aus dem dichten Blätterwerk empor. »Liebst Du mich?« sprach das Windröschen, das auf seinem gebrochenen Stengel rasch dahinwelkte. »Ja so, Du warst das!« sagte der Schmetterling erstaunt. »Schau nur, wie greulich meine Ordenssterne zugerichtet sind! Ich kann mir nicht vorstellen, wie ich mich in Zukunft in der feinen Gesellschaft zeigen kann!« »Liebst Du mich?« fragte wiederum das sterbende Windröschen. »Nein, sieh doch, wie staubig meine Frackschöße geworden sind!« fuhr Apollo fort, »Hast Du nicht einen Tautropfen in Deiner Krone, meine Liebe, um mir ein wenig Waschwasser geben zu können? Ich sehe ja aus wie ein Maulwurf!« »Liebst Du mich?« sprach das Windröschen zum dritten Mal. »Aber, meine Beste, habe ich denn Zeit für solche Nebensächlichkeiten«, antwortete der Schmetterling. »Nein, habe ich es mir doch gleich gedacht, meine Halskrause ist ganz zerknittert! Was wird man im Rosenhof von mir sagen!«

»Aber ich liebe Dich!« wisperte das Windröschen, und dann war es vorbei mit ihm, denn alle Blätter fielen von seiner Krone.

»Ach, die Arme!« sprach der Schmetterling, denn schlecht war er nicht, nur leichtfertig, wie sie alle sind. »Nun kann ich nicht einmal Waschwasser haben, ehe der Abendtau fällt. Wahrhaftig, bin ich nicht ein unglücklicher Schmetterling, mein Frack ist verdorben, meine Halskrause zerknüllt, meine Ordenssterne sehen aus wie alte Kupfermünzen! Wie entsetzlich bin ich nur zugerichtet! Es wird ein ungeheures Aufsehen geben, und alle werden mich zutiefst bemitleiden. Das ist das einzig Gute an dem ganzen Unglück. Ich bin dadurch zu einer hochinteressanten Persönlichkeit geworden. Was wird man wohl an den Rosenhöfen über mich sagen!« Mit diesen Worten flog Apollo davon. Aber er kam nicht weit. Ein Spatz stürzte sich auf ihn und verzehrte ihn mit einem einzigen Schluck und kümmerte sich nicht darum, daß es sich hier um einen hochinteressanten Schmetterling gehandelt hatte.

Der Wacholderbusch hatte all das mit angesehen und sich seine eigenen Gedanken darüber gemacht. »Der Fehler war«, meinte er, »daß das Windröschen sich so unüberlegt an das nichtsnutzige Insekt hinwarf. Man muß auf seine Würde halten und zurückschnauzen, dann wird man respektiert und angesehen in dieser Welt.« Aber nicht alle dachten so wie er. Als der Abendwind über das hohe Gras rauschte, da ging es noch lange im Flüstertone von einem Windröschen zum andern. »Liebst Du mich, so lieb ich Dich!« sprachen sie untereinander. Und dann wiederum: »Liebst Du mich auch nicht mehr, ich liebe Dich doch.«

Es ist gar eine alte und gewöhnliche Geschichte, aber die Windröschen dachten, man könne sie doch wohl einmal erzählen. Und so flüstern sie in Rosenheimer Pärken noch heute weiter davon.

Der eiskalte König im Berchtesgadener Land

Es regierte einmal ein König im Berchtesgadener Land, der war durch und durch schlecht. Auch sein Weib und seine sieben Kinder waren erzböse, denn sie hatten ein eiskaltes Herz wie er. Sie haßten alles: Menschen, Tiere und Pflanzen. Und am liebsten war es ihnen, wenn sie alles vernichten konnten.

»Hallo! Auf geht's zur wilden Jagd«, rief eines Tages der König durch den Schloßhof. Die Untertanen erzitterten, als sie das bestialische Geheul seiner Bluthunde und das entsetzliche Dröhnen der Jagdhörner vernahmen. Der König trieb die Pferde an und hetzte sie solange, bis sie tot zusammenbrachen. Dann nahm er sich neue. Er verfolgte das Wild, bis es von seinen Hunden zerfleischt wurde. Er jagte durch Wälder und Felder und verwüstete sie. Ruhelos, Tag und Nacht, bergab und bergauf wütete er viele Wochen lang und es schien kein Ende zu nehmen mit seinem Blutrausch.

Eines Tages lief ihm eine alte Frau über den Weg. Sie trug ein kleines Kind auf dem Arm. Der eiskalte König hielt nicht an, um sie vorbeizulassen, sondern er ritt über beide hinweg. Der Vater und die Mutter stürzten aus dem Haus, um die Großmutter und das Kind zu retten. Da hetzte der König auf die Eltern seine Hunde, die sie sofort anfielen. Der König, sein Weib und seine Kinder lachten nur und sahen vergnügt zu, wie die armen Kreaturen zerfetzt wurden.

Da hob die alte Frau mit erlöschender Lebenskraft ihre blutende Hand zum Himmel und rief:

»Verfluacht seist du eiskalter König, verfluacht aa dei Weib und die Kinder dein! Ihr seids so hart wie Fels und sollts so hart wie Felsen sein!«

Im selben Augenblick fing die Erde zu beben an. Ein Sturm brauste los. Feuer quoll aus dem Boden. Die Pferde bäumten sich auf und warfen den König ab, ebenso seine Frau und seine sieben Bälger, und sie zertrampelten mit den Hufen ihre Gebeine. Die Hundemeute stürzte sich heulend auf sie und hätte sie zerfleischt, wären nicht die Leiber der teuflischen Monster in diesem Augenblick zu Stein geworden und aufgequollen zu riesigen Bergen. Auf ewig steht seit dieser Zeit der eiskalte König Watzmann erstarrt zu Stein. Und neben ihm, dem Bergkoloß, kauert sein verfluchtes, marmorkaltes Weib, und um ihn sind die sieben Bälger als kleine Felsenzacken. Tief unten aber liegen zwei Seen, in die einst das Blut der Grausamen geflossen war, vermischt mit den Tränen der unglücklichen Leute und der anderen Kreaturen.

Aber auch heute noch versucht der Watzmann, Leute zu töten, die auf seinen Gipfel klettern wollen. Er stürzt sie hinunter in seine höllischen Abgründe, wo sie mit zerschmetterten Gliedern liegenbleiben.

Vom Königssee,
der die Frau auf die Hochzeit ließ

Ein Bauer und eine Bäuerin aus Schönau waren auf eine Hochzeit in Traunstein geladen. Aber sie hatten Schweine und Kühe, die versorgt werden wollten. Und weil der Weg weit und ein ganzer Tag für die Hochzeit nötig war, sollte nur eins von ihnen gehen dürfen.

»Du kannst gut daheim bleiben«, sagte die Frau, »du kommst so und so oft in die Stadt, während ich jahraus, jahrein zu Hause hocke.« »Du tust dir leicht«, erwiderte der Mann. »Erstens kann ich nicht ordentlich melken, und zweitens habe ich mit dem Vetter allerlei zu bereden.«

So stritten sie eine Weile hin und her, und keines wollte die Hochzeit sausen lassen. Zuletzt fiel der Frau das Echo vom Königssee ein. Wenn man auf der Mitte des Sees etwas laut rief, so gab die Bergwand immer Antwort.

»Wie wär's, wenn wir den Königssee fragen täten, wer von uns zur Hochzeit soll?« sagte die Frau.

»Das ist kein übler Einfall«, sprach der Mann. Sie ruderten also auf den Königssee hinaus. Der Mann sollte zuerst anfragen, und so rief er denn: »Soll ich auf die Hochzeit gehen oder daheim bleiben? »...daheim bleiben!« antwortete der Königssee.

Nun kam die Frau dran: »Soll ich daheim bleiben oder zur Hochzeit gehen?« »...Hochzeit gehen!« rief der Königssee. »Da siehst du's«, sagte die Frau, »der Berg und der See sind ganz meiner Meinung.«

Damit war der Streit für die Frau entschieden, und mit gutem Gewissen machte sie sich einen lustigen Tag. Der Bauer aber saß zu Hause und brummte: »Das hätte ich vom Königssee auch nicht gedacht, daß er den Weibern hilft. Aber so ist es immer, wenn du glaubst, einer hilft dir, legt er dich stattdessen hinterfotzig herein.«

Die Schwanenfee

Vor langer Zeit ging einmal ein Jägersbursche im Gebirge an den Hängen des Watzmanns auf die Jagd. Seine Hunde hatten ein Murmeltier aufgespürt, und nun war er dem armen Mankei auf den Fersen. Der Jägersmann kletterte die Abhänge immer höher hinauf, bis er die Beute fast erreicht hatte. Aber im letzten Augenblick verschwand das Murmeltier mit lustigem Pfeifen in der Röhre seines Baus.

Zuerst war der Jägersbursche maßlos enttäuscht, aber als er in das tief drunten liegende schmale Tal hinabblickte, war er sprachlos vor Begeisterung. Gute 2000 Meter unter ihm lag glänzend zwischen zackigen Felswänden ein herrlicher See. Seine Fluten schimmerten in tiefstem Smaragdgrün. Und schon entfuhr dem Jägersburschen der begeisterte Ausruf:»Du bist der König aller Seen, du bist der Königssee!«

Nach kurzer Rast stieg der Jäger wieder ins Tal hinab. Kein menschliches Wesen traf er in den felsenzerklüfteten Wänden des Watzmanns. Bald stand er an den Ufern des Königssees, den nur ein wunderschöner weißer Schwan majestätisch durchschwamm. Die Jagdhunde, die es zu ihm hinzog, hielt ihr Herr mit starkem Griff zurück. Er suchte in seiner Jagdtasche nach einem Stück Brot und warf es dem prächtigen Vogel zu. Im selben Augenblick schüttelte der Schwan sein milchweißes Gefieder und verwandelte sich in eine engelsschöne Frau. Goldenes Haar umfloß ihr edles Haupt und breitete sich wie ein glitzernder Mantel über ihr meergrünes Gewand. Es war Schwanhilde, die Schwanenfee.

Der Jägersbursche unterhielt sich lange Zeit angeregt mit ihr. Beim Abschied packte sie ihm die Jagdtasche voll mit glänzendem Gestein, das sie aus einer Felsader herausgebrochen hatte.

Nach ein paar Wochen schon wanderte der Jäger mit seiner jungen Frau denselben Weg, den ihm das Murmeltier gezeigt hatte, über die schroffen Wände des Watzmanns ins herrliche Seetal hinab. Dort baute er sich am Ufer der Ache ein kleines Haus zwischen den Eichen und Lindenbäumen. In warmen, hellen Nächten kam oftmals Schwanhilde, die gute Fee, zu dem glücklichen Paar und zu ihren fröhlichen Kindern.

Aber nach ein paar Jahren geriet die Familie in dieser kargen Gegend in Not. Es mangelte ihnen an Geld, sie hatten Hunger, und auch die Krankheiten blieben nicht aus. In seiner Verzweiflung setzte sich der Jägersbursche in einen Kahn und ruderte darin hinaus auf den See, um bei der schönen Schwanhilde Hilfe zu erbitten.

Da geleitete die Fee den Unglücklichen seeabwärts die grüne Ache entlang, in das heutige Tal von Berchtesgaden. Am Haselgebirge öffnete sie mit ihrer Zauberkraft die starren Steinwände und führte den erstaunten Jäger mitten hinein in die Pracht des Salzberges.

Noch am selben Tag holte sich der Jägersmann das weiße Gold aus dieser Schatzkammer und verkaufte es draußen im Land. Überall schätzte man das Salz als köstliches Gewürz, und der Jäger hatte Mühe, alle Wünsche zufriedenzustellen.

Bald lebten er und seine Familie wieder im Wohlstand, und sie gingen nicht mehr aus dem herrlichen Tale fort, in dem sie so viel Glück gefunden hatten.

Das Berchtesgadener Goldvögelein

Ein fleißiger und redlicher Salzbergarbeiter im Berchtesgadener Land ernährte seine Frau und das einzige Töchterchen recht ordentlich. Aber eines Tages brachen Erdmassen auf ihn hernieder und schlugen ihn tot. Als des Vaters tätige Hände nichts mehr verdienen konnten, kehrte in dem kleinen, windschiefen Haus bittere Not ein. Sie vergrößerte sich bald noch, weil der Herbststurm das Dach und die Giebelwand eindrückte, wobei die Kuh und die Ziege zugrunde gingen.

Die arme Witwe sprach eines Morgens zu ihrem Kind: »Nun ist das letzte Scheitlein Holz in den Ofen gewandert, das noch unser Vater, Gott hab ihn selig, gespalten hat. Wenn du nicht in den Wald hinüberläufst und rasch einen Bund dürrer Reiser holst, können wir uns zu Mittag gar keine Suppe kochen!«

»Wenn es so steht, Mutter, will ich gleich gehen«, antwortete das Mädchen, nahm einen Korb auf den Rücken und ging fort. Soviel es aber auch unter den Bäumen suchte, so fand es doch nirgends ein Ästchen. Es waren wohl erst Leute im Walde gewesen, die alles Dürrholz gesammelt hatten.

Das Kind war recht traurig und weinte, weil es sich vor der Mutter schämte, wenn es mit leerem Korbe heimkäme. Wie es so betrübt einherschlich, sah es auf einmal vor sich einen Haufen Butzelkühe.

Dabei saß auf einem Busch ein goldgelbes Vögelein, das in einem fort sang:

> »Mädchen, scheue nicht die Mühe,
> trage heim die Butzelkühe!«

Das Kind horchte eine Zeitlang zu und sagte: »Vöglein, du hast recht. Lieber Butzelkühe als gar nichts! Wenn sie auch schnell verbrennen, so kann die Mutter doch eine Suppe auf dem Feuer

46

kochen. Nachmittags gehe ich dann in einen anderen Wald, wo ich sicher Reisig finden werde.« Rasch bückte es sich und warf so viele Tannenzapfen in den Korb, daß man gerade einmal damit anschüren konnte, während es die übrigen achtlos liegen ließ.

Als es mit der winzigen Last heimkam, rief es schon im Hausgang: »Mutter, denk dir nur, der ganze Wald ist wie ausgeblasen. Nicht ein einziges Rütlein liegt am Boden. Gar nichts war zu haben. Ich wäre sicher leer heimgekommen, wenn nicht ein goldgelbes Vögelein immer gesungen hätte:

>»Mädchen, scheue nicht die Mühe,
>trage heim die Butzelkühe!«

»Ach, du bringst nur diese paar wertlosen Tannenzapfen«, rief die Frau mürrisch. »Als ob die ein richtiges Feuer gäben!« Mit diesen Worten nahm sie den Korb vom Rücken der Tochter und schüttete den Inhalt verächtlich in die Holzecke neben dem Herd.

Aber, was war das? Das klang und klapperte ja wie lauter Gold und Silber. Rasch bückten sich die beiden und wollten die Tannenzapfen betrachten. Sie sahen aber keine Butzelkühe mehr, sondern ein hübsches Häufchen funkelnder Goldstücke. Die glänzten und schimmerten, als kämen sie soeben aus der Münze.

Nun zündete die Frau schnell ein Licht an und durchsuchte den finsteren Winkel auf das genaueste, um ja nichts zu verlieren. Dann trugen sie ihren Reichtum in die Stube und verwahrten ihn in der Schublade.

»Hättest du doch den ganzen Korb voll heimgebracht!« nörgelte die Mutter jetzt. »Komm, wir wollen alle Butzelkühe holen, so viele noch draußen sind!«

Beide eilten in den Wald, dessen Boden jetzt bedeckt war mit dürren Ästen und Zweigen. Dagegen sahen sie kein goldgelbes Vögelein mehr und auch keinen einzigen Tannenzapfen:

Aus dem Dickicht aber hörten sie es singen:

»Mädchen, scheutest zuviel Mühe,
weg sind alle Butzelkühe!«

Da ging das Mädchen mit seiner Mutter heim. Sie waren jedoch mit ihrem ansehnlichen Schatz in der Schublade zufrieden und hatten für ihr Leben ausgesorgt.

Der Reichenhaller Wolpertinger

In der Nähe des Königssees hauste eine arme Frau. Eines Tages ging sie in den Wald, um Holz zu sammeln. Dabei ließ sie den Sack offen am Boden liegen und bemerkte nicht, daß ein Wolpertinger neugierig in ihn hineingekrochen war. Er verklemmte sich dabei so ungeschickt zwischen den bereits angesammelten Ästen, daß er sich nicht mehr aus seinem selbstgewählten Gefängnis befreien konnte.

Als die Frau mit einer Schürze voll Reisig zurückkam, verhielt sich der Wolpertinger zunächst mucksmäuschenstill. Erst als die Frau das Holz in den Sack stopfte, begann der Gefangene kläglich zu schreien.

Die arme Frau befreite ihn sofort, bettete das verletzte Wesen mitleidig in ihre Schürze und trug es nach Hause.

Auf dem Weg liefen ihr die beiden Kinder entgegen. Als sie sahen, daß die Mutter etwas bei sich trug, fragten sie: »Sag uns, was verbirgst du da in deiner Schürze?« Die Frau verriet es ihnen, und da wollten die Kinder den Wolpertinger sofort für sich haben. Aber die kluge Mutter gab ihnen das wunderbare Wesen nicht. Sie hatte Angst, die Kleinen würden es quälen.

Zu Hause bettete sie den Wolpertinger auf weiche Kleider und gab ihm frische Gemseneier, die sie eigentlich für sich und die Kinder hatte zubereiten wollen.

Als sich der Wolpertinger gestärkt hatte und wieder zu Kräften gekommen war, war er mit einem Male fort und verschwunden.

Nach einiger Zeit ging die Frau wieder in den Wald. Als sie auf dem Heimweg mit ihrem Holzsack an die Stelle kam, an der sie den Wolpertinger entdeckt hatte, stand dort eine riesige schwarze Gestalt, winkte die arme Frau zu sich und warf ihr einen Topf mit Fett in die Schürze.

Die Frau wußte nicht recht, was sie davon halten sollte. Ihr erschien dieses eigenartige Geschenk ziemlich wertlos, aber dennoch nahm sie es mit sich.

Als sie nach Hause kam, hörte sie schon von weitem ihr Töchterchen jämmerlich weinen.

Das Kind war beim Spielen gestürzt und hatte sich beide Knie blutig geschlagen. Die Mutter wußte zunächst gar nicht, was sie tun sollte. Da fiel ihr Blick auf den Topf, und sie dachte: »Das Fett wird wohl den brennenden Schmerz etwas lindern.«

Sie bestrich also vorsichtig die blutenden Knie ihres Kindes, und siehe da, im selben Augenblick waren sie heil. Nicht der geringste Kratzer war mehr zu sehen.

Jetzt ahnte die Frau, welch wunderbare, heilende Wirkung das Fett hatte. Sie füllte etwas davon in eine Dose und verkaufte es am nächsten Tag als Heilsalbe auf dem Markt.

Als sie heimkam, stand der Topf randvoll mit Fett auf dem Tisch, so als hätte sie ihm nie etwas entnommen.

Rasch sprach sich die wunderbare Kraft der Salbe herum, und bald kamen die Leute in Scharen zu der Frau, um sich auch etwas von dem Mittel zu kaufen.

Im Nu war die leere Kasse der armen Frau mit Goldstücken gefüllt, und sie merkte, daß sie diesen Reichtum als Lohn für ihr Mitleid mit dem verletzten Wolpertinger erhalten hatte.

In kurzer Zeit war sie so reich, daß sie nicht nur selbst im Wohlstand lebte, sondern auch ihre Nachbarn und alle Bewohner der Gegend reich beschenken konnte.

Wolpertinger aber gibt es in ganz Bayern leider nur noch sehr wenige. Doch wirkt sich ihre Wunderkraft auch in unserer Zeit noch segenbringend auf dieses Land und ihre Bewohner aus.

Die drei Ratschkathln

Es waren einmal drei Bäuerinnen, die Kathi, die Leni und die Zenzi. Die ratschten so allerhand miteinander, und jede hatte mit der anderen besondere Geheimnisse, die der dritten nicht verraten werden durften.

Aber einmal schien doch die Leni von der Zenzi etwas erfahren zu haben, das nicht für ihre Ohren bestimmt war. Da stürzte die Kathi zur Zenzi und beschwerte sich: »Du, sie hat mir gesagt, du hättest ihr das gesagt, von dem ich dir gesagt habe, du solltest es ihr nicht sagen.«

Die Zenzi verteidigte sich erbost: »Ich hatte ihr doch gesagt, sie solle dir nicht sagen, daß ich es ihr gesagt habe.«

Sofort beschwichtigte sie die Kathi: »Ich habe ihr versprochen, dir nicht zu sagen, daß sie mir gesagt hat, daß du es ihr gesagt hättest; also sag ihr nicht, daß ich dir gesagt habe, daß sie es mir gesagt hat.«

Die Zenzi hielt sich daran, und deshalb ratschen die drei Bäuerinnen noch heute allerhand miteinander, so als wäre nichts geschehen.

Der saufreche Chiemseewassermann

Es war einmal ein Fischer am Chiemsee, der hatte seinen Kahn gerade verankert und wollte sich ein paar Fische fangen. Als er genug geangelt hatte, machte er sich ein Feuer an, um sie zu braten. Da tauchte plötzlich der Wassermann aus dem See. Das ist ein ganz kleines Kerlchen, so groß wie ein Karpfen ungefähr. Er hat eine grüne Kappe auf, sonst ist er nackert. Er stellte sich neben den Fischer hin und fragte ihn:»Wie heißt du?« – »Ich heiße Selbergetan«, sagte der Fischer. Der Wassermann konnte kaum reden, weil er den ganzen Mund voller Frösche hatte. »Selbergetan, ich spuck dich an«. Da sagte der Fischer:»Dann nehm ich einen Stock und schlag dich krumm und lahm.«

Aber der Wassermann kehrte sich nicht daran. Ehe sich's der Fischer versah, spuckte er ihm alle Frösche in die Pfanne. Da wurde der Fischer zornig, nahm seinen Stock und schlug gewaltig auf den Dreckbären los, daß dieser ganz jämmerlich zu schreien anfing.

Da streckten die anderen Wassermänner und Wasserfrauen ihre Köpfe aus dem Chiemsee. Sie fragten, wer ihm denn etwas getan habe, daß er so schreie. Da rief der Wassermann:»Selbergetan! Selbergetan!« Als die anderen das hörten, tauchten sie wieder unter und meinten:»Dann ist dir nicht zu helfen, wenn du dir selber etwas getan hast.«

Die faule Zenz aus Wasserburg

Es ist schon viel Wasser seitdem den Inn hinuntergelaufen, da hatte einmal ein Wirt in Wasserburg drei Töchter. Die zwei älteren waren brav und fleißig und arbeiteten zu Hause und auf dem Feld, die jüngste Tochter aber, die Zenz hieß, war erzfaul, schlief, bis ihr die Sonne in die Augen schien, und kümmerte sich weder um Küche noch Keller. Eines Tages mußte sie aufs Feld gehen, um dort zu arbeiten. Die Zenz war aber wieder faul wie immer, legte sich, als sie auf den Acker gekommen war, unter den Kirschbaum und räkelte sich im Schatten. Bald war sie eingeschlafen, doch dauerte ihre Ruhe nicht lange, denn eine große Kröte kroch ihr über das Gesicht.

Das Mädchen fuhr erschrocken auf und zitterte an allen Gliedern, als sie das häßliche Tier sah. Die Kröte faßte sich bald, hockte ruhig auf dem grünen Boden, sah die faule Dirn mit ihren dunklen Augen an und sagte endlich: »Guick, guack. Zenz, geh mit mir! Guick, guack!«

Da dachte sich die Zenz, bei diesem schmutzigen Tier wird es nicht viel Arbeit geben und sagte: »Ja!«

Nun patschte die Kröte durchs Feld hin, und die schläfrige Zenz folgte ihr nach und gähnte. So ging es eine Zeitlang, dann kamen sie in den Wald, der an des Wirtes Güter grenzte. Die Kröte hüpfte eine Weile durch dick und dünn, und Zenz folgte ihr. Sie waren erst eine kleine Strecke gegangen, da stand ein großes, herrliches Schloß vor ihnen, das Zenz noch nie gesehen hatte, obwohl sie den Wald gut kannte. Die Kröte watschelte in die schöne Burg hinein, die Zenz ging nach und dachte bei sich: Da ist's feiner als in meines Vaters Wirtshaus, wo einem die Gäste viel Arbeit machen. Als beide im Saal waren, fing die Kröte, die auf dem Wege kein Sterbenswörtchen verloren hatte, wieder zu reden an: »Guick, guack! Zenz, jetzt mußt Du 7 Jahre bei mir bleiben. Guick, guack,

ja, 7 Jahre darfst Du Dich nicht mehr waschen, nicht mehr kämmen und nichts Warmes mehr essen...« Na, dachte Zenz, das ist
kein Schrecken! Das will ich gerne tun, und sie hatte die größte
Freude an diesem Befehl der Kröte. Und Zenz wusch sich nie,
kämmte sich nie und aß nie warme Speisen. Sie lag Tag und Nacht
und Nacht und Tag in ihrem Bett und stand höchstens auf, wenn
der Hunger sie plagte; aber auch dann trank sie nur kühles Wasser und aß hartes Brot.

So verging ihr die Zeit schnell, und ehe sie es wünschte, waren die
7 Jahre vorüber. Der Jahrestag ihrer Ankunft im Waldschloß stand
bevor. Es wollte Abend werden und die Sonne sank schon hinter
die Berge, da begann es fürchterlich zu donnern; die Kröte
platschte in den Saal, wo Zenz faulenzte und sprach:»Guick,
guack, Zenz, heute mußt' wachen, heut darfst kein Auge zufallen
lassen.«

Ja, dachte Zenz, jetzt hast 7 Jahre geschlafen, jetzt kannst wohl
auch eine Nacht wachen, stieg aus dem Bett und setzte sich in
einen seidenen Lehnsessel. Indessen dunkelte es mehr und mehr,
und ein fürchterliches Gewitter zog am Himmel herauf. Kein
Stern ließ sich sehen, nur Blitze zuckten durch die schwarzen Wolken, und der Sturmwind heulte wie ein hungriger Wolf durch den
Wald. Wie es schon spät war und der Sturm am ärgsten lärmte,
läutete es am Schloßtor. Als das die Kröte hörte, sagte sie zur
Zenz:»Guick, guack, laß es ein!«

Zenz ließ sich das gefallen, nahm die Lampe, stieg in den
Schloßhof hinab und öffnete das Tor. Davor stand ein wunder-
schöner Ritter, der für die gastliche Aufnahme dankte und der
Zenz in den Saal folgte.

Wie die Kröte den schönen Ritter sah, der vom Unwetter hart
mitgenommen war, hüpfte sie auf und quakte:»Guick, guack!
Zenz, was Warmes koch und dann auch essen davon! Vorher
mußt du dich aber waschen, kämmen und das Gewand anziehen.«
Bei den letzten Worten langte die Kröte aus einem Kasten ein
prachtvolles Kleid hervor. Das Mädchen war zufrieden und dach-

te bei sich: In 7 Jahren kannst du wohl einmal kochen und eine kleine Arbeit tun, besonders wenn du ein so schönes Kleid dafür bekommst. Sie ging nun in die Küche, machte Feuer im Herd und briet einen Hasen, den sie da auf der Anrichte fand. Dann kämmte und wusch sie sich und zog sich das schöne Kleid an. Sobald der Hase gebraten war, legte sie ihn auf den Teller und trug ihn in den Saal. Wie staunte aber Zenz, als sie eintrat! Da war anstatt der garstigen Kröte eine wunderschöne Frau im weißen Kleid an der Seite des Ritters und sprach zur Zenz freundlich:»Du hast mich von dem Zauber erlöst. Deshalb nimm zum Lohn diesen Schlüssel, der dir alle Schätze meines Schlosses öffnet, und meinen Sohn zum Mann.«

Mit diesen Worten gab ihr die Gräfin einen goldenen Schlüssel und legte die Rechte des schönen Ritters in die Hand der Zenz. Dann war sie verschwunden und wurde nie mehr gesehen. Zenz lebte aber mit ihrem schönen Ritter viele Jahre glücklich auf dem Schloß. Ob sie noch dort haust, ist mir nicht bekannt.

Die drei Ebersberger Eber

Einmal ging ein Jäger in einem großen Wald auf die Jagd. Da erblickte er vor sich auf einer Lichtung drei Eber, einen großen, einen mittleren und einen kleinen. Schon legte er seine Büchse an, um alle drei zu erlegen. Da aber rief der große Eber:
»Töte uns nicht! Laß uns am Leben!
Wir werden dir einmal Hilfe geben!«
Da senkte der Jäger seine Waffe und verschonte die Tiere. Die Eber kamen ganz freundlich herbei und begleiteten ihn durch den Forst.
Als die vier aus dem Wald heraustraten, lag vor ihnen die große Stadt München. In ihr waren alle Häuser mit schwarzen Tüchern bedeckt, und die Menschen waren eigenartig still und traurig. Der Jäger fragte:»Was ist hier geschehen?« Und da erzählte man ihm:»Auf einem Berg vor der Stadt haust ein scheußlicher Drache mit sieben Köpfen. Der verlangt jeden Tag einen Menschen als Opfer. Wer die Stadt von dem Ungeheuer erlöst, bekommt die Prinzessin zur Frau.«
Da beschloß der Jäger, den Drachen zu töten. Er wanderte zum Berg vor der Stadt. Die drei Eber begleiteten ihn. Als er am Fuß des Berges ankam, bemerkte er zu seinem Schrecken, daß die Wand steil und glatt war.
Das schlug der große Eber vor:»Setzt euch alle auf meinen breiten Rücken!« Und mit einem gewaltigen Satz sprang er auf den Berg.
Dort standen die vier vor einem Schloß. Das Tor war versperrt. Da sagte der kleine Eber:»Ich schlüpfe unter dem Tor hindurch. Ich bin klein genug. Von innen schiebe ich dann den Riegel zurück.«
Als sie alle im Schloß standen, kam brüllend und feuerspeiend der siebenköpfige Drache herangestürmt.
Der große Eber riß ihm aber mit seinen Hauern vier Köpfe ab, der

mittlere schlug ihm zwei Köpfe von den Hälsen, und den siebten und letzten Kopf packte der kleine Eber. Der Jäger schoß ihm eine Kugel in die Brust.

Nun war das Ungeheuer tot. Der Jäger schnitt aus den sieben Köpfen die langen, dünnen Zungen heraus. Dann stieg er mit seinen drei Ebern den Berg hinab. Weil die Felsen aber so steil und glatt waren, stürzte der Unglückliche in die Tiefe und blieb bewußtlos am Fuße des Berges liegen.

Dies alles hatte ein Schafhirte beobachtet. Da er den Mann für tot hielt, eilte er schnell ins Schloß Nymphenburg und gab sich als Drachentöter aus. Er verlangte die Prinzessin zur Frau. Am nächsten Tag sollte die Hochzeit sein.

Inzwischen rüttelten die drei Eber ihren Freund so lange, bis er endlich am nächsten Morgen aus seiner Besinnungslosigkeit erwachte. Sofort ging er in die Stadt. Dort erfuhr er, daß heute die Hochzeit des Schafhirten mit der Prinzessin stattfinden würde.

Da schickte der Jäger den großen Eber zum König und gab ihm vier Drachenzungen mit. Er brachte sie schweigend dem König, und dieser wunderte sich über die Gabe.

Als nächsten Boten sandte der Jäger den mittelgroßen Eber, der dem König zwei Drachenzungen überreichte und sich wieder zurückzog.

Zuletzt erschien der kleine Eber mit der siebten und letzten Zunge. Da auch dieser sich wortlos entfernte, schickte ihm der König seinen Hofmarschall hinterher. So kam dieser zum Jäger und brachte ihn und seine drei Tiere sofort ins Nymphenburger Schloß.

Als der König erfuhr, wer in Wahrheit den Drachen getötet hatte, ließ er den Schafhirten kommen. Man fesselte ihn mit den sieben Drachenzungen und sperrte ihn sieben Monate lang ins Gefängnis.

Der Jäger aber heiratete noch am selben Tag die Prinzessin und wurde nach dem Tod des Königs selbst der Herrscher im Land. Die drei Eber blieben als seine Freunde im Schloß. Der große Eber wurde zum König der Tiere ernannt, der mittelgroße zum Feldmarschall, und der kleine war der Prinz der Tiere. Der Schafhirte mußte täglich ihr Fell pflegen und sie füttern.

Der Wald aber heißt nach dem Berg des Drachen und den drei Ebern bis heute Ebersberger Forst.

Der Isarneck im Starnberger See

Vor langer, langer Zeit gab es noch weibliche Wassergeister, die Nixen, und männliche Wassergeister, die Necken. Hoch oben im Karwendelgebirge, wo sich die Isar quellfrisch aus engem Felsengeklüft einen Weg herunterbahnt und über steile, glitschige Felsen und moosbedeckte Baumstümpfe dem fernen Tal entgegenhastet, dort hauste in weltverlorener Einsamkeit der Isarneck. Einst badete er in der jungen Isar und ließ seinen rauhen, schuppigen Körper vom kühlen Wellenschaum umfluten, als er auf einem zackigen Felsgrat die Frau eines Gnomen, eine Gnomide, erblickte. Ihren schönen, zarten Leib umschmeichelte ein duftiges Seidenkleid, über das sich ihr dichtes, goldblondes Haar ringelte. Die Bergelfe webte gerade an einem Gewand aus Abendrot und sang dazu ein seltsames Lied. Da überkam den Neck eine Sehnsucht, und er fühlte sich plötzlich einsam. Er ließ einen walnußgroßen Diamanten, der an einem Krönlein befestigt war, in der Sonnenglut spielen. Die Gnomide wurde durch den Glanz angelockt, und sie schwebte zu dem Wassergeist herab, der ihr das kostbare Schmuckstück anbot, wenn sie seine Freundin werden würde. Das wollte die Gnomide gerne um einen solchen Preis, und sie folgte ihm durch wirre, enge Gänge in eine Grotte bis hinein zur Quelle. In einem breiten, tiefen Becken aus Alabastersteinen lag hier ein kristallklarer See, auf dessen azurblauen Fluten drei Schwäne langsam und würdevoll ihre Bahn zogen. Seltsame Tropfsteingebilde wölbten sich zu einer Decke, von der leise klingend Wasser herniedertropfte, während sich das Sonnenlicht durch die engsten Spalten hindurchzwängte, um in diesem Sprühregen zu baden. Die Gnomide scherzte mit dem Neck, setzte bisweilen auch das zierliche Krönlein auf und erfreute sich an ihrer eigenen Schönheit, die sie im Wasserspiegel erblickte. Bald aber war sie vom Spiele müde, warf das Schmuckstück verächtlich von sich und wollte wieder auf die Berge hinauf. Aber der Neck vertrat ihr mit breitem Grinsen den Weg und schrie:»Du hast Dich mir verkauft! Du mußt hierbleiben!«Nun sah ihn die Gnomide zum ersten Mal richtig an, und angewidert rief sie ihm zu:»Ach, Du bist ja nicht einmal schön! Du struppiger, krötenhäßlicher Kerl mit Deinem gequetschten, gierigen Gesicht und den blöden, glotzenden Augen! Pfui – wie ekelt es mich vor Dir!« Aber seine Antwort war nur ein rohes Lachen. Der Neck verließ nun jeden Abend durch eine geheime Türe die Grotte und schwamm an den Wasserfällen ins Tal hinunter. Oftmals saß dann die Gnomide traurig auf einer Felsenbank, und ihre Tränen flossen in den See. Einmal stiegen die Schwäne ans Land, setzten sich ihr zutraulich zu Füßen und fingen plötzlich zu sprechen an. Sie erzählten, daß auch sie der Unhold mit Hilfe einer bösen Hexe hierher gelockt habe und sie nun gefangenhalte. Erstaunt darüber, fragte die Elfe, ob es denn keine Rettung gebe.

Einer der Schwäne sagte:»Ich habe den Neck beobachtet, wie er aus einer von ihm ängstlich behüteten Steinnische einen goldenen Schlüssel herausnahm. Damit wird er sich wohl den Ausgang aus der Grotte verschafft haben. Würde es nun jemandem gelingen, durch diese heimliche Tür einzudringen, so könnten wir unsere Freiheit wiedererlangen. Doch ohne die Hilfe eines Menschen wird uns das niemals gelingen.«

Da erinnerte sich die Gnomide an ihren schönen Gesang. Sie wollte damit einen Menschen anlocken. Jeden Abend ließ sie nun ihre schönsten Lieder erklingen. Ihre Stimme übertönte sogar das Rauschen der Quelle.

In diese Gegend verirrte sich bald schon der bayerische Märchenkönig, ein Mann von majestätischer Gestalt. Er hatte blaue Augen und einen kühn geschwungenen Mund. Er verfolgte einen Hirsch und war dabei hierher gekommen. Die dunkelblaue Dämmerung schwamm bereits vom Tiefland herauf und verdrängte den rötlichen Schein der Abendsonne, der noch auf den schroffen, mächtigen Felsen klebte. Der König war in größter Eile und stieg eben, wobei er seine Schritte absicherte, von einem Felsenhang, der von Krüppelföhren umwuchert war, zur Quelle hinab, als er plötzlich innehielt. Ein wunderbarer Gesang verwirrte ihm die Sinne. Er lauschte in den taufrischen Abend hinaus. Nun klang das Singen immer sehnsüchtiger, und dem König wurde sonderbar ums Herz. Er horchte und spähte umher, eilte weiter und hielt wieder, bis er erkannte, daß die Töne an dem Spalt, durch den die Quelle nach außen drang, am deutlichsten waren. Er lauschte, indem er das Ohr an den Felsen preßte. Die Stimme kam tatsächlich aus dem Innern, also aus einer Grotte. Wo aber war der Eingang? Der König suchte und suchte – felsauf, felsab – in größter Hast, wobei er immer auf den geheimnisvollen Klang achtete. Jetzt fand er die Stelle, aus der die ganze Fülle des Gesanges mit ungebrochener Kraft herausdrang. Die kräftigen Arme des Mannes rissen das knorrige Gezweig und das zähe Gestrüpp auseinander, und da stand er plötzlich vor einer steinernen Pforte, die durch einen goldenen Riegel verschlossen war. Ein Ruck am Riegel! Die Türe ging auf. Der Märchenkönig tastete aufgeregt durch viele niedrige Gänge, bis er endlich in die Grotte gelangte. Voll Staunen starrte er auf die ungeahnte, schimmernde Pracht, als ihm plötzlich ein weibliches Wesen, die Gnomide, entgegentrat und zu ihm sprach: »Fort von hier! Hilf uns! Fliehe mit uns!«

Das ließ sich der König nicht zweimal sagen. Hand in Hand mit der Gnomide eilte er auf dem gleichen Weg zurück, den er gekommen war. Die Schwäne drängten den beiden auf dem Fuß nach. Mühsam suchten sie nach dem Ausgang, sie tasteten umher, bis sie endlich die offene Pforte wiederfanden. Jetzt erst kam der König zur Besinnung, und er bewunderte mit seinen blauen Augen die schöne Gestalt, die auf dem Kopf ein zierliches Krönlein trug. Sie schmiegte sich zärtlich an seine Schultern und zog ihn mit sanfter Gewalt mit sich fort, immer höher und höher hinauf. Nun kannte sich der König bald gar nicht mehr aus. Dachte er denn nicht daran, daß er in Gefahr war? Jeder weiß, auf wen die Gunst einer Elfe fällt, der ist des Todes! In lautlosem Flug glitten die drei Schwäne nun an ihnen vorbei und sangen:

»Wir ziehen fort
an einen anderen Ort!
Gnomide, die Elfe, licht und fein,
soll unsere schönste Königin sein!«
Darauf entgegnete die Gnomide:
»Ich ziehe hinauf zum Elfensaal
und mir zur Seite mein Königsgemahl.
Er wird noch heute mein eigen,
kommet alle zum Hochzeitsreigen!«
Ganz von ferne klang noch der Gesang der Schwäne herüber, die
wie weiße Flocken in der Ferne verschwanden.
Indessen drängte die Gnomide den Märchenkönig weiter hinauf,
den unwirtlichen Gipfeln und scharfen Zinnen entgegen. Graue
Nebel hüllten die beiden Flüchtlinge ein. Der König hatte wie im
Traum die Augen geschlossen, und seine Lippen wurden ster-
bensbleich. Nun erreichten beide einen Grat, dessen Wand fast
senkrecht zu einem Bergsee hin abfiel. Da sang die Gnomide:
»Ich ziehe in meinen Elfensaal
und mir zur Seite mein Königsgemahl...«
Im letzten Augenblick konnte sich der König von der Gnomide
losreißen, die ihn sonst unweigerlich in den Abgrund gestürzt
hätte. Sie selbst schwebte auf den See hinunter und tauchte in die
dunklen Wellen.
Von der Quelle der Isar herüber aber gellte ein wilder Schrei. Das
war der Isarneck. Sein Fluch galt dem Märchenkönig, der ihm die
Gnomide, die drei Schwäne und den Diamantschmuck entführt
hatte. Brüllend schwor er diesem Mann entsetzliche Rache.
Schnell eilte der Märchenkönig ins Tal hinunter und ritt an den
Starnberger See in sein Schloß Berg zurück. Der Isarneck aber öffnete in rasender Wut alle Schleusen, welche die Wasserfluten im
Becken der Grotte stauten. Schlammig gelb wälzten sie sich to-
send ins Tal hinunter vorbei an Dörfern und Städten, so daß alle
Menschen erschraken. In dem wütenden Gewoge raste der Neck
flußabwärts. Dabei zog er mit seinen kalten Armen Kinder, Män-

ner und Frauen in die Tiefe, die zu nahe am Ufer standen. Sie wollten das Hochwasser betrachten. Vorbei an Bad Tölz, an Wolfratshausen glitt der Isarneck, ließ sich von den Wasserfluten durch München hindurchreißen, und hinter Moosburg bog er in die Amper ab, vor Dachau in die Würm, er wollte in den Starnberger See gelangen, wo er an dem König, der in Schloß Berg saß, seine Rache zu kühlen gedachte. Vor dem Schloß versteckte er sich am Ufer im Schilf.

Am Abend ging der Märchenkönig im Park spazieren. Traurig schritt er am Uferweg entlang. Sehnsüchtig erinnerte er sich an die Gnomide, und an ihr Lied:

»Ich ziehe in meinen Elfensaal
und mir zur Seite mein Königsgemahl.
Er wird noch heute mein eigen.
Kommet alle zum Hochzeitsreigen!««

Im selben Augenblick tauchte der Isarneck aus dem Starnberger See und zog den Märchenkönig in die Wasserfluten, bis er ertrunken war. Der Wassergeist hatte seine Rache gestillt und schwamm zurück und hinauf zu seiner Quellengrotte.

Die Diener fanden am nächsten Morgen den ertrunkenen König, und sie errichteten dort, wo er im Wasser gelegen hatte, ein Kreuz zu seinem Angedenken.

Manchmal in der Nacht hört man seither ein fernes, geheimnisvolles Singen:

»Ich lebe in meinem Elfensaal.
Sagt an, wo ist mein Königsgemahl!
Wann wird er endlich mein eigen
im Tanz beim Hochzeitsreigen?«

Der goldene Tod im Ammersee

Einmal fuhren drei Fischer auf den Ammersee hinaus, um Fische zu fangen. Doch nichts wollte ihnen ins Netz gehen. Also gut, sie zogen die Netze wieder ein und schimpften und fluchten. Da wurde es mit einem Mal neben dem Kutter heller, und aus den Fluten tauchte der weißhaarige Ammersee-Nöck. »Ei, drollige Menschlein«, rief er, »ihr braucht net fluchen und murren. Sonst gönn ich euch ja immer viel, bloß heute spielt mein jüngster Sohn mit den Fischen. Es ist mein liebstes Kind. Und weil ich auf ihn aufpassen muß, treib ich gleich den ganzen Schwarm von eurem Netz weg. Aber wenn ihr mir versprecht, daß ihr meinen Jungen wieder auslaßt, dann könnt ihr nochmal eure Netze auswerfen. Mein Bub ist der schönste, ihr werdet ihn sofort erkennen.«
Die Fischer nickten ängstlich.
Der Nöck tauchte in die Fluten zurück. Hei, schon warfen die drei Fischer ihre Netze wieder in den See, und diesmal quoll es von prächtigen Fischen nur so über Bord. Wie lebende Wellen umkreisten die Schwärme das Boot. Da patschte es und schnappte und zappelte und sprang und die Fischer sangen und freuten sich gar sehr. Plötzlich aber blitzte es auf, und ein Fisch aus lauter Gold flog auf die Planken. Eine jede Schuppe ein Goldstück mit einem Edelstein besetzt und die Kiemen rote Rubine, die Flossen mit Perlen überzogen, die Zähne echte Diamanten und auf dem Kopf ein Krönchen. Da wisperte das Fischlein mit seinem rosigen Schnäuzchen: »Ich bin Prinz Nöck. Werft mich zurück in den See!« Aber die Fischer stierten ihn nur an und griffen an ihm herum. »Werft mich zurück in den See!« ertönte zum zweiten Mal die Stimme. Die Fischer konnten es immer noch nicht glauben. Zum dritten Mal jetzt die Bitte: »Werft mich zurück in den See!« Jetzt lachten die Fischer und schüttelten den Kopf.

»Blöd werden wir sein«, riefen sie übermütig. Schon zupften sie an seinen Goldplättchen und Edelsteinen. Sie konnten nur an eines denken: Gold!

Da, auf einmal überflog ein Goldschein alle gefangenen Fische, und sie wurden – hast du nicht gesehen – im Nu zu purem Gold. Es klirrte und klapperte im Schiff und die Fischer jubelten vor Freude. Aber von der blitzenden Last begann der Kutter zu sinken. Da schrien die Fischer: »Los, schnell leerschaufeln!« Wie ein lustiges Feuerwerk sprühten die Goldfische auf, aber für jeden zurückgeworfenen Fisch sprangen zwei neue und größere Goldfische ins Boot zurück, so lange, bis es gesunken war und über allem die Wogen zusammenschlugen und nichts mehr freigaben bis zum heutigen Tag.

Der Goggolori vom Wörthsee

Es war einmal ein tüchtiger Handwerker, der war eines Tages von Inning am Wörthsee über Land nach Utting am Ammersee gegangen und er machte sich am frühen Nachmittag auf den Heimweg, denn er wußte, mit welcher Freude und Ungeduld ihn die Seinen erwarteten.

Es war ein heißer Tag gewesen und dem Wanderer stand der Schweiß in hellen Tropfen auf der Stirn von der schwülen Luft und von der Mühsal des Weges. Zudem hing ihm ein großer Tragkorb als schwere Last auf dem Rücken.

Dennoch schritt der brave Mann unverdrossen dahin, pfiff sich sogar ein heiteres Lied und schmunzelte dann und wann in sich hinein. Denn er dachte an das freudige Gesicht seiner Frau, für die er ein hübsches Halstuch im Korb trug.

Aber plötzlich blieb er stehen, als wenn ihm etwas einfiele, was er vergessen hatte. Hatte er denn nicht auch seinem kleinen Buben von Inning etwas mitbringen wollen? Oh weh! Nun hatte er es doch im Trubel des Tages und vor lauter Eifer und Eile vergessen, und sein lieber kleiner Hans, dem er so gerne eine Freude bereitet hätte, ging diesmal leer aus.

Seine heitere Laune schwand dahin und er war ärgerlich wegen der eigenen Vergeßlichkeit und er schimpfte sich selbst deswegen. Noch einmal umkehren nach Inning und das Versäumte nachholen konnte er nicht. Denn der Tag ging bereits zur Neige und er mußte noch einen weiten Weg wandern, ehe er den Kirchturm seines Dorfes erblicken durfte. Er war ganz verdrießlich.

Als er sich dem Wald näherte, wurde er unterdessen wieder etwas heiterer, und seine düstere Miene hellte sich auf.

»Ei«, sprach er zu sich selbst, »was zerbrech ich mir lange den Kopf darüber? Ich werde im Wald ein Eichkätzchen einfangen. Das wird meinem Hansl sicher eine große Freude bereiten.«

Aber es war, als wenn die Eichhörnchen seine Gedanken erraten hätten. Kaum kam ihm eines der flinken Tierlein zu Gesicht, so huschte es auch schon einen Baum hinauf und sah zuweilen gar spöttisch von oben auf den ungeschickten Jäger hinab.

Der Mann dachte, die schwere Last auf seinem Rücken würde ihn daran hindern, es den geschickten Kletterern nachzutun. Er legte daher den schweren Tragkorb nieder auf den Waldboden, zog auch seine Jacke aus und breitete sie darüber.

Nun schien es ihm leicht zu sein, den starken Baumstamm zu erklettern und einen der kleinen Rotröcke zu erwischen. Aber all sein Bemühen war vergebens. Die Tiere waren schneller als er. Sie sprangen leichtfüßig von einem Ast zum andern, hüpften auf den nächsten Baum und von dort wieder weiter auf einen anderen. Kein Eichhörnchen wollte sich einfangen lassen.

Mißmutig stieg der ungeschickte Jäger endlich vom Baum herunter und warf sich müde von der erfolglosen Jagd neben seinem Tragkorb nieder.

Da war es ihm doch mit einem Male, als ob etwas neben ihm wispere und flüstere. Er hielt den Atem an und lauschte, konnte aber nichts unterscheiden und meinte schon, der Tannenbaum über ihm habe nur etwas die Zweige bewegt.

Wirklich rauschte die Tanne bei dem kaum wahrnehmbaren Winde über die Maßen. Und als sie ihre Äste nur so hin und herschwang, mußte es geschehen, daß ein Tannenzapfen sich löste und dem guten Mann mitten auf die Nase plumpste.

Der schrie ach und weh vor Schrecken, aber gleich darauf hielt er inne. Denn jetzt hörte er ganz nahe an seinem Ohr ein spöttisches Kichern, das aus seinem eigenen Korb zu kommen schien. Rasch sprang er auf die Füße und riß schnell wie der Blitz den Rock in die Höhe. Und siehe: Ein kleines, graues Ding huschte in den Korb hinein und suchte unter Decken und Tüchern ein Versteck. War es ein flinkes Waldmäuslein oder gar eine schnelle Eidechse? Der Mann griff in den Korb und erwischte sofort den kleinen Eindringling. Er hob ihn in die Höhe und mußte hellauf lachen über den Fang, den er da gerade gemacht hatte. Das war nicht Maus, noch Vogel, noch sonst ein Tier, sondern ein klein winziges, zappelndes Männlein, nicht recht viel größer als die Hand eines Kindes.

Das Männlein zeterte mit einer überaus komischen Fistelstimme und strampelte mit den Händen und Füßen in der Faust, die es gefangen hielt. Aber da half kein Zetern und Zappeln. Der feste Griff wurde darum nicht lockerer.

Peter – so hieß der Mann – hatte das Männlein gegen das Licht gehoben und betrachtete seinen Fang einmal ganz genau.

»Ei«, so rief er aus, »das wird ein prächtiges Geschenk für meinen Hansl! Das wird ihm besser taugen als ein Eichhörnchen. Da wird der Bursche Augen machen.«

Und abermals mußte er lachen über die sonderbare Beute, die ihm von selbst in den Korb gelaufen war. Das Männlein war aber auch garstig anzuschauen. Es trug ein knappes graues Wams, ein graues Höslein und auf dem grauen Schopf eine winzige Kappe in der gleichen Farbe. Vom Munde hing ihm ein dünner grauer Zottelbart, der fast so lang war wie das ganze Männlein selbst.

Nun wußte Peter, was er gefangen hatte: Einen waschechten Goggolori, an manchen Orten auch Guggaleri genannt. Solche Kobolde wohnen im tiefen Wald, wo sie den ahnungslosen Wanderer erschrecken und ausspotten, ja manchmal sogar in einen tiefen Sumpf hineinlocken, wenn einer vorhanden ist.

Bevor Peter wieder in seinen Rock schlüpfte, steckte er den Goggolori in die Tasche und knöpfte sie schnell zu. Dann nahm er frohgemut seine Last wieder auf den Rücken und wanderte mit festen Schritten seinem Ziele zu.

Unterwegs strampelte das Männlein in der dunklen Rocktasche wie ein gefangener Fisch im engen Netz. Mit seinen winzigen Beinchen glaubte es, dem großen Mann heftige Fußtritte zu versetzen, wogegen der nur ein leises Kitzeln in der rechten Seite verspürte.

Gegen Abend endlich langte Peter bei seinem Häuschen in Utting an. Freudig kam ihm seine Frau entgegen. Doch sein kleiner Hans, der sonst immer so munter auf ihn zugesprungen war, machte ein überaus trübseliges Gesicht und kam ganz traurig heran.

»Potzblitz«, rief da der heimgekehrte Vater, »das ist ja ein sonderbarer Empfang. Was gibt es denn zu flennen?« Da nahm die Mutter den bitterlich weinenden Buben in den Arm und erzählte dem Vater, was sich zugetragen und den Kleinen so sehr betrübt hatte. Der liebste Freund vom Hansl, der Rabe Jakob, war entwichen. Der Junge hatte ihm in der Früh sein Futter gebracht und dabei vergessen, sein Häuschen wieder zu schließen. Das hatte sich der schlaue Vogel zunutze gemacht und war durch das offene Fenster auf und davon geflogen.

Das war freilich für den kleinen Hans ein Grund, den Kopf so traurig hängen zu lassen. Allein der Vater wußte ihn schnell zu trösten. Auf seinen Wink hob ihm die Frau den schweren Korb vom Rücken. Sodann knöpfte er die Rocktasche auf und zeigte seinem Hansl den putzigen Goggolori.

»Schau her«, so rief er dabei, »was ich Dir Schönes mitgebracht habe. Das ist doch ein weitaus lustigerer Bursch als der böse Jakob!«

Da klatschte Hans in die Hände vor Freude und streckte die Arme aus nach dem neuen Spielzeug. Doch das Männlein strampelte wieder so heftig mit seinen kleinen Beinen, daß es dem Vater aus der Hand zu springen drohte. Er nahm daher das zappelnde Kerlchen und setzte es blitzschnell in den leeren Käfig, aus dem der Rabe Jakob entwichen war.

Nun saß der Goggolori in einem engen Verschlag als Gefangener. Er schimpfte ausgiebig mit seinem schrillen Stimmchen, aber die anderen lachten darum nur umso mehr. Der kleine Hans brachte ihm süße Nüsse und Mandelkerne zum Essen, aber das Männlein tobte nur noch umso wütender und warf die guten Sachen dem Spender an den Kopf.

Der Vater ließ sich am wohlgedeckten Abendtisch nieder und lud auch Frau und Kind ein, sich niederzusetzen. Hansl konnte fast gar keinen Bissen hinunterbringen vor lauter Freude über das sonderbare Männlein und er mußte immerzu den kleinen Gefangenen dort oben im Käfig anschauen.

Der saß nun müde vom vergeblichen Hin- und Herwüten in seiner Ecke auf dem Boden und beachtete seine Feinde überhaupt nicht mehr. Er hatte ihnen mürrisch den Rücken zugekehrt und schaute in verbissenem Zorn vor sich hin.

Es kam der Abend, und alle begaben sich zur Ruhe. Bald lag das Häuschen mit seinen Bewohnern im tiefsten Schlummer. Doch der kleine Goggolori fand keinen Schlaf. Wenn es auch dunkel wurde im Zimmer, so sah er doch alles so deutlich, als sei es hellichter Tag. Er saß in seinem Verschlag und dachte mit seinem ganzen schlauen Witz darüber nach, wie er aus seiner Gefangenschaft wieder los käme. Er sann die ganze lange Nacht hindurch. Aber endlich schien ihm doch ein schlauer Plan eingefallen zu sein und mit zufriedener Miene legte er sich im Morgengrauen zu einem kurzen Schlummer in die Ecke nieder. In aller Frühe bereits kam der Hansl mit neuem Futter und einem Schälchen mit frischem Wasser. Er wollte das Männlein ebenso versorgen wie seinen entflohenen Raben. Der schlaue Goggolori dachte schon, der Bub würde vielleicht auch heute wieder das Gittertürchen an seinem Käfig öffnen. Mit erwartungsvollen Blicken sah der Kobold dem Buben zu. Aber Hansl kletterte nur hinauf aufs Fensterbrett, um den Futternapf in den Käfig zu schieben. Das Türchen aber ließ er zu.

Nun dachte das Männlein bei sich: »Der Bursche ist nicht so dumm, wie ich geglaubt habe. Ich kann ihn nur mit schlauer List dazu bringen, mir den Käfig aufzumachen. Dann wird es mir ganz leicht fallen, es dem Raben nachzumachen und durch das Fenster zu entkommen.«

Der Goggolori schaute also den Hansl ganz treuherzig an und tat, als ob er ihm für das Morgenfutter recht dankbar wäre. Wirklich zerknackte er mit seinen scharfen Zähnen ein paar harte Nüsse und ließ sich auch das frische Wasser gut schmecken.

Hans saß indessen auf dem Fensterbrett und schaute mit heiteren Augen zu, wie das Männlein kaute und schluckte.

Nach beendigter Mahlzeit setzte sich der Goggolori auf die Käfigstange, baumelte mit seinen winzigen Beinchen und summte eine Weile scheinbar ganz lustig vor sich hin, als ob er vollauf zufrieden wäre. Darauf rutschte er die Stange entlang bis an die Fensterscheibe und schaute ganz scharf durch das Gitter. Er tat, als wenn der kleine Hans gar nicht im Zimmer wäre, und schien etwas ganz Besonderes da draußen zu erspähen. Er drückte den kleinen grauen Schopf dicht an die Stangen und rief mehrmals mit leiser zirpender Stimme: »Wulle – wulle – wulle!«

Hans schaute auch hinaus, konnte aber nichts wahrnehmen. Da fragte er das Männlein: »Was siehst Du? Wen rufst Du?« Das Männlein tat furchtbar erschrocken und nahm eine weinerliche Stimme an: »Ach«, jammerte es, »du bist noch hier! Nun kann ich dir keine Überraschung bereiten, wie ich das zum Dank für Dein gutes Essen so gerne getan hätte.«

Der neugierige Hans durchlöcherte den Goggolori nun mit Fragen und wünschte zu wissen, welche Überraschung ihm der Kobold denn eigentlich bereiten wollte. Das listige Männlein zögerte erst eine ganze Weile und erklärte dann mit einer überaus traurigen Miene: »Als ich mich soeben an Speis und Trank erfrischt hatte, wollte ich mich auch ein wenig an der schönen Aussicht erfreuen. Da sah ich plötzlich dort drüben an dem dicken Apfelbaum mein kleines Goggoloriweibchen sitzen. Es war mir nachgelaufen und sehnte sich nach mir, konnte aber nicht zu mir herüber. Da dachte ich mir, ich locke es näher heran und zeige ihm meine hübsche, lustige Wohnung. Dann wollte ich auch Dich herbeirufen, daß Du mein Weiblein flink einfangen könntest, damit Du von unserer Art ein niedliches Pärchen hättest. Nun aber«, fuhr das Männlein mit einem tiefen Seufzer fort, »nun ist mein Weiblein wieder verschwunden, und ich sehe es nicht mehr.«

In scheinbarer Trauer hielt das Männlein die Hand vor die Augen, sah aber zwischen den Fingern hindurch scharf nach dem Hansl, was der für ein Gesicht machte. Der hatte neugierig zugehört und sagte darum ganz eifrig zu seinem Gefangenen:»Such Deine Frau! Such sie mir!« Der listige Goggolori tat, als wenn er durch die Stäbe spähen würde, aber nichts erblicken könnte. Er stellte sich auf die Zehenspitzen und machte sich so lang, wie es sein kleiner Körper nur zulassen wollte. Aber traurig schüttelte er den Kopf und sagte weinerlich:»Mein Weiblein ist nicht mehr da, ich sehe es nicht mehr.«

Plötzlich aber tat der schlaue Kobold, als sehe er sie wieder und rief mit freudiger Stimme:»Wulle – wulle – wulle – da ist sie wieder ... dort auf dem Fensterbrett ... jetzt drunten am Rebstock ... schnell laß mich zu ihr, ich fang sie ein, ehe sie wieder davonläuft!« Der dumme Hansl öffnete gedankenlos das Türchen. Hui – schnell wie der Wind schlüpfte der Goggolori hinaus – husch aus dem Fenster und hinab am Rebstock. Mit spöttischer Stimme rief er sodann hinauf:»Wulle – wulle – wulle – siehst Du das Weiblein? Warte nur, bis ich es Dir bringe. Wulle – wulle – wulle ...«

Da begriff der blöde Hans zu spät, daß ihn das Männlein nur gefoppt hatte. Er weinte laut vor Zorn wegen seiner eigenen Dummheit und Leichtgläubigkeit. Der kleine Goggolori aber kehrte flugs in seinen Wald zurück, und nie mehr gelang es einem Menschen, noch einmal einen solchen Kobold einzufangen.

Das Märchen von der Lochhamer Weißwurst

Es war einmal eine Bäuerin aus Lochham, die hatte einen Sohn namens Pankratius. Eines Tages machte die Mutter Weißwürste warm und sagte zu ihrem Buben:»Geh vor dem Essen noch auf die Wiese hinaus und schneide eine Mahd Gras.« Pankratius hatte aber keine Lust. Er wollte zuerst seine Weißwürste essen, weil die ja nicht das Zwölfuhrläuten hören sollten, sonst werden sie gleich sauer. Da versprach ihm die Mutter:»Ich halte dir deine Würste heiß und vor dem Zwölfuhrläuten bist du leicht wieder da. Mach nicht lange herum. Geh!«

Also gut, der Pankratius ging auf die Wiese. Als die Weißwürste heiß waren, wartete die Mutter ein bißchen. Pankratius kam aber noch nicht, und weil sie Hunger hatte, fing sie zu essen an. Es schmeckte ihr sehr gut. Sie aß eine Wurst. Sie zuzelte die zweite aus, die dritte, die vierte, ohne daran zu denken, daß ihr Sohn auch was haben wollte. Als sie satt war, guckte sie in den Kessel und fand auf dessen Boden nur noch eine aufgeplatzte Weißwurst.

Als Pankratius nun heimkam, legte sie ihm die eine Weißwurst auf seinen Teller. Das war dem Buben zu wenig, er heulte und wollte sie nicht essen. Da sagte die Mutter zum Stock:»Stock, schlag mir mal den Pankrats, weil er seine Weißwurst nicht essen will!«

Der Stock rührte sich nicht. Da sagte sie zum Feuer:»Feuer, verbrenn mir den Stock, weil er den Pankratius nicht schlägt, weil er seine Weißwurst nicht essen will.« Auch das Feuer rührte sich nicht.

Da sagte die Mutter zum Wasser:»Wasser, lösch mir das Feuer, weil es den Stock nicht verbrennt, der den Pankrats nicht schlägt, weil er die Weißwurst nicht essen will!« Das Wasser kehrte sich aber gar nicht daran.

Da rief die Mutter den Ochsen:»Ochse, sauf das Wasser, weil es das Feuer nicht löscht, das den Stock nicht verbrennt, der den

Pankrats nicht schlägt, weil er die Weißwurst nicht essen will!« Der Ochse stand aber stockstill und soff das Wasser nicht.

Da sagte die Mutter zur Peitsche: »Peitsche, hau den Ochsen, weil er das Wasser nicht säuft, welches das Feuer nicht löscht, das den Stock nicht verbrennt, der den Pankrats nicht schlägt, weil er die Weißwurst nicht essen will!« Die Peitsche tat, als höre sie nichts.

Nun rief die Mutter die Maus: »Maus, zernag die Peitsche, weil sie den Ochsen nicht haut, der das Wasser nicht säuft, welches das Feuer nicht löscht, das den Stock nicht verbrennt, der den Pankrats nicht schlägt, weil er die Weißwurst nicht essen will!« Die Maus zernagte aber den Strick nicht.

Da sagte die Mutter: »Katz, friß die Maus, weil sie die Peitsche nicht zernagt, die den Ochsen nicht haut, der das Wasser nicht säuft, welches das Feuer nicht löscht, das den Stock nicht verbrennt, der den Pankrats nicht schlägt, weil er die Weißwurst nicht essen will!«

Da machte die Katz einen Sprung und wollte die Maus fressen. Geschwind zernagte die Maus die Peitsche, die Peitsche haute den Ochsen, der Ochse soff das Wasser, das Wasser löschte das Feuer, das Feuer verbrannte den Stock, der Stock prügelte den Pankrats, der Pankrats aß die Weißwurst, die Weißwurst hörte das Zwölfuhrläuten, das Zwölfuhrläuten machte sie sauer. Pankrats rief: »Die ist ja sauer! Ist das ein Graus!« Und damit ist das Märchen aus.

Die Alpenriesin in München

Vor langer Zeit lebte einmal eine Riesin in den Bayerischen Alpen in einer unterirdischen Höhle. Sie hatte einen riesigen Löwen, der gefährlich war und der nur ihr gehorchte.

Eines Tages drangen fremde Horden in das Bayernland ein und wollten alle Menschen töten und die Häuser und Felder vernichten. Da schickte der König des Bayernlandes seinen Minister in die Alpen und sagte:»Rufe die Riesin der Berge. Sie soll uns helfen.«

Der Minister reiste in die Alpen und sprach:»Riesin der Berge, hilf uns. Unser Land ist in Not. Die Feinde wollen die Häuser vernichten. Ohne deine Hilfe werden Menschen und Tiere zugrunde gehen. Wir selbst sind zu schwach, und die Macht der Feinde ist gewaltig.«

Leider sprach der Minister zu leise und zu viel. Die Riesin verstand ihn kaum und sie dachte nicht daran, daß der Mann in einer Notlage war. Denn wer in Not ist, redet wenig und laut genug.

Unverrichteterdinge kehrte der Minister zurück. Da schickte der König seinen General in die Berge. Der General schnarrte:»Achtung! Benötigen dringend militärische Assistenz, um gegen feindliche Offensive kontern zu können!«

Die Riesin konnte die vielen Fremdwörter nicht so recht verstehen, und außerdem schrie der General zwar laut, aber so, als hätte er einen Knödel im Hals. Und die Riesin dachte nicht daran, daß der Mann in einer Notlage war. Denn wer in Not ist, redet verständlich und deutlich genug. Ohne etwas erreicht zu haben, kehrte der General zurück. Da schickte der König in letzter Minute einen Bauern in die Berge. Der Bauer rief laut:»Hilfe! Sonst gehen wir zugrunde!«

Die Riesin richtete sich auf. Hatte da nicht jemand um Hilfe gerufen, kurz und laut, verständlich und deutlich?

»Hilfe! Sonst gehen wir zugrunde!« flehte der Bauer zum zweiten Mal. Da erhob sich die Riesin, gürtete ihr Schwert um und rief den Löwen an ihre Seite.

»Hilfe! Sonst gehen wir zugrunde!« klagte der Bauer zum dritten Mal, und schon trat die Riesin aus der Höhle und folgte dem Bauern auf dem Fuß. Bald sah sie die Heerscharen der Feinde. Sofort schlug sie mit dem Schwert auf sie ein und vernichtete die eine Hälfte, der Löwe aber zerfetzte mit Prankenhieben und Zähnen die andere Hälfte.

Bayern war von den Feinden befreit. Der König reichte ihr den Siegeskranz aus Eichenlaub. Die Riesin aber stellte sich auf die Schwanthalerhöh und wollte eine Nacht darüber wachen, daß keine neuen Horden ins Land einfielen. Weil es eine kalte Nacht war, ließ der König von seinen Hofschneidern 20 Bärenfelle zusammennähen. Die Riesin legte sich das Riesenfell um die Schultern. So stand sie nun in der Nacht, und neben ihr wachte der Löwe.

Als der Morgen graute, kam auf dem Schlachtfeld der schwerverletzte Zaubermeister der feindlichen Horden noch einmal zu Bewußtsein. Er sah die Riesin und den Löwen und hob seine Hand zum Fluche:

»Ich fluche Euch beiden,
in meinem Schmerz,
auf ewig erstarret
zu steinhartem Erz!«

Die Riesin nahm gerade den Siegerkranz vom Haupte und der Löwe öffnete den Rachen, um zu brüllen, als beide der Fluch traf und sie zu Erz erstarrten.

Da stehen sie noch heute auf der Schwanthalerhöhe und schauen ins Bayerische Land. Die Leute gaben der alten Riesin den Namen Bavaria. Wenn wieder feindliche Horden Bayern zu vernichten drohen, vielleicht erwachen dann die Bavaria und ihr Löwe abermals zum Leben, um ihre Heimat zu retten.

Das Münchner Glockenspielmärchen

Vor vielen Jahren lebte einmal in der Nähe von München ein alter Mann, der sehr arm war. Er wohnte in einer armseligen Hütte mit seiner Frau. Oft ging es den beiden so schlecht, daß die Frau am Morgen mit einer Nußschale die Weizenkörner abmessen mußte, die sie zu Mittag essen durften. Dabei waren die beiden Alten aber noch mitleidig, und wenn im Winter Schnee gefallen war, dann fanden sich oft vor ihrer Hütte Bettelkinder ein, denn die wußten, daß der gute Alte mit ihnen teilte.

Einmal war der Mann an einem kalten Wintertag nach München gegangen, um dort Arbeit zu suchen. Da fand er in einer Seitenstraße ein halb erfrorenes Büblein, das in eine Mönchskutte gehüllt war und in der Hand ein dickes Gebetbuch hielt. Er hauchte den Buben warm und trug ihn auf seinen Schultern mit nach Hause. Als die Frau das Kind sah, schimpfte sie, daß nun jeden Tag noch ein Esser mehr bei ihnen sein sollte. Der Alte aber sagte: »Es soll unser Kind sein.« Da wurde sie still und war zufrieden, denn sie hatten keine Kinder.

Das hungrige Büblein war vom ersten Augenblick an zutraulich gegen die beiden Alten. Es aß mit gutem Appetit und trank aus ihrem Becher. Als sie sich am Abend vor das Feuer setzten, legte es sein Köpfchen an die Schulter des Alten, zog seine schwarze Kapuze auf und nestelte sich behaglich zusammen. Darüber waren die Alten ganz glücklich und sie nannten das Bübchen, weil sie es in München gefunden hatten, Münchner Kindl.

Den Winter hindurch war das Münchner Kindl ihre Sorge und ihre Freude. Wenn die Sonne schien, lief es hinaus zu den anderen Kindern. War das Wetter schlecht, blieb es in der Hütte. Es hörte, wenn es gerufen wurde, und begleitete den guten Alten, wohin er ging. Als aber der Frühling kam und die Berge hell wurden, war der Junge eines Tages verschwunden. Ängstlich riefen ihn die Alten in der Hütte und auf ihrem kleinen Felde, doch er kam nicht. Der Mann ging auf den Hof des reichen Nachbarn, aber auch der wußte nichts von dem Verbleib des Kindes. Da lief der Alte eilends hinab zu dem Platz, wo das Münchner Kindl mit den anderen Kindern zu spielen pflegte. Doch als er unten ankam, fielen die Abendschatten ins Tal und kein Bub ließ sich mehr sehen. Traurig stieg der Alte wieder hinauf. Vor der Hütte stand seine Frau mit der Hand über den Augen und schaute nach ihm aus. Als sie hörte, daß er vergebens gesucht hatte, wurde sie zornig und schimpfte auf das undankbare Kind. Der gute Alte verbot es ihr aber und sagte: »Frau, Du tust Unrecht. Kannst Du es ihm verdenken, daß er lieber in die Welt hinausgeht, durch die frische Luft über Berg und Meer bis in des Kaisers Garten, statt hier bei uns langweiligen alten Leuten in der Hütte zu hocken? Er ist noch so jung und unverständig. Und wer weiß, vielleicht kommt er wieder, wenn es kalt wird.«

Doch davon wollte sie nichts hören. Im Herzen aber grämte sich der Alte viel mehr als sie, denn er fürchtete, es könnte seinem Liebling ein Unglück zugestoßen sein. Nicht lange darauf war er abermals zur Arbeitssuche in München. In seinem Kummer hatte er nicht darauf geachtet, daß es schon Abend geworden war. Als er sich nach einem Quartier umsah, glaubte er auf einmal die Stimme seines Buben zu hören. Unverzüglich eilte er dem Klang nach, so schnell ihn seine Füße trugen. Da stand er plötzlich auf dem Münchner Marienplatz und sah mit Staunen vor sich ein riesengroßes Gebäude, den Rathausturm, auf dessen Spitze sich ein großes Glockenspiel befand.

Im selben Augenblick schlug der Glockenschläger, der dort oben stand, mit vier Vorschlägen seinen Hammer gegen die vor ihm angebrachte Glocke. Der linke Glockenschläger folgte ihm mit elf Stundenschlägen nach. Danach trat ein Zug vornehmer Menschen auf, die in goldene und seidene Gewänder gehüllt waren. Ein Herzog und eine Herzogin mit ihren Hofmarschällen schauten bei einem Ritterturnier zu, das von zwei Rittern geführt wurde. Neben ihnen waren zwei Hofnarren und vier Fanfarenbläser, die als Herolde dienten. Auch zwei Standartenträger und zwei Pagen konnte er beobachten. Eine Etage tiefer traten acht Tänzer und ein Hanswurst auf, die den Schäfflertanz aufführten. Anschließend krähte dreimal ein Hahn »Kikeriki« und ein Nachtwächter mit seinem Hund erschien. Von einer Posaune geblasen ertönte der Nachtwächterruf. Der Mann drehte eine kurze Runde und war ausgerüstet mit einer Hellebarde, einem Horn und einer brennenden Lampe. Nach kurzer Pause ertönte ein wunderschönes Glockenspiel. Aus dem rechten Erkertürmchen bewegte sich, diesmal von rechts nach links, sein in eine Mönchskutte und Kapuze gehülltes Münchner Kindl. Dicht auf den Fersen folgte ihm, die rechte Hand schützend über das Kind haltend, ein stattlicher Schutzengel, der in der linken Hand einen Palmzweig schwenkte: Das Münchner Kindl war die schönste und vornehmste Figur von allen, und der Alte erkannte sofort sein Kind in ihm. In seiner Freude wollte er zu ihm hinaufeilen, aber da kam ihm der Gedanke, es könnte das vornehme Kind genieren, daß ihn so ein armer alter Mann kannte, und er trat vom Marienplatz zurück in eine Seitenstraße und verneigte sich tief. Aber das Münchner Kindl in seinem schönen Gewand winkte ihn zu sich herauf. Der Alte eilte unverzüglich die Treppen zum Rathausturm hoch, und schon stand er vor dem Kuttenbüblein. Das umarmte ihn wie ein Sohn und zeigte ihn den anderen. Sie kannten ihn alle, begrüßten ihn freundlich und nahmen ihn mit in ihr Reich. Dort führten sie ihn in ihre Wohnungen und Paläste, die waren so herrlich, wie der Alte nie etwas gesehen hatte. Sie gaben ihm zu essen und zu trinken und richteten ein großes Fest an. Der gute Alte schämte sich, daß ihm soviel Ehre geschah. Aber bald war er fröhlich mit den anderen beim Feiern. Früh am Morgen fiel ihm ein, daß er nach Hause müßte zu seiner Frau. Er dankte seinen Wirten und nahm Abschied. Sie wollten ihm viele schöne Dinge schenken, aber er lehnte es ab. Sie hätten ihm schon zuviel gegeben. Da brachte ihm noch sein Schützling einen einfachen, verschlossenen Korb, den nahm er an für seine Frau. Sie führten ihn nun zurück auf den Platz, und ehe er sich versah, war er in einer wohlbekannten Gegend.

Als er seiner Frau zu Hause erzählt hatte, wie es ihm ergangen war, machte sie neugierig den Korb auf, aber sie fand ihn ganz leer. Da stieß sie ihn beiseite und sagte:»Was sollen wir mit dem alten Bauernkorb! Wenn sie so reich sind, hätten Sie Dir auch was Besseres geben können.« Der gute Alte hob den Korb auf und sagte, als er auch nichts darin fand:»Ich wollte, sie hätten mir ein Stück von dem schönen Kuchen für Dich hineingelegt!« Kaum hatte er die Worte ausgesprochen, so verbreitete sich ein lieblicher Duft in der Hütte, und in dem Korb lag von demselben prächtigen Gebäck, das ihm die Glockenspielleute vorgesetzt hatten. Und das Wunder hielt an: Was er sich auch wünschen mochte, brauchte er nur zu nennen. Dann fand er es in dem Korbe liegen.

Als der reiche Nachbar von dem Glück hörte, ging er zu dem Alten, ließ sich die ganze Geschichte erzählen und machte sich dann auf den Weg nach München. Vorher hatte er sich wie ein armer Holzfäller angezogen. Richtig fand er auch den Marienplatz, aber das Glockenspiel stand still und niemand winkte ihn zu sich herauf. Dennoch stieg er die Treppen in den Rathausturm hoch, trat zu den Glockenspielleuten und erzählte ihnen, was für ein guter Mensch er sei. Sie gaben auch ihm zu essen und zu trinken, als er sie darum bat, und früh am Morgen, als er fort wollte und von einem Geschenk für seine Frau zu reden anfing, brachten sie zwei verschlossene Körbe, einen großen und einen kleinen. Mit gieriger Freude griff er nach dem größeren und schleppte die schwere Last mühsam nach Hause. Aber als er ihn abgesetzt und sich ihn von unten bis oben voll Gold gewünscht hatte, da flog der Deckel ab und es kroch ein furchtbares Gespenst heraus. Das konnte kein Priester und kein Zauberer aus seinem Hause verbannen.

Ein anderer geiziger Nachbar wollte es klüger anfangen und ging zu dem guten Alten:»Leih mir doch Deinen Wunderkorb auf ein

Stündchen, daß ich mir auch etwas wünsche. Du hast ihn ja schon lange genug, und ich bringe ihn noch heute zurück.« Freundlich gewährte ihm der Alte die Bitte. Als der Nachbar den Korb nach Hause trug, dachte er, was er sich nun alles wünschen wollte, um die Zeit auszunutzen. Er wollte ihn so spät wie möglich zurückbringen, wenn er auch den Heimweg bei Nacht antreten müßte. Oder er wollte ihn lieber noch die Nacht zuhause behalten und ihn am nächsten Morgen zurücktragen, dann könnte er die ganze Nacht aufbleiben und sich soviel wünschen, daß er für sein Leben lang genug hätte. Noch besser wäre es aber, er behielte ihn gleich den nächsten Tag über. Eine Entschuldigung sei ja schnell gefunden. Aber was geschah? Als er in seinem Haus den Korb niedergesetzt und den ersten Wunsch ausgesprochen hatte, zischte es unter dem Deckel wie tausend Schlangen. Da wagte er nicht, ihn zu berühren, lief hinaus und schickte einen Knecht hinein, der mußte ihn dem Alten zurückbringen.

Nun lebte der gute Alte mit seinem Weib noch lange in Glück und Frieden. Aus weiter Ferne kamen die Unglücklichen zu ihm und baten um Hilfe. Den Armen konnte er Brot, den Kranken heilkräftige Arznei geben. Sein Korb erfüllte ihm jede Bitte. Als er aber sein Ende nahen fühlte, da fürchtete er, wenn er einmal nicht mehr sein würde, könnte der Schatz noch Unheil anrichten unter den Menschen. Denn er kannte sie jetzt, und so trug er den Korb eines Tages mit eigenen Händen wieder zurück zum Marienplatz und hinauf zum Rathausturm. Das Münchner Kindl nahm ihn entgegen. Dort ist er noch jetzt versteckt, und jeder, der Lust hat, kann ihn holen, vorausgesetzt, er findet ihn.

Warum der Prinzregent Luitpold
ein so hohes Alter erreichte

Zu der Zeit, als es in Bayern noch Könige gab, waren auch noch bedeutend mehr Laubfrösche anzutreffen als heute. Auf die Ausbildung dieser possierlichen Geschöpfe wurde großer Wert gelegt, und die Abschlußprüfungen waren die strengsten in ganz Deutschland. Einmal kam wieder die Zeit, da bekanntgegeben wurde, das Schlußexamen der ausstudierten Laubfrösche fände in diesem Jahre in München im Englischen Garten an den Ufern des Kleinhesseloher Sees statt. Wie groß der Andrang war, läßt sich daraus ermessen, daß die Prüfungskandidaten sowohl vom Bezirk Milchhäusel und Chinesischer Turm, als auch vom steilen Grashang des griechischen Tempels, Monopteros genannt, einberufen waren.

Die Überprüfung der körperlichen Übungen fiel zufriedenstellend aus. Luftsprünge, Wassersprünge, Tauchen und Hochklettern wurden glatt ausgeführt, denn den Sport hatte die Froschjugend los. Aber bei Durchführung der wissenschaftlichen Prüfung gab es für die Kommission Anlaß zu ernsthaftem, ja selbst traurigem Kopfschütteln. Nach Meinung der Herren Professoren fehlte es bei den Studenten ganz bedenklich an Sicherheit und Promptheit der Wetterprognose, die doch das Hauptfach bildete.

Sowohl gründliche Ausbildung wie auch feinfühliger Instinkt wurden schmerzlich vermißt.

Zum Beispiel wurden kurze, unbedeutende Strichregen durch zu langes Verweilen im Wasser als viel zu wichtig betont, die wiederkehrende Aufklarung hingegen erst dann durch einen Sprung an Land angezeigt, nachdem die Sonnenstrahlen bereits für alle sichtbar waren. Diese Kapitalfehler gegen die Grundgesetze der Wissenschaft konnten nicht verziehen werden, insbesondere deshalb nicht, weil sie den Ruf der ganzen Laubfroschzunft gefährdeten.

Ein geradezu unerhörter Fall rief den besonderen, aber zweifellos gerechten Zorn der Vorgesetzten hervor. Ein Jungfrosch vom Monopteros, der als sehr talentiert galt, sollte soeben die Wetterprüfung bestehen. Die Natur hatte gerade einen äußerst interessanten Augenblick geschaffen, indem sich über die Türme der Ludwigskirche vom Westen her schwarz drohende Wolkenmassen schoben. Jeder vernünftige Frosch wäre nun, ohne sich lange zu besinnen, sogleich ins tiefe Wasser getaucht. Was aber tat der Herr Kandidat? Er schaukelte arglos auf einer Schlingpflanze und machte sogar Miene, auf ein noch höheres Blatt zu klettern! Es war einfach ein Skandal! Man kann sich leicht denken, welche Empörung die nie dagewesene Unwissenheit, gepaart mit bodenloser Frechheit, hervorrief. Das Prüfungsergebnis lautete auch, wie zu erwarten war: »Note 6. Der Kandidat ist mit Glanz durchgefallen und geht für Lebzeit des Rechtes verlustig, an einem staatlichen meteorologischen Institut Verwendung zu finden.«
Schon wollte, wie es für Durchgefallene allgemein gebräuchlich ist, sich der Student möglichst dünn um die nächste Ecke drücken, als aus den Reihen der Professoren ihm das Wort: »Elender Sonnenschwindler!« nachgerufen wurde. Darauf machte der Beleidigte ohne Umschweife kehrt, warf sich in die Brust und sprach laut: »Werte Herren, Ihnen steht wohl das Recht zu, mir eine schlechte Note zu geben, aber niemals das Recht, mich so unflätig zu beschimpfen. Ich nehme einen anderen Standpunkt ein als Sie und halte die Beurteilung der Witterung für eine rein persönliche Ansichtssache. Mir gefällt das heranziehende Wetter, und von wegen dem bißchen drohenden Regen ist es nicht der Mühe wert, soviel Aufhebens zu machen. Mag der Himmel noch so schwarz sein, die Sonne muß, ich betone, muß doch wiederkehren, trotz der kleinen, feuchten Zwischenfälle. Kleinliche, ängstliche Kreaturen fürchten stets naß zu werden, großherzige, mutige dagegen sind nicht wetterscheu und geben den Glauben an die siegreiche Sonne nicht auf. Nennen Sie mich ›Sonnenschwindler‹, so heiße ich Sie

›erbärmliche Regenunken!‹ Ich sage mich von Ihrer Gemeinschaft los und ziehe unter neuem Namen als ›Lichtblick-Aktion-Sonnenschein‹, kurz LAS, in die Welt!

Alles stand sprachlos. Die harten Worte, die bei einer so feierlichen Gelegenheit gefallen waren, galten von jeher als die ärgsten Schmähungen für unzuverlässige Laubfrösche, die entweder mit Vorliebe Regen oder unberechtigten Sonnenschein prophezeiten. Mit langen, hastigen Sprüngen eilte LAS, der Sonnenschwärmer, aus dem Bereich der reaktionären Schule. So arglos hüpfte er dahin, daß er kaum merkte, wie ihn eine warme Hand umklammerte und in eine dunkle Schachtel sperrte. Vor Angst und Aufregung waren ihm die Sinne geschwunden, und als er aus einer tiefen Ohnmacht erwachte, befand er sich in einem geräumigen, hell geputzten Marmeladenglas. Marei, das Zimmermädchen im Hause des Biologieprofessors, hatte es blankgescheuert, reine Kieselsteinchen, Grasbüschel samt Wurzeln, etwas Wasser und eine kleine Leiter hineingetan und endlich den Frosch selbst. Als Dach wurde Pergamentpapier darübergebunden, in das sie Luftlöcher stach.

Da stand nun der grasgrüne Prophet mit dem hellen Bäuchlein auf dem Schreibtisch des Wissenschaftlers neben dem runden Luftdruckbarometer und sollte zeigen, wie sich sein tierischer Instinkt zu den Schwankungen des wissenschaftlichen Instruments verhielte, denn der Herr Professor wollte darüber ein dickes Buch schreiben.

LAS saß vergnügt auf der Leiter und blinzelte verächtlich auf den stummen, blauen Metallzeiger des Wetterglases, der trübselig zwischen Sturm, Regen und Wind herumkroch und sich höchstens bis zu »veränderlich« hinaufwagte.

Der Biologieprofessor glaubte dem Frosch und wenn Marei dem zerstreuten Herrn beim Ausgehen den Regenschirm in die Hand drücken wollte, so meinte er abwehrend: »Aber, was fällt Ihnen denn ein? Unser Prophet sitzt ja ganz oben!«

Zweimal schon war er tüchtig naß geworden und trotzdem vertraute er ihm von neuem, als er mit seiner Frau nach Starnberg fuhr, ohne Regenschirme mitzunehmen. Marei, die Ausgang hatte, mußte vor dem Weggehen noch eine gute Portion Fliegen fangen, und das ärgerte sie sehr.

Den ganzen Nachmittag klatschte der Regen an die Scheiben, und triefend naß, als kämen sie direkt aus dem Würmsee, kehrte das Ehepaar nach Hause zurück. Die Frau Professor trocknete wehmütig den neuen Hut mit der verregneten Straußenfeder, warf mißgünstige Blicke auf den falschen Propheten und verschwor sich dann mit Marei gegen ihn. Dem Herrn Professor sagten sie, er sei beim Reinigen des Glases entkommen, aber in Wahrheit überbrachte ihn das Zimmermädchen ihrer lieben Tante als billiges Namenstagsgeschenk. Wohl klopfte dem kleinen Reisenden das Herz ob des Wandels in seinem Schicksal, aber als er sich durch ein prächtiges Tor getragen sah, an dem zwei Löwen aus Erz Wache hielten, begriff er, daß er in ein vornehmes Haus käme.

Bald stand er am Fenster des Portierzimmers der königlichen Residenz in München und amüsierte sich prächtig über die vielen Menschen, die da ein- und ausgingen. Eines Tages hielt der Wagen des Prinzregenten Luitpold gerade vor dem Fenster, da fiel der Blick des hohen Herrn auf das Tierchen im Glase, und er fragte die Frau des Portiers, die hinter dem Vorhang herausspähte, ob das Fröschlein auch ein guter Wetterprophet sei?

Die Angeredete knixte und antwortete: »Ganz zuverlässig ist der Kleine nicht, Königliche Hoheit, denn er bleibt auch oft oben sitzen, wenn es Regen gibt.« Und dabei dachte sie an ihre letzthin naß gewordene Sonntagsnachmittagsausgehbluse.

Der Regent aber sprach lächelnd: »Das scheint mit ein sehr vernünftiges Tier zu sein, denn das Wetter ist wirklich nie so schlecht, wie es sich die Menschen einbilden. Solch einen munteren Propheten wünsche ich mir auch.«

Und weil LAS dem hohen Herrn so gut gefiel, stieg er auf zum königlichen Leiblaubfrosch und stand ab sofort im Wohnzimmer des Prinzregenten.

Der Prinzregent war ihm sehr gnädig gesonnen, denn er wußte wohl, was er dem Fröschlein zu danken hatte. Als er 70 Jahre alt war, hieß es, er sei jetzt ein alter Herr, und da wollte ihn die Familie und die Umgebung am liebsten in Watte einwickeln und ihn, mit Filzschuhen angetan, hinter den Ofen setzen, damit ihn ja kein Lüftchen anwehe. Da warnte man ihn vor Regen, Wind und Schnee und sprach von Schnupfen und Gliederreißen, die er bekommen könne, und deshalb sollten die Kleider warm und sein Wagen geschlossen sein.

LAS erkannte die Gefahren dieser schädlichen Vorsicht und kämpfte mutig dagegen, hielt sich stets auf der höchsten Leitersprosse auf, gab dadurch seinem Gebieter immer eine günstige Meinung von der Witterung und ermunterte ihn, frisch und frank ins Freie zu gehen. So scheute er nicht Kälte und Nässe, blieb wetterhart und widerstandsfähig und erhielt sich auf diese Weise rüstig und gesund. Er leistete sogar mehr als viele um Jahrzehnte jüngere Herren.

Im Sommer schwamm er täglich in Nymphenburg, selbst an kühlen Tagen, und lud Gäste aller Stände dazu ein. Allen war das selbstverständlich eine hohe Ehre, aber vielen, sonst recht mutigen Männern war das kalte Wasser ein schmerzliches Vergnügen und es wurde ihnen erst bei der Abendtafel auf dem trockenen Lande wieder behaglich und wohl.

Viele Jahre jagte der hohe Herr auch in den Bergen, zielte mit ungeschwächtem Auge und erlegte das Wild mit sicherem Schuß. Fuhr er im Spätherbst im Motorschiff über den Königssee nach St. Bartholomä, so ging er nicht in die Kabine, sondern bot im Freien dem eisigen Bergwind die Stirn. Lag Berchtesgaden im rauhen Winterkleid, so unternahm er dort Schlittenfahrten, besah sich die Wildfütterung, war unermüdlich beim Eisschießen und fühlte keinen Frost.

Auch in der Stadt machte er seine Spaziergänge bei jedem Wetter, und immer dachte er an die Tiere dabei. Im Park von Nymphenburg erspähten die Schwäne schon von weitem sein Nahen und schwammen mit hochgereckten Hälsen zur Stelle, wo er sie fütterte. Im Englischen Garten drängten sich ihm die Enten schnatternd entgegen, um Brot aus seinen Händen zu erhalten.

Hätte er in seinen Jahren das alles leisten können, wenn er ein Stubenhocker gewesen wäre? Und daß er keiner geworden ist, daran war nur LAS, das rebellische Fröschlein schuld. Was wäre wohl aus dem Prinzregenten geworden, wäre eine grämliche Regenunke Wetterprophet gewesen?

Bei Menschen, die stets an der Witterung etwas auszusetzen haben, bilden sich leicht Wolken im Gemüt. Das Fröschlein und der Prinzregent klagten nie über den Wettermacher. Sie ließen sich die Sonne nicht vom Himmel wegdisputieren und nicht aus dem Herzen stehlen. Sie glaubten an ihr Dasein, selbst wenn sie ihnen nicht sichtbar war. Deshalb erlosch auf den Zügen des alten Mannes sein wohlwollendes Lächeln nie.

LAS aber hatte eines bewiesen: daß man trotz Note 6 im Examen dennoch im praktischen Leben ein nützliches Wesen sein kann. Diese Tauglichkeit zeigte der königliche Leiblaubfrosch bis zu seinem Tode, nach dem er mit einem Staatsbegräbnis zur letzten Ruhe gebettet wurde. Und schon ein Jahr später starb mit 91 Jahren auch der Prinzregent – Gott hab ihn selig –, der vielleicht sogar noch älter geworden wäre, hätte LAS noch etwas länger gelebt.

Wie der Friedensengel nach München kam

Am Rande von München wohnte einmal ein Mann, der hatte sieben Söhne. In der Zeit schwerer Not entschloß er sich, sie alle in die Welt hinauszuschicken, damit sie sich selbst ihr Brot verdienten. Die Söhne waren darüber sehr betrübt, aber keiner von ihnen sagte ein Wort. Zum Abschied rief der Vater den ältesten und sprach: »Hör, mein Sohn, willst du lieber meinen Segen oder ein Stück Brot mit auf den Weg?« »Lieber will ich Brot«, entgegnete der älteste. So schnitt der Vater ein Stück Brot ab und gab es dem Sohn, worauf der sich auf den Weg machte. Der Vater holte den zweiten und stellte dieselbe Frage. Dieser antwortete ebenfalls, er wolle lieber Brot haben, und so sprachen auch alle anderen bis auf den letzten. Als der jüngste an die Reihe kam, der erst sieben Jahre alt war, fragte ihn der Vater: »Hör, mein Kind, was willst du lieber: mein Brot oder meinen Segen?«
Da fing der Kleine zu weinen an und antwortete, lieber wolle er den Segen haben. Der Vater gab seinem Jüngsten den Segen. Dann machte sich auch dieser auf den Weg.
So waren nun alle sieben Söhne fortgegangen, um Arbeit zu suchen oder einen Herrn, dem sie dienen konnten. Nachdem der kleinste, der Seppl, eine Weile gegangen war, setzte er sich unter einen Baum und weinte vor Hunger und Müdigkeit. Als die Nacht hereinbrach, stand auf einmal ein großer, goldener Engel vor ihm, der frage ihn: »Wohin willst du, mein Kind?« »Ich will mein Brot verdienen«, antwortete Seppl. »Ich suche einen Herrn, der mir Arbeit gibt.« »So jung und klein, wie du bist, willst du schon arbeiten?«
Da erzählte ihm Seppl, was sich zugetragen hatte, und der Engel fragte ihn: »Willst du mir dienen?« »Ja, gern, du bist so freundlich zu mir!« antwortete der Bub froh. »Nun, wieviel Lohn willst du

denn haben?«»Zufriedenheit und was Ihr mir sonst geben wollt.«
»Gut, dann sind wir uns schon einig. Aber merke dir: Du mußt
mir sieben Jahre dienen, und am Ende dieser Zeit gebe ich dir drei
goldene Äpfel, das ist mein Lohn, und außerdem wirst du immer
zufrieden sein. Gilt es?«»Es gilt, lieber Engel.«
So folgte Seppl nun seinem Herrn. Auf einmal aber umhüllte die
beiden eine lichte Wolke, die trug sie in ein fernes Land. Dort
herrschten Krieg und bittere Not. Da sprach der Friedensengel
zum Seppl:»Geh zu den Leuten und erinnere sie daran, daß sie
Frieden machen sollen.« Seppl tat, was ihm befohlen war und
mahnte die Leute, in diesem und auch in anderen Ländern, Frieden zu halten.
Auf diese Weise diente der Kleine sieben Jahre, und es schienen
ihm nur sieben Tage gewesen zu sein. Am Ende seiner Zeit rief
ihn sein Herr und gab ihm die versprochenen drei Äpfel mit den
Worten:»Da, nimm den Lohn für deine treuen Dienste und bring
die Äpfel deinem Vater. Aber lege diesen Schatz in keine anderen
Hände als nur in die seinen, hörst du?!«
Mit frohem Herzen machte sich Seppl davon, ganz ungeduldig,
dem Vater die drei Äpfel zu bringen, die genug sein würden, ihn
und seine Brüder zu versorgen. Als er schon ganz in der Nähe von
München war, begegnete er zweien von seinen Brüdern, die auch
gerade heimkehrten. Sogleich fingen sie an, sich zu erzählen, wie
es ihnen ergangen war, und Seppl berichtete von dem Friedensengel, den er getroffen hatte, und er zeigte ihnen die drei goldenen Äpfel.
Die Brüder aber waren in der Zwischenzeit der Arbeit aus dem
Weg gegangen. Sie waren deshalb bettelarm und ganz geblendet
von dem Glanz des Goldes. Sie begannen erbärmlich zu betteln,
der kleine Bruder möge ihnen doch seine Äpfel schenken. Aber
der sagte, nur der Vater dürfe sie verteilen, wie er wolle.
Da Seppl die Äpfel nicht gutwillig herausgab, faßten die anderen
den Plan, ihn zu berauben und zu töten. Gedacht, getan. Aber wie
groß war ihr Schrecken, als sie sahen, daß die Hände des toten

Bruders die Äpfel so fest hielten, daß keiner sie ihnen zu entreißen vermochte.

Da scharrten sie Seppl ein, gingen nach Hause und meinten, niemand würde von ihrer Schandtat erfahren, weil ja niemand dabeigewesen sei. Als aber ungefähr ein Monat vergangen war, kam ein Hirte an dem Ort der Untat vorbei und sah ein frisches, schönes Rohr an der Stelle herauswachsen, wo der Kleine begraben lag. Er schnitt es sofort ab und machte sich eine Schalmei daraus.

Als er das Instrument an den Mund setzte, um darauf zu blasen, fing die Schalmei zu klagen an:

»Blase, Hirte, tüt, tüt, tüt.
Meine Brüder nahmen mir das Leben,
ich wollte ihnen die Äpfel nicht geben,
die ich noch für den Vater behüt,
blase, Hirte, tüt, tüt, tüt!«

Der Hirte erschrak furchtbar und lief zu einem Köhler, der gerade im Wald Kohlen brannte, und erzählte dem, was ihm widerfahren war. Der Köhler wollte das nicht glauben und nahm die Schalmei, um auch darauf zu spielen. Kaum aber hatte er sie an den Mund gesetzt, da klagte sie:

»Blase, Köhler, tüt, tüt, tüt.
Meine Brüder nahmen mir das Leben,
ich wollte ihnen die Äpfel nicht geben,
die ich noch für den Vater behüt,
blase, Köhler, tüt, tüt, tüt!«

Der Köhler wußte auch nicht, wie ihm geschah. Da er aber nach München gehen wollte, bat er den Hirten, er möge ihm das Instrument doch leihen. Er wollte dann einmal sehen, ob in München jemand das Rätsel lösen könne.

So nahm denn der Köhler die Schalmei mit. Das erste Haus, das er betrat, war eine Hufschmiede. Er erzählte dem Hufschmied sein Erlebnis und zeigte ihm das Instrument. Dieser wollte sich überzeugen und setzte die Schalmei an den Mund. Da klagte sie:

>»Blase, Hufschmied, tüt, tüt, tüt.
Meine Brüder nahmen mir das Leben,
ich wollte ihnen die Äpfel nicht geben,
die ich noch für den Vater behüt,
blase, Hufschmied, tüt, tüt, tüt!«

Als sich die beiden noch wunderten, trat eben der Vater des erschlagenen Buben ein, der genauso staunte über das, was die beiden ihm von der Schalmei erzählten. Er wollte sie auch ausprobieren, aber kaum hatte der alte Mann sie an die Lippen gesetzt, da klagte sie:

>»Blase, Vater, tüt, tüt, tüt.
Meine Brüder nahmen mir das Leben,
ich wollte ihnen die Äpfel nicht geben,
die ich noch für dich behüt,
blase, Vater, tüt, tüt, tüt!«

Der arme Alte wurde ganz blaß. Es war ihm, als gelte die Weise der Schalmei seiner Familie. In diesem Augenblick betrat einer seiner Söhne mit einer Ladung Kohlen die Schmiede. Es war einer von denen, die den Seppl erschlagen hatten.
Den Vater überkam eine schlimme Ahnung, er reichte dem Sohn die Schalmei und forderte ihn auf, zu blasen. Der setzte sie ohne Argwohn an den Mund. Da klagte sie:

>»Blase, Bruder, tüt, tüt, tüt.
Du selber brachtest mich ums Leben,
ich wollte dir die drei Äpfel nicht geben,
die ich noch für den Vater behüt,
blase, Bruder, tüt, tüt, tüt!«

Der Bursche erschrak sehr. Er schlich sich fort, aber der Vater ging mit dem Hufschmied und dem Köhler dorthin, wo der Hirte seine Herde weidete. Der führte sie zu der Stelle, wo er das Rohr abgeschnitten hatte. Als sie zu graben anfingen, stießen sie auf den toten Seppl. Er hielt noch die drei goldenen Äpfel in seiner Hand. Einer nach dem anderen versuchte, sie ihm herauszunehmen, aber keiner war dazu imstande. Kaum jedoch berührte ihn der alte Vater, da öffnete sich die Hand von selbst und ließ die Äpfel los. Jetzt holte man die beiden bösen Buben an die Grube, und sie bekannten ihre Schandtat. Auf einmal senkte sich eine helle Wolke herunter, und der Friedensengel, der herniedergestiegen war, nahm den toten Seppl und trug ihn auf seinen Armen zum Himmel hinauf.

Gleich darauf öffnete sich die Erde und verschlang die beiden bösen Brüder.

Der Vater nahm traurig die drei Äpfel und ging nach Hause. Einen Apfel behielt er für sich und seine vier übriggebliebenen Söhne, damit sie zufrieden leben konnten. Den zweiten Apfel verkaufte er und schenkte das Geld den Armen, die sich sehr darüber freuten.

Den dritten Apfel brachte er einem Bildhauer. Der errichtete in München oberhalb der Prinzregentenstraße am Isarufer eine Säule, auf der ein goldener Engel stand. Sie sollte alle an den Friedensengel erinnern, der den Seppl mit ins Paradies genommen hatte, wo der Bub nun in alle Ewigkeit Frieden und himmlisches Glück genießen darf.

Das Märchen vom Freisinger Tod

Es war die Zeit, welche die Leute Fasching nennen. Da erschien eines Abends auf einem Narren-Ball in einem Freisinger Wirtshaus ein Mann, verkleidet als Tod. Er trug ein schwarzes Trikot, schwarze Handschuhe und schwarze Stiefel. Auf jedem dieser Kleidungsstücke waren auf der Vorder- und Rückseite, geschnitten aus weißem Tuch, an den entsprechenden Stellen die Knochen des menschlichen Körpers genäht. Das Gesicht hatte der Mann als Totenkopf geschminkt: mit eingefallenen Wangen, mit großen, schwarzen Augenhöhlen, mit einem schwarzen Dreieck als Nase und mit einem grinsenden, zerfallenen Gebiß. Eine weiße Badekappe täuschte den kahlen Schädel vor. In der Hand trug der Mann eine Sense aus schwarzem Gummi, denn er wollte niemanden verletzen.

Eine als Spanierin verkleidete Frau sah den Tod zuerst. Sie schrie vor Gruseln entzückt auf. Ihr als Casanova verkleideter Begleiter lachte und legte seinen linken Arm noch fester um ihre feste Hüfte. Der Tod war die auffallendste Maske auf dem Fest. Als der Kapellmeister zur Damenwahl aufrief, stürmten wohl fünfzehn Frauen und Mädchen gleichzeitig auf den Tod zu, um ihn zum Tanze aufzufordern. Der Tod hatte zwei Stunden zu tun, um alle seine Anbeterinnen zufriedenzustellen. Erst früh am Morgen verließ er, gehüllt in einen schwarzen Umhang, das närrische Fest. Man hat, so berichtete man später, diesen Mann in der Maske des Todes noch auf verschiedenen Bällen in der Stadt gesehen. Seine Wirkung war, auch darin sind sich die Beobachter einig, überall die gleiche. Doch in der närrischen Zeit ist nichts verboten, und die Leute hatten ihr Vergnügen mit dem Tod und er das seine mit den Leuten.

Dann kam der Aschermittwoch. Von diesem Tag an mehrten sich bei der Freisinger Stadtpolizei die empörten Anrufer, die in den verschiedensten Gegenden der Stadt dem als Tod verkleideten Mann auf der Straße begegnet waren. Die Anrufer meinten, es sei doch wohl Erregung öffentlichen Ärgernisses, wenn in der Fastenzeit am hellichten Tag und auf offener Straße, dazu noch vor den Augen nicht nur der Schulkinder, sondern auch der Kindergarten-Kinder, ein als Tod verkleideter Mann sein Unwesen treibe. Eines Tages drang der Tod sogar in die Kirche ein.

Eben wurde ein kleines Kind auf den Namen Agathe getauft, als vorbei an den anwesenden Taufgästen der Tod in eine der vordersten Bänke huschte und dort leise Platz nahm. Weder das erregte Zischeln und Flüstern der Anwesenden noch der strafende Blick des Geistlichen konnten den Mann bewegen, seinen Platz und die Kirche zu verlassen. Schließlich kam der Mesner herangeeilt, packte den Tod am Arm und zog ihn mit sanfter Gewalt aus der Kirche heraus. Die Kindeseltern erstatteten Strafanzeige gegen Unbekannt, doch die Polizei konnte den Mann nicht ausfindig machen.

Kaum eine Woche später erblickte man den Tod abermals in einer anderen Kirche der Stadt. Soeben sprach der Pfarrer zu einem jungen Brautpaar die Worte:»Bis daß der Tod euch scheidet«, als wiederum der Mann in der Maske des Todes vorbei an den Kirchenbesuchern sich durch den mittleren Gang gemessenen Schrittes nach vorne bewegte. Da die ersten Reihen von den Hochzeitsgästen voll belegt waren, nahm der Tod direkt hinter dem Brautpaar Aufstellung, die Gummisense zu seiner rechten Seite auf den Boden gestützt. Vier Männer, wohl Angehörige des Brautpaares, drängten sofort aus den Bänken und rissen den sich nicht wehrenden Mann nach hinten zur Kirchentür und beförderten ihn mit unsanftem Stoß nach draußen. Zwar erfolgte in diesem Fall keine Strafanzeige. Jedoch wurde das Geschehene in Windeseile stadtbekannt.

Die Leute begannen sich nun vor dem Tod zu fürchten, und manche erschraken schon, wenn sie in der Ferne nur eines schwarz gekleideten Mannes ansichtig wurden.

Besonders dreist und pietätlos benahm sich der Mann jedoch Tage später in folgendem Fall. Im städtischen Friedhof war an einem sonnigen Montagvormittag der Geistliche vor dem offenen Grabe eines Verstorbenen damit beschäftigt, mit einer kleinen Schaufel etwas Erde aufzunehmen. Mit den Worten: »Staub bist du, und zu Staub sollst du werden«, streute er die Handvoll Erde in das Grab. Krachend fiel sie auf den hölzernen Sarg. Die engsten Angehörigen des Verstorbenen schluchzten bei diesem Geschehen auf. Da – zuerst kaum wahrnehmbar – erhob sich fünf Gräber weiter, hinter einem Grabstein, die Gestalt des maskierten Todes. Das heißt, zuerst tauchte im Schein der Sonne nur seine Gummisense auf. Er selbst kam erst nach und nach zum Vorschein. Die Trauergemeinde war so in Gedanken versunken, daß nicht alle zugleich, sondern zuerst dieser, dann jener das entsetzliche Schauspiel wahrnahm. Sofort schritten drei der vier Totengräber auf den Tod zu und schoben den sich abermals nicht Wehrenden nach hinten zu aus dem Gesichtskreis der Trauernden. Die Friedhofsleitung erstattete Anzeige. Die Polizei versprach, auf Drängen des Bürgermeisters hin, sich des Falles nun ernstlich anzunehmen.

Es war jedoch nicht der Tatkraft der Polizei, sondern einem grausigen Ereignis zuzuschreiben, daß schon Tage später der Tod verhaftet werden konnte. An einer der gefährlichsten Kreuzungen der Stadt, im Volksmund die Todeskreuzung genannt, ereignete sich um die Mittagszeit ein gräßlicher Unfall. Ein mit vier Personen besetzter Pkw hatte die Vorfahrt nicht beachtet und war mit einem schwer beladenen Lkw zusammengestoßen. Drei der Pkw-Insassen wurden auf die Straße geschleudert und auf der Stelle getötet. Der Lenker des Pkw saß, schwer verletzt, hinter dem Steuer seines Fahrzeuges eingeklemmt. Polizei, Feuerwehr und Krankenwagen waren schnell zur Stelle. Eine neugierige Menschenmenge stand gaffend um den Schauplatz des furchtbaren Geschehens. Plötzlich wichen mit entsetztem Schrei einige Zuschauer zur Seite. Durch die entstehende Gasse schritt grinsend der Tod, in der rechten Hand seine Gummisense. Schon wollten etliche männliche Passanten sich voll Wut auf den maskierten Mann stürzen, da konnte ihn gerade noch zur rechten Zeit die Polizei der aufgebrachten Masse entreißen, die ihn sonst unweigerlich gelyncht hätte. Auf der Polizei gab es ein langes Hin und Her. Mehrere Tage wurde der Mann in Untersuchungshaft behalten. Schließlich ließ man ihn wieder frei. Die Zeitungen waren inzwischen natürlich auch auf das Geschehen aufmerksam geworden. So kam es, daß eine Reportermenge am Eingang des Gefängnisses wartete. Der Mann mußte deshalb in einem Polizeiwagen nach Hause gebracht werden. Seine Adresse wurde der Presse nicht bekanntgegeben.

Lange Zeit hörte man nichts mehr von dem Mann, ja es schien, als wäre es den Bewohnern der Stadt gelungen, alle Geschehnisse, die mit dem Tod zusammenhingen, zu vergessen. Doch eines Tages war er wieder im Gespräch, als am Morgen auf der Titelseite der meist verkauften Zeitung der Stadt in zwei Zentimeter großen, dicken Schriftbalken den zur Arbeit eilenden Passanten die Schlagzeile entgegenschrie:
DER TOD HÄLT GRAUSIGE ERNTE! Der fünfzeilige Absatz unter dem Titel lautete:
»Am Nachmittag des gestrigen Tages hielt der Tod wieder blutige Ernte. Bei einem Flugzeugabsturz über dem Flughafen Buenos Aires kamen 128 Menschen ums Leben. (Auf Seite 6 ausführlicher Bericht.)«
Zwar hatte, so stellte sich heraus, niemand den als Tod verkleideten Mann gesehen, doch jeder wußte, daß er noch überall lauerte. Die Polizei versuchte zwar, den Mann zu finden, um ihn zur Rechenschaft ziehen zu können; er war jedoch mit unbekanntem Ziel verreist und blieb verschwunden. Die Polizei war machtlos. Aber auch die besten Ärzte und Wissenschaftler von Rang vermochten es nicht, den Tod unschädlich zu machen. Langsam begriffen die Leute, daß sie mit dem Tode solange zu leben hatten, bis er ihnen begegnete.

Die Moosburger Wunschhose

Vor langer, langer Zeit ging einmal ein Bauer von Moosburg nach Freising, um dort mit seinen drei letzten Talern eine Schuld zu bezahlen. Als er schon über Langenbach hinaus war, trat aus einem Weg plötzlich ein kleines Männchen mit einem langen Bart heraus. Es trug einen Rucksack und wanderte neben dem Bauern die Straße entlang. Da der Bauer mutlos und bedrückt war, antwortete er auf die vielen Fragen seines kleinen Begleiters nur widerwillig oder mit einem Brummen. Schließlich guckte das Männchen den Bauern von der Seite an und fragte augenzwinkernd:»Glaubst du, daß du mit deiner alten, abgeschabten Lederhose viel Erfolg in der Stadt haben wirst?« – »Ich wart' schon lang' auf jemanden, der mir eine neue schenkt«, erwiderte der Bauer patzig.»Ich wäre so jemand!« meinte das kleine Männchen darauf, blieb stehen, nahm seinen Rucksack herunter und holte zum Erstaunen des Bauern eine funkelnagelneue, frisch genähte Lederhose heraus.»Du kannst sie haben«, sagte das Männchen und hielt sie dem Bauern hin. Der drehte die Hose mißtrauisch nach allen Seiten, fand sie in Ordnung und dachte bei sich:»Der Winzling muß ja wissen, was er verschenken will.« Dann zog er die Hose an, bedankte sich herzlich für die Gabe und ging in weit besserer Laune weiter auf Freising zu. Nach einer Weile fragte ihn sein kleiner Begleiter: »Wieviel Geld hast du denn von der alten Hose in die neue getan?« – »Drei Taler«, erwiderte der Bauer und griff in den Hosensack. Er fand aber auf einmal sechs Taler darin.

Jetzt begriff er, daß sein Weggenosse der Goggolori war und ihm eine Wunschhose geschenkt hatte. Er wollte sich nochmals bedanken, doch als er sich nach dem Männlein umschaute, war es nirgends mehr zu sehen.

Der Bauer bezahlte seine Schuld in Freising, dann kehrte er nach Moosburg zurück und machte sich daran, sein Geld zu vermehren.

Aber auch sonst geriet ihm von jetzt an jedes Geschäft. Durch die Hose wurde er ein reicher Mann. Im Laufe der Zeit schabte sich das Leder ab, die Hose wurde schmutzig und unansehnlich. Eines Tages bat er seine Frau, sie zu waschen. Er ließ sie aber nicht aus den Augen, blieb beim Waschtrog stehen und beobachtete das kostbare Stück auch, als es bereits auf der Leine hing. Aber plötzlich kam ein kräftiger Windstoß und riß die Hose mit sich fort. Als der Bauer seinem Schatz nachjammerte, kam sein Nachbar herbei und erfuhr die ganze Geschichte. Das muß ich auch einmal probieren, dachte er bei sich und machte sich sogleich auf den Weg. Wie erhofft traf er den Goggolori, und er platzte sofort mit seinem Anliegen heraus: »Willst du nicht meine Hose austauschen?« Das Zwerglein kicherte: »Schon recht, zieh' erst einmal deine alte aus!«

Kaum stand der Nachbar im Hemd und ohne Hose da, kam wieder ein Windstoß heran und riß ihm seine alte Lederhose aus der Hand.

»Ja«, meinte der Goggolori, »wenn du keine Hose zum Tauschen hast, kann aus unserem Handel nichts werden.« Damit verschwand er im Gehölz.

Der verdutzte Nachbar aber stand am hellichten Tag im Hemd auf der Landstraße, und die Hüterbuben, die gerade des Weges kamen, hatten schon lange nicht mehr einen solchen Spaß gehabt.

Die Mittagsfrau

Vor vielen Jahren gab es einmal eine Bäuerin, die immer sehr fleißig war. Am Morgen war sie als erste aus den Federn und am Abend als letzte im Bett. Kein Knecht und keine Magd, ja nicht einmal ihre eigenen Kinder konnten ihr an Betriebsamkeit gleichkommen. Diese Eigenschaft wäre an sich sehr lobenswert gewesen, wenn sie nicht auch von allen ihren Leuten dieselbe Leistung verlangt hätte. Von Ruhepausen hielt die Bäuerin nichts. Darum blieb bei ihr auch niemals ein Dienstbote länger als ein Jahr. Doch konnte man der Frau nicht nachsagen, daß sie etwa knauserig oder bösartig war. Sie hatte bloß den Arbeitsteufel.

Es war zur Zeit des Flachsraufens. Rings waren die Felder menschenleer, alle waren zur Mittagsmahlzeit heimgekehrt. Nur die Bäuerin blieb trotz der Riesenhitze emsig beim Raufen des Flachses. Da schritt eine lange Gestalt über die Felder auf die gebückt arbeitende Frau zu. Weiß war ihr Gewand, aus weißen Linnen auch ihr langes Schleiertuch, das ihr Haupt und ihre Schultern verhüllte. Nur die schwarzen Augen schauten unheimlich daraus hervor.

Als die über der Erde schwebende Gestalt so nahe gekommen war, daß ihr Schatten die Bäuerin traf, blickte die Arbeitende einen Augenblick auf. Sie erschrak, denn sie erkannte sogleich, wer da vor ihr stand. Scheinbar ruhig nahm sie ihre Arbeit wieder auf, doch das Herz klopfte ihr bis zum Hals.

»Was schaffst du da?« fragte das Gespenst. »Ich raufe Flachs!« gab die Bäuerin unwillig zur Antwort. »Was schaffst du da?« fragte das Gespenst erneut. Immer wieder mußte die Frau die Antwort geben, obwohl sie sich vornahm, nicht zu sprechen. Immer wieder kam die Frage, und die Bäuerin mußte, während sie unaufhörlich weiterarbeitete, antworten. Das ging so lange, bis vom

Weg her das Geplauder der zur Arbeit zurückkehrenden Dienstleute und Nachbarn herüberklang.

Da verschwand das Gespenst. Die Bäuerin war in Schweiß gebadet, und ihre Lippen murmelten immer noch unaufhörlich: »Ich raufe Flachs. – Ich raufe Flachs. – Ich raufe Flachs...«

Mit Gewalt mußten die Kinder ihre Mutter vom Feld heimführen. Dort legte sie sich gleich auf ihr Lager, von dem sie nicht wieder aufstand. Obwohl sie niemandem etwas erzählte, auch niemand die weiße Gestalt gesehen hatte, wußten es doch alle, daß ihr die Mittagsfrau begegnet war.

Darum hüte man sich auf dem Lande, während der Mittagsstunde allein auf dem Feld zu arbeiten, denn »Mittagsarbeit bringt keinen Segen!«

Die Landshuter Wunderkugel

Es war einmal ein armer Jäger. Der war so arm, daß er ein ganzes Jahr sparen mußte, um sich ein Gewehr für die Jagd kaufen zu können. Als er genügend Geld beisammen hatte, ging er zum Büchsenmacher. Lange prüfte er alle Gewehre, die dort angeboten wurden. Aber keines sagte ihm zu. Vor der Türe sah er ein wenig abseits einen alten Mann sitzen, der nur ein einziges Gewehr vor sich liegen hatte. »Verkaufe mir doch das Gewehr«, bat der Jäger. »Ich will es Dir verkaufen. Du darfst aber nie vergessen, daß es eine Wunderbüchse ist. Wenn Du auf der Jagd einen Hirschen erlegst, so tötet die Bleikugel ohne Dein Zutun noch hundert weitere Tiere und kehrt von selbst wieder zu Dir zurück. Du mußt aber geschwind sagen:

> Kugel aus Blei, zürne mir nicht!
> Kugel aus Blei, zu mir eil!
> Ich habe Dich niemandem weggenommen!
> Ich habe Dich für Geld vom Alten bekommen!
> Kugel aus Blei, komme zu mir zurück
> und bringe mir auch in Zukunft Glück!

Sagst Du diese Worte nicht, wird die Büchse auch Dich töten.« Der Jäger dankte dem Alten, und bald wurde er der beste Schütze weit und breit. Er erlegte viele Hirsche, und als er genügend Geweihe hatte, ging er nach Landshut, um sie dort zu verkaufen. Während seiner Abwesenheit aber stahl ihm jemand das Gewehr. Der Jäger wußte das nicht. Er verkaufte ja in Landshut zu dieser Zeit gerade Geweihe, und auf einmal sah er, daß die Wunderkugel auf ihn zugeflogen kam. Da sagte er rasch sein Sprüchlein auf:

> »Kugel aus Blei, zürne mir nicht!
> Kugel aus Blei, zu mir eil!

Ich habe Dich niemandem weggenommen!
Ich habe Dich für Geld vom Alten bekommen!
Kugel aus Blei, komme zu mir zurück
und bringe mir auch in Zukunft Glück!«

Und die Kugel legte sich gehorsam in seine geöffnete Hand. Als
der Jäger heimkehrte, erzählten ihm die Leute, daß sie einen Nachbarn im Wald tot aufgefunden hätten und um ihn herum hundert
tote Hirsche. Der Jäger konnte sich leicht erklären, was da geschehen war.

Die Pfarrkirchner Blumendirn

In Pfarrkirchen lebte einst ein schönes Blumenmädchen, das Mariele hieß. Mariele hatte keine Eltern mehr und mußte für sich und ihren Bruder, den faulen Wastl, das Brot verdienen. Dennoch war sie guter Dinge und half jedem, der in Not war. Stand ein zerlumpter Bettler vor der Tür, schenkte Mariele ihm saubere Kleider. Klopfte ein hungriger Landstreicher an das Fenster, lud Mariele ihn zum Essen ein. Bat ein Unglücksrabe, der Hab und Gut verloren hatte, um eine milde Gabe, steckte ihm Mariele etliche Geldstücke zu.

Nun hatte Mariele allerdings von ihrer Arbeit keinen großen Verdienst. Kein Wunder, daß sie bald schon in bittere Armut geriet. Die Freunde und Nachbarn aber verlachten sie: »Dumme Mariele, hättest du dein Geld zusammengehalten, dann wären jetzt deine Taschen nicht leer!« Keiner half ihr in ihrer Not.

»Mariele«, meinte eines Morgens der faule Wastl, »die Leute weichen uns aus und sehen uns schief an. Laß uns beide schnell von hier weggehen.«

Mariele war einverstanden, und so packten sie noch am selben Tag ihre Siebensachen und wanderten in die Welt hinaus.

Sie waren drei Tage tüchtig marschiert, als sie in einen stillen Wald eintraten, in dem nur einige bunt gefiederte Vöglein lustig zwitscherten.

Plötzlich hörten die beiden von nicht weit her ein Knacken und Stöhnen. Neugierig schritten sie auf die Stelle zu, von der die Geräusche an ihre Ohren drangen. Da stand vor ihnen, wie aus dem Boden gestampft, ein steinaltes Männlein, das ächzend trockenes Reisig sammelte. Das Männlein schrie sie an: »Schaut nicht so dumm, helft mir lieber! Ihr seid jung, ich bin alt und werde an dieser Arbeit noch zugrunde gehen!«

»Ach, Alter«, beschwichtigte ihn der faule Wastl und ließ sich unter einer Tanne nieder, »wenn du schön langsam arbeitest, wirst du keinen Schaden nehmen.«

Mariele aber konnte es nicht mit ansehen, wie sich das Männlein abrackerte. Sie forderte daher den Alten auf, sich hinzusetzen und auszuruhen. Sie wolle die Arbeit schon alleine machen.

Als Mariele bei hereinbrechender Dämmerung einen großen Berg von Reisig angehäuft hatte, sank sie müde neben ihrem Bruder nieder und schlief sogleich ein.

In aller Herrgottsfrühe weckte die beiden Wanderer ein Stöhnen. Wieder stand vor ihnen, wie aus dem Boden gestampft, das steinalte Männlein, das ächzend das trockene Reisig in sein in der Nähe liegendes Häuschen schleppte. Das Männlein aber schrie sie an: »Schaut nicht so dumm, helft mir lieber! Ihr seid jung, ich bin alt und werde an dieser Arbeit noch zugrunde gehen.«

»Ach, Alter«, beruhigte ihn der faule Wastl, und blieb unter der Tanne liegen, »wenn du schön langsam arbeitest, wirst du keinen Schaden nehmen.«

Mariele aber konnte es nicht mit ansehen, wie das Männlein sich abrackerte. Sie forderte daher den Alten auf, sich hinzusetzen und auszuruhen. Sie wolle die Arbeit schon alleine machen.

Als Mariele bei hereinbrechender Dämmerung den letzten Zweig des großen Reisighaufens in das Häuschen getragen hatte, sank sie erschöpft auf den Boden und schlief sogleich fest ein.

Am anderen Tag wanderten die beiden fröhlich weiter. Da hörten sie abermals das Stöhnen. Zum drittenmal stand, wie aus dem Boden gestampft, das steinalte Männlein vor ihnen. Ächzend schleppte es einen eisernen Ofen auf dem Rücken.

Das Männlein schrie sie an: »Schaut nicht so dumm, helft mir lieber! Ihr seid jung, ich bin alt und werde an dieser Arbeit noch zugrunde gehen.«

»Ach, Alter«, beschwichtigte ihn der faule Wastl und ging ins Haus zurück, um sich dort niederzulassen, »wenn du schön langsam arbeitest, wirst du schon keinen Schaden nehmen.«

Mariele aber konnte es nicht mit ansehen, wie das Männlein sich abrackerte. Sie forderte daher den Alten auf, ihr den Platz zu zeigen, wo der Ofen stehen sollte. Sie wolle die Arbeit schon alleine machen.

Als die Dämmerung hereinbrach, stand der Ofen in dem Häuschen neben dem aufgeschichteten Reisighaufen.

Mariele wollte sich eben zur Ruhe legen, als das Männlein freundlich zu ihr sagte: »Dreimal hast du mir geholfen, dafür darfst du dir aus meiner Habe drei Dinge aussuchen, die dir gefallen.«

Mit diesen Worten ließ das Männlein drei Goldstücke auf den Tisch rollen; daneben aber legte es ein Hütchen mit drei Löchern, einen Handspiegel mit drei Sprüngen und eine dreifach eingedellte Blechdose, die mit Samenkörnern angefüllt war. Da dachte sich Mariele: Ich will dem armen Tropf die drei Goldstücke lassen. Und sie nahm das Hütchen, den Spiegel und die Blechdose mit den Samenkörnern, wenngleich der Plunder ihr zu nichts nütze schien. Mariele dankte dem Männlein und ging dann zum faulen Wastl. Dort fiel sie todmüde nieder und sank sogleich in tiefen Schlaf.

Im Traum stand, wie aus dem Boden gestampft, das steinalte Männlein vor Mariele und sagte: »Ich bin der Waldkönig. Weil du so bescheiden warst, will ich dir ein Geheimnis verraten. Wenn du das Hütchen mit den drei Löchern auf den Kopf setzt, wirst du unsichtbar. Wenn du in den Handspiegel mit den drei Sprüngen blickst, wirst du Gedanken lesen können. Wenn du die dreifach eingedellte Blechdose mit den Samenkörnern schüttelst, wirst du vor dem Tode geschützt sein. Aber merke dir gut: Ein jedes der drei Dinge hat nur zweimal Zauberkraft. Benütze sie also nur, wenn du dich in großer Not befindest. Doch auch, wenn dir jede Zaubergabe zweimal gedient hat, wirf sie nicht weg, ich rate dir gut, wirf sie nicht weg.«

Nach diesen Worten entschwand das Männlein. Am anderen Morgen erzählte Mariele ihrem Bruder alles, was sich zugetragen hatte, nur den Traum behielt sie für sich. Da schimpfte sie der faule Wastl: »Dumme Mariele, hättest du doch die drei Goldstücke genommen, dann wären jetzt deine Taschen nicht leer.« Mariele aber lächelte nur und schwieg.

Die Geschwister wanderten nun, so schnell sie ihre Füße trugen, in die helle Welt hinein. Sie waren drei Tage tüchtig marschiert, da sahen sie in der Ferne eine große, weiße Stadt liegen. Als sie durch das Stadttor eintraten, erkannten sie, daß es hier tiefer Winter war. Da seufzte der faule Wastl:»Mariele, gib mir das Hütchen mit den drei Löchern, mich friert so an den Ohren.« Aber Mariele meinte, er solle doch den Kragen seines Mäntelchens hochschlagen, den Hut wolle sie ihm nicht geben.

Sie gingen tiefer in die Stadt hinein, da sahen sie drei verhungerte Vögel tot am Boden liegen.»Mariele«, seufzte der faule Wastl, »streue die Samenkörner auf den Boden, sonst müssen die Vögel vor Hunger sterben.« Aber Mariele meinte, die Vögel seien schon tot und die Samenkörner würden ihnen nichts mehr nützen.

Sie gingen tiefer in die Stadt hinein, da seufzte der faule Wastl: »Mariele, gib mir schnell den Handspiegel mit den drei Sprüngen. Ich glaube, meine Nase ist erfroren.« Aber Mariele meinte, die Nase sehe gar nicht so blau aus und nur ein wenig rot. Den Spiegel wolle sie ihm nicht geben. Sie gingen tiefer in die Stadt hinein, und es wurde bitter kalt.

Da stand vor ihnen, wie aus dem Boden gestampft, eine alte Frau, die in einen dicken Mantel gehüllt war. Sie nahm die beiden mit in ihre warme Stube.

Mariele fragte die Alte, weshalb in dieser Stadt denn der Winter herrsche, während sonst im Lande überall die Sonne scheine und die Blumen blühten. Das alte Weiblein antwortete mit betrübter Miene:»Der Herrscher des schwarzen Totenwaldes, ein böser Zauberer, verwandelte unsere Königstochter in eine häßliche Kröte und entführte sie in sein gewaltiges Schloß. An eine Rettung ist nicht zu denken; denn wer seinen Fuß in das Zauberschloß setzt, der ist des Todes. Über die Stadt aber verhängte der Bösewicht den Fluch: Auf ewig sei Winter in dir.« Mit diesen Worten verstummte das alte Weiblein und schwieg.

Mariele hatte tiefes Mitleid mit der armen Prinzessin und mit der verwunschenen Stadt, und sie beschloß, die Königstochter zu befreien, mochte es sie auch das Leben kosten.

Sie fragte daher das alte Weiblein nach der Lage des schwarzen Totenwaldes. Ihren Bruder, den faulen Wastl, ließ sie bei der Alten. Die versprach, so für ihn zu sorgen, als wäre er ihr eigenes Kind. Dann machte sich Mariele guten Mutes auf den Weg.

Sie war drei Tage tüchtig marschiert, als sie zum schwarzen Totenwald kam. Es war stockdunkel in ihm, und kein Laut drang an ihr Ohr.

Mariele mochte wohl schon den halben Tag durch das finstere Gehölz gestolpert sein, als plötzlich vor ihr, wie aus dem Boden gestampft, das riesige Zauberschloß stand. Eben wollte sie durch das große Hoftor treten, da hörte sie eine rauschende Stimme:

»Tritt nicht durch mich!
Tritt nicht durch mich!
Ich töte Dich!
Ich töte Dich!«

Mariele erinnerte sich aber an die dreifach eingedellte Blechdose mit den Samenkörnern und schüttelte sie. Da sprang die erste Delle heraus und das Mädchen betrat den Hofraum, ohne daß ihr ein Leid geschah.

In der Mitte des Hofes erblickte sie auf einem goldenen Tischchen einen kleinen silbernen Käfig. In ihm saß eine häßliche Kröte. Am Fuß des Tischchens aber schlief ein riesiger Hund, der aus vielen Wunden blutete.

Mariele erinnerte sich an das Hütchen mit den drei Löchern und setzte es sich auf den Kopf. Da wuchs das erste Loch zu, und Mariele ging unsichtbar zu dem goldenen Tischchen, ohne daß ihr ein Leid geschah. Sie nahm den silbernen Käfig und trug ihn in die Rüstkammer. Dort nahm sie das Hütchen vom Kopf und sagte, wieder sichtbar geworden, zu der Kröte: »Arme Prinzessin, ich will

Euch aus der Gefangenschaft des bösen Zauberers befreien. Sagt
mir, wie ich das beginnen soll.« Da antwortete die häßliche Kröte: »Ich danke dir, Mariele, aber ich
fürchte, es wird dir nicht gelingen. Doch ich werde dir helfen, so
gut ich es kann. Ich werde heute abend, wenn der Herrscher des
schwarzen Totenwaldes heimkommt, drei Fragen an ihn richten.
Höre genau, was er mir zur Antwort gibt. Jetzt aber trage mich
schnell zum Tischchen zurück. Dann wasche die Wunden des
Hundes, der täglich Schläge bekommt, damit er dein Freund wird.«
Mariele erinnerte sich an das Hütchen mit den zwei Löchern und
setzte es sich auf den Kopf. Da wuchs das zweite Loch zu, und
Mariele stellte, wieder unsichtbar geworden, den silbernen Käfig
auf das goldene Tischchen zurück. Dann wusch sie die Wunden
des riesigen Hundes, wie es ihr die Prinzessin geraten hatte. Der
Hund leckte ihr die Hände und sprach:

>»Hast du mich gefunden?
>Wäscht ab meine Wunden,
>wäscht ab mein Blut,
>so bin ich dir gut.«

Als es Abend wurde, entstand ein Getöse, die Türen flogen weit
auf und in der Mitte des Saales stand, wie aus dem Boden gestampft, der Zauberer.
»Du fauler Hund«, schrie er, »du schläfst, anstatt zu wachen«, und
er schlug das arme Tier mit einer Lederpeitsche bis aufs Blut. Als-
dann verspottete er die Prinzessin: »Jungfer Kröte, habt Ihr einen
schönen Tag verlebt?« Da antwortete die Prinzessin: »Ach ja, ich
bin zufrieden, aber ich habe schon seit langem drei Fragen auf dem
Herzen, die mich bedrücken.«
Der Zauberer befahl ihr: »Sage sie mir, ich will sie hören.« Da fragte die Prinzessin: »Herrscher des schwarzen Totenwaldes, wie
kann ich erlöst werden?« Der Zauberer lachte und sprach: »In meinem dicken Zauberbuch, das nur mit einem Zauberspruch geöff-

net werden kann, steht der Zaubervers, der dich erlöst.« Da fragte die Prinzessin weiter: »Herrscher des schwarzen Totenwaldes, ich wüßte gerne, wo du dein Zauberbuch verborgen hältst?« Der Zauberer lachte und sprach: »Kannst du Gedanken lesen, dann lies die Antwort heraus. Ich denke jetzt an den Ort.« Mariele aber, die unsichtbar neben dem Tischchen stand, erinnerte sich an den Handspiegel mit den drei Sprüngen und blickte in ihn hinein. Da verschwand der erste Sprung, und sie las die Gedanken des Zauberers: »Mein Zauberbuch liegt im Panzerzimmer unter dem siebten Pflasterstein.«

Jetzt stellte die Prinzessin die dritte Frage: »Herrscher des schwarzen Totenwaldes, sage mir den Zauberspruch, der das Zauberbuch auftut.« Der Zauberer lachte und sprach: »Kannst du Gedanken lesen, dann lies die Antwort heraus. Ich denke jetzt an den Zauberspruch.« Mariele aber nahm den Handspiegel mit den zwei Sprüngen und blickte in ihn hinein. Da verschwand der zweite Sprung, und sie las die Gedanken des Zauberers:

>   »Zauberbuch, ich sage dir,
>   löse dich und diene mir.
>   Lös dich vom Bein,
>   lös dich vom Stein,
>   dien mir allein.«

Als der Zauberer in sein Schlafgemach gegangen war, beugte sich Mariele zu dem Hund hinab und wusch die Wunden des riesigen Tieres. Der Hund leckte ihr die Hände und sprach:

>   »Hast du mich gefunden?
>   Wäscht ab meine Wunden,
>   wäscht ab mein Blut,
>   so bin ich dir gut.«

Mariele suchte nun das Panzerzimmer, und als sie es gefunden hatte, betrat sie es ganz leise.

Sie hob den siebten Pflasterstein auf. Da lag vor ihr das dicke Zauberbuch. Eben wollte Mariele danach greifen, da hörte sie eine rauschende Stimme:

>»Berühr mich nicht,
berühr mich nicht,
ich töte dich,
ich töte dich.«

Mariele erinnerte sich aber an die zweifach gedellte Blechdose mit den Samenkörnern und schüttelte sie. Da sprang die zweite Delle heraus, und Mariele nahm das dicke Zauberbuch aus seinem Versteck, ohne daß ihr ein Leid geschah. Schnell sprach sie nun den Zauberspruch, der das Zauberbuch öffnen sollte:

>»Zauberbuch, ich sage dir,
löse dich und diene mir,
lös dich vom Bein,
lös dich vom Stein,
dien mir allein.«

Da öffnete sich das Zauberbuch, und Mariele rief laut die Zauberverse, welche die verwunschene Prinzessin erlösen konnten.

>»Ob Kröt', ob Schlang',
ob Drach', ob Spinn',
seid alle hin,
seid alle hin!
Berach, berech,
berich, berensch,
seid wieder Mensch,
seid wieder Mensch!«

Da grollte es in der Erde, als würde sogleich ein Erdbeben losbrechen. Das Schloß erzitterte bis auf die Mauern. Es tat einen gewaltigen Schlag, und vor Mariele stand ein wunderschönes

Mädchen in einem strahlenden Kleid, mit Perlen übersät. Da wußte Mariele, daß es die erlöste Prinzessin war, und sie fiel ihr um den Hals.

Vor dem Panzerzimmer aber ertönte ein tierisches Gebrüll:»Wer hat es gewagt, in meinem Zauberbuch zu blättern?« Und vor den beiden Mädchen stand, wie aus dem Boden gestampft, der böse Zauberer.

Er schrie:»Ich werde euch von meinem Hund zerfleischen lassen!« Doch noch ehe er seine Drohung ganz ausgesprochen hatte, fiel ihn der riesige Hund an und zerriß ihn in tausend Stücke.

Da tat es einen entsetzlichen Donnerschlag, und ein Lärm brach los, als würde die Welt untergehen. Schnell stürzten Mariele und die Prinzessin ins Freie. Der Hund sprang hinterher.

Und schon versank das Zauberschloß krachend in der Erde. Der Hund verwandelte sich im selben Augenblick in einen stattlichen Jüngling. Er sprach:»Mariele, nur ein so mutiges Menschenkind wie du konnte meine Schwester und mich von dem bösen Zauber erlösen.«

Dann kehrten alle drei vergnügt in die Stadt zurück. Dort hörte sofort der Winter auf und der Frühling begann. Der Schnee schmolz, die Blumen blühten, und alle Tiere, auch die drei toten Vöglein, die wieder lebendig geworden waren, freuten sich über den warmen Sonnenschein. Der Prinz und die Prinzessin aber zogen mit Mariele und dem faulen Wastl auf das Königsschloß und feierten dort in aller Pracht ihre Erlösung.

Als Mariele nach dem Fest schlafen ging, legte sie das Hütchen, das nur mehr ein Loch hatte, den Handspiegel, der nur mehr einen Sprung hatte, und die Blechdose mit den Samenkörnern, die nur mehr eine Delle hatte, neben ihr Bett und dachte sich:»Wer weiß, wozu mir diese Dinge noch von Nutzen sein werden.«

Der faule Wastl aber lachte und sprach:»Was willst du denn noch mit diesem Plunder? Wirf ihn doch weg, ich rate dir, wirf ihn doch weg!« Mariele aber antwortete nichts mehr, denn sie war schon fest eingeschlafen.

Am anderen Morgen, als Mariele erwachte, traute sie ihren Augen nicht. Das Hütchen hatte sich nämlich in ein prächtiges, goldenes Krönchen verwandelt, mit vielen Diamanten, Rubinen und Smaragden geschmückt.

An der Stelle des Handspiegels lag ein goldenes Zepter, mit Brillanten und Achaten verziert, und in der Blechdose, die zu einer herrlichen Schatztruhe aus Bergkristall geworden war, häuften sich an der Stelle der Samenkörner hunderttausend dicke, glänzende Goldstücke.

Noch am selben Tag nahm der Prinz Mariele zu seiner Gemahlin. Der faule Wastl aber wurde – ob ihr es nun glaubt oder nicht – zum persönlichen Sekretär der Prinzessin ernannt. Und da ihm die Prinzessin gefiel, arbeitete er fest und war gar fleißig. Da gewann ihn die Prinzessin lieb, und bald schon heirateten sie. So waren nun alle glücklich und zufrieden, bis an ihr Lebensende.

Der Griesbacher Radiwurzl

Es war einmal ein reicher, aber geiziger Mann, der Wastlbauer. Der ging eines Tages in seinen Garten und wollte einen Rettich herausziehen fürs Abendessen. Die Rettiche standen gutgepflegt in einem großen Beet und streckten ihre grünen Büsche in die Luft. Mit kundiger Hand griff der Wastlbauer im Dickicht herum, da fühlte er einen richtigen Dickkopf, nahm ihn beim Schopf, ein Ruck – und er hatte ihn in der Hand. Es war ein schöner, prächtiger Kamerad, gut gewachsen und vielversprechend. Als er ihn aber näher in Augenschein nahm, wurde er starr vor Erstaunen, denn der Rettich hatte ein wirkliches Gesicht, zwei Augen, eine Nase und einen großen Mund, über den sich zwei schöne Wurzeln als Schnurrbart legten.

»Ha, ha!« lachte der Bauer, und auch der Rettich sagte: »Ha, ha! Da wären wir nun glücklich beisammen, schau nur, Bauer! Aber was ein richtiger Rettich ist, der kann nicht nur beißen, sondern auch schwatzen. Ich muß Dir etwas erzählen, Wastlbauer. Wie ich da unten mit meinen Wurzeln so herumgriff, kam ich in einen Hohlraum. Was war es? Ein Maulwurfsgang, und da kamen auch schon zwei bedächtige schwarze Herren in ihren Kutten daher und einer sagte zum anderen: Ja, ja, wir wissen es, wo das viele Geld liegt, der Wastlbauer ist ein Esel ... mehr konnte ich nicht verstehen, denn sie gingen rasch weiter. Ich kann Dir also leider nicht sagen, wo es ist, aber irgendwo, hier herum in der Nähe, wird es schon sein.«

Als das der Wastlbauer hörte, zog er aufgeregt an seiner Tabakspfeife. Er dachte, die Maulwürfe hätten irgendwo auf seinem Grund einen Schatz entdeckt. Es wurde ihm ganz heiß, und er hatte gar kein Interesse mehr für den schwarzen Rettich. Er warf ihn beiseite, holte einen Spaten und begann zu graben. Es war ihm ganz gleichgültig, was da stand, Rettiche, Kohl, Kraut oder Erbsen, er wühlte alles hastig durcheinander und zerstörte den ganzen, schönen Garten. Er fand aber kein Gold, der Schweiß rann ihm von der Stirne, an die Tabakspfeife dachte er schon lange nicht mehr, aber er fand kein Gold. Als er sich ein wenig verschnaufen wollte, da hörte er ein Kichern von der Seite, wo er den Rettich, der sprechen konnte, hingeworfen hatte. Er drehte sich um und sah eben noch, wie ihm der schlechte Rettich die Zunge herausstreckte. Der Bauer wurde zornig und wollte mit dem Spaten nach ihm schlagen. Aber da schau her, der Rettich war verschwunden, und an seine Stelle war ein kleiner, buckliger Kobold getreten. Es war der Radiwurzl. Der sprang mit großen Sätzen dem Spaten aus dem Weg und rief, indem er wieder die Zunge herausstreckte:

»Hi, Wastlbauer, weißt Du, wo das viele Gold liegt? In Deiner eigenen Truhe droben in Deiner Kammer, alter Geizkragen. Deswegen hättest Du nicht Deinen schönen Garten zerwühlen brauchen, Du Depp! Servus, Wastlbauer!«

Damit war der Radiwurzl verschwunden. Der Wastlbauer aber schlug sich ans Hirn und schaute verzweifelt auf seinen zerstörten Garten.

Der Teufel hat in Passau z'tun

Es war einmal ein Dirndl, da hieß Rosl, und die hat in Passau gewohnt. Die war so wunderschön, daß man's gar nicht sagen kann.
Die Rosl war aber auch recht fromm, und so oft sie nur Zeit fand,
ging sie in den Passauer Dom und betete zu unserer Lieben Frau.
Aber auch der Teufel hat die Schönheit der Rosl erkannt, und wo
er sie nur erblickte, schlich er ihr heimlich nach. Einmal sprang er
mit beiden Bocksfüßen laut klappernd vor sie hin.
»Rosl«, schrie er, »mogst mi?« – »Naa«, rief die Rosl. Sofort ging sie
einen Geistlichen fragen, was da zu machen wär. Der Geistliche
Herr aber, der schon sehr vielen aus der Not geholfen hatte, meinte, sie solle nur fest bleiben, auch wenn sie dadurch Vater und
Mutter verlieren oder gar selbst sterben müßte.
Als die Rosl nach Hause kam, lag der Vater im Bett und war
schwer krank und starb bald. Da stand der Teufel auf einmal wie-
der auf dem Stubenboden. »Rosl, mogst mi?« – »Naa«, schrie ihn
die Rosl an und betete heimlich ein Stoßgebet zu unserer lieben
Frau, und der Teufel mußte weichen.
Ein paar Tage später starb die Mutter der Rosl. Bald starb auch die
Rosl, und als sie die Dirn begraben wollten, sagte der Pfarrer, sie
dürften sie nicht über die Türschwelle tragen, auch auf keinen
Steig und keinen Weg, und auf dem Friedhof dürften sie die Rosl
auch nicht begraben.
Da hoben die Männer die Rosl in ihrer Truhe zum Fenster hinaus
und trugen sie ohne Weg und Steg über Felder und Wiesen,
durch das Wasser und durch den Wald. Hinter dem Friedhof
stand ein alter Lindenbaum, und dort legten sie die Rosl in die
Erde.
Kaum war die Rosl einen Tag unter Erde, kam auch schon der
Teufel und schnüffelte und kratzte bei der Türschwelle: »Wo ist
meine schöne Rosl, wo ist mei Rosl?« Aber er konnte nichts fin-

den und riß den ganzen Türstock aus: »Da hams es net tragen«, jammerte er und warf alle Steine in zwei Straßengräben, daß die Straße platt war wie ein neuer Bauerntisch. Auf dem Friedhof durchwühlte er jedes Grab und warf die Totenbeine so durcheinander, daß oft der Kopf zu den Füßen kam, aber die schöne Rosl lag in keinem Grab. Da fuhr er mit Geheul und Gejammer in die Hölle zurück und verkroch sich dort, wo sie am tiefsten ist und am meisten nach Schwefel stinkt.

Unter dem Lindenbaum hinter der Friedhofsmauer aber wuchs in der Zeit eine wunderbare weiße Rose. Schlank und schmal stand sie über dem kleinen Grabhügel. Einmal kam ein fremder Holzknecht durch die Ortschaft und sah die lichte Rose unter der Linde, und sie gefiel ihm so gut, daß er sie vorsichtig mit allen Wurzeln aus der Erde zog und sie weit in den finsteren Bergwald mit nach Hause nahm.

In seiner Hütte setzte er sie in einen alten, rostigen, blauen Kochtopf und stellte ihn ans Fenster. Dort war Sonne für die Rose, und Wasser goß er jeden Tag selbst nach, wenn er früh morgens in den Holzschlag ging.

Aber wunderbar, so oft er abends heimkam, immer wieder war seine Wohnung freundlich und lieb aufgeräumt. Mit der Zeit jedoch war ihm das Ding unheimlich, und er wollte wissen, wer ihm wohl all die Arbeit täte. Einmal nun blieb er an einem Werktag daheim und legte sich oben unter der rußigen Decke auf den Backofen. Da sah er – er wollte es nicht glauben und mußte die Augen ein paarmal ausreiben –, da sah er eine so wunderliebe, zarte, weiße Jungfrau aus seiner Rose steigen, wie er sie noch nie geträumt. Die verrichtete still und leicht wie ein Schatten die nötige Arbeit. Wie ein fremdes, seliges Bergfräulein schien sie ihm, als sie wieder ruhig und traumhaft in ihren Rosenkelch hineinglitt. Da lief der Holzknecht stracks zum Pfarrherrn, erzählte ihm die ganze Begebenheit von der wunderbaren Erscheinung und fragte ihn, was da zu machen sei.

Der Pfarrer wußte wohl Rat. Er müsse sie wieder einmal belau-

schen, und wenn sie arbeitet, müßte er von hinten auf sie zu-
springen, sie mit dem geweihten Taufband umfangen und rufen:
»Rosl, mogst mi«, und dann würde alles gut werden.
Der Holzknecht lief nach Hause, was ihn die Füße tragen moch-
ten und konnte die ganze Nacht nicht schlafen. Schon am frühen
Morgen stand er im Kastenwinkel und zitterte von dem langen
Warten wie Espenlaub. Endlich ging die wunderbare Jungfrau wie-
der leicht und durchsichtig durchs Zimmer. Da sprang er aus sei-
nem Winkel vor, umschlang sie von hinten mit seinem geweihten
Band und rief froh: »Rosl, mogst mi?« – »Joo«, rief da das fremde
Jungfräulein laut und bekam auf einmal warmes Leben, und der
Holzknecht hielt die wunderschöne, tausendschöne Rosl an der
Hand. Als sie schon verheiratet waren, stand urplötzlich der Teufel wieder vor ihr auf der Türschwelle: »Rosl, mogst mi?« Sie aber
drehte sich um, sagte gar nichts und blies das Feuer an, daß es hell
loderte. Da mußte der Teufel ohne Worte fort und ist nie wieder-
gekommen. Ich weiß aber nimmer, wer durch ihr Stillesein erlöst
worden ist, der arme Teufel oder die schöne Rosl selber, da müßt
ihr die keusche Wally fragen, die hat mir die Geschichte erzählt.

Das Gartentürl

Es war einmal eine Frau, die hatte zwei Kinder, einen Buben und ein Mädchen. Eines Tages wollte die Mutter in die nahe Stadt, nach Deggendorf, gehen, und sie mußte ihre Kinder alleine daheim lassen. Da sprach sie zu ihnen:»Liebe Kinder, wenn ich nun fort bin, so paßt mir ja hübsch auf das Gartentürl auf!« Sie meinte nämlich, sie sollten es immer schön verriegelt halten, daß nicht etwa ein Dieb in das Grundstück eindringen könnte.

Als die Mutter schon lange fort war, bekamen die Kinder Langeweile, und der Bub sprach zu seiner Schwester:»Komm, wir wollen ein wenig hinausgehen in den Wald und Erdbeeren suchen.« Die Schwester aber sagte:»Das dürfen wir nicht, wir müssen auf das Gartentürl aufpassen.« Da sprach der Bruder wieder.»Ach, da weiß ich schon einen Rat. Wir nehmen das Gartentürl mit in den Wald, da kann es uns nicht wegkommen.«

So packten denn beide Kinder an und trugen das Gartentürl mit sich in den Wald. Dort lehnten sie es an einen Baum und suchten Erdbeeren, und wenn sie auf einem Platz keine mehr fanden, gingen sie weiter, vergaßen aber nicht, das Gartentürl mit sich zu nehmen.

Endlich waren sie so tief in den Wald gekommen, daß sie nicht wieder herausfanden. Die Sonne war unterdessen untergegangen, und es wurde sehr schnell dunkel im Wald. Da fürchteten sich die Kinder, und weil sie dachten, in der Nacht könnten wilde Tiere kommen und sie angreifen, beschlossen sie, auf einem Baum zu übernachten. Sie fanden auch gleich eine ganz schief gewachsene Eiche, auf die sie bequem hinauf konnten, und sogar das Gartentürl nahmen sie, obwohl es ihnen viel Mühe machte, mit sich auf den Baum hinauf. Schlafen konnten die Kinder nicht, sie hatten zuviel Angst, und sie mußten ja auch das Gartentürl festhalten. Um Mitternacht hörten sie ein Geräusch. Sie horchten auf, und endlich bemerkten sie, daß eine Horde Räuber auf den Baum zukam. Da verhielten sie sich mucksmäuschenstill. Die Räuber aber setzten sich unter den Baum und fingen an, das Geld zu zählen, das sie bei ihrem letzten Raub erbeutet hatten. Die Kinder hatten in ihrem Leben noch nie soviel Geld- und Silberstücke beisammen gesehen.

Aber das Festhalten des Gartentürls ging bald über ihre Kräfte, und der Bruder flüsterte leise seiner Schwester zu: »Ich kann die Türe nicht mehr länger halten.« Da ließ auch die Schwester los, und plumps, fiel das Gartentürl hinunter, mitten unter die Räuber. Die erschraken gewaltig, liefen davon und nahmen sich nicht einmal Zeit, all ihr Geld zusammenzupacken. Ganze Berge von Gold- und Silberstücken blieben unter dem Baum liegen.

Als es endlich Tag wurde, stiegen die Kinder von dem Baum herunter, banden das viele Geld in ihre Halstücher und nahmen es samt dem Gartentürl mit sich.

Sie waren noch nicht weit gegangen, als ihnen die Mutter, die sie außer sich vor Angst gesucht hatte, entgegeneilte. Sie wollte anfangs tüchtig schimpfen, als sie aber sah, wie die Kinder sich mit dem Gartentürl abschleppten, und von ihnen hörte, was sie in der Nacht erlebt hatten, und dabei das viele Geld erblickte, das die Räuber hatten liegen lassen, da lachte die Mutter und meinte, es sei eben zum Glück noch alles ganz gut gelaufen. Sie nahm die Kinder mit sich heim, und von dem Geld der Räuber machten sich die drei zunächst einen schönen Tag. Aber auch danach blieb immer noch genug übrig, daß sie ohne Sorgen leben konnten, bis die Kinder erwachsen waren und sich selbst ihr Brot verdienen konnten.

Die Räuberbande jedoch faßte man einige Wochen nach dem Vorfall und forderte sie auf, die gestohlene Beute zurückzugeben. Aber diese hatten keinen Pfennig mehr und erzählten statt dessen die Geschichte, wie sie in der Nacht im Wald von einem Ungeheuer, das vom Baume gefallen sei, erschreckt worden seien. An dieser Stelle müsse auch noch immer das Geld liegen. Als man dort nachsah, fand man aber keinen einzigen Pfennig, und man glaubte, die Räuber hätten die ganze Geschichte nur erfunden, um das Raubgut nicht hergeben zu müssen. Da sie weiterhin verstockt blieben, wurden alle zum Tode verurteilt und auf einer kleinen Anhöhe aufgehängt. Noch heute hießt die Stelle, wo sie zu Tode gekommen waren, Hengersberg.

Das Zwerglein und das Hirtenkind

Es war einmal ein Hirtenmädchen. Das lebte am Fuße des Bayerischen Waldes nahe bei der freundlichen Stadt Deggendorf. Eines Tages spazierte sie von hier im Mühltale aufwärts zur Rusel. Immer enger wurde das Tal, und ein forellenreiches Bächlein hüpfte von Klippe zu Klippe. Tannenduft umfing das Mädchen und lud es zur Rast ein. Ehe es die Paßhöhe erreichte, lagerte es sich an einem der vielen Brünnlein, die dem Berge enteilten. Und da es, müde von der langen Wanderung, träumend die Augen schloß, rauschte ihr das plätschernde Wasser folgende Geschichte zu: »Bei meiner Wiege ist der Palast eines Zwergleins. Schon viele tausend Jahre hauste es still und mutterseelenallein in seinem Kämmerlein. Mit einem Hammer machte sich der Zwerg von seinem Stübchen aus viele Gänge. Sein Reich schmückte er mit lichten Karfunkeln, leuchtendem Golde und echtem Kristall, so daß es bei ihm glitzert wie in einem Irrgarten. Hin und wieder aber verläßt er sein Schloß, um sich am sonnigen Abhang zu wärmen.«
Da erwachte das Hirtenmädchen und wunderte sich gar sehr über den seltsamen Traum. Dann aber verscheuchte sie die unruhigen Gedanken und fing an, lieblich klingende Lieder zu singen. So bemerkte sie gar nicht, daß hinter ihr zwischen dem Gebüsch ein kleines Männlein auftauchte. Es war der Zwerg aus dem Traum, der wieder einmal sein gewohntes Plätzchen aufsuchen wollte. Zum ersten Mal in seinem Leben tönte ihm eine menschliche Stimme entgegen. Da wurde es ihm schwer ums Herz, er setzte sich ins Gras und dachte lange über sein bisheriges einsames Leben nach: Wie schön wäre es doch, wenn ich auch ein Kind hätte.
Am anderen Tag wusch und putzte er sich, zog sein schönstes Gewand an und schob viele farbige Edelsteine in die weiten Taschen. So näherte sich der Zwerg dem Hirtenmädchen, das wieder zu

diesem Platze gekommen war. Wie aber dieses den alten kleinen Mann mit dem Barte auf sich zukommen sah, da graute ihm sehr. Doch das Männlein redete so lieb mit ihm wie seine Großmutter und schenkte ihm auch die glänzenden Steine zum Spielen. Da verlor das Kind alle Scheu, ja, nach und nach wurde es ganz vertraulich. So kamen sie täglich zusammen, bis der Winter herannahte.

Nun wollte der Zwerg dem Mädchen auch einmal seinen Palast zeigen. Freudig ging die Kleine darauf ein. Sie mußte sich arg bücken, und gar manchmal stieß sie sich an den Steinen an. Doch das Kind achtete nicht darauf, denn das Glitzern und Leuchten in dieser unterirdischen Herrlichkeit nahmen seine Sinne ganz gefangen. »Spiele nun fort bis in Ewigkeit«, sagte der Zwerg. Das Mädchen ließ sich das nicht zweimal sagen. Es nahm hier eine Vase, dort eine Schale, jetzt einen Karfunkel, dann eine Goldkugel. Wie im Fluge verschwand im Bannkreise des Zwerges die Zeit. Das Mädchen glaubte erst ein Stündchen im Erdinnern gewesen zu sein, und doch waren schon bald zehn Jahre verflossen. Da fiel ihr unversehens ein Lilienkranz von Alabaster zu Boden, und von dem Klirren erschreckt fuhr es auf wie aus einem tiefen Traum. Der Bann war gebrochen.

Vor dem Mädchen stand dasselbe alte Männlein mit dem langen Bart. Für Zwerge nämlich gibt es keine Zeit und kein Wachstum. Aus dem Hirtenkind aber war während der zehn Jahre eine liebreizende junge Frau mit goldenen Locken geworden, die an Größe im Vergleich zum Zwerg eine Riesin war.

Aber, oh Schrecken! Als sie nun heimwollte, waren die Gänge zu schmal und zu niedrig. Sie konnte nicht mehr ans Sonnenlicht kommen. In ihrer Verzweiflung weinte und schrie das Mädchen und sein Jammer widerhallte im ganzen Zwergenpalast. Aber es half alles nichts. Endlich befreite es der Tod aus seiner entsetzlichen Lage.

Der Zwerg meißelte aus Kristall einen Sarg für die verstorbene Jungfrau und schmückte ihn mit Gold und Edelsteinen.

Am Fuß des Sarges sitzt er nun und weint in ewigem Schmerz. So trauert er schon jahrhundertelang und seine Tränen sammeln sich in der Quelle, aus der die Wasser der Rusel fließen.

Der Waldler Riese

In einer Höhle über dem Bayerischen Wald hauste in uralter Zeit der furchtbare Waldler Riese. Er war größer als die höchsten Fichten weitum. Zogen die Wolken nur ein wenig tief, so stießen sie an seine Nase, daß ihm alsbald ein Nasentröpflein an der Spitze herabhing.

Tat er einen Juchzer, so wackelten die stärksten Burgen in der Umgegend, Felsen polterten bergab und Lawinen kamen ins Rollen. Einmal nun fraß dieser Donnerskerl ein Geselchtes, das auch Geräuchertes heißt, so breit und so hoch wie ein Scheunentor und trank auf einen Zug ein Faß voll Doppelbockbier aus. Darauf ward er gar müd und faul. Er schlief im Walde ein und schnarchte, daß sich die Bäume bogen. Da kam ein Bauer mit einem Holzfuhrwerk des Weges und dachte: »War doch allweil der Himmel klar und die Luft still! Was ist's, daß hier im Wald solch ein Sturmwind geht?«

Derweil kam er zu dem Riesen hin, und der lag mucksmäuschenstill und rührte sich nicht. Und weil er dazu auch noch ein erdfarben, waldgrünes Gewand anhatte, hielt ihn das gute Bäuerlein für einen Hügel und fuhr mit Roß und Wagen hinan. Richtig kam er ohne Unfall bis zur Nase. »Hei«, dachte der Bauer, »da sind zwei Wege! Jetzt heißt's schlau sein und den richtigen finden. Ich wett', es ist der rechts!« Und fuhr ins rechte Nasenloch. »Mein Gott«, sagte das Bäuerlein, »finster ist's da wie in einem Kuhranzen. Es scheint, es ist ein Hohlweg!«

Da kitzelte ein langer Holzstamm, der über das Fuhrwerk hinausstand, den Riesen so in der Nase, daß er aus Leibeskräften niesen mußte. Das Fuhrwerk mitsamt dem Bauern wurde weit davongeblasen bis hinein in die Oberbayerischen Alpen. Das Bäuerlein flog bis auf die Bettelwurfspitze und kannte sich jetzt gar nicht mehr aus. Aber es erinnerte sich an den Ausspruch seines Großvaters, der da hieß: Ein Bauer bleibt dort auf der Welt, wo ihn sein Herrgott hingestellt. Und so blieb er auf der Bettelwurfspitze und sein Leben lang wegen der schlechten Bodenverhältnisse bettelarm. Der Riese aber wanderte aus in ein einsames Tal. Das Gewusel und Gewerkel der Menschen war ihm nämlich zu lästig.

Der Zwergenkönig vom Bayerischen Wald

Es lebte einmal im Bayerischen Wald ein Bauer, der brauchte notwendig fünfzig Taler, um eine Kuh zu kaufen. Da riet ihm seine Frau, er solle sich doch an den Zwergenkönig wenden, der im Hirschberg wohnte. Der Bauer ging gleich hinaus und rief mit lauter Stimme:»Zwergenkönig! Zwergenkönig! Leih mir fünfzig Taler auf einen Monat!« -»Geh auf die andere Seite, wenn du ein rechtschaffener Mensch bist«, lautete die Antwort. Der Bauer schlug an sein Herz und ging festen Schrittes voran - richtig, dort lagen die wohlgezählten blanken Silbertaler.

Nach einem Monat, keine Stunde zu früh, noch zu spät, brachte der Bauer seine Anleihe und zählte sie auf, wie er sie gefunden hatte, und als Zins legte er einen schönen Schinken dazu. Da rief eine helle Stimme:»Der Zwergkönig ist tot, und er will dir die fünfzig Taler schenken!« Dankbar strich der Bauer sein Geld wieder ein, den Schinken aber ließ er liegen. Denn er dachte, einen Leckerbissen werden die kleinen Herren sicher nicht verschmähen. Er hatte recht - der Schinken war im Nu verschwunden.

Der goldene Bogen

Unweit von Straubing hauste vor langer Zeit ein reicher Ritter. Einmal ließ er in seinem Bezirk bekanntgeben, daß er demjenigen, der ihm die größte Lüge erzählen könne, seine reich ausgestattete Burg schenken würde. Da kamen viele Leute zu ihm, die glaubten, sie seien Meister im Schwindeln. Ein jeder log, daß sich die Deckenbalken in der großen Burg bogen und bedrohlich knarrten. Doch der Ritter ließ sich nicht hereinlegen und meinte jedesmal: »Das, was du mir da erzählt hast, klingt zwar unglaublich, aber auf der Welt passiert so viel Unglaubliches, daß auch deine Geschichte sicher wahr ist.« Und so mußte jeder Lügner wieder unverrichteterdinge abziehen.

Da kam ein junger Bauer mit einem goldglänzenden Pfeil in der Hand. Er sagte: »Edler Rittersmann, ich möchte den goldenen Bogen zurückholen.«

Da fragte der Ritter verwundert: »Welchen goldenen Bogen denn?« Und der Bauer erklärte ihm: »Nun, den goldenen Bogen, den du dir letzte Woche von mir ausgeliehen hast, als ich dich im Wald traf und du jagen wolltest.«

Da brauste der Ritter auf: »Du unverschämter Kerl! Ich war letzte Woche weder im Wald, um zu jagen, noch habe ich mir von dir einen goldenen Bogen ausgeliehen. Du bist der größte Lügner, der mir je begegnet ist!«

»Da hast du recht«, grinste der Bursche, »aber wenn du mich für den größten Lügner hältst, dann mußt du mir deine Burg geben, wie du es versprochen hast.«

Doch der Ritter verbesserte sich schnell: »Einen Augenblick, jetzt erinnere ich mich. Tatsächlich du hast mir einen goldenen Bogen geliehen.«

»Na also«, lachte der Jungbauer, »warum nicht gleich? Dann gib ihn mir bitte zurück!«

Aber das konnte der Ritter nicht, weil er nämlich keinen goldenen Bogen besaß. Wohl oder übel mußte er zugeben, daß er von dem Burschen überlistet worden war. Damit aber stand fest, daß er die gewaltige Burg verspielt hatte. Beim Abschied meinte der Ritter sogar: »Ach, weißt du, es macht mir überhaupt nichts aus. Die Burg hat mir sowieso nichts mehr bedeutet.«

Das war natürlich auch eine Lüge. Im selben Augenblick bogen sich die Balken an der Decke, die von den vielen Lügen, die sie hören mußten, schon ganz brüchig geworden waren, so sehr, daß sie auseinanderbrachen. Die gesamte Burg stürzte daraufhin ein. Gerade noch im letzten Augenblick konnten sich der Ritter und der junge Bauer ins Freie retten.

Die Burg war damit verloren, aber der Bursche suchte aus den Trümmern alles Gold zusammen. Von einem kleinen Teil ließ er sich einen goldenen Bogen anfertigen, vom Rest lebte er zufrieden bis an sein Ende. Der Ritter aber starb bald darauf als armer Mann.

Seit dieser Zeit hieß der Hof des Jungbauern einfach nur der Bogen, und bald nannte man die ganze Ortschaft so, wie sie auch heute noch heißt. Die Bogener aber sollen, so erzählt man sich, mehr als andere Leute Lügen verabscheuen.

Der Mitterfelser Bauernbursch

Auf einem Bauernhof in einem kleinen Dorf bei Mitterfels lebte ein Bursche mit seiner Mutter. Eines Tages sagte die Mutter:»Bonifaz, du bist mein Einziger und warst immer gehorsam. Geh jetzt in die Nachbarschaft und such dir eine tüchtige Frau. Sei nur nicht schüchtern und iß fest, wenn sie dir etwas anbieten.« –»Das mach ich schon«, sagte der Bonifaz und ging.
»Wie war's?« fragte die Mutter, als er heimkam.»Soweit ganz gut«, meinte der Bonifaz.»Nur den Nelkenstrauß hätt' ich halt nicht essen sollen, den mir die Kreszenz gab.« –»Aber Bonifaz...«, schüttelte die Mutter den Kopf. Da brauste der Bursche auf:»Mutter, hast du mir nicht aufgetragen: Iß nur fest, wenn sie dir was anbieten!« –»Aber Bonifaz, so was steckt man sich doch an den Hut. Mach's morgen besser!« –»Ich will's versuchen«, entgegnete der Bonifaz und ging am nächsten Tag ein Haus weiter.
Die Ursula brachte ihm einen Knödel mit Zwetschgensoße. Der Bonifaz spießte den Knödel auf die Gabel und steckte ihn an den Hut. Da kreischte die Ursula, lief fort und kam nicht wieder.
»Ach du meine Güte«, jammerte die Mutter, als Bonifaz heimkam und berichtete.»Da war dein Vater anders, als ich ihm Knödel anbot. In Viertel hat er jeden geschnitten und hat gegessen wie ein feiner Herr.« –»Wenn's weiter nichts ist«, murrte der Bonifaz,»das kann ich auch.« Und er ging am nächsten Tag ein Haus weiter.
Die Anneliese brachte ihm eine Linsensuppe. Da nahm der Bonifaz Messer und Gabel und schnitt jede Linse in Viertel. Und als die Anneliese zu kichern anfing, sagte er:»Du hast wohl noch keinen feinen Herrn essen sehen?« –»Dann such dir nur auch eine feine Dame«, spottete die Anneliese – und weg war sie.
Der Bonifaz kratzte sich hinter dem Ohr, ließ die Linsen stehen und ging auch. Jetzt erkannte die Mutter:»Du bist halt noch zu dumm zum Heiraten. Schau dir erst die Welt an und lerne was!«

Sie packte ihm in seinen Rucksack einigen Proviant, darunter Butter, Quark und Fleisch, und gab ihm Milch und Wasser zum Trinken mit. Und der Bonifaz ging auf die Wanderschaft.

Er kam zu einem Weg, der war voller Risse und Wagenspuren. »Soll ich mir Blasen an die Füße laufen?« dachte er. Er schmierte die Butter in die Löcher, daß der Weg glatt wurde wie ein Spiegel. Da kam er an einen Teich. »Qua-, qua-, quaqua – !« riefen die Frösche. »Wenn ihr weiter nichts wollt, damit kann ich euch dienen«, meinte der Bonifaz und warf nach und nach seinen Quark in den Teich. Während er so am Ufer saß, kroch aus dem Schilf eine weiße Schlange und züngelte. »Hast du Durst, armes Tier?« fragte der Bonifaz. »Komm her, ich gebe dir Milch.« Während die Schlange trank, strich ihr Bonifaz über den Rücken. »Hu, wie kalt sie ist!« rief er. »Sie friert ja, ich will sie wärmen!« Er zündete ein kleines Feuer an und legte die Schlange daneben. Da stieg feiner weißer Nebel auf, und heraus trat ein schönes Mädchen in schimmernder Seide. Dazu gab es einen Donner, daß der Bonifaz vor Schrecken auf den Rücken fiel.

Das schöne Mädchen aber hob ihn auf und sagte mit freundlicher Stimme: »Schau um dich! Ja, da steht ein Schloß in einem Garten, und du hast es erlöst und mich auch. Jetzt gehört alles dir.« »Du auch?« fragte Bonifaz. »Ich auch«, erwiderte die Prinzessin. »Jetzt wollen wir zu deiner Mutter gehen und sie zur Hochzeit einladen.« Und das taten sie. Sie feierten eine prachtvolle Hochzeit und zogen dann in das Schloß, das mitten zwischen den Felsen stand.

Der schmaisüchtige Schullehrer

In einem Dörflein im Bayerischen Wald lebte einmal ein Schullehrer, der dem Schnupftabak verfallen war. Er war auf den Schmai so versessen, daß er sogar während des Unterrichts zu seinem Döslein griff und sich durch eine kleine Prise den Kopf »klar« machte. Dann nieste er in einem fort. Die Kinder fanden es zunächst ulkig und lachten. Ein Bub wagte es sogar, ihm Gesundheit zu wünschen. Alle machten sich daraufhin über den Lehrer lustig. Der aber ließ sich das nicht lange gefallen. Nur anfangs duldete er diese Frechheiten, dann aber zwang er die Schulkinder, jedesmal, wenn er nieste, Beifall zu klatschen, als ob er ein besonderes Kunststück vollbracht hätte. Wehe denen, die das nicht mitmachten. Der lange Stock, mit dem er in jeden Winkel des Zimmers hineinreichen konnte, sauste unbarmherzig auf die Ungehorsamen herab und belehrte sie eines Besseren.

So wurde das Beifallklatschen nach jedem Niesen geübt, bis es den Lausbuben und den Lausdirndln in Fleisch und Blut übergegangen war und niemand mehr etwas Außergewöhnliches daran fand. Zur Erntezeit, als alle Hände draußen auf dem Feld gebraucht wurden, war kein Erwachsener im Dorf außer dem Lehrer. Die Schuljugend trieb wie gewöhnlich Unsinn unter seiner Nase. Und das Unglück wollte es, daß ein Bub sich am Schöpfeimer des tiefen Dorfbrunnens zu schaffen machte, bis der Eimer rettungslos in den Schacht hinunterstürzte. Atemlos lief ein anderer zum Dorflehrer und erzählte ihm das.

Der Brunnen war tief, die Buben waren durstig und der Lehrer in Verlegenheit. Doch bald hatte man einen Strick aufgetrieben. Wen sollte der Lehrer aber jetzt hinunterlassen? Kein Bub schien ihm tüchtig und umsichtig genug, um den Eimer aus dem tiefen Wasser heraufzuholen.

So entschloß er sich schließlich, selbst hinunterzusteigen. Er konnte einigermaßen schwimmen, und deshalb glaubte er, ihm könne nichts passieren. Umständlich band er sich den Strick um den Leib, die Buben hielten ihn und ließen ihn äußerst vorsichtig hinabgleiten. Ihr lautes Johlen war weithin hörbar.

Als der Dorfschulmeister schon zur Hälfte hinuntergelassen war, verirrte sich eine Mücke in seine besonders empfindliche Nase. Der Lehrer beherrschte sich zunächst und wollte nicht niesen. Ihm war nämlich klar, daß er damit sein Leben aufs Spiel setzen würde. Er konnte sich unmöglich bei seinem starken Leib mit der einen Hand am Seil festhalten, um mit der anderen die Mücke zu erdrücken.

Da, er wußte nicht, wie ihm geschah, mußte er plötzlich losniesen. Wie auf Kommando ließen die Buben den Strick los, um ihre Pflicht des Beifallklatschens zu erfüllen. Platschend versank der schwere Körper des Schulmeisters im Wasser, während ihm dafür die Schulkinder einen nicht enden wollenden Beifall spendeten.

Der wunderbare Tassilokelch

Es war einmal ein großer, finsterer Wald, der Bayerische Wald. Darin stand ein riesiges, finsteres Schloß. In ihm erhob sich ein funkelnder Sternenthron mit einem strahlenden Monddiamanten. Auf ihm saß Regina, die schwarze Königin. Sie herrschte über die Dunkelheit und die Finsternis. Und so finster und dunkel war auch ihr Herz.

Weit weg von diesem Zauberwald stand in einem freundlichen Park ein großes, helles Schloß. In ihm erstrahlte der leuchtende Sonnenthron. Auf ihm saß Fürst Rasso, der Herrscher des Tages und des Lichtes. Sein Herz war freundlich und hell. Er liebte die Menschen und er wünschte sich, daß sich diese auch untereinander liebten.

Die finstere Königin aber wollte nicht nur über die Finsternis und die Nacht herrschen. Sie wollte auch über das Licht und den Tag gebieten. Sie hatte die Absicht, die ganze Macht an sich zu reißen und alle Menschen zu unterdrücken.

Heimlich schlich sie deshalb in Rassos Sonnenschloß. Sie wollte den alten Mann töten. Aber die Diener merkten es rechtzeitig und vertrieben die böse Frau. Sie erzählten Fürst Rasso davon. Da beschloß der weise Mann, die schwarze Königin für ihre Bosheit zu bestrafen.

Regina hatte eine wunderschöne Tochter. Sie hieß Luitbirga. Ihr Haar glänzte golden wie die Sterne. Ihre Augen erstrahlten blau wie die Nacht. Und ihr Herz war hell wie der Mond. Sie war nicht böse wie ihre Mutter, sondern hilfsbereit und gut. Fürst Rasso schickte seine Diener heimlich in das Schloß der finsteren Königin. Sie entführten die schöne Prinzessin und brachten sie zu Rasso. Der alte Mann sprach: »Luitbirga, sei mir nicht böse. Deine Mutter wollte mich töten. Zur Strafe habe ich dich ihr weggenommen. Ich behalte dich nur so lange, bis deine Mutter kommt und mich um Verzeihung bittet.« Luitbirga wurde in ein schönes Zimmer geführt. Der schwarze Diener Melchior mußte sie bewachen und ihr zu Diensten sein.

Als die schwarze Königin davon erfuhr, tobte sie vor Wut. Sie schrie:»Ich werde mich niemals entschuldigen! Ich werde mich an Rasso rächen und Luitbirga befreien!« Aber sie war nicht so mächtig wie Fürst Rasso. Was sollte sie tun? Sie überlegte viele Nächte auf ihrem Sternenthron. Dann hatte sie einen bösen Plan. Sie erblickte mit ihren magischen Augen einen schönen jungen Prinzen. Sein Name war Tassilo. Er stammte aus Regensburg und ging gerne auf die Jagd.

Die Königin schickte ihm deshalb einen prächtigen Hirschen an den Rand des Bayerischen Waldes. Tassilo sah das Tier und wollte es jagen. Auf diese Weise lockte ihn die schwarze Königin immer tiefer in die Wildnis. Einmal sah er den Hirsch zwischen den Stämmen der Bäume, dann wieder zwischen den Büschen. Er verschoß Pfeil um Pfeil. Aber nie traf er das flinke Tier. Bald hatte Tassilo keinen Pfeil mehr. Der Wald wurde immer dichter und der Prinz wollte umkehren. Aber er wußte den Weg nicht mehr. Er hatte sich verirrt.

Plötzlich richtete sich vor ihm eine riesige Schlange auf. Die finstere Königin hatte sie geschickt. Der Prinz erschrak und rief: »Hilfe! Zu Hilfe!« Entsetzt rannte er davon. Aber die Schlange zischte böse und folgte ihm auf den Fersen. Sie trieb ihn zum finsteren Schloß. Bald war Tassilo außer Atem, er konnte nicht mehr weiter. Die Schlange kam näher und näher. Vor Schreck und Erschöpfung fiel der Prinz in Ohnmacht.

Im selben Augenblick trat die schwarze Königin durch das Tor und schritt der Schlange entgegen. Sie hob den rechten Arm und rief:»Stirb, du Ungeheuer, durch meine Macht!« Ein Blitz zuckte aus ihrer Hand und fuhr in die Schlange. Zu Tode getroffen sank sie zusammen.

Die Königin blickte auf Tassilo, der noch immer bewußtlos am Boden lag. Sie murmelte:»Jetzt habe ich dich bei mir. Du wirst für mich Fürst Rasso töten und mir meine Tochter Luitbirga zurückbringen. Aber jetzt sollst du dich erst von dem großen Schrecken erholen. Ich lasse dich ein wenig ausruhen und komme später wieder.« Sie drehte sich um und ging ins Schloß zurück.

Die finstere Königin hatte einen Diener. Er hieß Emmeran und war ein recht lustiger Bursche. Er mußte für Regina Vögel fangen, weil sie die besonders gerne aß. Deshalb streifte er den ganzen Tag im Wald umher und lockte mit seiner Vogelflöte Vögelchen an. Emmeran bekam für seine Arbeit kaum einen Lohn. Er hatte nicht einmal ordentliche Kleider. Sein Gewand bestand aus lauter bunten Vogelfedern. Deshalb sah er aus wie ein Vogelmensch.

Gerade kam Emmeran von der Arbeit zurück und pfiff lustig auf seiner Flöte. Da erwachte Tassilo aus seiner Ohnmacht. Als er sah, daß die Schlange tot war, war er sehr froh. Er erblickte Emmeran mit seinem Vogelkäfig auf dem Rücken, und er hörte ihn fröhlich singen: »Tralali, Tralala, der Vogelfänger ist jetzt da!« Dabei hüpfte Emmeran spaßig herum.

Tassilo mußte lachen und fragte: »Wer bist du, lustiger Freund?« Emmeran antwortete: »Dumme Frage! Ich bin ein Mensch wie du. Aber wer bist du?« »Ich bin der Prinz Tassilo. Aber ich weiß nicht, wo ich hier bin.« Geheimnisvoll flüsterte Emmeran: »Psst! Du bist im Reich der finsteren, sternenflammenden Königin. Sie hat vor keinem Angst, nur vor mir.«

Tassilo staunte: »Dann hast gar du die giftige Schlange getötet?« Jetzt erst erblickte Emmeran das tote Ungeheuer. Zitternd wich er zurück und brachte vor Entsetzen kein Wort heraus.

Tassilo hielt sein Schweigen für Bescheidenheit und nahm in bei der Hand: »Danke, tapferer Freund. Aber sage mir, wie hast du diese gefährliche Bestie ohne Waffen getötet?« Emmeran hatte sich von seinem Schrecken erholt. Frech log er weiter: »Ach, das war doch eine Kleinigkeit für mich. Ich habe sie einfach mit meinen Händen erdrückt.« Stolz zeigte er seine kleinen Muskeln.

»Emmeran«, ertönte vom Schloß her eine strenge Stimme. Der Vogelfänger zuckte erschrocken zusammen. Die schwarze Königin trat durch das Tor. Sie ging zum Vogelfänger und heftete dem Lügenbold ein goldenes Schloß vor dem Mund. Jetzt konnte er kein Wort mehr sprechen. »Hm! Hm!«, machte er und blickte unglücklich zu Boden. Tassilo sah ihn mitleidig an. Aber die finstere Königin sagte streng: »Das ist für deine beiden Lügen. Ich habe keine Angst vor dir, und die Schlange hast du auch nicht getötet.« Emmeran duckte sich vor den Worten der Königin.

Tassilo verbeugte sich ehrfürchtig vor Regina, die von strahlendem Sternenglanz umgeben war. »Ich grüße dich, mein Prinz«, sagte die Königin. »Ich habe dich vor dieser Schlange gerettet.« Tassilo ergriff die Hand der Herrscherin und fragte: »Sage mir, wie kann ich dir meine Dankbarkeit zeigen?« Da reichte die Königin dem Prinzen ein Bild ihrer Tochter Luitbirga. Als Tassilo das Bild ansah, rief er: »Noch nie habe ich ein so wunderschönes Mädchen gesehen!« Augenblicklich war er wie verzaubert, und sein Herz stand in Flammen. Da berichtete die Königin: »Dies ist meine Tochter Luitbirga; sie wurde von Fürst Rasso entführt. Ich bin ganz verzweifelt darüber. Du allein kannst mir helfen.«

»Was«, rief Tassilo zornig. »Ich werde sie befreien und Fürst Rasso töten.«

Darauf hatte die Königin nur gewartet. Ihr böser Plan war geglückt. Nun hatte sie Tassilo soweit. Er wollte Luitbirga retten und Rasso vernichten.

Sie sagte: »Tu, was dein Herz dir sagt. Dann wirst du den Fürsten Rasso besiegen und Luitbirga zu mir zurückbringen. Wenn du sie befreit hast, dann gebe ich sie dir zur Frau.«

Mit diesen Worten überreichte sie dem Prinzen eine kleine goldene Pfeife. »Das ist eine Zauberpfeife. Sie wird dich vor jedem Unglück bewahren.«

Dann ging sie zu Emmeran. Sie nahm ihm das goldene Schloß vom Mund und sagte: »Ich verzeihe dir noch einmal. Aber lüge nie wieder!« Emmeran war froh. Die Königin schenkte ihm eine silberne Zither und befahl: »Du wirst nun Tassilo als Diener begleiten. Diese Zither ist ein Zauberinstrument. Wenn du in Not bist, wird sie dir helfen. Du mußt sie nur erklingen lassen, und sie wird dir drei Wünsche erfüllen.«

Dann erklärte die Königin: »Ihr beide werdet mit der Zauberpfeife und der Zither sicher in Rassos Reich gelangen.« Emmeran war gar nicht erfreut über den Befehl. Er war ja nicht sehr mutig, sondern nur ein Maulheld, und bei Fürst Rasso konnte es gefährlich werden. Er murrte deshalb: »Ich habe keine Lust!« Aber als er den bösen Blick der Königin sah, verstummte er sofort. Gehorsam machte er sich mit Tassilo auf den Weg zu Rassos Schloß.

Emmeran sagte: »Ich kenne den Weg zum Sonnenschloß genau.« Da der Vogelfänger aber schon zweimal geschwindelt hatte, traute ihm der Prinz nicht mehr und er versuchte selbst, den richtigen Weg zu finden. Der Vogelfänger aber war beleidigt und lief alleine voraus. So kam er als erster zu Rassos Schloß.

Vorsichtig blickte er in ein Palastfenster nach dem anderen. Im letzten Zimmer glaubte er Luitbirga zu erkennen. Mutig öffnete er das Schloßtor. Wie erschrak er aber, als ein kohlrabenschwarzes Gesicht vor ihm auftauchte. »Hu! Das ist sicherlich der Teufel«, rief er entsetzt. Auch Melchior erschrak über Emmeran und rief: »Hab Mitleid! Verschone mich!« Er hatte nämlich noch nie einen Menschen mit Vogelfedern gesehen. Schreiend lief der schwarze Diener davon. Emmeran aber ging tapfer weiter. Tatsächlich fand er im letzten Zimmer Luitbirga. Sie staunte: »Wer bist denn du?« »Ja, kennst du mich nicht«, wunderte sich Emmeran. »Ich bin doch Emmeran, der Vogelfänger deiner Mutter, der schwarzen Königin. Ich und Tassilo wollen dich befreien.« »Wer ist Tassilo?« fragte Luitbirga. »Das ist ein schöner Prinz«, erklärte Emmeran, »der sich sofort in dich verliebt hat, als er dein Bild sehen durfte.«

Luitbirga errötete vor Freude und Glück, dann flüsterte sie: »Wie schön, daß mich ein Prinz liebt!« »Ja«, sagte Emmeran betrübt, »dich liebt jemand. Aber ich habe niemanden, der mich liebt. Hätte ich doch eine nette Emerentia.« »Die wirst du bestimmt bald finden«, munterte ihn Luitbirga auf, »vor allem, wenn du so lustig und freundlich bleibst. »Das wäre schön«, rief Emmeran. »Aber jetzt müssen wir schnell fliehen, bevor Melchior zurückkommt.« Da Luitbirga gerne ihre Mutter wiedersehen wollte, dachte sie nicht an Rassos Gebot, im Sonnenschloß zu bleiben. Emmeran nahm sie an der Hand und zog sie aus dem Zimmer. Schnell rannten sie auf den Wald zu. Aber Melchior hatte sie aus einem Versteck beobachtet. Er holte einen Strick und folgte den beiden heimlich, um sie zu fangen.

Tassilo lief noch immer suchend im Wald umher. Er hatte den richtigen Weg nicht gefunden, dafür aber Emmeran verloren. In den Büschen sah er die glühenden Augen von Wölfen und er hörte das drohende Brummen von wilden Bären. Da erinnerte sich der Prinz an seine kleine Zauberpfeife.

Er dachte: »Ich will ein wenig auf ihr spielen, dann werden mich die wilden Tiere in Frieden lassen. Sicher werde ich dann auch den richtigen Weg finden.« Er setzte sich also auf einen Baumstumpf und begann leise zu pfeifen. Da kamen neugierig die Tiere aus dem Wald herbei. Wölfe und Bären, Hirsche und Füchse waren auf einmal lammfromm. Sie lauschten geduldig der wundervollen Zaubermelodie. Sogar die Vögel schwiegen, denn die Töne der Pfeife klangen schöner als ihr Gezwitscher.

Als der Prinz zu spielen aufhörte, zogen sich die Tiere friedlich in den Wald zurück. »Wenn ich jetzt nur wüßte, welcher Weg mich zum Schloß führt,« überlegte Tassilo. Da hörte er plötzlich drei zarte Stimmen über sich:

»Du bist auf dem richtigen Weg!
Sei mutig, geduldig und still!
Geh weiter Tassilo, bleib nicht stehen,
dann kommst du sicher ans Ziel!«

Nun wußte Tassilo, daß er bald zu Rassos Schloß gelangen würde. Er ging frisch darauf los. Der Wald wurde langsam heller. Bald sah er in der Ferne das Sonnenschloß.

Auf einmal hörte er die Vogelflöte. Gehörte sie nicht seinem Freund Emmeran? Schnell eilte Tassilo dem Klang der Flöte entgegen. Gleich würde er den Vogelfänger gefunden haben. Luitbirga und Emmeran waren schon ganz außer Atem. Immer wieder blies der Vogelfänger auf seiner Lockpfeife. Er wollte Tassilo damit ein Zeichen geben. Und tatsächlich, der Prinz hatte es bereits gehört. Melchior aber war den beiden Flüchtlingen längst auf den Fersen, und als Luitbirga nicht mehr weiterkonnte und erschöpft zu Boden fiel, stürzte er auf die beiden zu und rief:»Ha! Nun habe ich euch doch noch erwischt!« Luitbirga und Emmeran sprangen erschrocken auf. Aber Melchior hatte schon die Schlinge des Seils über beide geworfen und wollte sie gerade fesseln. Da holte Emmeran schnell seine silberne Zauberzither hervor und ließ sie zum ersten Mal erklingen. Melchior vergaß auf einen Schlag, die beiden zu fesseln. Gebannt lauschte er der wunderlichen Melodie und ließ den Strick fallen. Dann fing er an zu tanzen und hopste lachend in den Wald hinein. Dabei sang er:»Das klinget so herrlich, das klinget so schön! Larala, larala! Nie hab ich so etwas gehört und gesehen! Larala, larala! Nie hab ich so etwas gehört und gesehen! Larala, larala!« Und schon war er im Wald verschwunden.

Luitbirga und Emmeran atmeten erleichtert auf. Das Zitherspiel hatte ihm den ersten Wunsch erfüllt. Nun hatte er noch zwei Wünsche frei. Emmeran bückte sich und steckte den Strick in seine Reisetasche. Auf einmal ertönten Trompeten und Rufe:»Fürst Rasso lebe hoch! Es lebe Rasso!« Als sich die beiden umsahen, erblickten sie den Herrscher des Sonnenreiches. Er kam auf sie zu. Emmeran wollte schnell davonlaufen, aber Luitbirga hielt ihn zurück.

Kurz darauf stand Fürst Rasso vor ihnen. Er sagte:»Luitbirga, ich verstehe, daß du zu deiner Mutter zurückwillst, aber es darf nicht sein. Deine Mutter muß sich für ihre Boshaftigkeit erst bei mir entschuldigen.«

Im selben Augenblick hörte man im Wald lautes Geschrei. Melchior hatte Tassilo entdeckt. Er zerrte ihn aus dem Wald heraus und rief:»Sind mir schon Luitbirga und der Vogelmensch entwischt, so will ich wenigstens diesen Kerl gefangennehmen!« Als Tassilo Luitbirga erblickte, riß er sich von Melchior los und eilte auf die Prinzessin zu.»Luitbirga«, rief er.»Tassilo«, hauchte sie, und beide sanken sich in die Arme. Es sah aus, als würden sie sich schon lange kennen.

Fürst Rasso ging zu den beiden und trennte sie sanft. Dann sagte er zu Tassilo:»Mein Prinz, du mußt erst beweisen, daß du Luitbirga verdienst. Dann soll sie ganz dir gehören. Zeige mir, daß du ein gutes Herz hast, und nicht böse bist wie die Königin der Nacht, die dich zu mir geschickt hat.«

Tassilo brauste auf:»Bist du nicht der verfluchte Fürst Rasso, der Luitbirga seiner Mutter entführt hat?« Rasso hob besänftigend seine Hände. Luitbirga erzählte jetzt Tassilo die wahre Geschichte. Da sagte der Prinz:»Verzeih, Fürst Rasso, das habe ich nicht gewußt. Sage mir, was ich tun muß, damit Luitbirga mein wird.« Der Fürst antwortete:»Drei schwere Prüfungen warten auf dich. Bestehst du sie, wirst du als Lohn Luitbirga und einen großen Schatz bekommen. Emmeran wird mit dir gehen.«

»Schon wieder ich«, brummte der Vogelfänger entrüstet.»Ja du«, lächelte Rasso,»wenn du mitgehst und die Prüfung bestehst, bekommst du zur Belohnung deine Emerentia.« Da leuchteten Emmerans Augen erfreut auf und begeistert rief er:»Ja, dann mache ich gerne mit!«

»Was ist die erste Prüfung?« fragte Tassilo.»Du darfst kein Wort sprechen«, erklärte ihm Rasso,»und zwar so lange nicht, bis ich dir die zweite Prüfung erkläre. Glaube aber nicht, daß die erste Prüfung ein Kinderspiel ist. Man wird mit aller Macht versuchen, dich zum Reden zu bringen. Wenn du aber redest, bekommst du Luitbirga nicht zur Frau, und der große Schatz ist für dich auch verloren. Du mußt also standhaft bleiben und schweigen.«

Fürst Rasso führte nach diesen Worten Tassilo und Emmeran zu einem Tor. Er öffnete es. Die beiden traten ein, und schon fielen die Türflügel krachend ins Schloß. Es war stockdunkel. »Tassilo, wo bist du«, rief Emmeran ängstlich. »Psst«, machte der Prinz. »Ich will raus! Ich habe genug!« brüllte der Vogelfänger. Da zuckte ein greller Blitz auf und ein krachender Donner ließ das feige Plappermaul rasch verstummen. Tassilo nahm den verschreckten Emmeran an der Hand und zog ihn weiter. Auf einmal sahen sie durch ein winziges Fenster, daß sich draußen die Sonne zu verdunkeln begann. Es wurde ganz finster. Plötzlich zuckte wieder ein Blitz auf und ein Donner grollte. Vor ihnen stand die schwarze Königin. Sie rief: »Ich bin gekommen, euch zu warnen! Ihr seid in Lebensgefahr! Fürst Rasso will euch vernichten! Folgt mir schnell, sonst geht ihr zugrunde!« Emmeran jammerte: »Ich habe es mir gleich gedacht, Tassilo! Jetzt sitzen wir in der Patsche! Komm rasch weg von hier, bevor es zu spät ist!« Aber er Prinz machte nur »Psst!« Er tat so, als habe er Regina weder gehört noch gesehen.

Da zuckte abermals ein greller Blitz auf und ein gewaltiger Donnerschlag ließ die Erde erbeben. Die sternenglänzende Königin war genauso schnell verschwunden, wie sie gekommen war. Tassilo war nicht auf ihre falsche Warnung hereingefallen. Aber Emmeran rief: »O jemine! Jetzt ist unsere Retterin fort! Gleich geht es uns an den Kragen!« Tassilo legte Emmeran die Hand auf den Mund und schwieg.

Die finstere Königin aber glühte vor Zorn. Wenn Tassilo standhaft bliebe, das wußte sie genau, dann würde sie Luitbirga nie wieder zurückbekommen.

Sie setzte sich auf ihren Sternenthron und grübelte lange nach. Als der Morgen graute, hatte sie einen neuen, bösen Plan. Wenn es ihr schon nicht gelungen war, den Prinzen zum Sprechen zu bringen, so mußte es doch ihrer Tochter gelingen. »Wenn Luitbirga mit ihm spricht«, so dachte die Königin bei sich, »wird der Prinz bestimmt Antwort geben, denn er liebt sie ja. Dann aber hat er die Prüfung nicht bestanden.« In rasender Eile zauberte sich die schwarze Königin zu ihrer Tochter Luitbirga.

Die Prinzessin lag im Schloßpark in einer Laube und schlief. Melchior war in ihrer Nähe und bewachte sie. Als er die schlafende Luitbirga anblickte, wurde er von ihrer Schönheit überwältigt. Er schlich zu ihr und wollte sie küssen. Da erwachte das Mädchen. Sie sah das schwarze Gesicht und schrie erschrocken auf. Melchior rannte Hals über Kopf davon und versteckte sich hinter einem Busch. Im selben Augenblick ertönte ein gewaltiger Donnerschlag, und vor Luitbirga stand die finstere Königin. »Mutter«, rief die Prinzessin überrascht. »Kommst du, um mich nach Hause zu holen? Dann bin ich endlich vor dem bösen Melchior sicher!«

»Nein«, entgegnete die Königin, »Fürst Rassos Macht ist so groß, daß mir das nie gelingen würde. Ich bin gekommen, um dich zu warnen. Geh schnell zu Tassilo und Emmeran und überrede beide zur Flucht. Rasso will euch alle vernichten.«

»Aber Mutter«, widersprach Luitbirga heftig, »der Fürst ist doch ein guter, braver Mann.«

»Er täuscht euch«, zischte die Königin wild. Sie holte unter ihrem schwarzen Sternenumhang ein blitzendes Messer hervor. »Mit diesem Dolch sollst du Rasso töten. Wenn du das nicht tust, mein Kind, seid nicht nur ihr verloren. Auch mich und mein Reich wird er zerstören. Entscheide dich zwischen Fürst Rasso und mir, meine liebe Tochter. Ich meine es nur gut mit euch.«

Nach diesen Worten verschwand die Königin mit einem Donnerschlag. Luitbirga war allein. Neben ihr lag der Dolch. »Nie werde ich Rasso töten können«, flüsterte Luitbirga entsetzt. »Aber mit Tassilo muß ich unbedingt sprechen und ihm alles erzählen.«

Als die schwarze Königin Luitbirgas Worte hörte, freute sie sich. »Endlich«, zischte sie, »wird mein böser Plan doch noch gelingen. Luitbirga wird Tassilo zum Sprechen bringen und ihn dadurch zerstören.« Melchior hatte hinter dem Busch alles mit angehört. Kaum war die finstere Königin verschwunden, schlich er zu Luitbirga und stieß hervor: »So, du willst also Fürst Rasso töten!«

Erschrocken fuhr Luitbirga herum und starrte den Schwarzen an. Hastig versteckte sie den Dolch in ihrem Gewand. Melchior drohte ihr:»Entweder fliehst du jetzt mit mir und wirst meine Frau, dann helfe ich dir, Fürst Rasso zu ermorden, oder aber ich werde augenblicklich den Herrscher des Lichtes rufen und ihm von deinem Mordplan erzählen. Dann wird er dich entsetzlich bestrafen!« »Aber...«, wollte sich Luitbirga verteidigen, »...aber«, fiel ihr Fürst Rasso, der unbemerkt herangekommen war, ins Wort, »ich weiß alles.«

Melchior erschrak.»Herr«, rief er,»dann weißt du auch, daß dich dieses böse Weib erdolchen will.«

»Ich weiß alles«, wiederholte Rasso ruhig.»Deshalb möchte ich dich für deine treuen Dienste auch belohnen. Ich werde dir siebzig geben.« Melchior freute sich. Er glaubte, Rasso habe sein hinterhältiges Spiel nicht bemerkt und wolle ihm siebzig Goldstücke schenken. Er rief:»Danke, Herr, für die siebzig!« Da fragte Rasso erstaunt:»Wieso bedankst du dich? Erfreuen dich die siebzig Stockschläge, die du gleich bekommen wirst, so sehr?« Melchior riß entsetzt die Augen auf und winselte:»Herr, hab Mitleid mit mir! Ich bin unschuldig!« Fürst Rasso entgegnete ihm:»Du hast ein so böses Herz, daß du nicht einmal Stockschläge verdienst. Verlasse augenblicklich mein Schloß und komme mir nie wieder unter die Augen!«

Hals über Kopf rannte Melchior davon. Er lief in den dunklen Bayerischen Wald, denn er wollte zur finsteren Königin, um ihr seine rachsüchtigen Dienste anzubieten. Er dachte:»Zusammen mit der schwarzen Fürstin wird es mir bestimmt gelingen, Fürst Rasso zu vernichten. Als Lohn werde ich Luitbirga für mich fordern. Sie muß dann meine Frau werden.«

Als Melchior zur finsteren Königin kam, freute sie sich sehr. Sie konnte jeden gebrauchen, der half, ihre teuflischen Pläne auszuführen.

Währenddessen tröstete Fürst Rasso die weinende Luitbirga:»Ich weiß, Prinzessin, daß du unschuldig bist. Glaube nicht, was dir deine Mutter gesagt hat. Vertraue mir, dann wirst du mit Tassilo glücklich werden.« Nach diesen Worten ließ er Luitbirga wieder allein. Die Prinzessin aber war so durcheinander, daß sie unbedingt mit Tassilo sprechen wollte. Schnell eilte sie durch viele dunkle Gänge zu ihm.

Emmeran und der Prinz erholten sich gerade ein wenig. Der Vogelfänger hatte sich mit seinem Zitherspiel etliche Leckerbissen herbeigezaubert, und so saß er an einem reichlich gedeckten Tisch und aß und trank nach Herzenslust. Es war ihm einerlei, daß er jetzt nur noch einen Wunsch frei hatte. Tassilo ruhte etwas abseits auf einer Bank und flötete auf seinem Zauberpfeiferl.

Luitbirga folgte dem Klang und fand auf diese Weise schon bald den Prinzen. Sie trat auf ihn zu.

»Tassilo«, rief sie mit Tränen in den Augen. »Tassilo, du mußt mir helfen! Ich weiß nicht mehr, was ich machen soll!« Sie erzählte ihm, was sie gerade mit ihrer Mutter, mit Melchior und Fürst Rasso erlebt hatte. Als sie zu Ende erzählt hatte, wartete sie auf Tassilos Antwort. Aber der Prinz schwieg.

»Warum antwortet er nicht«, schluchzte Luitbirga verzweifelt. Emmeran sagte mit vollem Mund: »Er ist ganz komisch geworden, dein Tassilo. Mit mir redet er auch nicht mehr. Ich habe keine Ahnung, weshalb er das tut.« »Tassilo«, rief Luitbirga zum zweiten Mal. »Schau mich an und gib mir einen Rat!« Der Prinz blickte zu Boden und schwieg. Da beschwor ihn das Mädchen: »Wenn du nicht sofort mit mir sprichst, dann weiß ich, daß du mich nicht mehr liebst.«

Der Prinz schwieg weiterhin. »Dann leb wohl!« rief die Prinzessin schluchzend. »Ohne deine Liebe will ich nicht mehr länger leben!« Sie griff nach dem Dolch unter ihrem Gewand und stürzte weinend den dunklen Weg zurück, den sie eben gekommen war.

Emmeran schüttelte den Kopf und schimpfte: »Tassilo, du bist doch ein herzloser Bursche! Nicht einmal mit deiner Liebsten redest du ein Wort!«

Der Prinz senkte den Kopf. Er war sehr traurig, aber er war standhaft geblieben. Auch Luitbirga hatte ihn nicht zum Reden bringen können.

Emmeran war nun ernsthaft verärgert. Er sagte zu Tassilo: »Wenn jetzt mein Mädchen Emerentia des Weges käme, würde ich mit ihr sprechen. Darauf gebe ich dir mein Wort.«

Kaum hatte er das gesagt, humpelte aus der Dunkelheit eine alte Frau auf ihn zu. Emmeran stutzte, aber dann rief er: »He, Alte, komm setz dich zu mir! Es ist so langweilig hier!« »Gern, mein Engel«, erwiderte die Frau mit zittriger Stimme. »Wie alt bist du denn«, wollte der Vogelfänger wissen. »Ich bin achtzehn Jahre alt«, entgegnete die Frau. Jetzt machte sich Emmeran lustig: »Was? So jung? Dann hast du bestimmt schon einen Liebsten? Wer ist es denn?«

Die Alte kicherte: »Das bist doch du, Emmeran, mein Schatz!« »So«, rief der Vogelmensch und grinste. »Dann möchte ich aber deinen Namen wissen.«

»Ich heiße Emerentia«, rief die Alte freudig. Emmeran wurde es unheimlich. »Was«, rief er verärgert. »Dich soll ich als Emerentia nehmen?« »Natürlich«, sagte die Alte. »Wenn du mich nämlich nicht magst, dann mußt du dein ganzes Leben lang in dieser Dunkelheit bleiben und bekommst jeden Tag nur Wasser und Brot!« »Bloß das nicht«, seufzte Emmeran. »Ein altes Weib ist mir immer noch lieber als Finsternis, Wasser und Brot!« »Gut«, rief die Alte, »dann versprich es mir in die Hand, daß du mich immer und ewig lieben wirst!« Zögernd schlug der Vogelfänger ein.

Da krachte es, und im selben Augenblick stand ein hübsches, junges Mädchen vor Emmeran. Sie hatte ebenso wie ihr Zukünftiger ein reizendes, buntes Federkleid an und lachte ihrem Schatz freundlich ins Gesicht. Emmeran war sprachlos. Als er sich von seinem Staunen erholt hatte, wollte er seine hübsche Emerentia in die Arme nehmen. Er sprang auf sie zu. Da knallte es abermals, und das Mädchen war auf einen Schlag verschwunden. Eine Stimme rief: »Das ist die Strafe für deine Schwatzhaftigkeit, Emmeran!« Betrübt ließ sich der Vogelmensch auf seinen Stuhl fallen. So nah war ihm eben noch seine Emerentia gewesen! Und jetzt sollte sie wohl für immer verschwunden bleiben. Der arme Vogelfänger konnte es nicht fassen. Er war sehr unglücklich und niedergeschlagen. Verzweifelt dachte er: »Zuerst muß ich diesen dunklen Weg gehen. Dabei darf ich nicht einmal sprechen. Dann bekomme ich nur mit Hilfe meines Zitherspiels etwas zu essen und zu trinken. Schließlich werde ich von einem alten Weib an der Nase herumgeführt. Und als sich die Alte als meine Emerentia entpuppt, wird sie mir für immer weggenommen. Ich will nicht mehr leben!«

Emmeran fingerte aus seiner Reisetasche den Strick, den er Melchior abgenommen hatte. Er warf ihn über den Ast eines Baumes, denn er wollte sich aufhängen.

Da hörte er plötzlich die drei zarten Stimmen:

>»Halt! Emmeran! Und sei klug!
Man lebt nur einmal!
Das sei dir genug!
Laß doch dein Zitherspiel erklingen.
Das wird dein Weibchen zu dir bringen!«

Als Emmeran diese Worte hörte, rief er: »Richtig! Das hätte ich ja beinahe vergessen! Ich habe ja noch einen Wunsch frei!« Schnell griff er nach seiner Zauberzither und sang: »Klinget, Saiten, klinget! Bringet mein Frauchen her!«

Auf einen Schlag stand Emerentia im bunten Federkleid hinter ihm. Sie neckte den Vogelfänger und rief: »Em – Em!« »Em – Em!« wiederholte Emmeran und schaute suchend in der Gegend umher. Er merkte nicht, daß Emerentia genau hinter ihm stand, so aufgeregt war er.

Sie scherzte weiter: »Em – Em!« »Em – Em!« plapperte Emmeran nach. Jetzt hatte er sie endlich entdeckt.

»Emerentia«, jubelte er! »Emmeran«, rief sie froh. Beide fielen sich glücklich in die Arme und tanzten vor Freude im Kreis herum.

Da hörte man Trompeten erschallen. Fürst Rasso erschien. Er sprach: »Für dich, Emmeran, ist die Prüfung zu Ende. Du hast sie zwar nicht bestanden, denn du warst viel zu geschwätzig. Aber weil du ein gutes Herz hast, soll dir deine Emerentia gehören.« Dann wandte er sich zu Tassilo:»Dir, mein Prinz, stehen nun noch zwei schwere Prüfungen bevor. Bestehe sie so gut, wie du die erste bestanden hast. Weil dich Emmeran nun nicht mehr begleiten kann, habe ich für dich jemand anderen ausgesucht, der dir auf dem schweren Weg helfen wird.« Luitbirga saß weinend in ihrem Zimmer und blickte auf den Dolch. Sie dachte:»Tassilo liebt mich nicht mehr. Das hat mir sein Schweigen bewiesen. Meine Mutter ist eine böse, rachsüchtige Frau. Auch weiß ich nicht, ob ich Fürst Rasso trauen kann. Ich will mir mit dem Dolch, den mir meine Mutter gab, das Leben nehmen. Nur wenn ich tot bin, werde ich Ruhe und Frieden finden.« Sie nahm den Dolch, da hörte sie die drei zarten Stimmen rufen:

»Halt, Luitbirga, halte ein!
Würde Tassilo dies sehen,
würde er vor Schmerz vergehen,
denn er liebt nur dich allein!«

Luitbirga ließ das Messer sinken. Im gleichen Moment betrat Fürst Rasso das Zimmer. Er sprach:»Es ist wahr, Luitbirga. Dein Prinz würde für dich durch dick und dünn, durch Feuer und Wasser gehen. So sehr liebt er dich.« Froh rief die Prinzessin:»Ich würde für ihn das gleiche tun!« »Gut«, sagte Rasso, »dann sollst du ihm bei seinen letzten Prüfungen helfen. Zu zweit geht alles leichter. Und der dritte in eurem Bunde wird die kleine Zauberpfeife sein. Dein Vater hat sie, als er noch lebte, in einer Zauberstunde, aus den Wurzeln der tausendjährigen Eiche selbst geschnitzt.« Fürst Rasso nahm die Prinzessin bei der Hand und führte sie in die Dunkelheit. Er sprach:

»Durch Feuer und Wasser mußt du gehen,
dann wirst du den Prinzen Tassilo sehen.

Die Zauberpfeife wird euch beschützen.
Ihr müßt die Krone aus Flammenspitzen
und die Schaumkrone des Wassers erreichen.
Sie seien für euere Liebe die Zeichen!«

Nach diesen Worten ließ Rasso Luitbirga allein. Es war stockdunkel. Die Prinzessin rief:»Tassilo, wo bist du?« Da hörte sie ein Sturmgebraus, und in dem Tosen ertönte leise die Stimme des Prinzen:»Hierher, Luitbirga, hier bin ich!«

Als die Prinzessin weiterging, erkannte sie vor sich einen matten Feuerschein, der immer stärker wurde. Sie kam den lodernden Flammen näher und näher. Funken sprühten. Haushoch peitschte das Feuer um sich. Mitten in dem tosenden Brand erblickte sie die Krone aus Flammenspitzen. Mutig trat die Prinzessin in das Feuermeer. Von der anderen Seite kam Tassilo auf sie zu. Er eilte so schnell er konnte durch Funken und Hitze.

Die Flammenfinger schnürten Luitbirga immer enger den Hals zu. »Tassilo«, hauchte sie mit fast erstickter Stimme, »Tassilo, spiel auf der Zauberpfeife!« Schnell setzte Tassilo das Wunderinstrument an den Mund und blies eine zauberhafte Melodie. Da neigten sich die Flammen vor dem Prinzen und vor der Prinzessin zu Boden und legten den beiden die Krone aus Flammenspitzen in die Hände.

Luitbirga und Tassilo sanken sich in die Arme. Doch schon hörten sie ein bedrohliches Rauschen. Sie blickten sich in die Augen und nickten sich lächelnd zu. Gemeinsam wollten sie auch die letzte Prüfung bestehen.

Furchtlos gingen die beiden auf den tosenden Wasserfall zu. Gurgelnd wälzten sich die wogenden Fluten heran. Die Wellen rissen das Prinzenpaar in ihren Strudel und zogen es in die Tiefe. Der Sog wollte sie auseinandersprengen. Mit den letzten Kräften hielt sich Luitbirga an Tassilo fest. Aber die Gewalt des Wassers war stärker und zerrte sie auseinander. Luitbirga schwanden fast die Sinne.

Da griff Tassilo nach seiner Zauberpfeife. Schon nach den ersten, weichen Tönen beruhigten sich die Wellen und trugen die beiden nach oben. Sie spülten ihnen die Schaumkrone in die Hände. Sicher kamen sie ans Ufer. Tassilo trug die Krone aus Flammenspitzen. Luitbirga die Schaumkrone des Wassers. Fürst Rasso erwartete sie und nahm die beiden Kronen entgegen.

»Ihr habt«, sprach er, »alle drei Prüfungen bewundernswert bestanden. Ihr gehört nun für ewig zusammen. Keine Macht kann euch mehr trennen, auch nicht Regina, die schwarze Königin. Ich führe euch jetzt zum großen Schatz, der euch gehören soll.«

Auf einmal verfinsterte sich der ganze Himmel. Unter Blitzen und Donnergebraus stürmte die finstere Königin heran. Melchior war bei ihr. Die beiden versuchten nun mit letzter, wilder Gewalt Fürst Rasso und seine Freunde zu vernichten. Die Königin tobte vor Wut. Wie ein Orkan raste sie über das Sonnenschloß. Ängstlich duckten sich Tassilo und Luitbirga, Emmeran und Emerentia kauerten sich in den hintersten Winkel.

Da hob Fürst Rasso seine mächtige Hand. Gleißendes Sonnenlicht strömte endlos aus ihr hervor. Die schwarze Königin fühlte, wie ihre Macht schwächer wurde. Sie stürzte kreischend mit Melchior zu Boden. Fürst Rasso rief:

»Hinab!
An diesem Ort des Friedens ist kein Platz für euch!
Versinke, Königin der Nacht, in ewige Finsternis!
Mit dir versinke auch dein unheilvolles Reich!
Der Untergang ist dir und Melchior gewiß!«

Da öffnete sich mit einem fürchterlichen Donnerschlag die Erde. Regina, die böse Königin, und Melchior stürzten schreiend in den ewigen Abgrund. Im selben Augenblick wich auch die Dunkelheit aus dem nächtlichen Zauberwald, und der Bayerische Wald erstrahlte in ganzer Pracht. Das Schloß der sternenflammenden Königin löste sich wie ein düsterer Nebel auf. Die drei zarten Stimmen riefen:

»Gestürzt ist das Böse in ewige Nacht!
Es gibt nur Fürst Rassos gütige Macht!
Es soll nur sein Licht für immer erglühn,
sein Sonnenreich soll auf ewig uns blühn!«

Fürst Rasso führte Luitbirga und Tassilo vor den Krönungssaal im Sonnenschloß. »Hier ist der große Schatz aufbewahrt, der euch gehören soll«, verkündete der alte Mann. Trompeten erklangen. Die Saaltore öffneten sich lautlos. Auf einem prächtigen Kissen stand ein kleines Kästchen. Als der Prinz und die Prinzessin davorstanden, öffnete sich der Deckel von ganz allein. Auf einem samtroten Polster lag ein goldener Kelch. Darauf stand geschrieben:

Tassilo dux fortis + Luitbirga virga regalis.
Das bedeutet:
»Tassilo, der tapfere Herzog + Luitbirga, der königliche Sproß.«

»Einen größeren Schatz als diesen gibt es nicht«, beteuerte Fürst Rasso. »Dieser Kelch enthält Weisheit, Liebe und Wahrheit. Wer diese drei Kostbarkeiten besitzt, ist der reichste Mensch auf Erden.«
Tassilo ergriff den Kelch und legte ihn Luitbirga in die Hände. Dann schloß er sie in seine Arme.
Da streifte Fürst Rasso seinen leuchtenden Sonnenring vom Finger und steckte ihn Tassilo an. »Mein Prinz«, sprach er, »du sollst mein Nachfolger werden und einmal der Herrscher des Lichtreiches sein. Behüte zusammen mit deiner Luitbirga den Schatz der Weisheit, der Liebe und der Wahrheit bis ans Lebensende.«
Schon am nächsten Tag wurde ein großes Fest gefeiert. Tassilo heiratete Luitbirga und Emmeran seine Emerentia.
Der Vogelfänger kehrte mit seiner Frau in den Bayerischen Wald zurück. Dort lebte er frei wie die Vögel in Gottes schöner Natur.
Der Prinz und die Prinzessin aber waren glücklich in Fürst Rassos

Reich. Und als der alte, weise Mann nach vielen Jahren starb, wurde Tassilo der Herrscher des Sonnenreiches und des ganzen Bayernlandes. In seinem Schatzzimmer aber bewahrte er besonders sorgsam drei Dinge auf.

Der goldene Tassilokelch, das Zeichen für Weisheit, Liebe und Wahrheit, befand sich in der Mitte des Raumes. Links ruhte die Zauberzither, die Emmeran so geholfen hatte. Und rechts lag die kleine Zauberpfeife, die mit ihren wundersamen Tönen imstande war, wilde Tiere, Feuer und Wasserfluten zu besänftigen.

So lebten nun alle glücklich und zufrieden. Und noch heute ist der Tassilokelch im Kloster Kremsmünster als weltbekannte Sehenswürdigkeit zu bestaunen. Wer ihn berührt, so heißt es, dem soll es sein Lebtag lang niemals an Weisheit, Liebe und Wahrheit mangeln.

Das Regensburger Orgelmärchen

Vor langer, langer Zeit lebte einmal in Regensburg ein sehr geschickter junger Orgelbauer. Der hatte schon viele Orgeln errichtet, und die letzte war immer wieder besser als die vorhergehende. Zuletzt machte er eine Orgel, die war so prachtvoll, daß sie von selbst zu spielen anfing, wenn ein Brautpaar in die Kirche trat, an dem Gott sein Wohlgefallen hatte. Als er auch diese Orgel vollendet hatte, sah er sich unter den Mädchen der Stadt um, wählte sich die Frömmste und Schönste aus und ließ seine eigene Hochzeit bestellen.

Als er aber mit der Braut über die Kirchenschwelle trat und Freunde und Verwandte in langem Zuge folgten, jeder eine Blume in der Hand oder im Knopfloch, da war sein Herz so voller Stolz und Ehrgeiz, daß er nicht an seine Braut und auch nicht an Gott dachte, sondern nur daran, was er doch für ein geschickter Meister wäre, dem niemand es gleichtun könne. Er freute sich schon darauf, daß alle Leute staunen und ihn bewundern würden, wenn gleich die Orgel von selbst zu spielen beginnen würde. So betrat er nun mit seiner schönen Braut die Kirche. Aber die Orgel blieb stumm.

Das nahm sich der Orgelbaumeister sehr zu Herzen, denn er meinte in seinem Stolz, daß die Schuld daran nur an der Braut liegen könne. Er vermutete, daß sie ihm nicht treu gewesen wäre und daher Gott nicht gefallen würde. Er sprach den ganzen Tag über kein Wort mit ihr, schnürte dann in der Nacht heimlich sein Bündel und verließ sie.

Nachdem er viele hundert Kilometer weit gewandert war, ließ er sich endlich in einem fremden Land nieder, wo ihn niemand kannte und keiner nach ihm fragte. Dort lebte er still und einsam zehn Jahre lang.

Plötzlich überfiel ihn eine namenlose Angst und eine große Sehnsucht nach der Heimat und nach der verlassenen Braut. Er mußte immer wieder daran denken, wie sie so fromm und schön gewesen war, und wie er sie so häßlich verlassen hatte. Nachdem er vergeblich alles getan hatte, um seine große Sehnsucht niederzukämpfen, entschloß er sich, zurückzukehren und sie um Verzeihung zu bitten.

Er wanderte Tag und Nacht, daß ihm die Fußsohlen wund wurden, und je näher er der Heimat kam, desto stärker wurde seine Sehnsucht und desto größer auch seine Angst, ob sie wohl wieder so gut und freundlich zu ihm sein würde wie in der Zeit, als sie noch seine Braut war.

Endlich sah er die Türme seiner Vaterstadt Regensburg von ferne in der Sonne blitzen. Da fing er zu laufen an, was er laufen konnte, so daß die Leute hinter ihm her den Kopf schüttelten und sagten:»Entweder ist er verrückt oder er hat gestohlen!«

Als er nun durch das Tor die Stadt betrat, begegnete er einem langen Leichenzug. Hinter dem Sarg her gingen eine Menge Leute, die bitterlich weinten.»Wen begrabt ihr hier, ihr guten Leute, daß ihr so weinen müßt?« – »Es ist die schöne Frau des Orgelbaumeisters, die ihr böser Mann vor zehn Jahren verlassen hat. Sie hat uns allen so viel Gutes und Liebes getan, daß wir sie in der Kirche beisetzen wollen.«

Als er dies hörte, erwiderte er kein Wort, sondern ging mit stillgebeugtem Haupt neben dem Sarg her und half ihn tragen. Niemand erkannte ihn, weil er sich einen Bart hatte wachsen lassen. Da sie ihn aber fortwährend schluchzen und weinen hörten, so störte in keiner, denn sie dachten: Das wird wahrscheinlich auch einer von den vielen, armen Leuten sein, denen die Tote zu Lebzeiten Gutes erwiesen hat.

So kam nun der Zug zur Kirche, und als die Träger die Schwelle überschritten, fing die Orgel von selbst zu spielen an, so herrlich, wie noch niemand eine Orgel hatte spielen hören. Sie setzten den Sarg vor dem Altar nieder und der Orgelbaumeister lehnte sich still an eine Säule daneben und lauschte den Tönen, die immer gewaltiger anschwollen, so gewaltig, daß die Kirche in ihren Grundpfeilern zu beben begann.

Die Augen fielen ihm zu, denn er war sehr müde von der weiten Reise. Aber sein Herz war voll Freude, denn er wußte, daß ihm Gott verziehen hatte. Als er den letzten Ton der Orgel verklingen hörte, fiel er tot auf das steinerne Pflaster nieder. Da hoben die Leute die Leiche auf, und als sie erkannten, wer er war, öffneten sie den Sarg und legten ihn zu seiner Braut. Als sie den Sarg wieder schlossen, begann die Orgel noch einmal ganz leise zu tönen. Dann wurde sie still und hat seither nie wieder von selbst geklungen.

Schlagzu vom Bayerischen Wald

Vor vielen vielen Jahren lebte in dem kleinen Dorf Traitsching im Bayerischen Wald, das in der Nähe von Waldmünchen liegt, ein armer Mann mit Namen Schlagzu. Der verdiente sein kärgliches Brot mit Holzspalten hier und da auf den Höfen der Bauern. Aber so gering sein Verdienst auch war, er war doch nicht unzufrieden mit seinem Los. Er arbeitete nämlich gern, und es verlangte ihn nicht nach den Leckerbissen der Reichen.

Da verlor er eines Tages seine Axt, und er wußte nicht, wo er sie suchen sollte. Das machte ihn tieftraurig. Die Axt war nämlich sein Arbeitsgerät, das einzige, mit dem er umzugehen wußte. Er fürchtete vor Hunger zu sterben, weil er nichts mehr verdienen konnte.

In seinem großen Jammer warf er sich auf die Knie, richtete seine Augen gegen den Großen Arber und rief mit lauter Stimme: »Mächtiger Waldlergeist, suche mir meine Axt wieder, meine gute Axt, oder gib mir Geld, eine neue zu kaufen. Um andere Dinge will ich Dich dann in Zukunft nicht mehr bitten.« Das tat er mehrere Tage. Der Waldlergeist auf dem Großen Arber war umgeben von Zwergen und Feen. Mit ihnen beratschlagte er sich gerade über wichtige Fragen der Regierung, als seine feinen Ohren die Wehelaute des armen Schlagzu vernahmen. Weil aber die Schloßfenster geschlossen waren, vermochte er den Sinn von des Tagelöhners Rede nicht zu erfassen. Deshalb sandte er seinen treuen Boten Rachel aus, um zu erkunden, was man von ihm wünsche. Dieser trat vor das Schloßtor hinaus, horchte mit angehaltenem Atem, sah hierhin und sah dorthin und erblickte schließlich in einem versteckten Winkel des Waldes den jammernden Schlagzu, der immer lauter und eindringlicher um seine verlorene Axt bat. Das berichtete der Bote dem Waldlergeist.

Da wurde der zornig und schimpfte: »Ist es etwa Sache der Geister, die Axt dieses Mannes zu suchen? Sind ihm nicht Augen gegeben zum Schauen und Füße zum Gehen und Hände zum Greifen? Er mag selbst zusehen, wie er die verlorene Axt wiederfindet.« Nach und nach aber verrauchte sein Zorn, und er sprach zu seiner Umgebung: »Gut, der Mann soll seine Axt wiederhaben. Er hat sie so nötig wie der König sein Königreich. Rachel, steige zu dem Mann hinunter und biete ihm drei Äxte zur Auswahl an, die verlorene, eine aus massivem Golde und eine aus Silber, aber alle drei von gleicher Form. Wenn er bescheiden ist und die eigene wählt, so gib ihm die beiden anderen als Geschenk. Nimmt er aber die goldene oder die silberne, so schlage ihm mit der verlorenen den Kopf ab. Dann ist er nämlich ein Faulenzer und Nichtsnutz und verdient es nicht besser. So soll es von nun an jedem geschehen, der seine Axt verliert.«

Da schwang sich Rachel durch ein Schloßfenster, spaltete die Luft mit seinem Geisterleibe und erreichte in wenigen Minuten jene Ecke, wo Schlagzu noch immer flehte und mit seinen Tränen den Boden tränkte.

Rachel redete freundlich mit dem Armen. »Höre zu klagen auf«, sprach er. »Der Waldlergeist hat Dein Schreien gehört. Du wirst Deine Axt wieder erhalten. Welche ist es von den dreien, die ich hier mitgebracht habe?«

Da nahm Schlagzu zuerst die goldene in die Hand, besah und prüfte sie von allen Seiten und sagte dann: »Bei meiner Seele, diese ist es nicht. Ich mag sie nicht.« Und ebenso geschah es mit der silbernen. Als er aber die eiserne betrachtete, gewahrte er am Ende des Stieles die Kerbe, die er einst mit seinem Taschenmesser hineingeritzt hatte. Da wurde seine Seele wieder froh, und seine Stimme zitterte vor innerer Bewegung, als er sprach: »Das ist sie. Wenn Du sie mir lassen willst, so werde ich dem Waldlergeist auf ewig dankbar sein.«

Da empfing er seine Axt aus der Hand des Boten Rachel, und die goldene und die silberne bekam er noch dazu. »Du bist ein ehrlicher Mensch gewesen«, sagte Rachel, »und hast nicht gefordert, was Dir nicht gehört hat. Doch wenn Du nun auch reich bist, so bleibe doch immer brav und gut.«

Damit verabschiedete er sich von Schlagzu und nahm dessen wärmsten Dank mit hinauf zum Thron des Waldlergeistes.

Schlagzu aber befestigte die eiserne Axt in seinem Ledergürtel, lud die beiden anderen auf seine starken Schultern und eilte freudestrahlend ins Dorf zu seiner ärmlichen Hütte. Die Bauern waren voll Bewunderung, als sie ihren Tagelöhner mit so reichen Schätzen heimkehren sahen.

Am nächsten Morgen zog Schlagzu seinen blauen Leinenkittel an, nahm in jede Hand eine der kostbaren Äxte und trug die Gabe des Waldlergeistes in die nahe Stadt zu einem reichen Goldschmied. Wie freute sich der, daß er einen so schönen Kauf machen konnte.

Für die silberne zahlte er die ganze Hand voll nagelneuer Silbertaler. Hei, wie die in der Sonne strahlten und blinkten! Und dann die vielen Goldstücke, die Schlagzu für die goldene erhielt. Die leuchteten wie der volle Mond in einer lauen Sommernacht. Nun war Schlagzu, der gestern noch so arm gewesen war, ein sehr reicher Mann geworden.

Er kaufte sich ein großes Landgut mit vielen Scheunen, mehrere Stadthäuser, Äcker, Wiesen, Weinberge, Wälder, Seen, Teiche, Wind- und Wassermühlen und verschiedene Arten von Haustieren, wie Pferde, Kühe, Schweine, Schafe, Ziegen und Esel. Auch richtete er mehrere Geflügelhöfe ein, die er mit Hühnern, Gänsen, Enten, Truthühner, Pfauen und Tauben bevölkerte. Im ganzen Land war keiner, der es ihm gleichtun konnte. Das unermeßliche Glück Schlagzus schuf ihm aber auch viele Neider. Alle jene, die ihn früher wegen seiner Armseligkeit bemitleidet hatten, gönnten ihm jetzt seinen Besitz keineswegs, zumal sie nicht wußten, woher der Reichtum stammte. Da erfuhren sie endlich, daß er so reich geworden sei, weil er seine Axt verloren hatte.

»Ah« sagten sie, »das Mittel ist einfach genug und kostet nicht viel. Wir werden auch unser Glück machen.«

War es ein Zufall, daß in der folgenden Nacht alle Männer des Dorfes ihre Äxte verloren? Einige heruntergekommene Adelige sollen sogar ihren Degen verkauft und für das empfangene Geld eine Axt erstanden haben, nur um eine verlieren zu können. Da war bald die Gegend um das Dorf von Leuten voll, und sie sammelten sich auf dem Köpfelsberg, damit sie der große Waldlergeist besser hören sollte. Mit lauter Stimme klagten sie über den Verlust und flehten den großen Waldgeist an: »Gib mir meine Axt wieder!«

Es dauerte nicht lange, bis Rachel ihre Bitten vernahm. Da es ihm sein Herr so befohlen hatte, stieg er zur Erde hinab und legte jedem der Bittsteller drei Äxte vor, neben der verlorenen je eine goldene und eine silberne. Aber da war auch nicht einer, der die eiserne wählte, sondern jeder griff nach der goldenen. Es half nichts, daß sie dem Waldlergeist für seine Gabe danken wollten. Schon während sie sich zum Zugreifen bückten, schlug ihnen Rachel mit der verschmähten eisernen Axt den Kopf ab. So nämlich hatte der Waldlergeist es ihm aufgetragen. An diesem Tag starben so viele Männer im Dorf, wie Äxte verlorengegangen waren. Das war das Schicksal der Leute, die Schlagzu sein Glück nicht gönnten. Er aber lebte ruhig und zufrieden bis zu seinem Tod.

Die Waldmünchener Zauberdosen

In Waldmünchen lebte vor langer Zeit eine arme Bäuerin mit ihrem Töchterchen Annamirl. Einmal, als das Mädchen auf dem Weg in die Schule war, begegnete ihm ein recht armer, alter Dattl und bat es herzlich um ein kleines Almosen. Da der Alte von allen anderen fortgeschickt worden war, erbarmte sich Annamirl, die ohnehin recht weichherzig war. Sie holte aus ihrem Brotzeittücherl ihr Frühstücksbrot und gab ihm die größere Hälfte. Daraufhin kramte der Alte in seinem Bettelsack herum und entnahm ihm drei herrliche Dosen, die er ihr mit den Worten schenkte: »Diese darfst du nicht öffnen, bevor nicht drei Jahre vergangen sind.« Das Mädchen nahm die Dosen entgegen und im selben Augenblick war der alte Mann verschwunden.

Die drei Jahre waren schneller vergangen, als man sich's vorstellen kann. Kurz darauf starb die Mutter, und Annamirl bekam eine sehr böse Stiefmutter. Diese war so hartherzig, daß sie es nicht einmal duldete, wenn die Kleine weinte, und bei der geringsten Widerrede fuhr sie ihr böse über den Mund. Annamirl mußte auch so schwer arbeiten, daß sie schon bald nicht mehr wußte, wo ihr der Kopf stand.

Einmal forderte die Stiefmutter sie auf: »Du Nichtsnutz, schneidere mir sofort ein Kleid, das so hell glänzt wie die Sonne!« Das Mädchen wußte nicht, wie es das anfangen sollte, und so begann es herzzerreißend zu weinen, daß sogar die Steine mit ihr Mitleid bekamen.

Plötzlich fielen Annamirl die drei Dosen ein, die sie von dem alten Mann geschenkt bekommen hatte. Sie lief in ihre Kammer, kramte sie hervor und öffnete die erste. Vor Staunen blieb ihr der Mund offen, als sie ein wunderschönes Kleid herauszog, das so glänzte wie die Sonne. Voller Freude nahm sie es, rannte zur Stiefmutter und gab es ihr. Die aber fand kein Wort des Lobes, als sie das

Kleid sah, sondern wußte gleich eine neue Aufgabe für das Kind. Es sollte jetzt eine Leinwand spinnen, die fünfzig Ellen breit war und die sich dennoch durch einen Fingerring hindurchziehen ließ.

Annamirl ging in ihre Kammer und machte die zweite Dose auf. Diesmal zog sie eine Leinwand heraus, die fünfzig Ellen breit war und die sie ohne Schwierigkeiten durch ihren Fingerring ziehen konnte. Voller Stolz brachte sie den Stoff der Stiefmutter. Die aber fuhr sie nur böse an, da sie nicht glauben konnte, daß Annamirl das Linnen selbst gesponnen hatte. Aber wenn sie wirklich alles könne, keifte die Stiefmutter weiter, so solle sie jetzt ein Schloß ganz aus Glas bauen, das so hoch sei wie der höchste Berg.

Annamirl zog sich abermals in ihre Kammer zurück, nahm die letzte Dose und lief damit auf eine Waldwiese. Als sie die Dose aufmachte, glitt sie ihr aus den Händen, und an ihrer Stelle stand plötzlich ein Schloß, das ganz aus Glas war und das so hoch aufragte wie der höchste Berg. Das Mädchen holte sofort die Stiefmutter herbei, und als die das herrliche Gebäude sah, rannte sie sofort ungläubig die Stiegen hinauf. Kaum war sie oben angekommen, rutschte sie jedoch aus, stürzte die Treppen hinunter und brach sich dabei das Genick.

Nun betrat Annamirl den Palast und ging nach oben. Als sie auf den letzten Stufen stand, kam ihr ein Prinz entgegen und nahm sie in seine Arme. Er heiratete das Mädchen und machte es zu seiner Königin.

Der Oberviechtacher Koboldpflug

Vor langer Zeit lebte einmal ein Bauer in Oberviechtach in der Oberpfalz. Vor dem Felde des Bauern stand dicht am Weg ein steinernes Kreuz. Vor diesem Kreuz pflegte der Bauer, bevor er am Morgen an seine Arbeit ging, sich immer niederzuknien und einige Minuten zu beten. Einmal sah er auf dem Kreuz einen schönen großen Wurm, der so hell glänzte, daß er sich nicht erinnern konnte, jemals ein solches Tier gesehen zu haben. Er wunderte sich darüber, doch ließ er ihn ruhig sitzen. Aber der Wurm blieb nicht lange still, sondern kroch immer hin und her auf dem Kreuzbalken, als ob er fort wolle und Angst habe.

Der Bauer sah denselben Wurm auch am folgenden Morgen, und wieder kroch er in derselben Unruhe hin und her. Da wurde es dem Bauern unheimlich, und er dachte bei sich: »Vielleicht handelt es sich hierbei um Zauberei. Irgendetwas stimmt jedenfalls mit dem Wurm nicht. Er läuft wie einer, der weg will aber nicht weg kann.« Und so kam der Bauer auf allerlei Gedanken, denn er hatte von seinem Vater gehört und von anderen Leuten auch, daß Unterirdische, die zufällig an etwas Geweihtes geraten, festgehalten werden und nicht mehr von der Stelle können. Vor solchem Geziefer sollte man sich sehr in acht nehmen. Er dachte aber auch: »Vielleicht ist alles nur ganz harmlos, und du tust Unrecht, wenn du das Würmchen störst oder wegnimmst.« So ließ er es denn sitzen. Als er es aber noch zweimal ebenso wiederfand, wie es ängstlich hin und her kroch, sprach er: »Nein, es ist nicht richtig, und nun will ich etwas unternehmen in Gottes Namen.« Da ergriff er den Wurm, der sich wehrte und am Kreuzbalken festzuhalten suchte. Er aber packte ihn herzhaft und riß ihn mit Gewalt los. Und mit einem Male hatte er einen schwarzen, kleinen, häßlichen Kerl beim Schopfe, der nicht größer war als sechs Daumen und der erbärmlich schrie und zappelte. Dem Bauern lief es kalt den

Rücken hinunter, als er die plötzliche Verwandlung sah. Aber er hielt seine Beute fest und rief ihr zu, indem er ihr einige Klapse auf den Buckel gab: »Geduld, Geduld, mein Bürschchen! Ich nehm dich mit nach Hause und will sehen, wozu du gut bist.« Der kleine Kerl aber zitterte und bebte an allen Gliedern und begann dann jämmerlich zu wimmern und den Bauern anzuflehen, er solle ihn doch loslassen. Der Bauer sagte aber: »Nein, Kamerad, ich laß dich nicht los, bis du mir sagst, wer du bist, wie du hierhergekommen bist und was du für Künste kannst.«

Da grinste das Männlein und schüttelte den Kopf und sagte kein Wort mehr. Es bat und flehte auch nicht mehr. Nun fing der Bauer zu bitten an, denn er wollte unbedingt eine Antwort aus dem kleinen Kerl herauslocken. Aber das half nichts, der Zwerg blieb stumm. Da versohlte ihm der Bauer den Hintern, aber auch das half nichts. Der kleine Schwarze blieb stumm wie das Grab, denn von allen Waldgeistern sind die Kobolde die allertückischsten und aller eigensinnigsten.

Da war der Bauer sehr verärgert und er sprach: »Nur Geduld, mein Söhnchen! Ich wäre ja ein dummer Mann, wenn ich mich über einen solchen Knirps ärgern würde. Du sollst mir schon noch gehorchen lernen.« Und er eilte flugs mit ihm nach Hause und steckte ihn in einen schwarzen, eisernen Topf, legte einen Deckel darauf und oben noch einen großen, schweren Stein. Dann stellte er den Topf in eine dunkle, kalte Kammer und sprach: »Bleib hier stehen und friere, bis du schwarz wirst! Du sollst mir schon noch die Wahrheit sagen.« Und der Bauer ging jede Woche zweimal in seine Kammer und fragte seinen schwarzen Gefangenen, ob er nun beichten wolle oder nicht. Der Kleine war und blieb stumm.

Als sechs Wochen vergangen waren, da kroch sein Gefangener endlich zu Kreuz. Er rief, als der Bauer die Kammertüre öffnete: »Komm her zu mir, und befreie mich aus meinem häßlichen Gefängnis! Ich will nun gerne alles tun, was du von mir verlangst!« Der Bauer befahl ihm zuerst, seine Geschichte zu erzählen. Der

Schwarze antwortete:»Zufällig bin ich dem Kreuz zu nahe gekommen und das dürfen wir kleinen Leute nicht. Da wurde ich festgehext und mein Körper mußte nun sogleich sichtbar werden. Da habe ich mich, damit man mich nicht erkennen solle, in einen Wurm verwandelt. Du aber hast es doch erraten, denn wenn wir an heiligen oder geweihten Dingen festgehext werden, kommen wir nicht mehr von alleine los, es sei denn, ein Mensch würde uns wegnehmen. Das bereitet uns zwar große Schmerzen, aber auch das Festsitzen ist nicht gerade lustig. Deshalb habe ich mich gegen dich so gewehrt, denn wir haben ein natürliches Grauen, uns von Menschenhänden anfassen zu lassen!«

Da rief der Bauer erschrocken:»Oh glaube mir, auch ich graue mich vor dir, mein schwarzer Freund. Und deshalb sollst du geschwind weg von hier. Aber zuerst mußt du mir noch etwas schenken.« – »Was willst du denn, etwa Gold oder Silber«, fragte der Kleine.»Silber, Gold und Edelsteine will ich nicht«, lehnte der Bauer ab,»die haben schon manchem das Herz verdorben und den Hals gebrochen. Und wenige Menschen sind mit Zauberschätzen glücklich geworden. Ich weiß aber, daß ihr hervorragende Schmiede seid. So schwöre mir denn, daß du mir einen eisernen Pflug schmiedest, den das kleinste Fohlen ziehen kann, ohne müde zu werden, und dann laufe weg, soweit dich deine Beine tragen.« Der Schwarze schwor und der Bauer rief:»Nun lauf weg! Du bist frei!« Da verschwand der Kobold im Nu.

Am anderen Morgen, bevor noch die Sonne aufging, stand ein neuer Eisenpflug auf dem Hof des Bauern. Er spannte seinen kleinen Hund davor, und der zog den Pflug, der genauso groß wie ein gewöhnlicher war, durch den härtesten Ackerboden. Dabei riß er die mächtigsten Furchen, die man sich vorstellen kann. Diesen Pflug benutzte der Bauer nun viele Jahre hindurch. Das kleinste Fohlen und das magerste Pferd konnten ihn, zur Verwunderung aller Leute, durch den Ackerboden ziehen und dabei schwitzten die Tiere nicht einmal. Der Bauer wurde mit diesem Pflug ein wohlhabender Mann, denn er mußte sich nie ein neues Pferd kaufen. Und dabei führte er ein viel lustigeres und vergnügteres Leben, als wenn er sich große Schätze von dem Kobold hätte geben lassen.

Das Gschnapperl

Es war einmal eine Witwe, die war schon 70 Jahre alt. Eines Tages dachte sie daran, noch einmal zu heiraten. Bevor sie sich jedoch entschloß, diesen Schritt zu wagen, wollte sie zuerst die Mutter Gottes um Rat fragen. In einer stillen Nachmittagsstunde ging sie deshalb in die Kirche, kniete nieder und betete vor dem Gnadenbild der heiligen Maria. Sie redete laut, damit sie gut gehört werden konnte: »Sag an, liebe Frau, soll ich noch einmal heiraten oder soll ich es lieber nicht?« Die Mutter Gottes schwieg und sagte weder ja noch nein.

In den folgenden Tagen kam die Witwe wieder zur gleichen Zeit, da sie glaubte, daß sich da niemand in der Kirche befände. Sie betete und fragte, erhielt aber keine Antwort. Der Mesner jedoch, der gern die Leute tratzte, hatte das Mütterchen insgeheim belauscht. Er ging her und machte am nächsten Tag am Christkind, das der Mutter Gottes auf dem Schoß saß, eine Vorrichtung, mittels der es seinen Kopf nach Belieben wenden konnte.

Am anderen Tag kam das heiratslustige Mütterchen wieder in die Kirche vor den Altar und sagte: »Sag an, liebe Gottesmutter, soll ich heiraten oder soll ich nicht?« Da, plötzlich bewegte sich das Haupt des Christkinds, als wolle dieses nein sagen. Die Frau guckte, was sie nur gucken konnte, und rieb sich die Augen. Dann schaute sie wieder hin und fragte noch einmal: »Soll ich jetzt heiraten oder soll ich es nicht?« Zum zweiten Mal schüttelte das Christkind den Kopf, als wolle es sagen, du sollst nicht. Darüber war die Witwe so verärgert, daß sie das Christkind anfauchte: »Was geht's denn dich an, du Gschnapperl! Wenn's nur der Mutter recht ist!«

Einen Tag später bestellte sie das Aufgebot, und eine Woche darauf war sie mit einem 90jährigen verheiratet. Einer der Trauzeugen aber war der Mesner.

Der Nabburger Teufelsbraten

Es war einmal ein reicher Bauer, der lebte in Nabburg. Das war vielleicht ein Geizkragen. Jedem Knecht, der bei ihm in Diensten stand, versprach er sechzig Taler als Monatslohn. Wenn aber dann am Monatsende der Lohn fällig war, dann sagte der Bauer zum Knecht:»Fahr nach Sulzbach-Rosenberg und kaufe mir Verdammt und Verflucht! Wenn Du mir Verdammt und Verflucht nicht bringst, kriegst Du keinen Lohn von mir!«

Weil aber kein Knecht wußte, was Verdammt und Verflucht ist und wo man das kaufen konnte, bekam auch keiner von ihnen jemals seinen Lohn.

Einmal aber ließ sich ein Bursche von dem Bauern anstellen, der war ein gerissener Kerl. Der dachte sich nämlich:»Warte nur, Du alter Geizkragen. Ich will Dir soviel Verdammt und Verflucht bringen, daß Du Deiner Lebtag lang daran denken wirst.«

Mit Fleiß und Anstand diente der Knecht nun dem reichen Bauern einen ganzen Monat lang. Am Ende aber schickte der Geizhals ihn nach Sulzbach-Rosenberg, damit er dort Verdammt und Verflucht kaufen solle. Da sagte der Bursche:»Ist gut, Bauer, aber Du mußt mir fünfzig Taler mitgeben. Verdammt und Verflucht sind nämlich teurer geworden.«

Der Bauer gab ihm ohne nachzudenken fünfzig Taler.»Der Kerl bringt mir sowieso nichts, dafür ist er viel zu dumm«, dachte er sich.

Der Knecht aber nahm zwei Milchkannen, steckte eine bissige Ratte in die eine und in die andere eine giftige Kreuzotter, und dann ging er nach Hause.»So, was bringst Du mir denn da?«erkundigte sich der Bauer.»Hier hast Du Dein Verdammt«, erklärte der Bursche und deutete auf die Kanne mit der Ratte.»Das soll Verdammt sein?«»So steck nur den Finger hinein und überzeug Dich«, erwiderte der Knecht. Da steckte der Geizhals seine Hand in die Milchkanne und schrie: »Verdammt!« Die Ratte hatte ihn nämlich gehörig gebissen.

»Na also«, lachte der Knecht. »Und in der anderen Milchkanne ist Verflucht!«

Weil der Geizhals nicht glauben konnte, daß ihm sein Knecht auch noch Verflucht gebracht hätte, faßte er mit der anderen Hand in die zweite Milchkanne. Sofort biß die giftige Kreuzotter zu. »Verflucht!« brüllte der Bauer. Nach langem Hin und Her mußte er schließlich, ob er wollte oder nicht, dem Knecht den Monatslohn ausbezahlen. »Jetzt aber mach, daß Du wegkommst!« Der Bursche nahm das Geld und ließ sich in Nabburg nicht mehr blicken.

Anstatt zum Doktor zu gehen, der ihm den Giftbiß geheilt hätte, blieb der Bauer zu Hause, denn der Arzt hätte ihn zuviel Geld gekostet. So kam es, daß er schließlich in der Nacht unter Verdammt und Verflucht jämmerlich verrecken mußte. Darauf hatte der Teufel nur gewartet. Er packte den Bauern, und schon war er wirklich verdammt und verflucht.

Der Amberger Glückspfennig

Ein junger Mann namens Jakob, der aus Amberg in der Oberpfalz stammte, war mehrere Jahre Soldat gewesen. Alle seine Kameraden rühmten ihn als einen tapferen, lustigen Gesellen und nannten ihn freigiebig und gutmütig, da er seinen letzten Pfennig mit ihnen teilte. Trotzdem nahm er seinen Abschied und zog heim zu seinen Verwandten nach Amberg.

Hier kam er eben an, als diese sich das Erbe seines Vaters teilten, der erst vor wenigen Tagen gestorben war. Obwohl der Soldat nichts Besonderes erwartet hatte, wunderte es ihn doch sehr, daß er nicht mehr erhielt als einen einzigen blanken Pfennig. Aber er nahm diesen ohne Murren, kehrte seinem Vaterhaus den Rücken und zog wieder fort, nicht recht viel schwerer, als er gekommen war.

Sein Weg führte ihn über Felder und Wiesen und er ging rastlos weiter, bis er an einen Wald gelangte. Da trat ihm plötzlich ein eisgrauer Bettler entgegen und bat ihn um eine milde Gabe. Jakob, ohne sich zu bedenken, griff sofort nach seinem ganzen Erbteil und schenkte ihn dem Greis. Dieser dankte ihm sehr freundlich und sagte: »Deine Gabe soll dir reichlich vergolten werden. Glück und Segen mögen dich begleiten auf jedem deiner Wege. Sprich, was wünscht Du Dir auf Erden?«

Jakob war erstaunt, solche Worte von einem Bettler zu hören, doch er antwortete rasch: »Mein guter Alter, ich wünsche mir etwas Rechtes oder gar nichts. Das liebste wäre mir, wenn ich die Fähigkeit besitzen würde, mich ganz nach Belieben in eine Taube, in einen Hasen und in einen Fisch verwandeln zu können.«

»Diese Fähigkeit will ich dir verleihen«, sprach da der Greis, »zieh hin in Gottes Namen und denke immer an mich.« Kaum hatte er diese Worte gesagt, so war er auch schon verschwunden.

Diese Erscheinung und die Worte des Greises beschäftigten die

Gedanken des Soldaten so sehr, daß er, ohne es zu bemerken, über die Grenze seines Vaterlandes hinausgelangte. Bevor noch die Sonne unterging, war Jakob in eine fremde Stadt gekommen. Auf dem Marktplatz sah er jung und alt versammelt, und es tönte ihm lauter Jubel und lustiger Gesang entgegen. Denn soeben hatte sich eine Schar von Soldatenwerbern dort eingefunden, um beim Tanz und beim Klang der Becher für den König, der erst kürzlich in einen Krieg verwickelt worden war, Rekruten zu gewinnen. Die Werber sahen lustig aus, sie trugen eine schmucke Kleidung und hatten auf dem Tisch einen blinkenden Haufen von Talern, um den sie herumtanzten. Von ihm reichten sie einem jeden, der sich anwerben ließ, das Handgeld. Dazu schwirrten die Fideln und klangen die gefüllten Becher aneinander. Das alles behagte Jakob so sehr, daß er sich, ohne auf seine Müdigkeit zu achten, in dem munteren Reigen mitdrehte und ein Glas nach dem anderen auf die Gesundheit des Königs trank. Ehe er sich versehen hatte, wurde ihm ein Helm mit einem wehenden Federbusch auf den Kopf gestülpt, und in seiner Tasche klirrten ein Dutzend blanke Taler.

Schon einen Tag darauf befand er sich wieder, wie noch vor wenigen Wochen, in Reih und Glied einer Armee. Bald danach ging es im alten Marschschritt ins Feld und dem Feind entgegen.

Da er im Militärdienst kein Neuling war und eine schöne kräftige Gestalt hatte, so nahm man ihn bald in die Schar der Leibwächter auf, welche die Person des Königs zu schützen hatte. Diese Auszeichnung schaffte ihm aber viele Neider und Feinde, weil er ein Fremder war und sich bei diesem Herrn noch keine besonderen Verdienste erworben hatte.

Nun hatte der König von einem alten Zauberer einen Ring geerbt, der die Kraft hatte, seinen Besitzer unbesiegbar zu machen. Unglücklicherweise geschah es aber, daß der König gerade dieses Mal, wo er es mit einem sehr mächtigen Feind zu tun hatte, seinen Ring zu Hause vergessen hatte und ihn erst kurz vor einem schweren Angriff schmerzlich vermißte. Das feindliche Heer griff so heftig an, daß sich die königliche Armee schon bald zurückziehen mußte, um neue Kräfte zu sammeln. Und obgleich der König seine Reihen bald wiederhergestellt hatte und dem Feind entgegenführte, dazu den Mut seiner Soldaten durch die eigene beispiellose Tapferkeit sowie durch viele glänzende Versprechungen zu wecken suchte, so blieb dennoch jede Anstrengung fruchtlos. Das Glück, das ihm sonst so treu war, schien ihn gänzlich verlassen zu haben, und das Heer befand sich plötzlich in einer so gefährlichen Lage, daß es befürchten mußte, ganz umringt und samt dem König gefangen oder vernichtet zu werden.

Da rief dieser in seiner höchsten Not: »Wer mir meinen Ring herbeischafft, bevor noch der Feind uns ganz überwältigt hat, dem verspreche ich die Hand meiner einzigen Tochter zum Lohn!«

Aber die Gefahr, die ihn bedrohte, war so nahe und die Entfernung von der Hauptstadt so groß, daß auch der flinkste Reiter sich nicht zutrauen durfte, zur rechten Zeit wieder zurück zu sein. Selbst der schnellste Mann hätte sieben Tage gebraucht, um über all die Wasser und Gebirge zu gelangen, die sich zwischen der Königsstadt und dem Lager befanden. Das war jedem klar, und deshalb wagte kein einziger, den Auftrag zu übernehmen, und man zuckte nachdenklich mit den Schultern.

Jakob aber, der an seine drei Wundergaben dachte, die ihm der greise Bettler gegeben hatte, trat mutig vor den König hin und sprach: »Dein Ring, mein König, soll bald schon zur Stelle sein, denke dann aber an dein Versprechen, das du gegeben hast.«

Jakob ging aus dem Zelt, rüttelte und schüttelte sich sogleich und floh in der Gestalt eines Hasen über Stock und Stein. Er lief so schnell, daß der Staub in großen Wolken hinter ihm herflog.

Als er an einen Fluß kam, rüttelte er sich wieder und schwamm als silberner Hecht hinüber. Und als er das jenseitige Ufer erreicht hatte, rüttelte er sich zum dritten Mal, schwang sich als Taube in die Luft und flog schneller als der Wind über Berg und Tal. Bevor der König in seinem Lager es sich träumen ließ, hatte Jakob schon die Burg erreicht, schwebte durch das Fenster in das Gemach der schönen Prinzessin und setzte sich ihr auf den Schoß.

Die Königstochter liebkoste die zahme Taube, reichte ihr Milch und Körner, aber die Taube rüttelte sich plötzlich und Jakob stand in seiner natürlichen Gestalt vor der erstaunten Prinzessin. Er erzählte ihr sogleich, in welcher Absicht er gekommen war. Als die Prinzessin das hörte, freute sie sich, einen so hübschen tapferen Soldaten zu ihrem Bräutigam zu bekommen. Sie gab ihm den kostbaren Talisman und ermahnte ihn, sich auf dem Heimweg vor den Nachstellungen neidischer Kameraden in acht zu nehmen. Die Prinzessin bat ihn, ihr drei Pfandstücke dazulassen. Für den Fall, daß ihm der Ring geraubt würde oder ihm sonst ein Unglück geschehen sollte, könnte dem König der Beweis vorgelegt werden. Jakob rüttelte sich, saß der Prinzessin wieder als Taube auf dem Schoß und sprach:

>»Zieh jetzt zwei Federlein
> aus meinen Flügelein!«

Das tat die Prinzessin und zog zwei schöne Federn aus den Taubenflügeln. Da rüttelte sich auch die Taube und ein schöner silberner Hecht lag vor ihr, der sagte:

>»Nimm mit dem Fingerlein
> acht von den Schuppen mein!«

Da zog die Prinzessin acht schöne Silberschuppen heraus. Nun rüttelte sich auch der Hecht und wurde augenblicklich in einen Hasen verwandelt. Der sprach:

>»Schneide, Königstöchterlein,
> nur ab mein Schwänzelein!«

Die Prinzessin nahm die Schere und schnitt ihm das Schwänzchen ab. Alle drei Pfandstücke legte sie in eine kleine Schachtel und versteckte diese zusammen mit ihren Kostbarkeiten hinter Schloß und Riegel. Der Hase hatte sich inzwischen schon gerüttelt, stand wiederum als Jakob da und nahm jetzt von der Prinzessin Abschied.

Er verwandelte sich sofort wieder in eine Taube, faßte den Zauberring mit dem Schnabel und flog in größter Eile zum Fenster hinaus. Die lange Strecke des Weges, die er im raschen Flug zurücklegte, und die ungewohnte Last des Ringes ermüdeten ihn allmählich. Er nahm jedoch seine ganzen Kräfte zusammen und steuerte mutig der Gegend des Lagers zu, wo ihn bereits der König mit größter Sehnsucht erwartete. Als er aber noch einige hundert Schritte weit davon entfernt war, erhob sich plötzlich ein Wind, der ihm so heftig entgegenblies, daß er sich genötigt sah, seinen Flug aufzugeben und sich in einen Hasen zu verwandeln. Er rüttelte sich, nahm den Ring zwischen die Zähne und lief so schnell er konnte über Strauch und Stauden dahin.

Bald aber mußte er erfahren, wie sehr die Besorgnis der Prinzessin begründet war. Einer von seinen Kriegskameraden, der ihn als Hasen hatte fortlaufen sehen, neidete ihm den Erfolg so sehr, daß er beschloß, ihm bei seiner Rückkehr aufzulauern. Er hatte vor, ihm das Glück zu entreißen, das ihm der König in Aussicht gestellt hatte. Er versteckte sich also hinter dem Zelt, und als der Hase angelaufen kam, schoß er ihn hinterrücks nieder, nahm den Ring und eilte damit zum König.

Dieser war so erfreut, seinen Talisman wieder zu haben, daß er ihn sofort an den Finger steckte. Er wiederholte dem Überbringer gegenüber sein Versprechen, ihm nach der Rückkehr aus dem Kriege die Prinzessin zur Frau zu geben.

Es war noch keine Stunde vergangen, so wendete sich das Kriegsglück zugunsten des Königs. Das Feindesheer konnte geschlagen werden, der Herzog wurde getötet, die ganzen Kriegsgeräte zusammen mit vielen Schätzen und anderen Kostbarkeiten wurden erbeutet und das feindliche Land wurde ohne große Anstrengung erobert.

Da nun der Krieg zu Ende war, kehrte der König mit seinem siegreichen Heer heim und zog unter lautem Jubel in seine Burg ein. Die Prinzessin freute sich gar sehr über seine Ankunft. Vergeblich aber suchte sie mit ihren Blicken nach dem Bräutigam in den Reihen der tapferen Soldaten, die sich im Burghof versammelt hatten und jubelnd und jauchzend die Fahnen zu ihr empor schwenkten. Sogleich trat ihr der König, geleitet von feierlich gekleideten Dienern, entgegen und führte ihr den falschen Bräutigam, den Mörder Jakobs, vor. Er sagte:»Hier, meine liebe Tochter, ist der, dem ich deine Hand versprochen habe. Er ist der brave Soldat, der mir den Ring gebracht und uns dadurch alle gerettet hat. Morgen soll mit dem Siegesfestzug gleich eure Hochzeit gefeiert werden.« Als die Prinzessin das hörte, erschrak sie sehr, brach in heiße Tränen aus und weinte Tag und Nacht. Der Kummer ging ihr so zu Herzen, daß sie schwer erkrankte. Sie deckte aber die Ursache nicht auf, nahm keine Nahrung mehr zu sich und weinte unaufhörlich. Deshalb wurde auch weder das Siegesfest noch die Trauung vollzogen.

Der König wurde von Tag zu Tag ernster, weil ihm das Leiden seiner Tochter sehr naheging. Doch weder er noch einer seiner Ärzte konnten den Grund für die schwere Krankheit angeben.

Inzwischen war Jakob, der arme Hase, auf dem Feld liegengeblieben und nahe daran, von den Raben gefressen zu werden. Da geschah es aber, daß der alte Bettler, der ihm einst für seinen Pfennig die drei Wundergaben verliehen hatte, über das Feld kam und ihn starr am Boden liegend fand. Er erkannte ihn sogleich und sprach:»Hase, steh auf und lebe! Rüttle und schüttle dich und eile auf die Königsburg, denn ein anderer steht an deinem Platz. Versäume keine Zeit, sonst kommst du zu spät.«

Da sprang der Hase wieder munter und lebendig auf. Er eilte aufs schnellste über Felder und durch Wälder, und als er an das Ufer eines Flusses kam, tauchte er in die Flut und schwamm als silberner Hecht hinüber. Dann aber wurde er wieder zu einer Taube und flog rasch über Täler und Gebirge, bis er zur Burg des Königs gelangte. Da rüttelte er sich, nahm seine natürliche Gestalt wieder an und erschien vor dem Angesicht des Herrschers. Der König aber wollte ihn nicht erkennen, und schimpfte ihn einen unverschämten Lügner. Er stellte ihn sofort dem Mann gegenüber, der den Zauberring gebracht hatte.

Diese Begegnung kränkte den armen Jakob so sehr, daß er kaum mehr seine Tränen zurückhalten konnte. Doch faßte er bald wieder Mut und sprach zum König: »Willst du mir erlauben, daß ich mich rechtfertige, so lasse die Prinzessin vor mir erscheinen. Aus ihrem Mund wirst du hören, wer dir den Ring geholt hat, ich oder dieser nichtsnutzige Betrüger«.

Der König schaute ihn nun genauer an und erinnerte sich bald, je länger er ihn ansah, daß es Jakob und kein anderer war, der sich angeboten hatte, ihm den Ring zu holen. Er sagte aber nichts und führte ihn selbst zu seiner Tochter.

Sie fanden die Prinzessin noch immer in tiefem Kummer. Kaum aber erblickte sie Jakob, als sie vergnügt aufsprang, ihm entgegeneilte und rief: »Das ist mein rechter Bräutigam, ihm habe ich den Ring gegeben und ihm allein verdankst du, Vater, den Sieg über den Feind.« Diese Worte versetzten alle Anwesenden in großes Staunen. Der König aber war sehr verlegen, wie er nun entscheiden sollte. Er wußte nämlich genau, daß der eine den Ring hatte holen wollen, daß ihn dann aber der andere wirklich gebracht hatte.

Da holte die Prinzessin die Schachtel herbei, in der sie Jakobs Pfänder aufbewahrt hatte, und sie sprach zu ihrem Vater: »Befiehl doch jenem Betrüger, daß er sich in eine Taube, einen Hecht und einen Hasen verwandeln soll.«

Der König befahl es. Aber der falsche Bräutigam stand unbeweglich da und war vor Angst und Schrecken wie gelähmt.

Mit einem Mal aber rüttelte sich Jakob und saß der Prinzessin als Taube auf dem Schoß. Und die Taube sagte:

»Passe die Federlein,
mir wieder ein.«

Die Prinzessin nahm die beiden Federn aus der Schachtel und hielt sie an die Flügel der Taube. Jeder konnte erkennen, daß sie der Taube gehörten. Daraufhin rüttelte sich die Taube, ein silberner Hecht lag an ihrer Stelle und sprach:

»Nun, Königstöchterlein,
setz mir die Schuppen ein.«

Jetzt nahm die Prinzessin die acht Silberschuppen, und alle Augen konnten sehen, daß sie genau am Fisch gefehlt hatten. Endlich rüttelte sich auch der Hecht, sprang als Hase vor den Füßen der Königstochter umher und sagte:

»Nun setz mein Schwänzlein
mir wieder ein.«

Da überzeugten sich alle, daß dem Hasen das Schwänzchen fehlte, und das aus der Schachtel der Prinzessin paßte vorzüglich. Endlich aber schüttelte sich der Hase, und Jakob stand wieder in seiner wahren Gestalt da.

Als er dem König alle seine Erlebnisse erzählt hatte, ließ dieser den Betrüger sogleich festnehmen und ihn in das Gefängnis einsperren. Schon am nächsten Tag aber heirateten Jakob und die Prinzessin und sie lebten vergnügt, still und fromm bis an ihr seliges Ende.

Das Eschenbacher Glückskind

In der oberpfälzischen Ortschaft Eschenbach lebte einmal ein Mann, der immer Glück hatte. Und wenn er glücklich war, weinte er vor Glück. Als er das erste Mal weinte, dachten seine Freunde, er sei unglücklich. Sie wollten ihn trösten. Da erklärte er ihnen, daß er nur vor Glück weine, und die Freunde wußten Bescheid. Der Mann hatte, wie gesagt, fast immer Glück, und er weinte deshalb auch oft.

Einmal bekam er durch eine Erbschaft ein Haus. Da weinte er vor Glück und seine Freunde lachten, denn sie freuten sich mit ihm. Ein anderes Mal lernte er eine Frau kennen. Die heiratete er. Da weinte er wieder vor Glück und seine Freunde lachten, denn sie freuten sich mit ihm. Und so kam es, daß die Freunde immer, wenn sie den Mann weinen sahen, lachten, denn sie freuten sich mit ihm über sein Glück.

Eines Tages trafen die Freunde den Mann, und er weinte so fürchterlich, wie niemals zuvor. Da wußten die Freunde, daß ihm ein besonderes Glück widerfahren war, und sie lachten so schallend, wie sie es sonst nicht getan hatten, denn sie freuten sich riesig über das gewaltige Glück. Vor lauter Weinen konnte der Mann kaum erzählen, was passiert war. Nur mit Mühe brachte er es heraus. Seine Frau und sein Kind seien mit der Kutsche verreist. Da lachten die Freunde, doch sie verstanden nicht, weshalb das so ein großes Glück sein sollte. Da erzählte der Mann weiter. Er habe soeben erfahren, daß die Kutsche von Räubern überfallen worden sei. Sie hätten die Reisenden ausgeplündert und halbtot geschlagen. Gerade wollte einer der Freunde wieder schallend zu lachen beginnen, hätte ihn nicht sein Nebenmann rechtzeitig fest in die Seite gestoßen.

Die Freunde gingen betrübt nach Hause. Sie waren sehr verwirrt.

Einer von ihnen sagte: »Ich wußte es von Anfang an, vor Glück weinen kann leicht zu Mißverständnissen führen.« Seither weint kein Eschenbacher mehr vor Glück. Und weint doch einmal noch einer aus Versehen, dann lachen zumindest seine Freunde nicht, denn es könnte sich ja um einen Irrtum handeln.

Franken

Das Ochsenkopfmännlein im Fichtelgebirge

Vor langer Zeit hüteten am Ochsenkopf zwei Buben und ein Mädchen eine Kuhherde. Die Buben waren Kinder wohlhabender Bauern, die Eltern des Mädchens aber waren arm. Die kleinen Kameraden erzählten sich allerlei Märlein, die sie von den Zwergen des Ochsenkopfes wußten.

Auf einmal gesellte sich zu ihnen ein graues Männlein, das aufmerksam ihren Gesprächen zuhörte. Endlich sagte es:»Ihr seid gute Kinder, darum will ich euch beschenken.« Es zog aus der Tasche drei Laib Brot und reichte jedem Kind eins.

Darauf entfernte es sich.

Die beiden Buben lachten über das ärmliche Geschenk und hielten es nicht wert. Der eine nahm seinen Laib und warf ihn auf die Erde. Er hüpfte in weiten Sprüngen den Berg hinab, bis er sich zwischen struppigem Gebüsch verlor. Da sprach der andere Bub im Übermut:»Halt! Mein Laib muß den deinen suchen!« Und er warf ihn ebenfalls auf die Erde. Er nahm denselben Weg wie der erste.

Nun wollten die leichtsinnigen Flegel auch das Mädchen überreden, ihr Geschenk wegzuwerfen. Die Kleine aber hüllte es eilig in ihr Schürzchen und sprach:»Wie wird es meine guten Eltern freuen, wenn ich ihnen etwas mit nach Hause bringe!«

Als sie nun heimkam und das Brot aufschnitt, fand man einen schweren Klumpen Gold darin, und Reichtum zog in die armselige Hütte ein, wo bisher so großer Mangel geherrscht hatte. Als die beiden Buben von dem Glück ihrer kleinen Freundin hörten, eilten sie zurück, um die verschmähten Geschenke des grauen Männleins zu suchen. Sie fanden sie aber nicht wieder.

Der Einsiedler und der Pilzteufel im Frankenwald

Vor vielen hundert Jahren wohnte im großmächtigen Frankenwald ein einsamer Einsiedler. Draußen die Menschen wußten von ihm, daß er ein heilkundiger Mann war, und sie kamen mit allerlei Krankheiten und Gebrechen zu ihm. Schon allein seine Nähe genügte, um ihre Leiden zu vertreiben. Aber auch der ganze Wald hatte etwas von seinem wunderkräftigen Wesen angenommen. Sogar die wilden Tiere und Pflanzen, die sonst gewiß nicht immer ungefährlich waren, zeigten sich wie verwandelt und fügten niemandem Schaden zu. Und darum ließen die Leute, die am Rande des weiten Forstes wohnten, ihre Kinder unbesorgt in ihm Beeren, Wurzeln, Kräuter und Pilze suchen. Die gab es in reicher Hülle und Fülle, und viele Leute konnten davon leben. Aber nicht nur das, nein, jedermann war überzeugt, daß diesen Pflanzen eine wundersame Kraft innewohne. Ihr Genuß sollte nicht bloß gesünder, sondern auch schöner machen. Wie konnte man sonst erklären, daß nirgends im ganzen Land so überaus prachtvoll gewachsene Buben und liebliche Mädchen zu finden waren wie bei den Landleuten im Frankenwald? Aber jedes Glück und jeder Friede hat einmal ein Ende.

Eines Tages geschah etwas Schreckliches. Plötzlich erkrankten ein paar Kinder, die im Wald Pilze gesucht hatten, und starben. Wenige Stunden danach waren auch ihre Eltern, die davon gegessen hatten, tot. Dergleichen war noch nie geschehen hier, und der fromme Einsiedler wußte dafür keine Erklärung. Zwar war ihm seit einiger Zeit so gewesen, als sei etwas Fremdes und Bösartiges in dem Wald, aber was es war, das hatte er nicht feststellen können.

Es huschte wohl hier und da durch die dichten Zweige, glitt auch in der Dunkelheit um seine schlichte Hütte. Und auch an der Rodach schien es sein Wesen zu treiben. Jetzt, nachdem das Unglück geschehen war, gab der Einsiedler schärfer acht, und da erblickte er eines Morgens seltsame Fußspuren am Rande der Rodach. Von einem Tier konnten sie nicht stammen, von Menschen aber auch nicht. Sie hatten von jedem etwas und waren dennoch ganz anders.

Nachdenklich setzte sich der Alte auf einen Baumstumpf hinter einen dichten Dornenstrauch. Da hörte er Schritte und sah zwei Mädchen daherkommen, die er gut kannte. Es waren wohl die schönsten von allen, obwohl ihre Eltern ganz einfache und arme Leute waren. Die beiden hatten Reisig und Beeren gesucht. Nun bückte sich die eine und rief: »Ach, schau nur die schönen Pilze! So herrliche haben wir noch nie gefunden!« – »Wahrhaftig«, sagte die andere, »die können gewiß nicht schädlich sein. Wir wollen sie mitnehmen.«

In diesem Augenblick war es dem Einsiedler, als ob etwas hinter ihm raschelte. Als er sich umdrehte, sah er aus dem Dickicht eine wilde Gestalt schlüpfen, die in den Krallen fremdartige Pilze trug und rasch hierhin und dorthin verstreute, wo sie dann sofort feurig rot aufglühten.

»Hab ich dich«, knurrte der Einsiedler und warf sich mit seiner ganzen Kraft auf den Unheilstifter. Der tobte und wand sich aalglatt unter seinen Händen. Aber der Einsiedler war doch stärker, denn nach einer Weile mußte der andere klein beigeben. Erst jetzt konnte der Alte überhaupt erkennen, wen der da an der Gurgel hatte. Es war ein heimtückischer Waldteufel, der schon lange danach gesucht hatte, wie er dem frommen Mann und den glücklichen Menschen Böses antun könne. Da hatte er schließlich die höllischen Fliegenpilze in den Wald geschleppt und sie den Kindern auf ihren Weg gestreut. Und beinahe wäre ihm auch heute wieder ein mörderischer Streich geglückt.

Der alte Einsiedler aber schleifte den Bösen an die Rodach und warf ihn ins Wasser. Kein Teufel aber kann Wasser, welcher Art es auch sei, ausstehen. Das ist für ihn noch viel ekliger, als ein Schrubber und eine Seife für einen Schmutzfinken. Jedenfalls hatte der

Teufel die schlimmste Strafe erhalten, die es für ihn geben konnte, und er hat sich deshalb niemals wieder bei dem Einsiedler im
Frankenwald blicken lassen.

Der Leuchtenberger Burggeist

Einst lebte ein Schlosser, der zwar recht tüchtig Schlösser und Schlüssel machte, aber wie es so geht im Leben, geriet er auf die schiefe Bahn. Da er zu seinem Geschäft, wenn ein Schloß verdreht oder ein Schlüssel verlorengegangen war, auch Dietriche brauchte, kam ihm über Nacht der Gedanke, er könnte mit seinen Dietrichen auch ohne Auftrag eine fremde Tür aufsperren und sich holen, was da eben zu holen war. Kurzum, er wurde ein richtiger Dieb und Einbrecher, und weil das Einbrechen zu zweit besser geht, so hatte er einen jungen Müller aus der Gegend um Weiden gefunden, den die Arbeit nicht freute und der das Wasser lieber leer im Bach als über die Räder laufen ließ und dafür gerne ins Wirtshaus ging. Der Schlosser und der Müller waren also zwei richtige Diebe, und die Geschichte ging so eine Weile und brachte ihnen manches hübsche Stück und Geld und sonst auch allerhand, ohne daß ihre Untaten aufkamen. Aber zuletzt ging es ihnen doch sonderbar schlecht, und daran war der Burggeist zu Leuchtenberg schuld.

Nahe bei Leuchtenberg stand nämlich eine Burg, die war zu dieser Zeit unbewohnt und nur ein alter, ziemlich tauber Hausmeister hatte darin seine Stübchen.

Außer ihm war da noch der Burggeist, der auf die Sachen aufpaßte. Von dem aber wußten die beiden Diebe nichts.

Der Schlosser sagte daher zum Müller, ob sie nicht einmal in die Burg eindringen wollten, er denke nämlich, dort wäre etwas zu holen. Der Müller war gleich bereit, bürstete den Mehlstaub, wenn überhaupt einer an ihm war, sauber ab, damit er ihn nicht verraten würde, und in einer dunklen Nacht gingen die beiden ans Werk. Der passende Dietrich war bald herausgefunden, die Tür sprang auf und danach die zweite, und der alte taube Hausmeister bemerkte nichts. So kamen die beiden in den hochgewölbten Burgsaal und hatten durch Tasten mit den Händen und etwas Mondlicht – denn der Mond war inzwischen durch die Wolken gebrochen – eine alte Truhe entdeckt, die sie gerade aufbrechen wollten. Doch plötzlich schlug der Wind irgendwo draußen eine Tür zu, dann noch eine, und schließlich fiel das schwere Tor des Saales dröhnend ins Schloß. Die zwei erschraken fürchterlich und schauten sich um. Da stand eine weiße Gestalt, und als diese ihnen mit der Hand winkte, fielen die zwei vor Schrecken auf den Bauch. Grinsend sagte das Wesen: »So, so, meine Herren, fleißig an der Arbeit? Aber wer arbeitet, der soll auch essen.« Damit schritt die Gestalt auf den großen Kronleuchter zu, der in der Mitte des Saales hing, und berührte ihn mit ihrem Stab. Da entflammte er sich und es wurde taghell in dem Saal. Der Burggeist sagte: »So, nun habt ihr doch etwas Licht für eure Arbeit, aber ihr seid dumme Tölpel, da in der Kiste findet ihr doch nur alte Familienpapiere. Ihr müßt hier die alte Truhe aufmachen, da ist Gold und Silber genug drinnen. Aber erst wollen wir essen und trinken.« Und der Burggeist schritt, während die beiden vor Entsetzen auf dem Bauch liegen blieben, rings um die große Tafel unter dem Kronleuchter und berührte sie dreimal mit seinem Stab. Da war die Tafel plötzlich schön gedeckt mit reichem Geschirr, und aus den Schüsseln dufteten die herrlichsten Speisen.

»Wollen Sie gefälligst Platz nehmen«, sagte der Schloßgeist. In diesem Augenblick nahm er die Gestalt eines Dieners an in der Tracht eines vergangenen Jahrhunderts. »Tun Sie ganz so, als wenn Sie zu Hause wären. Wir sind immer auf derartigen Besuch eingerichtet.« Die beiden Diebe trauten ihren Augen und Ohren kaum, aber das Entsetzen wich von ihnen, nur nach der geschlossenen Tür des Saales schielten sie noch mit etwas Unbehagen. Die reiche Tafel war zu verlockend, sie setzten sich, der Diener legte ihnen vor und schenkte ein, denn verschiedene Sorten des prächtigsten Weines standen auf der Tafel herum. »Was wollten Sie eigentlich hier, meine Herren«, fragte der Diener, »warum kommen Sie nicht bei Tage, wenn Sie die Burg besehen wollen?«

Die beiden schauten sich gegenseitig an und wußten keine Antwort darauf. Da lachte der Diener, der der Burggeist war, und sagte: »Nun, man kann ja auch aus anderen Gründen der Burg einen Besuch abstatten. Vielleicht wollten die Herren, die Schlösser untersuchen, denn Sie sind ja Schlosser, so viel ich weiß.« »Jawohl«, sagte der Schlosser ganz unverschämt, »ich hatte schon lange die Sorge, es könnte hier eingebrochen werden.« ... »Hm!« sagte der Schloßgeist.« ... denn der alte taube Hausmeister bietet doch keine Sicherheit und so versuchten wir in aller Form einen Einbruch, ob er wohl gelingen würde ...« »Hm!« brummte der Schloßgeist.« ... wir wollten dann den Hausmeister wecken und ihm die Bescherung mit den so leicht aufgebrochenen Türen und Schlössern zeigen. Freilich wäre er dann wohl um seinen Posten gekommen, denn wir hätten auch der Schloßherrschaft Mitteilung gemacht von dem gelungenen Versuch ...« »Hm!« brummte der Burggeist. »Aber, mein Gott, der Alte kann doch nicht immer hierbleiben, und so wäre es besser, er käme gleich weg. Ja, so ist die Geschichte«, setzte der Schlosser hinzu, »und mein Freund hier, der Müller, tat das halt alles, um mir einen Gefallen zu tun.« Da brach der Burggeist in ein fürchterliches Gelächter aus und sagte darauf. »Wenn aber die Herren gewußt hätten, daß ich auch hier im Hause bin und für die Sicherheit sorge, hätten Sie sich dann die Mühe wohl erspart?« »Ei freilich«, sagte der Schlosser und schielte wieder nach der Türe, »dann hätten wir uns die Mühe sparen können.«
Unterdessen schenkte ihnen der Diener fortwährend ein und sie tranken tapfer darauf los. Nach und nach wurden ihnen die Köpfe schwer und plötzlich erstarrten sie zu steifen Klumpen. Der Müller saß noch da mit ausgestreckten Armen, hatte ein Glas in der Hand und der Schlosser eine Gabel. Die Kerle waren wie leblos. Da erhob sich der Diener mit einem vergnügten Grinsen, nahm wieder die Gestalt des Burggeistes an und holte aus der Nebenkammer eine große Säge. Jetzt legte er die beiden in gestreckter Länge auf den Boden und sägte sie mitten durch. Danach nahm

er die untere Hälfte des Schlossers und setzte sie an die obere des Müllers, und die untere Hälfte des Müllers paßte er an die obere des Schlossers. Dann leimte er die falschen Hälften kunstgerecht aneinander, richtete sie auf und wuchtete sie auf ihre Stühle. Das war nun so komisch anzusehen, wie die rußige Hälfte des Schlossers auf der weißgestaubten Müllerhälfte saß und umgekehrt, daß der Burggeist wiederum laut auflachen mußte.

Danach packte er die beiden und warf sie zum Fenster hinaus. Es gab einen schweren Plumps, wie wenn man Metall zu Boden fallen läßt, und schlagartig wurde es ganz still im Schloß und das Licht des Kronleuchters war plötzlich erloschen.

Bald wurde es Morgen, und als die Sonne höher stieg, erwachten die zwei unter der Mauer der Burg. Der Schlosser rieb sich den Schlaf aus den Augen und wollte aufstehen, aber die Müllerbeine wollten ihm nicht recht gehorchen. Gleich darauf erwachte auch der Müller und wollte sich erheben, aber es ging ihm ebenso. Der Schlosser hatte O-Beine gehabt und der Müller X-Beine. Nun hatte der Müller die O-Beine und der Schlosser die X-Beine. Endlich standen sie auf den Füßen und schauten sich an. »Hergott, wie schaust du denn aus?« sagte der Schlosser erstaunt. »Und du«, sagte der Müller, »du hast ja meine Hosen an!« »Ich fürchte, ich habe deine Beine«, sagte der Schlosser, »ich kann aber nicht damit laufen, und du hast die meinigen. Nun sind wir schön davongekommen. Wir wollen wenigstens die Hosen wechseln, sonst können wir uns ja nirgends sehen lassen!« Da wechselten die zwei die Hosen und begannen, der Schlosser mit seinen Müllerbeinen und der Müller mit seinen Schlosserbeinen, davonzuhumpeln. Sie kamen hinunter bis nach Weiden, und da liefen die Kinder auf die Gasse und schrien: »O, je, jetzt hat der Müller die O-Beine und der Schlosser die X-Beine!« Und dabei blieb es.

Belohnter Aberglaube

Vor langer, langer Zeit lebte einmal ein Franke, der fuhr eines Tages mit seinem Knecht in den Wald, um dort Holz zu schlagen. Der Knecht saß auf dem Pferd, und der Bauer hockte hinten im Wagen. Da lief ihnen ein Hase über den Weg. Der Bauer sagte zum Knecht: »Sepp, es ist besser, wir kehren um und fahren heim. Wir wollen heute etwas anderes tun. Es bedeutet nämlich nichts Gutes, wenn einem ein Hase über den Weg läuft.« Der Knecht wendete den Wagen und lenkte ihn nach Hause zurück.

Am anderen Morgen fuhren die beiden wieder ins Holz hinaus. Als sie abermals zum Wald kamen, rief der Knecht nach hinten: »Du, Bauer, ich habe vor uns gerade einen Wolf laufen sehen!« Der Bauer entgegnete: »Ja, den habe ich auch gesehen, und das hat mich sehr gefreut. Das bedeutet nämlich Glück.«

Als die beiden im Wald angekommen waren, spannten sie das Pferd aus, damit es auf der Wiese weiden konnte. Sie selbst gingen ein Stück weiter und begannen, Holz zu schlagen. Als sie fertig waren, wollte der Knecht das Pferd zum Wagen bringen, um das geschlagene Holz aufzuladen. Doch als der Sepp auf die Wiese kam, erblickte er zu seinem Entsetzen, daß der Wolf das Pferd gerissen hatte und schon daran fraß. Der Knecht eilte zum Bauern zurück und rief: »Bauer, das Glück hat unser Pferd getötet und frißt es auf!«

Als der Bauer begriffen hatte, was der Knecht meinte, kratzte er sich hinter dem Ohr und brummte: »Das ist der Lohn für unseren Aberglauben. Der Hase von gestern hätte meinem Roß bestimmt nichts angetan.« Da meinte Sepp: »Das nicht, aber dann hätten wir auch heute kein Glück gehabt und keinen Lohn für unseren Aberglauben gesehen.«

Das eigenartige Preisschild

Einmal trafen sich der listige Fuchs und der gefräßige Wolf und gingen miteinander spazieren. Da sahen sie in der Ferne eine Stute mit ihrem Fohlen auf einer Weide stehen. Als sie näher gekommen waren, sagte der Fuchs zum Wolf: »Lieber Bruder, geh doch einmal zu der Stute und frage sie, wieviel ihr Kind kostet.« Der Fuchs ging hin und sprach: »Verehrte gnädige Frau, wieviel kostet Euer Kind? Der Wolf möchte es nämlich gerne wissen.« Darauf antwortete die Stute: »Bestelle ihm einen schönen Gruß, er soll selbst kommen. An meinem linken Hinterfuß steht der Preis, da kann er ihn lesen.«

Der Fuchs sagte dem Wolf alles, und der lief hin. Die Stute aber hob ihren Fuß hoch und gabe dem Wolf einen Schlag vor den Kopf. Da fiel der betäubt zu Boden, und als er erwachte, war die Stute mit ihrem Kind weg. An den Preis aber konnte sich der Wolf nicht mehr erinnern.

Die weiße Frau im Oberfränkischen Wald

Vor vielen Jahren lebte in Bayreuth ein kleines Mädchen. Es hieß Liesl und war zehn Jahre alt. Seine Mutter, eine Witwe, besaß nichts als eine armselige Hütte und zwei Ziegen. Liesl aber machte sich aus ihrer Armut nichts und blieb immer froh. Vom Frühling bis zum Herbst hütete sie die Ziegen am Bach im nahen Birkenwald. Wenn sie von zu Hause wegging, steckte ihr die Mutter ein Stück Brot in die Schürzentasche und gab ihr eine Spindel mit. Sie schärfte ihr ein:»Arbeite immer recht fleißig!«

Liesl nahm ihre Tasche und hüpfte fröhlich singend hinter den Ziegen zum Birkenwald hinaus. Dort setzte sie sich unter einen Baum, zog mit der linken Hand die Fäden vom Kopf, der ihr als Spinnrocken diente, und mit der rechten Hand drehte sie die Spindel, daß diese lustig schnurrte. Dabei sang sie, daß es im Walde nur so schallte. Immer wenn es Mittag wurde, legte sie die Spindel beiseite, rief ihre Ziegen und gab ihnen vom Brot, damit sie ihr nicht wegliefen. Dann hüpfte sie in den Wald, um süße Beeren zu suchen. Wenn sie gegessen hatte, so tanzte sie, wobei sie die Hände lustig über dem Kopf hin und her schwenkte. Die Sonne lachte dann durch die grünen Bäume auf sie hernieder, und die Ziegen machten es sich im Grase bequem. Es sah aus, als dächten sie:»Wir haben doch eine fröhliche Hirtin!« Nach dem Tanz begann Liesl wieder fleißig zu spinnen, und wenn sie abends nach Hause kam, wurde sie von der Mutter niemals ausgeschimpft, denn ihre Spindel war immer voll.

Einmal, als sie sich gewohnheitsmäßig nach dem Mittagessen zum Tanzen bereit machte, stand plötzlich eine wunderschöne weiße Frau vor ihr. Sie trug ein durchsichtig grünliches Gewand, dünn wie Spinngewebe. Von ihrem Kopf bis zum Gürtel flossen die goldenen Haare herab, und auf dem Haupt trug sie einen Schleier und einen Kranz von Waldblumen. Liesl erschrak.

Die schöne Frau lächelte sie an und sprach mit feiner Stimme zu ihr:»Liesl, tanzt du gern?« Als die Frau so freundlich mit ihr redete, wurde Liesl zutraulich und sie antwortete:»Aber freilich, am liebsten möchte ich den ganzen Tag tanzen!«

»Nun, so komm, tanzen wir miteinander, ich will es dir beibringen«, sprach die Frau, faßte Liesl an der Hand und begann mit ihr zu tanzen. Als sie sich im Kreis zu drehen anfingen, ertönte über ihnen eine wunderschöne Musik, wie Liesl sie noch niemals gehört hatte. Die Musikanten saßen auf den Zweigen der Birken, in schwarzen, aschgrauen, braunen und bunten Gewändern. Es war ein Chor von auserwählten Zwitscherlingen, der sich auf den Wink der weißen Frau versammelt hatte. Es waren Nachtigallen, Lerchen, Finken, Stieglitze, Grünlinge, Drosseln, Amseln und dazu ein paar Grasmücken.

Liesls Wangen begannen zu glühen, ihre Augen erstrahlten, sie vergaß ganz das Spinnen und die Ziegen und schaute nur auf die weiße Frau, die sich vor ihr und um sie herum in den reizvollsten Bewegungen drehte, so leicht, daß sich das Gras unter ihren zarten Füßen nicht beugen mußte. Die beiden tanzten vom Mittag bis zum Abend. Liesls Füße ermüdeten dabei nicht. Schließlich hörte die schöne Frau auf, die Musiker schwiegen und so, wie sie gekommen war, so verschwand sie auch wieder. Liesl aber dachte voller Sorgen an den ungesponnenen Flachs, als sie die Spindel am Boden liegen sah. Sie nahm die ungetane Arbeit, steckte sie in die Tasche, rief die Ziegen und ging mit ihnen nach Hause. Dieses Mal aber sang sie auf dem Wege nicht, sondern machte sich bittere Vorwürfe, daß sie sich von der schönen Frau hatte verführen lassen, und sie nahm sich vor, wenn diese wieder zu ihr kommen sollte, den Versuchungen dann zu widerstehen.

Die Ziegen, die keinen fröhlichen Gesang hinter sich hörten, wie sie es gewohnt waren, blickten sich um, ob die Hirtin wirklich hinter ihnen hergehe. Auch die Mutter wunderte sich und fragte die Tochter, ob sie etwa krank sei, da sie nicht singen würde.»Nein, liebe Mutter, ich bin nicht krank. Der Hals ist mir vom Singen trocken geworden, deshalb singe ich nicht«, entschuldigte sich Liesl und versteckte die Spindel und den ungesponnenen Flachs in einer Schachtel unter ihrem Bett. Sie tröstete sich damit, daß die Mutter nicht sofort danach fragen werde. Am folgenden Tag würde sie die Arbeit schon nachholen und deshalb erwähnte sie der Mutter gegenüber nicht das geringste von ihrer Begegnung mit der schönen Frau.

Am anderen Tag trieb Liesl die Ziegen wie gewöhnlich zum Birkenwald. Dann setzte sie sich unter einen Baum und begann fleißig zu spinnen und zu singen. Denn beim Singen geht die Arbeit noch einmal so leicht von der Hand. Als es Mittag geworden war, gab Liesl ihren Ziegen von ihrem Brot, hüpfte dann fort, um Erdbeeren im Wald zu suchen. Dann begann sie die Beeren und das Brot zu verzehren. Dabei sprach sie zu den Ziegen: »Ach, liebe Ziegen, heute darf ich nicht tanzen!« Sie seufzte, als sie nach dem Essen die Brotkrümel im Schoß zusammenstreifte und auf einen Stein legte, damit auch die Vögel etwas zu Mittag hatten.

»Und warum solltest du nicht dürfen?« ließ sich eine liebliche Stimme hinter ihr hören. Die schöne weiße Frau stand vor ihr, als wäre sie soeben aus den Wolken gefallen. Liesl erschrak noch mehr als beim ersten Mal und drückte die Augen zu, um die Versucherin nicht sehen zu müssen. Als aber diese die Frage wiederholte, antwortete Liesl schüchtern: »Verzeih mir, schöne Frau, ich darf nicht mit dir tanzen. Ich würde sonst meine Arbeit liegenlassen und die Mutter würde mich dafür schimpfen. Bevor heute die Sonne untergeht, muß ich nachholen, was ich gestern versäumt habe.« – »Ach, tanze nur mit mir, bevor die Sonne untergeht, ich werde dir dann schon helfen«, entgegnete die Frau. Sie nahm Liesl bei der Hand, die Musikanten auf den Birken fingen wieder zu musizieren an, und die beiden Tänzerinnen drehten sich sorglos im Kreise.

Die weiße Frau tanzte dieses Mal noch reizvoller. Liesl konnte die Augen gar nicht von ihr abwenden und vergaß dabei die Ziegen und die Spindel. Schließlich hörte die Frau auf, die Musik schwieg, die Sonne ging unter. Liesl schlug die Hände über dem Kopf zusammen und brach in Tränen aus. Da nahm die schöne Frau den Flachs, schlang ihn über einen Birkenstamm, ergriff die Spindel und begann zu spinnen. Die Spindel schnurrte und wurde zusehends voller und voller, und bevor die Sonne ganz untergegangen war, war der ganze Flachs gesponnen, nicht nur der vom heutigen, sondern auch der vom gestrigen Tag. Die weiße Frau reichte Liesl die volle Spindel und sprach: »Da nimm! Du muß nicht mehr traurig sein!« und schon war sie verschwunden. Liesl war zufrieden und dachte unterwegs: »Wenn sie so gut ist, dann werde ich wieder mit ihre tanzen, sobald sie kommt.« Sie sang, und die Ziegen schritten munter vorwärts.

Die Mutter aber war sehr verärgert, denn sie hatte untertags das Garn gesucht, dabei die Schachtel gefunden und schließlich gesehen, daß die eine Spindel nicht voll geworden war. Sie schimpfte: »Was hast du getan, Liesl, daß du gestern deine Arbeit liegen gelassen hast?« fragte sie vorwurfsvoll. «Verzeih mir, liebe Mutter, ich habe ein wenig getanzt«, erwiderte Liesl und zeigte ihrer Mutter die neuen vollen Spindeln. Sie strahlte: »Heute ist sie dafür doppelt voll.« Die Mutter verstummte und ging hinaus, um die Ziegen zu melken. Liesl aber legte die Spindel auf den Tisch. Sie wollte der Mutter vom Tanzen erzählen, aber sie dachte: »Zuerst will ich doch lieber die schöne Frau fragen, wer sie ist, und dann erzähle ich alles der Mutter.«

Am dritten Morgen trieb sie die Ziegen wie gewöhnlich zum Birkenwald. Die Tiere begannen zu weiden und Liesl fing an zu singen und zu spinnen. Als es wieder Mittag geworden war, legte Liesl die Spindel ins Gras, gab wie gewohnt den Ziegen von ihrem Brot, suchte aber dieses Mal keine Erdbeeren. Sie rief: »Liebe Ziegen, heute will ich euch etwas vortanzen!« Sie wollte soeben versuchen, ob sie es wohl auch so hübsch könnte wie die schöne weiße Frau, da stand diese schon vor ihr. »Wollen wir nicht miteinander tanzen?!« sprach sie lächelnd und umfaßte Liesl. Im selben Augenblick erklang die Musik über ihren Köpfen, und die

beiden Tänzerinnen drehten sich im leichten Flug. Liesl sah nichts weiter als die wunderschöne, weiße Frau. Die drehte sich leicht nach allen Seiten, wiegte sich hin und her und hörte nichts anderes als die Musik. So tanzten sie von Mittag bis zum Abend. Dann hörte die Frau wieder auf, und die Musik schwieg. Liesl blickte sich um, die Sonne war bereits hinter dem Wald untergegangen. Weinend schlug sie abermals die Hände über dem Kopf zusammen und schaute sorgenvoll auf die leere Spindel. Sie klagte, daß die Mutter sie nun wieder schimpfen werde. »Gib mir deine Tasche, ich werde dir ersetzen, was du heute versäumt hast«, versprach die schöne Frau. Liesl gab ihr die Tasche und die Frau wurde für einige Augenblicke unsichtbar. Dann aber reichte sie ihr die Tasche mit den Worten: »Hier hast du sie! Zu Hause darfst du hineinschauen!« Mit diesen Worten verschwand sie so, als hätte sie der Wind davongeweht. Liesl ängstigte sich anfänglich, in die Tasche zu blicken, aber auf halbem Wege ließ ihr die Neugierde doch keine Ruhe. Die Tasche war nämlich so leicht, als ob nichts in ihr enthalten wäre. Sie mußte einfach hineinschauen.
Wie erstaunt war sie aber, als sie in der Tasche nur einen Ballen Birkenlaub sah. Da brach sie zuerst in Tränen aus und tadelte sich, daß sie so leichtgläubig gewesen war. Dann aber warf sie ärgerlich die Blätter mit beiden Händen heraus. Zum Glück stürzte sie die Tasche nicht auch noch um, denn sie dachte: »Ich will das übrige den Ziegen zu Hause als Futter geben«, und deshalb behielt sie noch etwas Laub darin. Langsam schlich sie nach Hause.
Die Mutter aber wartete mit kummervollem Gesicht auf der Türschwelle. »Um Gottes willen«, waren die ersten Worte der Mutter, »was für eine Spindel Garn hast du mir gestern mit nach Hause gebracht?« – »Warum denn?« fragte Liesl ängstlich. »Als du morgens fortgegangen warst, habe ich angefangen, das Garn aufzuspulen. Ich spule also auf und spule auf, aber die Spindel ist fortwährend voll. Ein Ballen, zwei, drei Ballen – die Spindel bleibt voll! Welcher böse Geist hat das denn gesponnen, rief ich beunruhigt. Im selben Augenblick war das Garn dann von der Spindel

fort, als wäre es weggeblasen worden. Sag, was ist geschehen?« Da fing Liesl zu erzählen an. »Das war die weiße Frau!« rief die Mutter entsetzt. »Um die Mittagszeit und um Mitternacht treibt sie ihr Wesen. Ein Glück, daß du kein Bub bist, sonst würdest du nicht lebend ihren Händen entronnen sein. Sie hätte so lange mit dir getanzt, bis kein Atem mehr in dir gewesen wäre, oder sie hätte dich zu Tode gemartert. Doch mit den Mädchen hat sie Erbarmen, ja sie beschenkt sie oft reich. Hättest du mir wenigstens etwas gesagt, so würde ich nicht gemurrt haben und hätte jetzt die ganze Stube voll Garn.«

Da erinnerte sich Liesl an die Tasche, und ihr fiel ein, es könnte doch vielleicht etwas unter dem Laub sein. Sie nahm die Spindel und den ungesponnenen Flachs von oben weg und sah genau nach. Überrascht schrie sie auf: »Schau nur, Mutter, schau nur!« Die Mutter schlug die Hände über dem Kopf zusammen. Die Birkenblätter hatten sich nämlich in pures Gold verwandelt. Liesl seufzte: »Sie hat mir befohlen, erst zu Hause hineinzublicken. Ich aber hab ihr wieder nicht gehorcht und sogar eine Handvoll Birkenblätter herausgeworfen.« – »Ein Glück, daß du nicht die ganze Tasche ausgeleert hast!« meinte die Mutter.

Der Reichtum, den Liesl nach Hause gebracht hatte, war dennoch groß genug. Die Mutter kaufte in der Nähe von Bayreuth einen stattlichen Bauernhof, und Liesl brauchte nicht mehr die Ziegen zu hüten. Aber, obwohl Liesl jetzt reich und glücklich war, es hat ihr doch nichts mehr im Leben soviel Vergnügen gemacht wie der Tanz mit der weißen Frau. Noch oft schlich sie in den Birkenwald. Sie wünschte sich nämlich, die schöne weiße Frau noch einmal zu sehen. Aber sie traf sie nie mehr wieder.

Die Kronacher Feuernelke

Das kleinste Haus, das weit hinter den Häusern von Ebersdorf in Oberfranken lag, das gehörte dem Schuhmacher Korber, der mit seiner einzigen Tochter Sanna ganz allein darin wohnte. Sanna war ein schönes Mädchen, kaum 17 Jahre alt. Sie führte dem Vater den Haushalt, war stets fleißig und auch sonst ein gutes, braves Kind. Der Vater liebte sie auch sehr, und einmal, als er Stiefel nach Kronach tragen mußte, fragte er:»Nun, mein liebes Kind, was wünscht du dir aus Kronach. Sprich, damit ich es dir mitbringen kann.«

»Ich habe keinen Wunsch«, antwortete Sanna, indem sie ihr Köpfchen schmeichelnd an die Schulter des Vaters legte.»Willst du mir aber dennoch etwas mitbringen, so soll es eine frische Waldblume sein.« Daraufhin ging der Vater fort nach Kronach. Den Rückweg nahm er durch den Wald, um für seine Tochter die gewünschte Blume zu pflücken.

Er mußte aber weit hineingehen, denn er wollte sich die allerschönste aussuchen. Da kam er an eine Stelle, wo er noch niemals gewesen war, und zu seiner Verwunderung erblickte er hier ein zauberhaftes Schloß, daß er noch nie gesehen hatte.

Meister Korber schaute durch eine offene Tür in einen Garten voll mit den herrlichsten Blumen und mit so prächtigen Anlagen, daß er dem Verlangen nicht widerstehen konnte, einzutreten, um die schönste Blume für seine Tochter zu pflücken.

Er suchte einen Gärtner oder Verwalter, den er erst um Erlaubnis bitten wollte, und durchlief dabei den Garten kreuz und quer, fand aber nirgends ein menschliches Wesen, das er um die Blume hätte bitten können. Auch ins Schloß hinein ging er, doch es schien unbewohnt, obwohl er eingerichtete Zimmer und herrlich geschmückte Säle darin fand.

Ganz verwundert über alles, was er gesehen hatte, ging Meister

Korber wieder in den Garten hinunter, und schon wollte er auch diesen, ohne eine Blume mitzunehmen, verlassen, da leuchtete ihm eine wunderschöne Feuernelke entgegen, und er dachte: »Wegen solch einer einfachen Blume wird mir wohl niemand etwas anhaben können.« Er bückte sich, und im nächsten Augenblick hielt er die abgebrochene Nelke in der Hand.

Aber ach, kaum war das geschehen, da stand plötzlich ein feuriges Ungeheuer vor Korber, der vor Schreck fast in die Erde versinken wollte. Das Tier öffnete seinen glühenden Rachen und sprach: »Das Brechen der Nelke kostet dich dein Leben. Oder du versprichst mir diejenige zur Beute, die diese Blume bekommen sollte!«

Meister Korber war außer sich vor Verzweiflung. Er weinte und bat um Gnade für sich und sein geliebtes Kind. Umsonst, das Ungeheuer ließ sich nicht rühren, sondern rückte ihm bedrohlich auf den Leib und es schien mit seinem Leben vorbei zu sein.

Ach, einmal noch mußte er seine Sanna um jeden Preis sehen. Ganz von dieser Sehnsucht erfüllt, versprach der ängstliche Mann dem feurigen Ungeheuer alles, was es verlangte.

Danach war der Meister wieder allein, und mit sorgenvollem Herzen ging er nach Hause und trat in die Stube, in der seine Tochter saß. »Um Gottes willen, was fehlt dir, was ist mit dir geschehen?« fragte Sanna sogleich, als sie das schreckensbleiche Gesicht des Vaters erblickte.

Jammernd klagte ihr der Mann sein großes Leid, auch daß er sie in seiner Angst dem häßlichen Untier versprochen habe.

Sanna erschrak gewaltig, als sie das Unglück erfuhr, aber ihrem Vater zuliebe hätte sie noch Schwereres ertragen, deshalb tröstete sie ihn auch und sagte, er solle sich nur keine Sorgen machen, sie wolle schon mit dem Ungeheuer fertig werden, ihr großes Gottvertrauen werde sie gegen alles Böse schützen.

Zwei Tage blieb Sanna noch zu Hause, am dritten aber nahm sie der Vater bei der Hand und klagend und jammernd führte er sie in den Wald zum Schlosse hin.

Hier nahm der unglückliche Mann von seinem Kind Abschied. Sanna ging in traurige Gedanken versunken über den Schloßhof. Da, auf einmal hörte sie eine feine Stimme neben sich, die recht freundlich mit ihr sprach:»Habe nur Mut, liebe Sanna, ich weiß, du bist ein gutes, frommes Mädchen, deshalb werde ich dir in deiner Not und in jeder Gefahr beistehen.«

Sanna blieb erstaunt stehen und erblickte ein Männlein neben sich, das nicht größer als eine Hand sein mochte und das ganz in ein graues Sackkleid gehüllt war. Sie hatte aber keine Zeit, ihr Staunen in Worte zu fassen, denn das Männlein lief ihr voraus ins Schloß hinein und winkte ihr zu, daß sie ihm folgen solle.

Der Wicht führte sie in ein Zimmer, in dem alles Licht und funkelnder Glanz war. Da stand ein blauseidenes Himmelbett mit Schnüren und goldenen Quasten daran, reiche Polstermöbel befanden sich an den Wänden und jedes einzelne Geschirr war aus Gold oder Silber. Sanna schaute sich ganz verwundert um, das Männchen aber sprach:»Hier sollst du wohnen, ich aber muß dich jetzt verlassen. Doch zuvor höre noch meinen Rat an. Mach alles, was man dir befiehlt, wenn dir dein Leben lieb ist. Im übrigen laß jedoch den Mut nicht sinken. Kommt es zu schlimm, werde ich zu deiner Hilfe herbeieilen.«

Damit war das kleine Männlein verschwunden. Es wurde Nacht und die Uhr schlug zwölf.

Sanna legte sich in das Bett und wollte schlafen. Kaum hatte sie das getan, da stand plötzlich das feurige Ungeheuer vor ihr, das stellte einen ganzen Eimer Haselnüsse vor sie hin und sprach:

>»Knackst du sie,
> dann hast du's gut!
> Knackst du sie nicht,
> dann kostet's dein Blut!
> Den Kopf vom Halse schneide ich dir,
> um ein Uhr bin ich wieder hier!«

Nach diesen Worten war das Ungeheuer verschwunden. Sanna aber sprang, noch ganz entsetzt von dem, was sie eben gesehen und gehört hatte, aus dem Bett und machte sich sofort an die ihr aufgetragene Arbeit.

Aber, o weh, da sie keinen Nußknacker im Zimmer fand, mußte sie jede einzelne Haselnuß mit ihren kleinen weißen Zähnen zerbeißen, und das ging, wie man sich vorstellen kann, nicht rasch. Kurz vor ein Uhr hatte sie erst die Hälfte der Haselnüsse geknackt. Da aber taten ihre Zähnchen schon so weh, daß sie zu weinen anfing und den lieben Gott um Hilfe und Beistand anrief.

Kaum hatte sie gebetet, da stand sofort das Männlein bei ihr. Als das die Arbeit sah, machte es ein Zeichen, und daraufhin kamen etwa 50 kleine Wichte, so wie es selbst einer war. Jeder hielt ein Hämmerchen in der Hand, und alle machten sich zugleich über die Nüsse her.

Es dauerte kaum fünf Minuten, da war die Arbeit getan, bis auf die letzte Nuß, die sollte Sanna auf das Gebot des kleinen Mannes selber knacken. Zudem müsse sie das, was daraus hervorkäme, küssen.

Sanna tat, wie ihr geheißen, sie zerbiß die Nuß. Aber erschrocken fuhr sie zurück, als eine große weiße Ratte daraus hervorsprang.

Das Mädchen aber bezwang sich, nahm die Ratte beim Kopf und küßte sie. Da war das Tier verschwunden und statt seiner lag ein goldener Kern in der Nußschale.

Sanna war es so, als sei ihr ein Stein vom Herzen gefallen, und sie dankte Gott und dem kleinen Männchen für die geleistete Hilfe. Der Kleine versprach ihr auch weiterhin seinen Rat und Beistand, sofern sie gut und fromm bleiben würde. Danach war er mit seiner kleinen Schar plötzlich verschwunden. Sanna jedoch legte sich wieder ins Bett und schlief bis zum Morgen.

Als sie erwachte, fand sie anstatt der Nußschalen und Nußkerne einen Tisch mit den köstlichsten Speisen. Sie aß und trank davon, bis sie satt war, danach ging sie im Schloß umher und schaute sich all die schönen Zimmer an, bis es wieder Abend wurde. Dann kehrte sie in ihr Zimmer zurück, in dem sie die vorhergehende Nacht verlebt hatte. Sie wartete, was ihr das Ungeheuer heute auftragen würde.

Kaum hatte es zwölf geschlagen, da polterte das Untier auch schon wieder herein. Dieses Mal aber brachte es ihr zwei Eimer Walnüsse mit dem gleichen Spruch und befahl, daß die Arbeit um ein Uhr fertig sein müsse.

Sanna quälte sich wieder, bis es fast ein Uhr war, da kam ihr das Männlein mit seiner Schar abermals zu Hilfe, und im Handumdrehen war auch diese Arbeit getan.

Die letzte Nuß aber mußte Sanna wieder selbst knacken, doch sollte sie diesmal zu dem, was daraus hervorkäme, auf den Rat des kleinen Mannes hin folgendermaßen sprechen:

»Rau! Rau! Ich werd deine Frau!
Nimm, statt der Nuß, diesen Kuß!«

Das Mädchen tat, wie ihm das Männlein geheißen hatte, und als sie die Nuß geknackt und den Vers gesprochen hatte, da kroch plötzlich eine gefährlich zischende Schlange vor die erschrockene Sanna hin. Aber auch dieses Mal faßte sie sich, nahm die Schlange beim Kopf und drückte ihr einen recht herzhaften Kuß auf die gespaltene Zunge.

Sogleich war das Tier verschwunden, und statt des Kernes lag jetzt ein funkelnder Edelstein in der zuletzt zerknackten Nußschale.

Sanna dankte dem Männlein für seine Hilfe. Das sagte ihr daraufhin gute Nacht und war wieder mit seiner kleinen Schar fort.

Das Mädchen schlief nun ruhig und ungestört bis zum anderen Morgen, fand dann den Tisch abermals reich gedeckt und verbrachte den Tag so wie den vorhergegangenen.

Der Abend kam, und um 12 Uhr war auch das Ungeheuer wieder da. Heute aber brachte es zehn große Kokosnüsse, die legte es vor das Mädchen hin und sprach dabei:

»Knackst du sie,
dann hast du's gut!
Knackst du sie nicht,

dann kostet's dein Blut!
Den Kopf vom Halse schneide ich dir,
um ein Uhr bin ich wieder hier!«

Die arme Sanna sah auf die Kokosnüsse und begann bitterlich zu
weinen, denn diese waren größer als Menschenköpfe und hatten
eine so steinharte Schale, daß sie glaubte, weder ihr noch dem kleinen Männchen könnte es gelingen, diese Nüsse aufzuknacken.
Sie gab sich alle erdenkliche Mühe, preßte die Schalen eine nach
der anderen zwischen ihren kleinen weißen Händen, stampfte mit
den Füßen darauf, umsonst. Auch nicht bei einer einzigen sprang
die Schale entzwei.

In ihrer Not betete sie recht heiß und innig zum lieben Gott, daß
er ihr auch dieses Mal helfen möge, und siehe, sogleich war auch
das Männlein mit seinem Gefolge wieder da. Alle zusammen trugen einen großen Klotz, wie man ihn zum Holzhacken benötigt.
Den rollten sie mitten in das Zimmer, stellten sich darum herum,
nahmen eine der großen Nüsse, legten sie auf den Klotz und
schlugen alle zur gleichen Zeit darauf los. Schon beim zweiten
Schlag sprang die Schale. Ebenso ging es auch mit der zweiten
Nuß und mit der dritten bis zur neunten Nuß. Die zehnte aber
mußte Sanna alleine zerschlagen. Das Männlein gab ihr ein Hämmerchen, das war noch kleiner als der kleinste Finger des
Mädchens. Sorgenvoll schaute Sanna bald auf den Hammer, bald
auf die steinharte Nuß, die schon auf dem Klotz lag, denn es
schien ihr unmöglich, damit die Schale zu zertrümmern. Sie zitterte auch, denn ihre Furcht war heute größer als jemals zuvor. Das
Männchen hatte ihr nämlich befohlen, sich von dem, was dieses
Mal herauskäme, alles gefallen zu lassen, ohne sich auch nur ein
einziges Mal sträuben zu dürfen.
Zaghaft führte sie nun aber doch endlich den Schlag auf die Ko-
kosnuß aus. Die Schale zersprang und heraus kroch eine häßliche
Spinne. Sanna schloß die Augen und küßte sie. Da stand ein wunderschöner Prinz vor ihr. Als Sanna die Augen aufschlug, umarm-

te und küßte er sie und nannte sie seine Erlöserin und seine geliebte Frau, die er nie und nimmer verlassen würde. Sanna sagte nicht nein dazu, nicht bloß deshalb, weil es ihr der kleine Mann geboten hatte, sondern auch deshalb, weil ihr der Prinz sehr gut gefiel. Der führte sie in einen großen, prächtigen Saal. Dort waren die Tische mit köstlichen Speisen bedeckt, und viele Herrschaften saßen daran und ließen es sich wohlschmecken. Als aber der Prinz mit Sanna zu ihnen trat, da erhoben sich alle von ihren Stühlen und riefen:»Hoch lebe unser Prinz Rupert und seine schöne Gemahlin Sanna!« Dann setzten sich die beiden ebenfalls, und der Hochzeitsschmaus begann.

Und jetzt erfuhr Sanna auch, daß die im Saale Anwesenden, auch die Diener des Schlosses, als Blumen im Garten unten gestanden hätten und daß alle durch sie alleine erlöst worden seien.

Gleich am anderen Tag ließ Sanna ihren Vater kommen. Da gab es ein freudiges Wiedersehen. Meister Korber mußte sofort sein Handwerk niederlegen und in dem prächtigen Schloß bei seinem Kind bleiben, wo die drei dann noch viele, viele glückliche Jahre verlebten.

Der Knecht auf Brautschau

Ein Knecht wollte einmal um die Hand einer Magd anhalten, die ihm sehr gut gefiel. Und auch er gefiel der Magd. Sie lud ihn ein und setzte ihm reichlich zu essen vor. Sie aßen, sie tranken, doch der Magd begann das langweilig zu werden. Sie gähnte sogar ein bißchen.

»Möchtest du mir nicht etwas erzählen?« bat sie den Knecht. »Etwas recht Interessantes. Ich schlafe sonst ein.«

Da meinte der Knecht:»Oh, ich weiß viel Interessantes. Hinter dem Wald liegt ein Dorf, in dem steht eine Eiche, die ist so hoch, daß die Schnecken an ihr bis zu den Wolken hinaufkriechen können. Dort haben sie es dann kühl und schattig an heißen Tagen.«

»Das ist noch gar nichts«, erwiderte daraufhin die Magd.»Voriges Jahr sah ich eine Birke, die war dermaßen hoch, daß ein Glühwürmchen an ihr bis in den Himmel hinaufstieg und sich dort sein Rücklicht an der Sonne anzünden konnte.«

Der Knecht zerbrach sich den Kopf, was er noch Verwunderliches zum besten geben könne.»Ach ja«, sagte er,»da fällt mir ein, vor drei Jahren blies in dem Dorf hinter unserem Wald ein ganz furchtbarer Wind. Die Leute mußten sich auf allen vieren fortbewegen. Ein halbes Jahr lang konnten sie sich naherher diese Gangart nicht mehr abgewöhnen.«

»Das ist noch gar nichts«, erkärte die Magd wiederum.»Vor fünf Jahren blies ein noch viel ärgerer Wind. Der trieb einige große Fuhrwerke samt den Rössern rund um die Welt, und erst vor ein paar Wochen sind sie wieder bei uns angekommen.«

Der Knecht versank erneut in Nachdenken.»Ja,« sagte er,»da fällt mir noch etwas ein. Vor zehn Jahren gab es grimmige Fröste. Die Tannen im Wald zerbarsten vor Kälte vom Wipfel bis zur Wurzel.«

»Das ist noch gar nichts«, wandte die Magd ein.»Vor 20 Jahren, als meine Eltern gestorben waren, traten noch viel härtere Fröste ein. Den Frauen froren beim Brotbacken die Hände am Teig fest, und die Töpfe auf dem Herd kochten nur auf der einen Seite, auf der anderen bedeckten sie sich mit Eis.«

Der Knecht ließ nachdenklich den Kopf hängen. »Ja, ja«, sagte er, »was kam in alten Zeiten nicht alles vor ...« Er seufzte und entschuldigte sich für einen Augenblick, er müsse mal eben hinaus, und als er draußen war, kam er nicht wieder.

Ob es in Wirklichkeit solche Bäume und solche Fröste gegeben hat, wer weiß? Aber eines wußte der Knecht: Die Braut, die das alles selber erlebt hatte, die war einfach zu alt für ihn.

Die zehn Wolpertinger

Ein Franke, der in Oberbayern einmal zu Besuch war, brüstete sich damit, daß ihm nachts im Walde zehn Wolpertinger begegnet seien. Das hörte ein Oberbayer, und der unterbrach den Franken und meinte:»Du, Franke, meinst du nicht auch, daß es nur neun gewesen sind?«
»Wieso neun, Landsmann? Knurren neun Wolpertinger denn auch?« – »Ja, wieso sollten sie denn nicht knurren?« – »Na, dann können es durchaus neun gewesen sein.« –
»He Franke, vielleicht waren es gar nur acht?« erkundigte sich der Oberbayer. – »Acht Wolpertinger? Aber rascheln denn Wolpertinger auch zu acht so laut?« – »Aber selbstverständlich können die äußerst laut rascheln.«
Der Oberbayer wiegte bedächtig seinen Kopf und meinte:»Sag einmal. Franke, ich glaube, es sind nur sieben gewesen.« – »Ich glaube nicht, denn es gibt doch wohl keine siebenköpfigen Wolpertingerrudel?« – »Aber natürlich!« – »Na, als Oberbayer weißt du das wahrscheinlich besser.«
»Dann können es leicht auch sechs gewesen sein, Franke!« – »Ich weiß nicht, sechs? Sechs Wolpertinger gehen doch nicht auf einen Menschen los?« – »Oh, doch, die sind mutig, auch sechs Wolpertinger greifen an.« – »Ja, wenn das so ist, sind es vielleicht doch bloß sechs gewesen.«
»Ich könnte mir aber durchaus vorstellen, daß es bloß fünf gewesen sind. Denk einmal genau darüber nach!« – »Das kann nicht sein, denn fünf Wolpertinger fletschen nicht so entsetzlich ihre Zähne!« – »Du hast vielleicht eine Ahnung, und wie die ihre Zähne fletschen!« – »Allmächt, dann sind es doch bloß fünf gewesen!«
Jetzt legte der Oberbayer den Arm um die Schulter des Franken und raunte ihm zu:»Und was hältst du von vier? Vier Wolpertinger sind nämlich auch eine ganz schöne Anzahl.« – »Sag einmal,

Oberbayer, sind jetzt zwei Paar vier Wolpertinger oder fünf?« –
»Na, zwei Paar sind natürlich nur vier!« – »Ach so, dann waren es
bloß vier, denn es waren genau zwei Paar, die da gegangen sind.«
»Ja, aber bei uns sieht man viel häufiger drei Wolpertinger!« erklärte der Oberbayer. »Drei? Aber haben drei Wolpertinger denn
sechs Hörner?« – »Natürlich, denn dreimal zwei ist sechs!« – »Jetzt
hätte ich mich doch beinahe verrechnet, dann waren es selbstverständlich nur drei!«
»Zwei Wolpertinger machen aber viel weniger Lärm als drei, meinte der Oberbayer. »Auf gar keinen Fall zwei. Das heißt – einen Augenblick, ich versuche gerade, sie mir genau vorzustellen – haben
zwei Wolpertinger ebensolche hellblitzende Augen wie zehn Katzen?« – »Natürlich, was denn sonst!« – »Tja, wenn das so ist, dann
könnten es durchaus auch nur zwei gewesen sein!«
Jetzt räusperte sich der Oberbayer: »Ich weiß nicht, ich bilde mir
ein, es ist doch nur einer gewesen Franke.« – »Aber Wolpertinger
sind doch keine Einzelgänger?« – »Natürlich, am liebsten pirschen
sie alleine durch den Wald!« – »Ja, das mußt du mir doch sagen,
dann war es natürlich bloß einer.«
»Aber vielleicht ist nur ein Tannenzapfen vom Baum gefallen,
Franke, und der hat ein Geräusch verursacht!« – »Aber fallen denn
nachts Tannenzapfen von den Bäumen?« – »Ja natürlich, wenn ein
leichter Wind geht, dann fällt schnell ein Tannenzapfen vom
Baum.« – »Nun«, meinte der Franke, »dann war es ein Tannenzapfen, der so ausgesehen hat wie ein Wolpertinger, der so kat-
zenhelle Augen gehabt hat wie zwei Wolpertinger, die sechs Hörner besaßen wie drei Wolpertinger, die zweipaarweise gelaufen
sind wie vier Wolpertinger, die so ihre Zähne gefletscht haben wie
fünf Wolpertinger, die so angriffslustig waren wie sechs Wolpertinger, die so im Rudel gelaufen sind wie sieben Wolpertinger, die
so laut geraschelt haben wie acht Wolpertinger, die so knurrten
wie neun Wolpertinger, die so ausgesehen haben wie zehn Wolpertinger, die aber nur ein Tannenzapfen gewesen sind. Wie leicht
man sich doch nachts in Oberbayern irren kann!«

Der Lichtenfelser Schmiedehammer

Vor langer Zeit lag einmal ein Stück Gold in einer Schmiede in Lichtenfels neben einem Stück Eisen, auf das der Schmied mit großem Eifer schlug und hämmerte. Da sagte das Gold zu dem Eisen:»Warum stöhnst du so sehr, warum jammerst du und schreist so arg?« Siehst du nicht«, erwiderte das Eisen,»wie der Hammer des Schmiedes auf mich schlägt?«

»Auch auf mich fällt sein Hammer«, entgegnete das Gold, »aber ich ächze und brülle nicht und ertrage geduldig seine Schläge.« – »Ach«, seufzte das Eisen,»warum solltest du auch so jammern und klagen, es ist etwas Fremdes, das dich peinigt. Mich aber schlägt der Hammer, der von Eisen ist wie ich selbst. Es ist mein eigener Bruder, der mich schlägt, deshalb klage und schreie ich so.«

Ja, so geschieht es uns Menschen auch. Quälereien und Leiden, die uns von unseren Freunden und Verwandten zugefügt werden, die schmerzen uns am tiefsten.

Der versetzte Grenzstein bei Bamberg

In der Nähe von Bamberg lagen vor langer Zeit mehrere Weiher. Dort ging es um Mitternacht um. Es war ein kleiner, schwarzer, alter Mann, der auf seinen Schultern einen ungeheuren Grenzstein trug. Mit tiefen Seufzern machte er um den Weiher langsamen Schrittes die Runde. Er hatte bei Lebzeiten Marksteine verrückt, und jedes Jahr wurden seine Äcker auf Kosten seiner Nachbarn eine Furche größer. Gar viele Bauern liefen vor dem nächtlichen Wanderer davon. Nur die Mutigeren hörten seine leise Frage: »Wo soll ich ihn hintun?« Aber keiner gab ihm Bescheid.
Als einmal ein betrunkener Bauer verspätet von der Wirtschaft nach Hause ging, traf es sich, daß die Gestalt wieder daherkam. Der Bauer stellte sich in den Weg und fragte mitleidsvoll mit lallender Stimme: »Alter, hast denn noch keine Ruhe?« Die Gestalt schüttelte den Kopf und sprach: »Wo soll ich ihn hintun?« Der Bauer sagte: »Dummer Kerl, tu ihn hin, wo du ihn hergenommen hast!« Da tat es plötzlich einen fürchterlichen Schlag, von dem der Bauer ganz nüchtern wurde, und die Gestalt war verschwunden. Sie wurde nie mehr gesehen. Der Bauer aber hatte Glück und Segen und wurde ein reicher Mann.

Der oberfränkische Plapperkiesel

In Ebermannstadt lebten einmal ein fauler Mann und eine faule Frau. Die beiden hatten einen Sohn, der Egloff hieß und ein solcher Faulpelz war, daß er auch nicht die allerkleinste Arbeit verrichten mochte.

Dem Vater und der Mutter war das einerlei, ob er nun zu etwas nütze war oder nicht, wenn er nur gut gedieh. Denn beide Eltern hielten unbändig viel auf Egloff.

Und er gedieh auch recht gut. Er wurde groß und stark und dick und fett und war alle Zeit lustig und guter Dinge, aber niemals mochte er etwas Nützliches anfangen.

Als Egloff erwachsen war, besprachen sich seine Eltern, auf was er sich jetzt verlegen und was er werden sollte. Etwas mußte es wohl sein, damit er doch sein tägliches Brot hatte, denn zu Hause ging es nur sehr einfach her. Aber es wäre Sünde und Schande gewesen, von Egloff zu verlangen, daß er irgend etwas arbeiten sollte. Dazu hatte er ja nie Lust gehabt, und nur die Lust fördert das Werk. So wurde denn schließlich bestimmt, daß Egloff hinausziehen und betteln solle. Das war der Lebensweg, der, wie es schien, am besten für den lieben Jungen paßte.

Er bekam also einen Sack auf den Rücken und einen Stock in die Hand, und so trabte er gemächlich fort. Er ließ sich recht viel Zeit, denn er hatte ja keine Eile, und mit der Hast mochte er auch nichts zu schaffen haben. Denn Hast wird leicht zur Last. Als er eine kurze Strecke gegangen war, wurde er hungrig, deshalb setzte er sich ins Gras nieder und verzehrte, was er von zu Hause mitbekommen hatte. Sobald er satt war, wurde schläfrig. Er legte sich unter einen Baum, um sich auszuruhen. Als er wieder aufwachte, neigte sich der Tag schon dem Abend zu, und er meinte, wohl noch eine Strecke gehen zu können, bevor er irgendwo einkehren würde, um sich ein Nachtquartier zu erbetteln.

Wie er nun so den Weg entlangschlenderte, begegnete ihm ein altes Weib. »Guten Abend«, sagte sie. »Wo willst du denn hin?«, »Ich will hinausziehen und betteln gehen«, antwortete Egloff, »und das wird jetzt mein Lebenswerk sein, denn zur Arbeit tauge ich nicht. Vor allem muß ich jetzt schauen, daß ich an einen Ort komme, wo man für ein gutes Wort ein Nachtlager bekommen kann.«

»Ja, so einen Ort kann ich dir schon zeigen«, sagte das Weib. »Geh nur in das erste Anwesen zur linken Hand, zu dem du gleich kommen wirst. Dort wird man dich schon übernachten lassen, wenn du genau tust, was ich dir jetzt sage. Bevor du zur Tür hinein gehst, hebe einen kleinen Stein auf, der davor liegt, und stecke ihn ein. Und wenn du drinnen bist, sage Dank auf alles, was man zu dir sagt, was es auch immer sein mag. Wenn alle anderen schlafen, dann lege den kleinen Stein in den Herd unter die Asche, wo das Feuer gemacht wird.«

»Schönsten Dank«, sagte Egloff und schlenderte langsam weiter, bis er zum ersten Anwesen linker Hand kam. Er hob den kleinen Stein auf, der vor der Türe lag, und ging dann hinein. Drinnen traf er eine Frau an.

»Guten Abend«, sagte er, »darf ich hier über Nacht bleiben?« »Nein«, sagte die Frau, »das geht nicht.« »Schönsten Dank«, erwiderte Egloff und trat näher. »Ich sage doch, daß es nicht geht«, wiederholte die Frau. »Wir können keine fremden Leute beherbergen«. »Schönsten Dank«, sagte Egloff abermals und setzte sich auf eine Bank nieder. Da ließ ihn die Frau sitzen, weil sie ihn nicht geradezu hinausjagen wollte.

Bald darauf kam der Mann nach Hause. »Wer ist denn das, der dort sitzt?« fragte er. »Ich weiß es beim besten Willen nicht«, entgegnete die Frau. »Entweder ist der Kerl taub, oder er ist ein Dummkopf. Denn ich habe ihm gesagt, daß er nicht dableiben kann. Und trotzdem sprach er in einem fort ›Danke‹ und blieb.«

Der Mann äußerte sich nicht weiter und setzte sich an den Tisch. Und die Frau holte Suppe und das Fleisch und meinte: »Lieber

Mann, iß soviel dir schmeckt, den Rest hebe ich auf.« An Egloff aber dachte sie natürlich nicht und schaute ihn überhaupt nicht an. »Vergelts Gott, tausend Dank«, rief Egloff, rückte zur Schüssel hin und aß tüchtig, so daß dem Mann nicht das geringste übrig blieb. Sowohl der Mann wie auch die Frau wunderten sich sehr über diesen seltsamen Kerl, aber sie sagten nichts.

Dann ging die Frau hin, machte ihrem Mann das Bett und sagte ihm: »Nun kannst du dich niederlegen.« »Schönsten Dank«, rief Egloff, warf seine Kleider vom Leib und sprang ins Bett, und ehe sich die Leute von ihrem Staunen erholt hatten, hörten sie ihn schon süß schnarchen. Da konnten sie es doch nicht mehr übers Herz bringen, ihn aufzuwecken und wieder aus dem Bett hinauszujagen. So ließen sie ihn eben da liegen und machten es sich auf dem bloßen Fußboden bequem. Als dann alle im festen Schlaf ruhten, schlich sich Egloff aus dem Bett heraus, ging zum Feuerherd hin und versteckte den kleinen Stein in der Asche. Danach legte er sich wieder schlafen.

Die Leute da im Haus hatten auch eine Tochter, ein großes hübsches Mädchen, das noch nicht lange erwachsen war. Diese stand morgens immer zuerst auf, um das Feuer im Herd anzumachen. Das wollte sie auch an diesem Morgen tun. Sie nahm den Feuerhaken, schürte die Asche auf und legte neues braunes Holz darauf. Aber sie konnte es einfach nicht zum Brennen bringen. Da bückte sie sich nieder, um zu blasen, als sie aber den Mund spitzte, fuhr ihr heraus: »Pfff ... pfff ... pfff ... pfff, fatzl, fatzl, fatzl, fatzl!« und sie konnte nicht mehr aufhören, dieses Wort auszusprechen, aber das Feuer brachte sie so auch nicht zum Brennen. Da fing sie an zu weinen und rief unter Schluchzen in einem fort: »Fatzl! Fatzl!« Davon erwachte die Mutter und fragte, was denn los sein. »Oh fatzl«, antwortete das Mädchen, »es will nicht – fatzl!« »Nun, du kannst wohl das Feuer nicht zum Brennen bringen«, entgegnete die Mutter, »aber deshalb mußt du doch nicht so ein Aufhebens machen.« Damit sprang sie vom Boden auf und zum Herd hin, schürte die Asche auf und wollte zu blasen anfangen. Aber: »Fff,

fff, fetzl, fetzl!« stieß sie hervor und konnte auch nicht aufhören, dieses Wort zu sprechen. Doch das Feuer brachte sie ebenfalls nicht zum Brennen.

Da heulte sie mit der Tochter um die Wette, bis der Mann davon aufgeweckt wurde und fragte, ob sie denn beide verrückt geworden seien. »Oh fatzl! Oh fetzl!« riefen die beiden wie aus einem Munde und heulten gerade in die Luft hinaus. Der Mann sprang jetzt auf die Beine und sah, daß sie das Feuer im Herd nicht zum Brennen bringen konnten, und daß es das gewesen sein mußte, womit sie beschäftigt waren. Da sagte er: »Die Weibsleute haben eben keinen Verstand, darum machen sie wegen gar nichts gleich einen solchen Lärm.« Dabei hatte er die Feuerzange genommen und in der Asche herumgestöbert, und nun wollte er blasen. Aber: »Fitzl! Fitzl! Fitzl!« rief er unaufhörlich wie die anderen.

Jetzt beschlossen sie, daß die Tochter gleich zum Mesner laufen solle, damit er komme und Gebete über das Feuer spreche, weil es verhext sein müsse. Das Mädchen lief, so sehr es nur konnte, geradeaus zum Mesner hinein und brachte mit großer Not heraus, daß es vom Vater schön grüßen solle – fatzl – und von der Mutter – fatzl – und daß sie ihn bitten ließen, er möge gleich kommen und über das Feuer beten – fatzl! Der Mesner glaubte, es könne mit dem Mädchen nicht richtig sein, aber er ging doch mit. Und als er auch die anderen sah und hörte, schien es ihm selbst, daß es hier nicht mit rechten Dingen zugehen könne und daß etwas Böses im Spiel sein müsse. Und das müßte ausgetrieben werden. Er nahm den Feuerhaken, um ein Kreuz über die Asche zu schlagen und spitzte den Mund zum Beten. Aber ob er nun beten oder blasen wollte, es ging auch ihm nicht besser als den anderen, und er konnte nichts anderes sagen als »Fotzl! Fotzl!« Und dabei blieb es auch.

Da mußte das Mädchen noch einmal fort und ging zum Herrn Pfarrer, zu dem es ganz atemlos gelaufen kam und sagte, daß der Teufel – fatzl! zu Hause los sei – fatzl! – und daß er den Mesner schon überwunden – fatzl! – und den Vater und die Mutter – fatzl!

– und der Herr Pfarrer möge doch kommen, ihnen zu helfen und den Teufel zu bannen – fatzl!

Der Pfarrer zog rasch seinen Rock an, setzte die Brille auf, nahm die Bibel unter den Arm und ging mit dem Mädchen. Er fand alle um den Herd versammelt, aber das Feuer wollte nicht brennen, und alle riefen wie aus einem Munde: "Fatzl! Fitzl! Fetzl! Fotzl!« Der Pfarrer schlug die Bibel auf, nahm den Feuerhaken in die Hand, stocherte damit in der Asche und wollte zu lesen anfangen, um das Böse auszutreiben. Aber das erste Wort, das er sagte, war: »Futzl! Futzl! Futzl!« Jetzt war guter Rat teuer. Der Mann begann stotternd zu beten und versprach demjenigen, der ihm das Böse aus dem Hause schaffen könne, augenblicklich seine einzige Tochter zur Frau zu geben, und nach seinem Tode auch all sein Hab und Gut.

Egloff, der noch im Bett lag, sah und hörte sich die ganze Verwirrung und dieses fatzl, fetzl, fitzl, fotzl, futzl eine Weile an. Aber es dauerte doch einige Zeit, bis ihm ein Licht aufging, wie das ganze zusammenhängen mochte. Als er jedoch die letzten Worte des Mannes gehört hatte, sprang er aus dem Bett und sagte: »Schönsten Dank!«

Dann wühlte er den kleinen Stein aus der Asche heraus und schleuderte ihn zur Tür hinaus. Daraufhin nahm er das Mädchen um den Hals und küßte es. Jetzt loderte das Feuer hell empor, und alle waren von dem Zauber erlöst und befreit. Darüber waren sie so froh, daß jeder einzelne den Egloff küßte. Nun war es an ihnen »Schönsten Dank« zu sagen, und das taten sie auch.

Bald wurde die Hochzeit abgehalten. Der Pfarrer traute das Paar, und der Mesner sang umsonst dazu.

Danach lebten sie froh und glücklich miteinander. So hatte es der faule Egloff doch noch zu etwas Rechtem gebracht.

Es ist schon seltsam, daß der Ort, wo dies geschehen ist, heute noch Egloffstein heißt. Aber es ist nicht sicher, ob der Name mit Egloff und dem Plapperstein etwas zu tun hat. Und wer weiß, ob nicht auch die Ehrenburg dort mit Egloff in Zusammenhang steht?

Vielleicht wurde sie gar zu seinen Ehren erbaut – aber nein, das wird bestimmt nur ein Märchen sein.

Der kluge fränkische Steuereinnehmer

Es lebte einmal in Bayern ein König, dem kam zu Ohren, daß einer seiner Steuereinnehmer, ein Franke, sich bestechen ließ. Erbost über eine solch niederträchtige Gesinnung, ließ ihn der König zu sich rufen. Der Steuereinnehmer kam. Er ahnte Unheilvolles. Als er das Audienzzimmer des Königs betrat, begann dieser sofort zu schimpfen:»Wie kannst du dich unterstehen, von meinen Untertanen Bestechungsgelder zu nehmen?« Mit fester Stimme gab der Steuereinnehmer zur Antwort:»Majestät, das ist eine Lüge. Ich kann jederzeit den Gegenbeweis erbringen. Ich nehme keine Bestechungsgelder, es sieht nur so aus.« Der König, wie alle Bayern argwöhnisch und neugierig zugleich, befahl dem Beschuldigten, sofort seine Unschuld zu beweisen. Alle Hofbeamten mußten sich um den Thron scharen, auf dem der Herrscher Platz nahm. Vor dem König stand der Steuereinnehmer. Alle Augen waren auf ihn gerichtet. Jeder überlegte angestrengt, wie er seine Unschuld beweisen würde.

Der Steuereinnehmer ging zur Türe, öffnete sie, und ein Mann mit einem riesengroßen Klumpen Butter erschien. Dieser war so riesig, daß er ihn kaum mit beiden Händen halten konnte. Der Steuereinnehmer befahl ihm, den Batzen dem Mann zu geben, der ihm am nächsten stand. Von der Türe des Audienzsaales bis zu den Stufen des Thrones waren alle paar Schritte Männer aufgestellt, die den Klumpen Butter nun von ihrem Nachbarn entgegennehmen und weitergeben sollten. Der Butterbatzen wurde zusehends kleiner. Ja, man sah voraus, daß er auf seiner Wanderung von Hand zu Hand schließlich zu nichts schmelzen würde, bevor er an seinem Bestimmungsort angelangt war.

Schließlich wurde er, kaum noch so groß wie ein Kinderkopf, dem Steuereinnehmer ausgehändigt. Der reichte ihn mit einer demüti-

gen Verbeugung dem König weiter. »Majestät«, sagte er, »den Butterbatzen haben ehrliche Männer betreut, und doch ist er zu einem
Bruchteil seiner einstigen Menge zusammengeschmolzen. So er-
geht es auch uns Steuereinnehmern beim Geldeintreiben. Wir
stehlen zwar nichts davon, aber es bleibt halt so viel an den Fingern hängen!«
Jetzt konnte der König ein Lächeln nicht unterdrücken, und er
schickte den Mann auf seinen Posten zurück.

Der Winzergott

Einmal, vor langer Zeit, hatte sich ein Bauer in Unterfranken einen Weinberg angelegt. Doch er verdiente sich damit weder das Salz in die Suppe, noch bekam er ein Glas Wein davon auf den eigenen Tisch.

Der Winzer wußte auch den Grund dafür. Das Wetter war einfach das Jahr über zu schlecht. Als er nun wieder einmal durch seinen Weinberg streifte und den Zustand der Reben sah, schimpfte er: »Das ist ja net ausz'halten. Könnt' ich doch nur einen Sommer lang das Wetter so machen, wie es sein sollte!«

Kaum hatte er das ausgesprochen, da stand neben ihm ein älterer Mann und sprach: »Nun gut, dein Wunsch soll dir erfüllt werden. Ein Jahr lang darfst du den Winzergott spielen.« Zuerst konnte es der Bauer nicht glauben.

Aber als der geheimnisvolle Mann plötzlich verschwunden war, probierte er es doch aus und rief: »Sonne, scheine!« Sofort brachen die wärmenden Strahlen durch die Wolken und erwärmten den Weinberg. Wie freute sich da der Bauer!

Nun ließ er es abwechselnd regnen und warm werden, und er glaubte, daß er so für das Wachstum seinen Weines alles getan hätte.

Als der Herbst kam, da hingen tatsächlich alle Stöcke voll saftiger Trauben, und der Bauer lachte, weil alles nach seinen Vorstellungen gegangen war. Vergnügt spazierte er zu einem Stock und versuchte eine Beere. Kaum hatte er sie sich in den Mund gesteckt, verzog er jämmerlich sein Gesicht, so krachsauer schmeckte das Kügelchen. Er rannte von einem Stock zum anderen, aber von keinem konnte er eine schmackhafte Kostprobe erhalten.

Plötzlich stand neben ihm wieder der ältere Mann. Er sagte: »Was ist denn, Bauer? Dein Wunsch ist dir doch erfüllt worden. Du hast nach deinem Belieben über das Wetter verfügen dürfen. Warum schmecken denn die Trauben so widerlich?« Der Bauer wußte keine Antwort. Da lächelte der ältere Mann und sprach: »Ja, siehst du, du hast vor lauter Klugheit den Wind vergessen. Das wäre dem Herrgott wohl nicht passiert.«

Nach diesen Worten war der Mann verschwunden. Da rief der Bauer: »Ich will nicht mehr das Wetter machen! Gott soll es wieder richten, wie er will!«

Seitdem erntete der Winzer oft gute Trauben, wenn auch nicht jedes Jahr. War die Ernte aber wieder einmal schlecht, dachte er: »Gott wird wissen, warum das so ist.«

Seinen Nachbarn und Bekannten erzählte der Bauer oft von seiner Begegnung mit dem älteren Mann. Er nannte ihn immer nur den »ält' Mann«. Bald hieß er überall nur noch der »Eltmann«, und der Ort, wo er lebte, heißt heute noch so.

Görgla mit der Eisenhaut

Es lebte einmal in alter, alter Zeit im unterfränkischen Haßfurt ein Schmied. Der hatte sich in jungen, dummen Jahren eine Frau genommen, die war genauso schön wie sie bös war. Aber die prachtvollen, schwarzen Haare von ihr wurden grau und die roten Bäckchen verwelkten, doch ihre Gemeinheit und Bosheit wurden immer ärger. Es verging kein Tag, an dem sie ihrem Mann nicht Geschirr an den Kopf geworfen, ihm ein paar Haare ausgerissen oder heißes Wasser über ihn geschüttet hätte. Er aber seufzte nur und rieb sich die wunde Haut, und wollte er einmal dagegen aufmucken, so kam ihm schon seine Frau zuvor und schlug ihm noch ein eins extra auf den vorlauten Mund, so daß er vor Schrecken das Wort nicht mehr finden konnte.

So war es wieder einmal, daß die böse Frau mit ihrem Mann zu streiten anfing und mit dem Besenstiel auf ihn einschlug. Da schlich er sich eingeschüchtert in die hintere Stube hinüber und setzte sich ans Fenster zu dem Rotrosenstock im Tontopf und weinte bittere Tränen. Auf einmal fühlte er, wie sich die zarte, rote Knospe aus den Blättern schob, sich zu ihm hinüberneigte und liebkosend seine Wange berührte. Und wie er hinsah, was das wäre, raschelte es in den Zweigen und Blättern und die Rosenknospe wurde immer größer und größer, bis ihre Blätter schließlich auseinanderfielen und ein liebliches, blondhaariges Mädchen heraussprang. Das lächelte den Schmied mit großen blauen Augen an und sagte mit feiner Stimme: »Armer Mann, ich weiß, wie schlecht es dir geht, und ich will dir helfen. Ich bin die Rosenprinzessin und wohne schon seit einem halben Jahr hier in diesem Rosenstöckchen. Unser Vater, der Rosenkönig, will nämlich, daß wir, seine Töchter, alle jeweils ein Jahr lang selbst zu Blumen werden, damit wir sehen, was unsere schönen Untertanen, die Rosenpflanzen, alles leiden müssen.

Mir geht es ja auch recht schlecht, denn deine böse Frau gibt mir kein Wasser und läßt mich in der heißen Sonne stehen. Aber was bedeutet das schon, noch weher tut es mir, wenn ich sehen muß, wie sie dir übel mitspielt. Und deshalb bin ich gekommen und will dir einen Rat geben, daß dir die Schläge nicht mehr weh tun. Du mußt in einer heiligen Glücksnacht von zwölf bis eins ein eisernes Gewand schmieden und eine Maske für das Gesicht. Ziehe die beiden Dinge noch glühend über dich. Es wird dich, wenn du es vor dem Glockenschlag eins anziehst, nicht brennen und weich und schmiegsam sein wie die feinste Seide. Trotzdem wird dich deine neue Haut vor jedem Schlag und Hieb schützen wie das stärkste Eisen.«

Da dankte Görgla, und das liebliche Mädchen verschwand wieder in der Rosenknospe.

Als es nun Abend wurde, lief Görgla schnell zur alten Drud, einer Wahrsagerin, und ließ sich von ihr die nächste Glücksnacht sagen. Es war aber schon die Nacht auf den nächsten Tag. Voll Freude ging er deshalb heim und legte sich nur zum Schein nieder, bis er seine Frau schnarchen hörte und sicher war, daß sie nicht mehr aufwachte. Dann stand er auf und um zwölf, wie es ihm die Rosenprinzessin gesagt hatte, ging er an die Arbeit. Bevor noch eine Stunde um war, hatte er das Kleid schon fertig und schlüpfte hinein. Und siehe da, es paßte ihm und schmiegte sich weich und fest an seinen Körper und ließ nirgends ein Plätzchen frei, und doch konnte er sich biegen und bewegen, wie er wollte. Nachdem er sich eine Weile gefreut hatte, legte er sich wieder nieder und schlief und träumte bis zum nächsten Morgen, als ihn das Schimpfen seines Weibes aufweckte.

Nach dem Frühstück dann, als er eben in die Werkstatt gehen wollte, fiel ihm ein, daß die Blumenprinzessin in ihrem Blumenstock wahrscheinlich noch kein Wasser hätte und wieder dürsten müsse.

Da ging er schnell in die hintere Stube und als er sah, daß der Topf ganz trocken war, holte er selbst in einer Kanne das Wasser vom

Brunnen. Aber gerade, als er es in den Topf gießen wollte, da stürzte seine Frau zur Türe herein und schrie:»Was, du willst mir meine Blumen gießen? Tu ich das nicht jeden Tag selber? Brauch ich da etwa dich dazu? Mach nur du deine Arbeit und laß mir die meine!« Und als der Mann nicht sofort hinausging, nahm sie den Milcheimer, den sie in der Hand hatte, und warf ihn nach Görgla. Aber der Mann schrie nicht und der Eimer bekam eine riesige Delle. Da nahm sie den Besen und schlug nach ihm. Aber der Stiel brach ab und Görgla schien es gar nicht weh getan zu haben. Das ärgerte sie noch mehr, und in heller Wut packte sie jetzt Stühle und Bänke und alles, was zur Hand war, und warf es nach ihrem Mann, der seelenruhig lächelte, wenn ein Stuhl nach dem anderen zerbrochen am Boden lag.

Als sie nun endlich sah, daß sie nichts mehr zu werfen und doch nichts ausgerichtet hatte, sagte sie:»Hast du dich denn mit dem Teufel verschworen, daß du einen eisernen Kopf und eine eiserne Haut hast? Jetzt bist du mein Tod! Denn wenn ich meinen Zorn und meinen Ärger nicht mehr an dir auslassen kann, so muß ich ihn in mich hineinfressen und schließlich sterben.«

Und wirklich, bevor noch drei Tage vorbei waren, wurde sie krank vor Wut, daß sie ihrem Mann nicht mehr weh tun konnte, legte sich hin und starb einige Wochen darauf.

Der Schmied Görgla ließ sie nun in Ehren begraben und ging wieder heim in sein Haus und hämmerte und klopfte in seiner Werkstatt. Wenn aber dann der Feierabend kam, setzte er sich vor den Rosenstock und berührte die Knospe.

Dann sprang jedesmal die Rosenprinzessin heraus und plauderte so lieb und freundlich mit ihm, daß dem Schmied das Herz aufging, und endlich bekannte er ihr, daß er sie am liebsten zur Frau nehmen würde. Aber da fing die Rosenprinzessin bitterlich zu weinen an, so daß die Tränen wie Tautropfen über ihre rosigen Wangen rieselten und sie schluchzte:»Oh mein Gott, ich hätte dich ja auch lieber, als den Vogelprinzen, aber als Elfe darf ich ja nur einem unsterblichen Mann angehören.«

Da wurde der Schmied traurig und wünschte sich den Tod. Der schien auch bald kommen zu wollen, denn im Dorf brach die Pest aus und der Tod hatte viel Arbeit. Er ging von einem Haus in das andere und machte jedem mit seiner Sense einen Schnitt in den Hals, damit die Seele herausfliegen konnte. Auch der Schmied wurde krank und stöhnte und ächzte im Fieber. Aber er sagte: »Ich habe ja mein Leben lang kein Glück gehabt und kenne nur Leid und Sehnsucht. Deshalb bin ich froh, wenn der Tod mich holt.« Und er schaute immer nach der Tür, ob er noch nicht bald kommen würde.

Nach drei Tagen endlich ging die Türe auf und der Tod klapperte herein, sagte »Guten Tag«, nahm seine Sense, schärfte sie noch einmal und hieb den Schmied auf den Hals. Aber es wollte nicht gehen. Deshalb hieb er noch einmal und noch einmal, und wieder prallte die Sense zurück und hatte nun drei große Scharten.

Da schaute er näher hin und betastete die Haut von Görgla und sagte: »Schmied, du hast eine Eisenhaut! An dir verderbe ich nur meine Sense, aber kriegen kann ich dich doch nicht.«

»Was", rief Görgla und sprang auf, »dann bin ich ja unsterblich!«.

»Freilich«, antwortete der Tod, »ich kann dir ja nichts anhaben, du Halunke, du!«

Da lachte der Schmied vor Glück und Freude, daß er nun nicht mehr sterben konnte, und wurde auf der Stelle wieder gesund.

Als das einige Leute sahen, die mit dem Tod in die Stube gekommen waren und den Schmied sterben sehen wollten, lachten sie den Tod aus, und die Gassenbuben streckten ihm die Zungen heraus und schrien ihm nach: »He, den hast du doch nicht bekommen!« Das ärgerte den Tod über die Maßen und er lief mit seiner Sense die Straße hinauf und hinunter und mähte jeden nieder, der ihm begegnete. Dann ging er nochmals in jedes Haus und in jede Hütte von Haßfurt, bis niemand mehr übrig war vom ganzen Ort als Görgla mit der Eisenhaut.

Der begrub schließlich die Toten alle und zog in das prächtige Haus eines Kaufmanns und nahm seinen Rosenstock mit. Dann suchte er die anderen Ortschaften auf und brachte von dort ein paar arme Leute her, die das verlassene Dorf wieder bewohnen und ihrem Herrn, dem Görgla mit der Eisenhaut, das Feld bestellen und das Vieh besorgen sollten.

Als dann im nächsten Frühjahr wieder die Obstbäume blühten und das Korn auf den Feldern wogte, da war auch das Probejahr der Rosenprinzessin um, und sie ging heim zum Vater und nahm den Görgla mit der Eisenhaut mit, damit er selbst bitten könnte, sie als Braut heimführen zu dürfen.

Und weil sich die zwei so sehr lieb hatten, und der Görgla mit der Eisenhaut nun ja auch zu den Unsterblichen gehörte, so mußte der Vater letztendlich »Ja« sagen.

Da zogen sie voll Glück und Freude heim, und sie leben in Liebe und Fröhlichkeit noch heute und in hundert und hundert Jahren noch.

Die Haßfurter Wunderkugel

Auf einer Burg im Unterfränkischen lebte einmal ein Ritter. Der hatte drei wertvolle Dinge: eine fliegende Katze, eine goldene Laute und eine wunderschöne Tochter.

Ein Prinz, der zufällig an der Burg vorbeiritt, wollte die drei wertvollen Dinge besitzen, und er beschloß, einen Krieg zu beginnen. Am nächsten Morgen verließ er sein Schloß und ritt zu seinem Freund, dem Zauberer Wurzelsepp. Von ihm wollte er die Wunderkugel holen, die mit einem Schuß tausend Menschen töten konnte.

Der Zauberer sah den Prinzen schon von weitem, wie er auf seinem Pferd dahergaloppierte, und er winkte ihm zu. Kaum hatte der Prinz das Haus des Wurzelsepp betreten, fragte er schon nach der Wunderkugel.

Da ging der Zauberer zu seiner Schatzkiste, aber die Wunderkugel lag nicht darin. Er schaute in den Geheimschrank, aber die Wunderkugel lag nicht darin. Er suchte in der Schublade des Eichentisches, aber auch darin war die Wunderkugel nicht. Der Wurzelsepp schüttelte den Kopf: »Tut mir leid, ich finde die Wunderkugel nicht, ich habe sie verlegt.«

Da ging der Prinz traurig nach Hause und wurde krank. Er konnte keinen Krieg beginnen, und ein gewaltiger Haß stieg in ihm auf. Nie würde er jetzt die fliegende Katze, die goldene Laute und die wunderschöne Prinzessin bekommen.

Eines Abends klopfte es an das große Eingangstor des Schlosses. Der Prinz öffnete. Draußen stand ein wunderschönes Mädchen. Es sagte: »Der Zauberer Wurzelsepp schickt mich. Ich bin sein Dienstmädchen und soll dir die Wunderkugel bringen. Er hat sie doch noch gefunden.« Da war der Prinz froh und wurde auf der Stelle gesund. Er ließ das Dienstmädchen des Zauberers eintreten. Sie mußte genau erzählen, wie und wo der Wurzelsepp die Wunderkugel gefunden hatte, und der Prinz hörte ihr aufmerksam zu. Er dachte:»Ich wußte gar nicht, daß der Wurzelsepp ein so wunderschönes Dienstmädchen hat.«

Als nun das Mädchen fort wollte, brach draußen ein fürchterliches Unwetter los. Da sagte der Prinz:»Bei diesem Wetter kannst du nicht nach Hause gehen. Du übernachtest hier im Schloß.« Schnell wurde für den Gast ein weiches Bett mit zwanzig Matratzen hergerichtet. Dann kam der Prinz und sagte:»Ich möchte dir eine gute Nacht wünschen. Du bist ein wunderschönes Mädchen.« Da lachte sie und der Prinz lachte auch, und er blieb die halbe Nacht bei ihr und erzählte ihr schöne Geschichten.

Als der Prinz später nach seiner Wunderkugel sehen wollte, war sie plötzlich erneut verschwunden. Die Wachen suchten im ganzen Schloß, aber sie fanden nichts. Da sagte der Prinz:»Das ist nicht schlimm. Mein Haß ist furt.« Er mochte gar keinen Krieg mehr beginnen. Die fliegende Katze, die goldene Laute und die wunderschöne Prinzessin waren ihm gleichgültig geworden. Er dachte nur noch an das schöne Dienstmädchen vom Wurzelsepp. Deshalb fragte er sie am nächsten Morgen:»Willst du meine Frau werden?« Das Dienstmädchen sagte:»Ja.« Da setzte ihr der Prinz seine Krone auf und stellte das Mädchen seinen Eltern vor. Der König und seine Gemahlin sagten nur:»Das ist aber ein hübsches Mädchen.« Das dachten sich auch die Hofbeamten. Noch am selben Tag wurde die Hochzeit gefeiert, und dann machten sich der Prinz und die Prinzessin gleich auf die Hochzeitsreise. Als sie über die Zugbrücke des Schlosses fuhren, stand unten an der Turmtreppe ein Mann und winkte. Er sah dem Zauberer Wurzelsepp sehr ähnlich. Er blinzelte der Prinzessin zu, und die Prinzessin blinzelte zurück. Der Prinz merkte nichts davon.

Kaum war das Hochzeitspaar aus dem Schloß, da ging die Königin zum Bett des Dienstmädchens und holte unter der untersten Matratze die Wunderkugel hervor, die ohnehin nicht zum Krieg getaugt hätte. Dort hatte sie diese nämlich versteckt, damit ihr Sohn nicht auf dumme Gedanken käme.

Dann lud sie den Wurzelsepp zur Brotzeit ein, und beide freuten sich, daß sie einen Krieg verhindert hatten. Als der König später mit dem Wurzelsepp noch ein paar Maß Bier getrunken hatte, beschlossen die beiden, die Gegend »Haßfurt« zu nennen, weil es hier einem Dienstmädchen gelungen war, mit ihrer Liebe einen Prinzen auf friedliche Gedanken zu bringen, so daß sein »Haß furt« war.

Das Schweinfurter Glücksschwein

Da lebte einst in Schweinfurt ein Mann namens Peter, der war so arm, daß er nur eine niedrige, strohgedeckte Lehmhütte und ein einziges Schwein sein eigen nennen konnte. Mit diesem wohnte er zusammen unter dem bemoosten Strohdach, das die Erde mit dem Rand berührte. Peter aß mit seinem Schwein aus einem Trog und des nachts schlief er neben ihm auf der Laubstreu. Von den Bauern des Ortes war Peter seiner großen Armut wegen gar sehr verachtet und ein jeder glaubte, an ihm sein Mütchen kühlen zu müssen. Besonders arg aber trieb es ein Mann, Grubenmichl genannt, welcher im Dorf das große Wort führte, da ihm vor dem Haus der größte Misthaufen rauchte. Dieser hämische und gemeine Mensch ruhte nicht eher, bis der arme Peter zum allgemeinen Gespött von jung und alt geworden war. Er konnte sich zuletzt nicht mehr auf der Straße blicken lassen, ohne daß ihm die Mädchen die Zungen herausstreckten und die Buben ihn mit Steinen bewarfen. Dazu verhöhnten ihn die Alten und sagten, er sei bereits selbst ein Schwein, die Borsten wüchsen ihm schon, er solle jetzt nur noch das Grunzen lernen.

Kurz und gut, es war wirklich nicht mehr auszuhalten. So beschloß denn unser Peter, Schweinfurt zu verlassen, um zu sehen, ob denn auf Gottes Erdboden alle Menschen so böse und hartherzig seien wie seine Peiniger.

Eines Tages sah man den Peter sein Schwein, um dessen Hinterfuß er einen Strick gebunden hatte, aus der Tür seiner Lehmhütte treiben. Draußen knüpfte er das Seil an einen in den Boden gerammten Pfahl. Hierauf legte Peter Feuer an seine Hütte, daß das Strohdach bald lichterloh aufflammte und ein gewaltiger Qualm zum Himmel stieg.

Da grunzte das Schwein mit tränenden Augen gar wehmütig, und auch Peter begann leise vor sich hinzuweinen.

Plötzlich bemerkte Peter, daß sich das Schwein aus Furcht vor den immer mächtiger lodernden Flammen von dem Pfahl, an den es gebunden war, losgerissen hatte und in hopsendem Schweinsgalopp querfeldein rannte. Als Peter das Tier so über die Felder davonspringen sah, überkam in eine große Angst, er würde auch sein letztes Gut noch verlieren. Er sprang in größter Eile hinter der Sau drein und suchte den Strick zu erhaschen, aber vergeblich: Das heimtückische Seil entglitt bei den Sprüngen des Schweins immer und immer wieder seinen Händen. Diese Hetzjagd dauerte eine kleine Weile. Endlich, hart am Rand eines großen Sumpfes, gelang es Peter, den Strick zu fassen. Aber wehe! Peter war im Schuß und das Schwein zog gewaltig am Strick so daß er in den Sumpf plumpste. Der Arme begann einzusinken, immer tiefer und tiefer, bis ihm endlich die schlammige Erde bis über die Brust reichte. Peter zog in seiner Verzweiflung fest an dem Strick, an welchem das Schwein hing, er zog das laut grunzende Tier, das seiner Dicke wegen nicht untergehen konnte dich an sich heran. Doch auch dieser letzte Halt begann zu wanken und hilfesuchend ließ Peter in seiner Todesangst die Blicke umherschweifen.

Da sah er in Armeslänge vor sich einen Frosch auf einem Seerosenblatt sitzen. Der hatte ein goldenes, mit den herrlichsten Edelsteinen besetztes Krönlein auf seinem Haupt. Er quakte und quakte und stierte fortgesetzt nach Peter hin, daß ihm seine großen Augen fast aus den Höhlen quollen. Es war der Froschkönig. Der freute sich, daß er ein Menschenkind gefangen hatte, er quakte vor Vergnügen und seine hervorstehenden Augen funkelten und blitzten um die Wette mit den Edelsteinen in seinem Krönlein.

Höhnisch sang er:

>»Schlucke, schlucke munter,
schlürfe Schlamm hinunter,
wie schläft sich's fein,
wie schläft sich's weich,
im Unkenteich!«

Als Peter, dem das Sumpfwasser schon zum Munde eindringen wollte, den Froschkönig so über seinen jämmerlichen Untergang spotten hörte, da überkam ihn plötzlich ein furchtbarer Zorn. Er ließ den Strick fahren und griff blitzschnell nach dem Frosch auf dem Seerosenblatt. Und wirklich erwischte er den Spötter bei einem Bein. Als der Froschkönig die starken Finger Peters fühlte, begann er zu schreien. Er flehte und bettelte:»Lieber Mensch, laß mich doch frei, ich will Dir alle Deine Wünsche erfüllen.« – Dann laß Du mich frei, mich und mein Schwein«, rief Peter mit gurgelnder Stimme, da er bereits Wasser schluckte. Siehe, da fühlte er auf einmal wieder festen Boden unter den Füßen. Nicht lange dauerte es, und er hatte sich aus dem Moor herausgearbeitet und stand mit seinem Schwein wieder auf sicherem Wiesenboden. Den Froschkönig hatte er aber noch nicht losgelassen, er hielt den Zappelnden immer noch am Bein fest.»Treuloser«, rief der Frosch wütend aus,»Du hältst nicht Dein Wort!« – »Hast du mir nicht versprochen«, erwiderte Peter,»Du würdest mir, wenn ich Dich freiließe, alles geben, was ich fordern wollte?! Den schönsten Edelstein aus Deiner Krone sollst Du mir geben!«

Da fiel mit einem Mal der leuchtendste Diamant aus des Froschkönigs Krönlein auf Peters Hand. Jetzt ließ Peter den Ungeduldigen los, mit einem Wutschrei stürzte sich der Froschkönig in das schwarze Wasser des Moores. Peter steckte frohgemut den kostbaren Stein zu sich, reinigte, so gut es eben ging, seine Kleider von dem Moorschlamm und trollte dann mit seinem Schwein der nahen Stadt zu, um dort den Diamanten zu verkaufen. Er trat in den Laden eines Juweliers und bot ihm den Stein zum Kauf an. Sein Schwein aber klemmte er zwischen die Beine, damit es im Laden keinen Schabernack verüben konnte.

Der Juwelier besah sich den Stein und fand ihn zehntausend Goldstücke wert, er wollte ihn aber recht billig kaufen, denn er glaubte, den unscheinbaren Mann, der in seinem schlammbefleckten Kittel vor ihm stand, mit leichter Mühe betrügen zu können. Er sprach also zu Peter:»Hier hast Du zehn Goldstücke für den

Glassplitter, mach Dich aber jetzt eilig fort, sonst könnte mich der Kauf reuen.«

Peter wußte aber wohl, was so ein »Glassplitter« wert war, seine Mutter hatte ihm in früher Kindheit so manches Märchen erzählt, in welchem Edelsteine von unermeßlichem Wert den Hals der Königinnen und den Schwertknauf der Prinzen zierten. Peter sagte aber gar nichts auf das erbärmliche Angebot des Juweliers, er klemmte nur die Beine fester zusammen, da grunzte das Schwein, das zwischen ihnen steckte.

»Was grunzt hier so?« fragte der Juwelier. »Es ist nur mein Schwein«, antwortete Peter, »es stammt nämlich von einem Schwein ab aus jener Herde von Säuen, in welche unser Herr Christus den Teufel fahren ließ, als er den Bösen aus den beiden Besessenen austrieb. Ein Schwein aus dieser Herde kam nicht bis zum Meer, denn es war so fett und dick, daß es nicht recht laufen konnte, obwohl es vom Teufel geritten wurde. Es blieb auf dem Lande. Im Lauf der Zeiten nun sind seine Nachkommen auf großen Umwegen nach Unterfranken gelangt, und das sind die Ahnen und Urahnen meines lieben Schweines, das zwischen meinen Beinen steckt, und eben hat jener alte Teufel wieder in meinem Schwein gegrunzt. Er will ausfahren und in Dich schlüpfen, da Du mich betrügen willst. Er will wieder einmal einen Menschen reiten, ein Schwein ist auf die Dauer doch langweilig. Hörst Du, wie er grunzt? Er ist am Ausfahren!« Das Schwein grunzte wieder ganz fürchterlich, denn Peter klemmte es fest zwischen seine Beine. Da ergriff, als er so etwas hören mußte, den betrügerischen Juwelier eine mächtige Angst, denn er hatte in seinem nichtsnutzigen Leben schon viele Leute betrogen und mit seinem schlechten Gewissen fürchtete er den Teufel gar sehr. Er zahlte Peter mit zitternden Händen auf der Stelle zehntausend Goldstücke bar aus und nahm dafür mit gierigen Augen den prächtigen Edelstein in Empfang. Von dieser Zeit an, als Peter mit seinem Schwein voll Seligkeit den Laden verlassen hatte, wurde von dem Juwelier kein Mensch mehr betrogen.

Peter aber zog mit seinem Schwein fröhlich von dannen und kehrte nach Schweinfurt zurück. Dort ließ er sich von dem vielen Geld – den Bauern zum Trotz – einen großen Hof bauen an der Stelle, wo früher seine Lehmhütte gestanden hatte. Er wurde der wohlhabendste und angesehenste Bauer des ganzen Dorfes. Sein Schwein hatte von jetzt ab eine gute Zeit, wurde aber davon so fett, daß es eines Tages nicht mehr schnaufen konnte und als ein Opfer des Wohllebens eines kläglichen Todes sterben mußte.

Als in Schweinfurt bekannt wurde, auf welche Weise Peter zu seinem ungeheuren Reichtum gekommen war, da zog auch der neidische Grubenmichl, als er davon hörte, eilig sein größtes Schwein aus dem Stall und trieb es mit vielen Schlägen zum nahen Sumpf. Ob er aber vom Froschkönig einen Edelstein erhalten hat, weiß man nicht, denn er wurde seit dieser Zeit nie wieder gesehen. Die Bauern sagten, er sei jämmerlich ertrunken, denn es habe eben nicht jedermann ein solches »Schwein« wie der arme Peter.

Der Königshofener Prinzenmolch

Vor langer langer Zeit, als es noch Hexen und Zauberer gab, zu
der Zeit, als die Tiere noch reden konnten wie die Menschen, zu
der Zeit, als die Mühlräder noch tagaus, tagein ihre Arbeit mit
einem deutlichen:»Hilf, Herrgott! Hilf, Herrgott!« begannen, zu
der Zeit lebte einmal ein Müller, der eine ganze Schar von Buben
und Mädchen sein eigen nannte, aber wenig Brot hatte, um die
vielen hungrigen Mäuler zu füllen.
Da war oft Schmalhans Küchenmeister in der Mühle, und der
Müller bat mit seinen Mühlenrädern um die Wette:»Hilf, Herrgott! Hilf, Herrgott!« Aber der liebe Gott schien die frommen Gebete nicht zu hören, denn die Armut in der Wassermühle wurde
von Tag zu Tag größer.
Nun war unter den Müllerskindern ein Mägdlein, etwa zehn Jahre
alt, sie mochte die zweit- oder drittälteste sein, und hieß Klara. Sie
hatte sanfte, süße Augen, wie die Rehkitze im Wald, rosig zarte
Wangen, wie die Blüten des wilden Rosenstrauchs am Wegrand,
und lange seidenweiche Locken von der Farbe des reifen Korns.
Freundlich war das Kind wie die liebe Sonne selber, und springen
konnte sie und silbern lachen wie der lustige Bach, der die Mühle
ihres Vaters trieb.
Einmal im Frühsommer, als die ersten Erdbeeren reif wurden, stieg
Klara mit einem Körbchen am Arm in den Bergwald hinauf, denn
an den sonnigen Hängen gab es viele dieser süßen Waldfrüchte,
die für die Müllerskinder eine willkommene Zuspeise zu dem groben, grauen Brot waren, das schon seit langem ihre einzige Nahrung bildete. Höher und höher kletterte Klara die steilen Halden
hinauf, das Körbchen füllte sich mit roten, würzigen Erdbeeren.
Plötzlich blieb sie stehen und schnupperte ein wenig. Wahrhaftig,
das roch nach frischgebackenem Pfannkuchen, und nun sah sie
auch eine feine Duftwolke, die aus einer Höhe drang, gar nicht

weit von ihrem Standort entfernt. Neugierig ging sie darauf zu und guckte hinein. In der Höhle brannte ein helles Feuer, und über dem Feuer hing eine große, eiserne Pfanne, in der buk sich der schönste und herrlichste Pfannenkuchen ganz allein und drehte sich fleißig von einer Seite auf die andere, um gleichmäßig goldbraun und knusprig zu werden. Das sah recht appetitlich aus, und Klara war so hungrig. Hätte sie doch nur ein Stückchen, ach, nur ein kleines, von dem köstlichen Pfannenkuchen kosten dürfen, aber vergebens spähte sie nach einem Menschen aus, dem der Leckerbissen gehören konnte. Die Höhle war ganz leer, nein, doch nicht: Auf einem Stein neben dem Feuer saß ein fremdartiges Tier, das wie ein Molch anzusehen war, jedoch eine schneeweiße Farbe hatte. Und nun tat dieses Tier den Mund auf und sprach:

»Britzlpfann, hör auf zu brutzeln,
Brutzlpfann, hör auf zu britzeln!
Deinen süßen Pfannenkuchen
will dies Mägdelein versuchen!«

Da hob sich die Pfanne vom Feuer, und der Pfannenkuchen flog mit kühnem Schwung auf einen flachen, blendend weißen Stein, dicht vor Klara. Die ließ sich nicht länger bitten, sondern fing an zu schmausen und verzehrte den ganzen Pfannenkuchen.
Der weiße Molch sah ihr ernsthaft zu. Als Klara die Mahlzeit beendet hatte, sprach das Tier:

»Britzlpfanne, britzle, brutzle,
Britzlpfanne, brutzle, britzle,
backe Kuchen, süß und fein
für die Brüder und Schwesterlein!«

Also gleich ging das Braten und Backen in der Pfanne von neuem an, und als der große Pfannenkuchen fertig war, stülpte ihn die Brutzelpfanne in Klaras Körbchen. Das war ein Geschenk, das nicht zu verachten war.
»Danke schön, Herr Molch«, sagte Klara, machte einen artigen Knicks, nahm den Korb über den Arm und verließ die Höhle. Aber, oh weh, sie hatte zu lange getrödelt. Die Sonne war unter-

gegangen, und im Walde herrschte schon tiefe Dämmerung. Bald würde es Nacht sein. Wie sollte sie den kleinen Fußweg finden und die steilen Hänge sicher hinabkommen?

Da ertönte die Stimme des Molches aus der Höhle:
»Dunkel und schaurig ist die Nacht,
nicht Mond, nicht Stern am Himmel wacht.
Weiße Blume mit sanftem Schein
erleuchtet den Weg und führet Dich heim.
Folge ihr furchtlos, lieb Mägdelein.«

Und eine silberweiße Blume, die vor der Höhle wuchs, löste sich aus der Erde, in ihrem Kelch erglomm ein helles Licht und füllte die sinkende Nacht mit schimmerndem Glanz. Langsam glitt sie vor Klara her und wies ihr den Weg, bis das Kind die väterliche Mühle vor sich sah und das Rauschen des Baches hörte.

Da erlosch die Blume und war verschwunden. Klara aber lief ins Haus und teilte den Kuchen unter ihren Geschwistern aus. Das gab ein fröhliches Schmausen!

Schade nur, daß alle am nächsten Morgen schon wieder hungrig erwachten, doch kein Krümchen von dem leckeren Pfannkuchen war mehr im Korb zu finden.

Klara besann sich nicht lange, nahm ihr Körbchen und wanderte zur Höhle des Molchs. Es geschah alles wie das erste Mal. Der Molch sprach seine Sprüchlein, Klara durfte einen Pfannkuchen verspeisen und bekam wieder einen zweiten größeren für die Geschwister ins Körbchen gepackt. So ging es nun jeden Tag, den ganzen Sommer hindurch.

Es war ein regnerischer, stürmischer Herbsttag. Klara wanderte mit ihrem Körbchen wie gewöhnlich zur Brutzelpfanne. Die schöne, silberweiße Blume vor der Höhle ließ todesmatt das Köpfchen hängen. Der Sturm rüttelte und zauste sie, der Regen peitschte ihre zarten Blätter.

Klara faßte sich ein Herz und fragte den Molch: »Darf ich die liebe Blume nicht ausgraben und in der Höhle einpflanzen? Draußen muß sie ja sterben in dem Unwetter.«

Der Molch sah das Kind mit dankbaren Augen an und nickte. Da löste Klara die Wurzeln der Pflanze aus der Erde und trug sie in die Höhle hinein. Wie sie jedoch in die Nähe der Brutzelpfanne kam, glitt ihr die Blume aus der Hand und fiel in die Pfanne. Ein leichter Duft stieg auf, und die schöne Blüte verwandelte sich in eine herrliche Frau mit einer goldenen Krone im Haar. Die ergriff den Molch und warf ihn in die Brutzelpfanne hinein. Da wurde er ein stolzer König in blitzender Rüstung.

»Nun sind wir erlöst«, sprachen beide. »Hab Dank, kleine Klara, dafür, daß du uns geholfen hast, den Zauber zu brechen. Wir kehren zurück in unser Reich, du aber sollst mit uns kommen und unser liebes Töchterlein sein.«

Da ist Klara wirklich und wahrhaftig eine kleine Prinzessin geworden. Die Müllerskinder aber bekamen die Brutzelpfanne geschenkt und brauchten niemals mehr in ihrem Leben Hunger zu leiden.

Wie ein Hammelburger Bauernbub König wurde

Auf einem Bauernhof in Hammelburg lebten einst ein Bauer und eine Bäuerin mit ihren Kindern, Knechten und Mägden. Einmal stand die Bäuerin unter der Hoftür und rief ihrem ältesten Sohn Michel zu, der mit der Flinte über der Schulter auf dem Feldweg dahinmarschierte. Aber Michel hörte nicht oder wollte nicht hören. Er bog um die Ecke, und die Bäuerin hatte das Nachsehen. »Du lieber Gott! Ist das ein Kreuz«, jammerte sie, »nichts anderes hat er im Kopf als die Jagd. Und wenn es denn wenigstens etwas zu jagen gäbe!«

»Ja, das hast du nun von deiner Nachgiebigkeit«, brummte der Bauer, der aus dem Stall kam. »Jeden Wunsch hast du ihm erfüllt, als wäre er ein Prinz. Wir anderen alle dürfen uns abrackern, und er spaziert dahin. Seit du ihm die Flinte geschenkt hast, ist der Teufel los. Was will er denn jagen, der feine Pinkel, wo es doch weit und breit kein Wild gibt?«

»Den weißen Hirsch«, entgegnete die Bäuerin leise. »Zum Kuckuck!« schrie der Bauer und schlug mit der Faust auf den Brunnenrand. »Ich werde es ihm schon austreiben. Hat man je so etwas Dummes gehört? Will er mich denn unbedingt zum Gespött bei den Leuten machen? Aber jetzt sag ich es: Rührt er mir die vermaledeite Flinte noch einmal an, dann ist es aus zwischen uns beiden, und damit basta.«

»Daß Gott erbarm«, seufzte die Frau und ging ins Haus zurück. Sie lauerte ihrem Sohn auf, der spät am Abend zurückkam, und erzählte ihm vom Zorn des Vaters. »Tu es mir zuliebe, gib das Jagen auf!« bat sie mit Tränen in den Augen. »Du siehst doch, daß es nichts zu jagen gibt als Mäuse und Ratten! Die Knechte und Mägde machen sich bereits lustig über dich, und der Bauer ist imstande und jagt dich zum Haus hinaus. Tu es mir zuliebe!«

»Ich kann nicht!« sagte der Bursche, »es ist stärker als ich. Ich habe keinen anderen Gedanken im Kopf und nur den einzigen Wunsch: Ich muß den weißen Hirsch erjagen!«

»Aber wenn es doch keinen gibt, Michel!« rief die Mutter. »Es gibt ihn gewiß, wenn nicht hier, dann anderswo, versicherte Michel. »Und wenn mich der Vater verstößt, dann wandere ich in die Welt hinaus, wenn es sein muß, bis an's Ende!« Die Bäuerin weinte, der Bauer fluchte und der Sohn mußte fort vom Hof.

Viele Tage und Wochen wanderte er und fragte sich durch. Aber niemand wußte etwas vom weißen Hirschen. Bei Sturm und Regen wurde die schöne neue Flinte bald alt und rostig und unscheinbar und hatte doch nie einen Schuß getan. Eines Tages sah Michel in der Ferne einen dunklen Wald auftauchen: Er schritt frohen Mutes darauf zu und erreichte zuerst eine grüne Wiese, die längs des Waldes lag, und auf der eine Herde Schafe weidete. Die Schafe drängten sich ängstlich zusammen, während der Hund sie bellend umkreiste. Ein alter Schäfer stützte sich auf seinen Hirtenstab und sah dem Wanderer mißtrauisch entgegen.

Michel blieb vor ihm stehen. »Nanu«, sagte er, »du hast dir aber bei meiner Seele einen seltsamen Weideplatz ausgesucht!«

»Was heißt hier schon auswählen, wenn es doch der König befohlen hat!« brummte der Alte.

»Wie leicht kann dir hier, so nahe am Wald, eines deiner Schafe geraubt werden!« meinte Michel.

»Da magst du wohl recht haben«, antwortete der Schäfer, »soeben hat der Wolf eines zerrissen!«

»Ja aber so such dir doch eine andere Weide, du bist doch nicht angenagelt!« rief Michel.

»Doch, beinahe«, sprach der weißhaarige Mann finster. »Weil es der König befiehlt, muß ich hier die Schafe weiden. Denn im Wald haust ein grimmiger Wolf, mit dem hat er einen Vertrag geschlossen. Wenn der Wolf den weißen Hirsch verschont, darf er jede Woche dafür ein Lamm aus meiner Herde fressen.«

»Den weißen Hirsch!« sagte der Bursche begierig und preßte die Flinte fester an sich.

»Gib dir keine Mühe«, meinte der Schäfer spöttisch. »Den weißen Hirsch kann nur schießen, wer zuvor den Wolf getötet hat.« »So«, meinte Michel, nahm höflich seine Mütze ab und wanderte weiter. Gegen Abend kam er an einen einsam gelegenen Hof. Die Bäuerin dort stand vor dem Hühnerstall, und die Kinder umdrängten sie ängstlich. »Nicht das weiße!« schrie ein kleines Mädchen und zerrte am Rock der Mutter. »Nicht das mit dem roten Schopf!«, bat ein anderes Kind. »Er wird doch das gesprenkelte nicht holen«, jammerte der Bub. Michel ging gerade auf die Dreiergruppe zu. »Mutter, ein Mann«, schrien die Kinder und rannten auseinander. »Könnt Ihr mich bei Euch beherbergen, gute Frau?« fragte Michel. Sie nickte: »Kommt nur herein ins Haus!« »Willst du den Wolf schießen?« fragte der Kleinste und tippte mit dem Finger auf das Gewehr. »Kann schon sein!« entgegnete der Bursche. »Er soll nicht länger eure Hühner fressen.«

»Ach«, sprach die Bäuerin, »gib dir keine Mühe. Mit solch einer alten Flinte wirst du nichts erreichen. Dem Wolf wird nur die Büchse gefährlich, aus der noch niemals zuvor eine Kugel abgefeuert worden ist.« »So«, staunte Michel, legte sich auf den Strohsack, den ihm die Bäuerin anbot, und schlief sofort ein.

Am anderen Morgen wanderte er weiter. Da kam er in ein Dorf, das war mit großem Geschrei erfüllt. Kinder und Frauen weinten, und die Männer ballten wütend die Fäuste.

»Was ist denn hier geschehen?« fragte Michel erschrocken. »Oh welch ein Unglück! Oh welch ein Jammer!« rief eine Frau. Und eine andere wimmerte: »Mein Kind war es, mein Kind hat er erwürgt!« »Wer?« fragte Michel. »Der Wolf!« schrien alle. »Der Wolf?« staunte Michel, »und ihr steht hier und klagt? Gibt es hier denn kein Gewehr mit einer Kugel, die den Teufel trifft?«

»Ach«, seufzte der Bauer, dessen Kind zerrissen worden war, »man sieht, daß du hier fremd bist, sonst müßtest du doch wissen, daß unsere Kugeln dem Untier nichts anhaben können. Nur eine neue Flinte könnte ihn tödlich treffen.«

»So geht doch und kauft euch eine«, rief Michel. »Das können wir nicht. Der König hat alle Büchsenmacher aus dem Land verbannt und uns innerhalb der Grenze seines Landes eingesperrt. Es darf keine neue Flinte ins Reich«, antwortete der Bauer. »Und so müssen wir es erdulden, daß unsere Kinder vor unseren Augen zerrissen werden. Denn der König hat mit dem Wolf einen Vertrag geschlossen. Wenn der Wolf den weißen Hirsch verschont, darf er wöchentlich von jeder Herde ein Lamm, von jedem Bauernhof ein Huhn und einmal im Jahr aus jedem Dorf ein Kind rauben«. »Aber das ist doch entsetzlich«, rief Michel. »Ist denn der weiße Hirsch so kostbar, daß man ihm ein derartiges Opfer bringen muß?«

Der Bauer nahm den Burschen beiseite und meinte leise: »Der ist deshalb so kostbar, weil der König sterben muß, wenn der weiße Hirsch getroffen wird.« »Ach so«, verstand Michel, »und er hätte nichts Besseres verdient, dieser schurkische König. Der ist ja schlimmer als der Wolf.«

»Um Gottes willen, schweig, oder wir sind verloren«, flüsterte der Bauer erschrocken. Da nickte Michel ernst und ging geradewegs in den Wald.

Jenseits des Waldes lag finster und drohend die Königsburg. An einem der hohen schmalen Fenster stand der König. Er sprach gerade mit dem Kanzler des Reiches. »Ist sonst noch etwas zu melden?« erkundigte er sich. »Der Wolf ist mit den bisherigen Abgaben nicht mehr zufrieden. Er droht ...« beichtete der Kanzler stockend. »Er droht?« stammelte der König. »Das darf nicht sein. Stellt ihn zufrieden. Er soll zwei Hühner jede Woche haben.« Der Kanzler neigte bedächtig den Kopf. »Majestät«, sagte er, »er will mehr haben.« »So soll er sich jede Woche zwei Lämmer von der Herde holen! Was kümmert es mich?!« antwortetete der König hartherzig. Der Kanzler trat näher heran. »Majestät«, sagte er leise, »er will noch mehr.«

Da begann der König zu zittern. »Dann stellt ihn zufrieden«, rief er angstvoll, »was kann er denn noch wollen?« »Er will anstatt der

Lämmer und der Hühner in jeder Woche ein Kind«, sagte der Kanzler und Tränen rannen in seinen grauen Bart. »Der Unersättliche«, murmelte der König. »Gebt ihm, was er verlangt!« Da verneigte sich der alte Mann und wankte hinaus. Draußen umringten ihn die Diener. »Was hat er gesagt? Er wird es nicht zulassen ...«, flüsterten sie. »Er hat es bewilligt«, sagte der Kanzler. Da erbleichten alle. »Wie lange soll das Elend noch dauern?« fragten sie leise.

Da krachte in der Ferne ein Schuß. Pulverdampf stieg über den grünen Wipfeln des Waldes auf. »Was war das?« fragte der König beunruhigt und trat zu seiner Dienerschaft in den Flur. »Der Wind, der am Dachfirst rüttelt, war es«, sagte der Kanzler. »Und der Dampf da drüben«, forschte der König weiter. »Ein Wölkchen, Majestät«, antwortete der Kanzler.

Da krachte ein zweiter Schuß in nächster Nähe. Der König erblaßte und preßte die Hand aufs Herz. »Zu Hilfe!« stöhnte er und sank zu Boden.

»Er ist tot«, sagte der Kanzler und nahm ihm die Krone vom Haupt.

»Gottlob«, murmelte die Dienerschaft und eilte hinweg. Ganz still war es nun im Schloß. Aber im Hof wurde es lebendig. Über die Zugbrücke drängte das Bauernvolk, und mitten unter ihnen war Michel, der an den Hinterbeinen den Wolf über den Kiesboden zog. Die rauchende Flinte hielt er in der anderen Hand. Vor ihm her trugen Männer den erlegten weißen Hirsch.

»Hoch soll er leben!« schrien die Leute, »er hat uns gerettet!« Der Kanzler trat vor und drückte dem verwundeten Michel die Krone auf sein Haupt. »Der König ist tot«, sagte er, »es lebe der König!« »Um Himmels willen!« rief Michel. »Was wird meine Mutter nur dazu sagen. Es ist wie im Märchen, daß aus mir, einem Hammelburger Bauernbuben, ein König geworden ist.«

Die blitzgescheite Ascheburgerin

Es war einmal ein sehr reicher Kaufmann. Der wohnte in Aschaffenburg. Seine Gemahlin hatte ihm ein liebliches Töchterchen geschenkt und alle Leute in Aschaffenburg nahmen an der Freude der Eltern teil. Aber seit dieser Zeit war das Herz des Kaufmanns auch von einem großen Kummer bedrückt. Durch eine alte Zigeunerin war ihm nämlich schon vor langer Zeit prophezeit worden, daß seine Tochter eines Tages die ganzen Reichtümer erben würde und daß sie mit aller Weisheit der Welt geschmückt sein werde. Aber – aber alle Prophezeiungen haben ein »aber«. Eine einzige Kunst würde man zu lehren vergessen und gerade weil sie die nicht beherrschen würde, müßte sie zu Grunde gehen.

Der Kaufmann kam oft vor lauter Grübeln über diese Prophezeiung gar nicht zur Arbeit. Und weil er sich in seiner Not allein nicht zu helfen wußte, so fragte er alle seine Mitarbeiter.

Der Kaufmann war ganz entsetzt, als seine Bediensteten ihm alle Wissenschaften und Künste aufzählten, und dabei, meinten sie ihn ehrlicher Offenheit, gäbe es gewiß noch mehr, von denen sie nie etwas gehört hätten. Aber gerade die waren ja die wichtigsten!

Der älteste Mitarbeiter schlug vor, die Künstler und Gelehrten des ganzen Landes zu versammeln und eine Liste aufstellen zu lassen von allem, was das Mädchen einmal zu lehren sei.

Und so geschah es. Es wurden so viele Dinge genannt, daß die Schreiber sich an den bloßen Namen schon die Finger wundschrieben. Ein genauer Unterrichtsplan wurde festgelegt. Sobald das Mädchen einige Worte sprechen konnte, sollte begonnen werden. Das Kind lag nichtsahnend in der Wiege und bemühte sich, außer »Papa« und »Mama« auch andere Wörter zu plaudern. Als das Dutzend voll war, ging es mit dem Unterricht erst so richtig an. Vorerst aber sollten nur sechs Professoren und sechs Lehrerinnen mit dem Mädchen arbeiten.

Kaum wachte sie auf und rieb sich die verschlafenen Augen aus, so kam schon der Herr Rechenprofessor mit der aus Elfenbein gedrechselten Zählmaschine. Die Perlen daran waren aus Gold und Silber und funkelten in der Morgensonne. Da griffen die kleinen Hände danach und schoben die Kugeln eifrig hin und her. Alle Leute waren über den Fleiß des Mädchens außer sich vor Erstaunen und Bewunderung. So lernte das Kind spielend die schwere Rechenkunst. Ein Lehrer ging, der andere kam. Meist stießen sie ihre Köpfe an der Türe zusammen, so großen Eifer zeigten sie. Als das Mädchen sechs Jahre alt war, galt es bereits als das größte Wunderkind auf der ganzen Welt. Zehn Sprachen konnte sie sprechen, zeichnen, musizieren, ganz abgesehen von noch anderen Künsten und Wissenschaften, die sie auch bereits verstand.

Sooft das Mädchen einen neuen Fortschritt machte, hakte der Vater mit freudestrahlendem Gesicht auf der großen Liste das Gelernte ab. Aber sofort legten sich seine Züge wieder in kummervolle Falten, wenn er merkte, wie viel noch übrig war.

In einer heimlichen Unterredung mit der Regierung des Landes beriet er sogar, ob man nicht durch ein Reichsgesetz eine Verlängerung des Tages einführen könnte. Doch wegen der großen Schwierigkeiten eines solchen Erlasses wurde der Plan fallengelassen.

Und das Lernen ging weiter. Ein neues Dutzend Professoren wurde berufen, dazu die berühmtesten Künstler. In seinem Haus führte der Kaufmann die größte Sparsamkeit ein, denn der Unterricht für seine Tochter verschlang Unsummen.

Die ließ alles geduldig über sich ergehen und lernte vom frühen Morgen bis in die späte Nacht, denn sie war bei all ihrer Gelehrsamkeit eine gute und folgsame Tochter.

Als sie aber 16 Jahre alt war, wurden ihre Wangen blaß und schmal, und die sonst so glänzenden Augen schauten trüb und matt in die Welt. Der Kaufmann erschrak. Sollte die Prophezeiung jetzt schon in Erfüllung gehen? Er eilte an die Liste, und siehe da, es fehlte nur noch ein einziger Strich. Eine Sprache, die man ihrer Schwierigkeit wegen immer verzögert hatte, blieb noch zu erlernen, die chinesische. Schnell wurde aus China ein hervorragender Lehrer geholt, und der konnte nach einigen Wochen schon dem Kaufmann melden, daß der Unterricht beendet sei.

Der Vater eilte freudestrahlend an die große Lernliste und hakte die letzte Zeile ab. So, nun war alles erledigt! Als er aber zu seiner Tochter kam, um ihr seine Freude auszusprechen, erschrak er gewaltig. Welch unheimliche Veränderung war mit ihr vorgegangen? Er hätte sie fast nicht mehr erkannt, so blaß und elend sah sie aus. Und als sie dem Vater entgegeneilen wollte, brach sie kraftlos zusammen. Die Hausärzte wurden gerufen. Aber trotz aller Gelehrsamkeit fanden sie kein Mittel zur Heilung, und das Mädchen siechte langsam dahin.

Der Kaufmann zerbrach sich mit samt seinen Mitarbeitern den Kopf über die alte Prophezeiung. Welche Weisheit hatte man vergessen, seine Tochter zu lehren? Niemand wußte Rat.

Da erließ der Kaufmann in seiner höchsten Not einen Aufruf, der im ganzen Lande bekannt gemacht wurde. Darin stand von der alten Prophezeiung und am Schluß wurde demjenigen eine große Belohnung versprochen, der das Mädchen die noch offensichtlich fehlende Kunst lehren könnte.

Tag um Tag verging. Niemand meldete sich im Hause des Kaufmanns, in dem das Mädchen mehr und mehr dem Tode zu verfallen schien. Da kam eines Tages eine Ascheburgerin, also eine Frau aus Aschaffenburg, und bot sich an, das Mädchen zu retten. »Gnädiger Herr! Ich habe ein Dutzend Kinder gesund großgezogen, weil ich eben die fehlende Kunst verstehe, die Eure Tochter nie kennengelernt hat. Ich will sie ihr beibringen. Ihr müßt sie mir aber mitgeben!«

Lange wollte der Kaufmann auf diesen Vorschlag nicht eingehen. Als aber die Frau darauf beharrte, gab er schließlich nach.

Vor einem kleinen Bauernhaus hielt der Wagen mit dem Mädchen an. Sorgsam hob die Frau ihren Schützling heraus und bettete ihn auf Kissen ins Freie. Bald hauchten sich in der frischen Luft die

Wangen der Kranken mit einer zarten Röte an, und das Mädchen schlürfte begierig die frische Milch, die ihr gebracht wurde. Von einem gesunden Schlaf erwacht, sah sie Kinder im Garten herumlaufen. Ihr frohes Lachen wirkte so ansteckend, daß das Mädchen miteinstimmte.

Am Ende der Woche sprang sie schon mit den Kindern im lustigen Spiel umher und bald wir sie die lauteste und übermütigste. Wie aus einem schweren Traum schien sie erwacht zu sein! – Nur spielen und spielen wie ein Kind! Nach drei Wochen war das Mädchen nicht mehr zu erkennen. Sie strahlte vor Gesundheit und Leben.

Da hielt es die Ascheburgerin an der Zeit, dem trauernden Kaufmann seine wiedergenesene Tochter zurückzugeben.

Wie erstaunte der Vater, als er das Mädchen sah! Er befahl, die versprochene Belohnung auszuzahlen.

Aber die Ascheburgerin sprach: »Nicht doch, gnädiger Herr! Nicht um des Lohnes wegen habe ich das getan, sondern aus Mitleid mit Eurem Kind. Und nun will ich Euch auch die Kunst verraten, die Eure gescheiten Mitarbeiter vergessen haben, obgleich es sich dabei um eine ganz einfache Weisheit handelt: Kinder wollen Kinder sein! Ihr habt Eure Tochter mit allem möglichen Wissen vollgestopft und ihr nie Zeit gelassen zu einem kindlich frohen Spiel. Ich habe das bei meinen zwölf Kindern anders gehalten, und das ist meine Kunst, gnädiger Herr.«

Damit verschwand die Ascheburgerin. Die Gelehrten aber zogen sich schleunigst zurück, um über diese neue Weisheit ein dickes Buch zu schreiben. Das Mädchen lebte von nun an gesund und glücklich. Färbten sich aber ihre Wangen einmal etwas blasser, so schickte sie ihr Vater sofort wieder zu der klugen Frau. Als nach vielen Jahren der Kaufmann starb und sie die ganzen Reichtümer erbte, vergaß das Mädchen seine Retterin nicht. Und wenn die beiden nicht gestorben sind, dann leben sie noch heute in Ascheburg oder sonstwo auf der Welt.

Das schlaue Kitz von Kitzingen

Einmal befahl ein großer, grauer Wolf den Tieren des Waldes, das Wasserloch, aus dem alle tranken, zu reinigen. Die Tiere des Waldes kamen folgsam herbei und halfen. Nur das Kitz Springerl erschien nicht. Es dachte:»Die reinigen das Wasserloch auch ohne mich.«

Als der graue Wolf erfuhr, daß Springerl bei der Arbeit nicht geholfen hatte, sagte er:»Nun gut, dann darf der feine Herr auch nicht mehr daraus trinken.« Zur Sicherheit stellte er den Fuchs als Wache an der Tränke auf.

Kurze Zeit später kam Springerl dahergesprungen, um seinen Durst zu stillen. Der Fuchs rief:»Halt ein! Keinen Schritt weiter! Der graue Wolf hat strengstens verboten, daß du daraus trinkst. Wer nicht arbeitet, braucht auch kein Wasser.«

Da entgegnete Springerl:»Wer redet denn vom Trinken! Ich will dir doch nur einen saftigen Braten bringen, weil du so brav Wache stehst. Hier in diesem Sack ist der Leckerbissen.«

Der Fuchs kam gierig näher und schnupperte an dem Sack. Da hob Springerl ihn blitzschnell auf und schlug ihn ruckzuck dem Fuchs über den Schädel. In dem Sack war nämlich ein Prügel. Besinnungslos rollte der Fuchs zur Seite.

Nun trank Springerl gemütlich aus dem Wasserloch und hüpfte darin hin und her, bis es wieder ganz schlammig war. Dabei bemerkte er aber nicht den Frosch, der leise näher geschwommen kam. Schwupp, packte der das Kitz an den Hinterläufen und hielt es fest. Dann quakte er so laut, daß sofort der graue Wolf herbeigerannt kam.

Nun rief der Wolf den Rat der Tiere zusammen. Sie berieten, wie sie das Kitz Springerl für seine Unverschämtheit am strengsten bestrafen konnten. Plötzlich rief Springerl:»Hört her! Ich weiß, daß es um mich geschehen ist. Bitte quält mich nicht lange. Ich selbst will euch verraten, wie ihr mich am schnellsten töten könnt. Setzt mich nur auf den Rücken des Bibers. Das wird mein sicherer Tod sein.« Der Biber wurde herbeigeholt, und Springerl wurde ihm sofort auf den Rücken gesetzt. Kaum saß es da, machte das Kitz einen riesigen Satz und verschwand im Gebüsch.

Nun wurde der Wolf fuchsteufelswild. Er tobte:»Bringt mir das Kitz Springerl lebendig oder tot! Ich will diesen Frechdachs fressen!« Als Springerl diese Drohung hörte, hatte er eine Idee. Freiwillig ging er am nächsten Tag auf die Höhle des Wolfes zu. Als der ihn erblickte, sprang er mit einem Satz heraus und fauchte: »Was, du kommst freiwillig zu mir?«

Springerl antwortete:»Aber nein, ich bin doch nicht das Kitz Springerl. Ich sehe ihm nur sehr ähnlich. Ich bin das Kitz Hopser. Ich wollte jedoch eben Springerl zu dir bringen. Aber stell dir vor, da trat mir ein anderer Wolf in den Weg und nahm mir den Springerl einfach weg. Ich sagte ihm zwar, daß Springerl für dich bestimmt sei, aber der andere Wolf lachte mich nur aus und gab mir einen Tritt.«

Da brüllte der große Graue zornig:»Komm schnell und zeige mir, wo dieser unverschämte Wolf ist, damit ich ihm eine Tracht Prügel verabreichen kann!«

Springerl hoppelte folgsam voraus. Der Wolf folgte ihm wutschnaubend. Als sie an einem tiefen Brunnen angekommen waren, sagte Springerl:»Dort im Brunnen hat sich dein Gegner versteckt.« Der Wolf blickte in den Brunnen und sah sein eigenes Spiegelbild im Waser. Da rief Springerl:»Schau nur, mein König, wie er dich frech anglotzt!«

Da schrie der Graue wutentbrannt:»Das werde ich ihm gleich austreiben!« Und er stürzte sich brüllend in den Brunnen, wo er sofort ertrank. Da sagte das Kitz Springerl zu sich:»Ja, ja, der Wolf hatte Kraft in seinen Pranken, aber ich habe Kraft in meinem Kopf.« Und lachend sprang das Kitz nach Hause.

Seit dieser Zeit wurde aus Respekt vor dem schlauen Kitz der Ort, wo es gelebt hatte, Kitzingen genannt.

Vom namenlosen Dorf in Unterfranken

Es waren einmal zwei Bauersleute, Mann und Frau, die wohnten in Unterfranken in einem Dorf, das keinen Namen hatte. Die beiden hatten zwar einen großen, ertragreichen Bauernhof, aber keine Kinder. Oft saßen sie beisammen und beklagten sich darüber, daß sie auch gar keine Angehörigen besaßen, denen sie einmal all ihren Wohlstand hinterlassen konnten. Einmal kaufte der Mann in Markt Taschendorf ein schönes Stierkalb. Das nannte er Franz. Es war wirklich das prächtigste Stück Vieh, das man je gesehen hatte. Es war schön und gescheit, so daß es alles verstand, was man zu ihm sagte. Außerdem war es sehr zutraulich und putzmunter, daß es sowohl der Mann als auch die Frau bald so lieb gewannen, als wäre es ihr einziges Kind. Eines Tages sagte der Mann zu seiner Frau:»Vielleicht könnte unser Mesner dem Franz gar das Reden beibringen. Dann könnten wir nichts Besseres tun, als ihn an Kindes Statt annehmen, und er könnte dann einmal alles erben, was uns gehört.«

»Das ist eine gute Idee«, antwortete die Frau, »unser Mesner ist ja ein so geschickter Mann, daß er unserem Franz sicher das Reden lehren wird, denn Franz hat ja einen so ausgezeichneten klugen Kopf! Du solltest den Mesner wirklich einmal fragen.«

Gedacht, gesagt, getan. Der Mann eilte zum Mesner und fragte ihn ohne Umschweife, ob er nicht seinem Stierlein das Reden lehren könne, weil er es gar so gerne zum Erben einsetzen wolle. Der Mesner war nicht so dumm, wie er aussah. Er blickte sich vorsichtig um, ob niemand in der Nähe sei, der sie belausche, und dann sagte er, daß er das wohl könne.»Nur darfst du es keinem Menschen sagen«, flüsterte er ihm zu, »denn es muß mit der größten Heimlichkeit geschehen. Der Pfarrer darf nämlich durchaus nichts davon erfahren, sonst komme ich in Teufels Küche. Denn einem Ochsen das Lesen lernen, ist nun einmal allerstrengstens

verboten und es wird einen Batzen Geld kosten, weil man dazu sechs kostbare und seltene Bücher braucht.«
»Das macht nichts«, sagte der Bauer, »aufs Geld kommt es mir nicht an. Hier sind fürs erste hundert Taler zur Anschaffung von Büchern und abends bringe ich dir den Franz her.« Darauf sagte er ihm auch noch die vollkommenste Verschwiegenheit zu, und der Mesner versprach, seinerseits das Beste zu tun. Nach acht Tagen kam der Bauer, um sich über die Fortschritte des Stierleins zu erkundigen. »Du darfst es noch nicht sehen«, sagte der Mesner, es würde sonst zu viel Heimweh nach dir und deiner Frau bekommen und am Ende alles vergessen, was es bisher schon gelernt hat. Mit dem Lernen geht es recht gut, aber ich brauche noch für hundert Taler Bücher.«
»Das trifft sich gut«, sagte der Bauer, »soviel habe ich gerade bei mir.« Und er gab dem Mesner das Geld und ging, erfüllt von den schönsten Hoffnungen, nach Hause.
Als abermals acht Tage vorüber waren, kam der Bauer wieder nachfragen. »Es geht ordentlich gut«, sagte der Mesner. – »Kann er denn schon etwas sagen?« – »Ja, er sagt Meh!« – »Meh?« wiederholte der Bauer nachdenklich. »Sicher leidet er an Durst, der liebe Schelm, und will Met haben. Da muß ich geschwind einen Krug voll herüberschicken.« Der Mesner meinte auch, daß er damit recht habe, und trank, als der Met ankam, ihn ganz genüßlich selber aus. Dem Stierlein aber gab er Milch wie gewöhnlich.
Nun vergingen einige Wochen, ohne daß sich der Bauer um seinen Adoptivsohn kümmerte, denn ihm schwante, daß der Mesner vielleicht schon wieder neue Bücher brauchte und diese ihn wieder hundert Taler kosten würden. Es begann ihm nämlich das viele, schöne Geld doch etwas leid zu tun.
Inzwischen meinte der Mesner, das Stierlein sei schon hinreichend fett geworden, und er schlachtete es. Dann brachte er das Fleisch vorsichtig auf die Seite, zog seine schwarzen Kleider an und ging zu den Bauersleuten hin. »Guten Tag«, sagte er, »der Franz ist wohl schon daheim?«

»Nein«, sagte der Bauer, »er wird doch nicht am Ende davongelaufen sein?«

»Ich hoffe doch, daß er mir das nicht antun wird«, sagte der Mesner mit gut gespieltem Schrecken. »Nun habe ich mir soviel Mühe gegeben und er hat schon alles reden können. Ich habe mindestens noch hundert Taler von meinem eigenen Geld für Bücher ausgegeben und ihn alles gelehrt, was er nur brauchen kann. Da sagte er heute, er sehne sich nun zu sehr, seine lieben Eltern wiederzusehen, und damit er sich nicht verirre, habe ich mich angezogen, um ihn hierherzuführen. Als wir schon auf dem Weg waren, mußte ich noch um meinen Hut zurücklaufen, und wie ich zurückkomme, ist Franz verschwunden. Ich dachte, er wird es halt vor lauter Sehnsucht nicht ausgehalten haben und vorausgelaufen sein.«

Nun gab es ein großes Suchen, aber der Franz war natürlich nicht zu finden. Die Bauersleute jammerten und wehklagten, daß man nun soviel Geld und Mühe umsonst verschwendet und überdies noch den lieben Franz verloren habe, gerade jetzt, wo sie mit ihm am meisten Freude hätten haben können. Und das Schlimmste war, sie hatten jetzt wieder keinen Erben. Der Mesner versuchte das Bauernpaar zu trösten, so gut er konnte, aber er war auch sehr traurig darüber, daß sich Franz so aufführte, gerade jetzt, wo er seinem Lehrer hätte Ehre machen können. »Vielleicht hat er sich nur verirrt«, meinte er. »Ich will sein Verschwinden am nächsten Sonntag in der Kirche verlesen lassen. Vielleicht erfahren wir, wo er ist.« Dann sagte der den Bauersleuten Lebewohl und ging heim.

Die beiden Alten aber liefen durch das Dorf und jammerten. »Der Ochs is furt! Der Ochs is furt!« Gerade kamen zwei Kaufleute des Weges und erkundigten sich bei den beiden nach dem Namen dieser Ortschaft. Der Mann und die Frau achteten gar nicht auf die Frage, sondern wimmerten nur: »Der Ochs is furt! Der Ochs is furt!« »Habe ich recht verstanden«, fragte der eine Kaufmann den anderen, »Ochsenfurt heißt das Dorf?« »Ja, Ochsenfurt«, bestätigte der andere. Überall, wo sie nun hinkamen, und Kaufleute kommen weit herum, erzählten sie, daß sie eben in Ochsenfurt gewesen wären und daß dies ein hübscher Ort sei. Als der Bürgermeister des namenlosen Dorfes davon hörte, wollte er zuerst nichts davon wissen, daß sein Dorf Ochsenfurt heißen solle. Aber als ihn die beiden alten Bauersleute darum baten, es doch in Erinnerung an ihren verschwundenen Adoptivsohn Franz bei dem Namen belassen zu wollen und ihre Bitte mit der Vererbung ihres gesamten Vermögens an den Bürgermeister unterstrichen, weil sie doch sowieso keinen Erben mehr hätten, ließ sich das Oberhaupt des Dorfes ohne Namen erweichen, es bei Ochsenfurt zu belassen, so wie das Dorf, inzwischen zur Stadt geworden, auch heute noch heißt.

Der Mesner aber hatte ein Jahr an dem guten, fetten Kalbsbraten zu zehren.

Das Scheinfelder Blablamärchen

Es war einmal ein Mann, der hatte vor dem Gericht eine Sache zu bestreiten, und er merkte, er würde ohne empfindliche Geldstrafe nicht davonkommen. Er ging deshalb zu einem Anwalt und klagte ihm seine Sorgen. Da sprach der Anwalt zu ihm: »Ich kann Dir versprechen, Dir aus dieser heiklen Sache herauszuhelfen und Dich ohne Kosten und Schaden davonzubringen, sofern Du mir tausend Mark zum Lohn für meine Arbeit geben willst.« Der Angeklagte war zufrieden und versprach ihm die tausend Mark, sofern er ihm aus dieser bösen Sache heraushelfen würde. Der Anwalt gab ihm nun den Rat, wenn er mit ihm vor dem Gericht stehen würde, so solle er keine andere Antwort geben, was man ihn auch immer fragen oder wie man ihn auch immer beschimpfen würde, als nur das eine Wort: »Blabla.«

Als nun der Mann und der Anwalt vor dem Gericht standen und die Klage erhoben wurde, konnte man kein anderes Wort aus ihm herausbringen als »Blabla«. Da lachten die Richter und sagten zu seinem Anwalt: »Wie wollt Ihr diesen seltsamen Kauz denn verteidigen?« Da sagte der Anwalt: »Ich kann nichts sagen für ihn, denn er ist ein Narr und er kann auch mir nichts sagen, was ich zu seiner Verteidigung vorbringen könnte. Es ist kurz und gut einfach nichts mit ihm anzufangen. Ich bitte das hohe Gericht, ihn für einen Narren zu halten und ihn freizulassen.«

Bald schon waren sich die Richter einig und sprachen den Mann frei. Kurz darauf nun verlangte der Anwalt die tausend Mark Honorar von seinem Mandanten. Da sagte dieser: »Blabla«. Der Anwalt schimpfte ärgerlich: »Du wirst mir das Geld nicht ab-blablaen, ich will es sofort haben!« Und er drohte ihm mit dem Gericht. Als die beiden nun wieder vor dem Gericht standen, sagte der Mann abermals: »Blabla«. Da sagten die Herren Richter zu dem Anwalt: »Was schleppt Ihr diesen Narren hierher? Wißt Ihr denn nicht, daß er nicht reden kann?« Also mußte der Anwalt statt seiner tausend Mark das Wort »Blabla« zum Lohn nehmen, und so hatte sich wieder einmal, wie so oft im Leben, ein Betrüger selbst betrogen.

Der Nußbaum

Vor langer Zeit trafen sich ein Knecht aus Uffenheim und eine Magd aus Windsheim im Wald. Beide waren von ihren Bauersleuten ausgeschickt worden, Nüsse zu sammeln.
Bald standen sie vor einem riesigen Nußbaum, der voller prächtiger Früchte hing. Der Knecht bot sich an, auf den Baum zu klettern und die Äste zu schütteln. Die Magd sollte die herunterfallenden Nüsse auffangen. Anschließend wollten sie ihre Beute gerecht aufteilen.
Der Knecht stieg also auf den Baum und schüttelte mit aller Kraft die Äste, daß die Nüsse nur so zu Boden prasselten. Die Magd kam mit dem Auffangen und Einsammeln kaum mehr nach. Plötzlich aber fiel ihr eine große Nuß ins Gesicht und schlug ihr ein Auge aus.
Die Magd fing kläglich zu weinen an und rannte heim nach Windsheim. Als sie der Bauer so sah, fragte er:»Magd, sag mir, warum heulst du so?« Da sagte die Magd:»Der Knecht aus Uffenheim hat mir eine Auge ausgeschlagen!« Da rannte der Bauer gleich nach Uffenheim, um den Schuldigen seiner gerechten Strafe zuzuführen.
Und er fragte den Knecht:»Knecht, sag mir, warum hast du der Magd ein Auge ausgeschlagen?« Der Knecht antwortete:»Der Nußbaum hat mit seinen Zweigen die Nüsse so wild zu Boden geschleudert.«
Jetzt rannte der Bauer zum Nußbaum und brüllte:»Nußbaum, warum hast du die Nüsse so wild zu Boden geschleudert?« Da antwortete der Nußbaum:»Ich war wütend, weil deine Kühe mein Laub abgefressen haben.«
Nun rannte der Bauer zu den Kühen: »Warum habt ihr das Laub des Nußbaums gefressen?« Die Kühe muhten: »Ach, weil uns dein Hirte nicht ordentlich gehütet hat.«

Schon war der Bauer beim Hirten:»Hirte, warum hast du die Kühe nicht recht gehütet?«Der Hirte meinte:»Na, weil ich solchen Hunger hatte. Die Bäuerin hat mir keine Brotzeit mitgegeben.«

Jetzt lief der Bauer zu seiner Frau:»Frau, warum hast du dem Hirten nichts zum Essen mitgegeben?«Da rief die Bäuerin zornig:»Weil du, der Bauer, mir gesagt hast, ich solle besser mit dem Essen sparen.«Nun erkannte der Bauer, daß er der Schuldige war, und er bat die Bäuerin, den Hirten, die Kühe, den Nußbaum und den Knecht um Verzeihung. Als er aber zur Magd kam und sich auch bei ihr entschuldigen wollte, schüttete sie ihm den ganzen Korb mit Nüssen über den Kopf, so wütend war sie. Dabei schlug eine Nuß dem Bauern ein Auge aus.

Jammernd rannte er zur Bäuerin. Die aber schimpfte:»Siehst du, das kommt alles nur davon, wenn man mit dem Essen so geizt wie du!«

Da befahl der Bauer der Bäuerin, dem Hirten ab sofort jeden Tag eine gute Brotzeit mitzugeben. Der Hirte hütete seitdem tüchtig die Kühe, die fraßen deshalb kein Laub mehr vom Nußbaum, der peitschte nicht mehr so wild mit den Zweigen. Infolgedessen konnte auch kein Knecht einer Magd mehr ein Auge ausschlagen, und es gab auch keine einäugige Magd, die dem Bauern einen Korb mit Nüssen über den Kopf schüttete, so daß dieser ein Auge verlor. Aus diesem Grunde konnte weder der Bauer seine Frau noch sie ihn schelten, weshalb es in Uffenheim und Windsheim bis zum heutigen Tag immer schön ruhig blieb. Alle Bewohner dort sind seit dieser Zeit besonders freigebig, und zwar in jedem Haus, und damit ist die Geschichte aus, die hier nicht wäre zu lesen, wäre der Bauer nicht geizig gewesen.

Der Rothenburger Teufelskater

Es stand einmal ein Schloß in der Nähe von Rothenburg ob der Tauber, dessen Herr einen alten Kater besaß. Weil dieser schon so alt war, daß er keine Mäuse mehr fangen konnte, mochten die Schloßleute ihn auch nicht mehr füttern, und der Kater mußte in der Umgebung betteln gehen, um sich sein Futter zusammenzusuchen. Aber als ihm auch dieses nicht genug einbrachte, sein Leben zu fristen, beschloß der arme Kater, doch wieder nach Hause zurückzukehren.

Unterwegs begegnete ihm ein Fuchs, der ihn fragte: »Wohin wanderst du, mein Katerchen?« – »Ich gehe heim«, antwortete der Kater. »Beim Betteln kommt nichts heraus!« – »Nimm mich mit«, sagte der Fuchs. – »Ich habe nicht die Kraft, dich zu tragen«, erwiderte der Kater. »Aber wenn du dich in einen Floh verwandelst und dich unter meinem Schwanz versteckst, will ich dich mitnehmen.« Der Fuchs verwandelte sich in einen Floh, und der Kater steckte ihn unter seinen Schwanz.

Dann wanderte er ein Weilchen weiter, bis ihm ein Wolf begegnete, der folgendermaßen zu ihm sprach: »Wohin gehst du, mein Katerchen?« – »Nach Hause«, antwortete der Kater. Als der Wolf dieses hörte, wollte er ihn durchaus begleiten und sagte: »Nimm mich mit!« – »So verwandle dich in einen Floh und setze dich in mein Fell an meiner Seite. Dann will ich dich mitnehmen«, antwortete der Kater. Der Wolf wurde zum Floh, und der Kater steckte ihn an seiner Seite ins Fell.

Kurze Zeit darauf begegnete ihm ein Bär und verlangte ebenfalls, mitgenommen zu werden. Der Kater bedeutete ihm, sich in einen Floh zu verwandeln, und als der Bär das getan hatte, steckte er ihn in sein Schenkelfell. So marschierte er eine Zeitlang dahin und kam denn auch endlich in sein altes Heim zurück, stellte sich auf den Schloßhof hin und fing an zu miauen:

»Miau, mio, miau, mio,
der Kater, hört, ist nicht mehr froh!
Er hat sich lebenslang geplagt,
dafür hat ihn sein Herr verjagt!«

Darüber geriet der Schloßherr in gewaltigen Zorn und befahl seinem Knecht, den Kater zu töten. Dem Knecht aber tat es leid um
den Kater, der so schön miauen konnte. Und er weigerte sich, die
Arbeit zu tun, weil sie ihm zuwider war. »Nun, so magst du den
Kater in den Stall zu den wilden Hengsten sperren, die werden
ihn bald zu Tode stampfen«, meinte der Herr. Der Kater wurde
also in den Stall gebracht. Aber er kam dort zu keinem Schaden.
Denn als die Hengste anfingen, auszuschlagen, sagte der Kater
nur: »Komm unter meinem Schenkel hervor, lieber Bär, friß, so-
viel du vermagst, und töte den Rest!« Da erschien auch sofort der
Bär, der als Floh im Schenkelfell des Katers gesessen hatte, fraß so
viele von den Zuchthengsten des Herrn, wie er nur konnte, und
tötete und zerfleischte die übrigen.
Am folgenden Tag kam man, um nach dem Kater zu sehen. Der
Schloßherr selbst erschien im Stall, um sich zu überzeugen, daß die
Hengste den Kater zerstampft hatten. Aber dieser war noch am
Leben und miaute wie früher:

»Miau, mio, miau, mio,
der Kater, hört, ist nicht mehr froh!
Er hat sich lebenslang geplagt,
dafür hat ihn sein Herr verjagt!«

Im Schloß waren zwölf böse, starke Stiere, und der Herr befahl seinem Knecht: »Hetz die Stiere auf den Kater, daß sie ihn stoßen!
Wir wollen sehen, ob er nicht getötet wird und das unverschämte Miauen ein Ende nimmt.« Gut, man ließ die Stiere los. Aber als
sie den Kater stoßen wollten, griff dieser nach dem Floh unter seinem Fell an der Seite. Der Floh wurde wieder zum Wolf und fraß

und erwürgte die Stiere alle, wonach der Kater wie früher zu miauen anfing:

»Miau, mio, miau, mio
der Kater, hört, ist nicht mehr froh!
Er hat sich lebenslang geplagt,
dafür hat ihn sein Herr verjagt!«

Das hörte der Schloßherr und sagte im Zorn zu seinen Knechten:
»Wir haben ja noch zwölf böse Böcke! Tragt den Kater zur Nacht
in ihren Stall. Laßt sehen, ob er nicht endlich aufhört, sein Miau
zu jaulen!«
Gesagt, getan! Man sperrte den Kater zu den Böcken. Diese gingen gleich auf ihn los, um ihn aufzuspießen. Aber der Kater wußte
Rat. Er ließ den dritten Floh unter seinem Schwanz hervor, der
verwandelte sich in den Fuchs und zerriß und erwürgte die Böcke
ganz jämmerlich und fraß davon, so viel er vermochte.
Am Morgen kam man nachzusehen, wie es dem Kater ergangen
war. Da fand man ihn noch immer am Leben. Und kaum wurde
die Tür geöffnet, als der Fuchs hinausschlüpfte und seiner Wege
lief, wer weiß, wohin er gelaufen sein mag. Als der Schloßherr
davon benachrichtigt wurde, war er furchtbar zornig und sagte:
»Diesen Teufelskater muß ich doch endlich umbringen, geschehe
es, wie es wolle!« Mit diesem Entschluß ging er in den Viehstall,
um den Kater mit eigenen Händen zu töten. Bald fing er ihn ein
und drehte ihm den Hals um. Aber noch im Sterben sagte ihm der
Kater: »Du wirst mich nicht los, selbst wenn ich tot bin. Noch einmal wirst du meine Stimme hören, aber dann ist dein eigenes
Ende nahe.«
Als der Schloßherr das hörte, dachte er bei sich: »Ich muß diesen
absonderlichen Unruhestifter aufessen! Dann wird er doch von
seinem Geschrei lassen!« Deshalb ließ er ein Mahl herrichten,
wozu all die benachbarten Herren und viele andere eingeladen
wurden, und der Kater wurde als falscher Hasenbraten serviert.

Nun, die Gäste waren alle beisammen. Man setzte sich an den Tisch und fing zu essen an. Da nahm der Schloßherr den gebratenen Kater in die Hand, schnitt sich ein Stückchen davon ab und tat es in den Mund, indem er sagte: »Du hast dir vieles in deinem Leben zugute kommen lassen, aber dein Miau wirst du nicht mehr rufen!« Kaum hatte der Herr dies gesagt, als der Kater plötzlich seinen Kopf aus dem Mund des Redners herausstreckte und wie ehedem miaute:

»Miau, mio, miau, mio,
der Kater, hört, ist nicht mehr froh!
Er plagte lebenslang sich schwer,
dafür frißt ihn jetzt auf sein Herr!«

Als die Gesellschaft aus dem Munde des Schloßherrn diese sonderbare Stimme hörte, gerieten alle in die größte Bestürzung und ließen das Gastmahl angeekelt stehen. Endlich, als sich der Herr von seinem Schrecken erholt hatte, rief er seinem Diener zu: »Ergreif dein Beil, und wenn der Kater wieder in meinem Mund erscheint, so spalte ihm den Kopf!«

Der Diener tat, wie ihm befohlen war, und sobald der Kater wieder zum Munde des Herrn herausschaute, hieb er mit dem Beil auf den Kater ein. Der aber zog schnell den Kopf zurück, und das Beil zerschmetterte das Haupt des Schloßherrn, welcher tot hinsank, wie es der Kater vorausgesagt hatte. So kann es kommen, wenn man ein treues Tier, das alt geworden ist, um die Ecke bringen will.

Der Cadolzburger Satanshut

Es war einmal ein armer Gänsehirt. Der dachte: Ich verdiene so
wenig Geld, ich will mich auf Wanderschaft begeben. Als er nun
auf der Landstraße vor sich hinging, sah er in der hellen Mittags-
sonne einen kleinen, eisernen Ring liegen, und da ihm an seinem
Rucksack gerade einer fehlte, hob er ihn auf und steckte ihn in die
Tasche.

Als er ein Stück weitergegangen war, begegnete ihm ein alter
Mann, der schritt gebückt und hielt die Augen zu Boden gerichtet. »Guten Tag, Alter«, sagte der Gänsehirt, »hast Du etwas verloren?« »Ja« erwiderte der Greis, »ich suche einen eisernen Ring.«
Da griff der Gänsehirt in die Tasche und holte den Gegenstand
hervor.

Der Alte rief hastig: »Das ist er! Gib her!« und die Hände zitterten
ihm, als er danach griff. Der Gänsehirt dachte: »Wie kann man um
einen alten, häßlichen Eisenring ein solches Aufheben machen«,
und gab ihn zurück. Da zog der Alte einen goldenen Reif vom
Finger und sagte: »Du hast mir einen großen Dienst erwiesen. Der
alte Eisenring ist für mich ein teures Andenken. Nimm diesen
Goldring dafür! Und wenn Du einmal in großer Not bist, so
drehe ihn dreimal rechts herum.« Der Gänsehirt wollte noch
etwas fragen, aber der Alte war plötzlich verschwunden. Da ging
der Bursche weiter, und als es dunkel wurde, sah er vor sich die
Stadt Cadolzburg. Es kam ihm ein Heuwagen entgegen, auf dem
saß der Satan persönlich in Gestalt eines Fuhrmannes, und er hieb
auf die Pferde ein, daß es nur so knallte. »He, Du Tierquäler, wie
kannst Du die armen Pferde so schinden«, rief der Gänsehirt und
riß dem Knecht die Peitsche weg. Der Teufel war wütend. Schnell
nahm er eine Handvoll Heu, spuckte hinein, machte »Hokuspo-
kus« darüber und warf sie dem Gänsehirten von hinten auf den
Hut. Da verwandelte sich das Heu in eine kostbare silberne Bro-

sche. Der Gänsehirt nahm den Hut in die Hand, betrachtete die Brosche und rief:»Du bis ja ein Tausendsassa! Ich dank Dir auch schön!« Dann wanderte er weiter.

Die Brosche aber war ein richtiges Teufelsding und brachte jedem, der sie trug, Unheil.

In Cadolzburg fand der Bursche ohne langes Suchen ein Wirtshaus, wo er auf einer billigen Streu schlafen konnte. Am nächsten Tag wollte er mit einem höflichen »Guten Morgen« das Haus verlassen. Doch ehe er noch ein Wort gesagt hatte, schrie die verhexte Brosche:»Der Teufel soll Dich holen, Du alter Halunke!« Der Wirt und die anderen Gäste glaubten, der junge Bursche habe das gerufen. Sie gerieten in große Wut und hätten ihn am liebsten verprügelt, wenn er nicht schleunigst zur Tür hinausgelaufen wäre.

Als er nun auf der Straße stand und noch gar nicht begreifen konnte, was da geschehen war, kam der Bürgermeister einhergefahren. Das war ein sehr strenger Herr. Alle Leute blieben stehen und schrien so lange »Hurra«, bis sie keine Puste mehr hatten. Aber aus dem Herzen kam es ihnen nicht, denn das Hurrarufen war befohlen worden, und der Bürgermeister war ein Heuchler und Geizhals. Am liebsten hätten ihn alle davongejagt. Der Gänsehirt wollte auch »Hurra!« rufen, aber da schrie bereits sein Hut:»Der Teufel soll Dich holen und im siedenden Öl schmoren, Du schändlicher Leuteschinder!«

Kaum waren diese Worte verklungen, so wurde der Gänsehirt von bewaffneten Bütteln ergriffen und ins Gefängnis geworfen. Und der Bürgermeister befahl, daß der Missetäter gleich am nächsten Morgen gehängt werden solle.

Da lag nun der arme Bursche auf der Pritsche und grübelte über sein Unglück nach. Schließlich fiel ihm der goldene Ring ein. Rasch drehte er ihn dreimal rechts herum. Und bevor er noch bis drei zählen konnte, stand der Alte vor ihm.»Folge mir!« sagte er, nahm den Gänsehirten bei der Hand und führte ihn durch eine Geheimtüre ins Freie. Draußen wischte er mit dem Zeigefinger über die Mauer, und schwupp, schloß sie sich wieder.

Nach ein paar Schritten fiel dem Gänsehirten ein, daß er seinen Hut im Gefängnis gelassen hatte, und er bat den alten Mann, noch einmal zurückzugehen. – »Du bist wohl nicht klug!« schimpfte ihn der Alte. »Hast Du es denn nicht bemerkt, daß der leibhaftige Satan auf dem Heuwagen saß und Dir Deinen Hut verhext hat?« Da ging dem Burschen endlich ein Licht auf. »Donner und Doria!« schrie er und klopfte sich an den Kopf, »so mag ihn denn tragen, wer da will. Ich komme auch ohne Hut durch die Welt.« Dann bedankte er sich und zog fröhlich seines Weges. »Komm hierher zurück, wenn Du genug von der Welt gesehen hast«, rief ihm der Alte nach.

Der Gänsehirt kam weit umher und hielt überall die Augen und die Ohren offen. Endlich dachte er: »Ich habe jetzt genug gesehen und will mir ein Heim schaffen und heiraten.« Da wanderte er nach Cadolzburg zurück, wo der Alte ihn aus dem Gefängnis befreit hatte.

Hier hatte sich inzwischen allerlei ereignet. Als der Henker am Morgen den Gänsehirten zum Richtplatz führen wollte, hatten sie im Kerker nur den Hut gefunden. Den brachten sie dem Bürgermeister und erzählten, was geschehen war.

Der habsüchtige Mann hörte kaum zu, sondern sah nur gierig auf die blitzende Brosche. Und als die Henker hinaus waren, rief er schnell seinen Kammerdiener und befahl, die einfache Silberbrosche von dem Bürgermeisterhut mit der kostbaren des Gänsehirten zu vertauschen.

Bald danach ging der Bürgermeister auf den Markt, um vor dem Volk eine Rede zu halten. Gerade, als er erzählen wollte, wie lieb er seine Untertanen hätte, schrie die Silberbrosche am Hut: »Ich möchte Euch am liebsten alle aufhängen lassen, Ihr dummes Pack! Wartet nur, wie ich Euch noch zwicken und zwacken werde mit Steuern und Lasten! Viel zu milde bin ich bisher mit Euch umgegangen!«

Das war den Leuten nun denn doch zu viel. Sie machten einen Aufstand und warfen ihn ins Gefängnis. Ein anderer wurde nun

Bürgermeister und setzte den Hut mit der verhexten Brosche auf. Als er aber zum Volk reden wollte, schrie der Hut nur allerhand Schimpfwörter, und auch der neue Bürgermeister wurde ins Gefängnis geworfen. Ebenso erging es allen, die nun folgten. Schließlich wollte kein Mensch mehr regieren. Selbst der Nachtwächter wollte nichts davon wissen.

Was sollte nun werden? Als sie noch hin und her überlegten, kam gerade der Gänsehirt über den Marktplatz. Als man in ihm den Mann erkannte, der damals dem ersten Bürgermeister so herzhaft die Wahrheit gesagt hatte, da fragten sie ihn, ob er nicht regieren wolle. »Warum nicht?« sagte der und ging in das Rathaus.

Wie erschrak er aber, als er am Bürgermeisterhut, der mit dem Amtsrock fein säuberlich in einem Glasschrank hing, seine Silberbrosche wiedererkannte. Sofort rief er alle Bürger zusammen und erzählte ihnen, wie alles gekommen war. Da holten sie schnell seine Vorgänger aus dem Gefängnis. Nur den ersten, den ließen sie noch etwas länger sitzen, denn der hatte es wirklich verdient. Ein Ratsdiener mußte noch am gleichen Tag vor aller Augen die verhexte Brosche in den Fluß Zenn versenken, dort wo er am tiefsten war.

Aus dem goldenen Ring aber ließ der Gänsehirt, der nun Bürgermeister war, zwei Ringe schmieden, den einen trug er, und den zweiten steckte er seiner Braut, einem lieben Mädchen aus Cadolzburg, an den Finger. Was brauchte er noch einen Zauberring, da er mit seiner Herzallerliebsten so glücklich war.

Das Lebkuchenmännlein zu Nürnberg

Vor langer Zeit lebte in Nürnberg ein tüchtiger Lebkuchenbäcker-geselle, der Veit Lorenmeier. Der war sehr fleißig, kam aber dennoch nie auf einen grünen Zweig. Denn sein Meister Sebaldus Bergmann war ein sehr strenger Herr, der dem Gesellen jedes zerbrochene Stück Lebkuchen von seinem Lohn abzog. Die Meisterin war noch viel böser und schimpfte ihn wegen jeder Kleinigkeit. So kam es, daß der Veit oft sein Säcklein mit süßen Lebkuchen gefüllt hatte, aber niemals mit blanken Gulden.

Andauernd Lebkuchen essen konnte er auch nicht. Außerdem nutzte es seinem knurrenden Magen sehr wenig, wenn alle Nachbarskinder ihm entgegenliefen, sobald sie ihn sahen. Sie hatten den Lebkuchen-Veit, der ihnen so viele Süßigkeiten schenkte, sehr lieb. Dem Veit aber schien seine Arbeit manchmal recht eintönig zu sein. Tagein, tagaus mußte er dieselben viereckigen Stücke formen, alle mit einem Mandelkranz in der Mitte und einer Mandel in jeder Ecke, so daß seine Hände es bald von alleine konnten. Manchmal hatte er fast einen richtigen Zorn auf alle die braunen Gesellen, die einander so ähnlich waren wie ein Ei dem andern. Oft malte er sich aus, wie gar nett und fröhlich es aussehen müßte, wenn er aus dem braunen Teig Blumen und Vögel, oder verschiedene Tiere, oder gar hin und wieder ein Menschenbildnis formen dürfte. Aber der Meister Bergmann und besonders die Frau Meisterin, die trieben ihm solche neumodischen Gelüste gründlich aus.

Nun denn, so vergingen die Tage, und die herrliche Weihnachtszeit voll Licht und Glanz und voll geheimnisvoller Schönheit kam immer näher. Der Veit formte, backte und glasierte ohne Ruh und Rast, aber er hatte große Wut auf das unschuldige Süßwerk. Am Heiligen Abend bekam er schließlich statt seines Lohnes ein großes Paket mit Lebkuchen. Von ihnen sollte er sich über die Feiertage ernähren. Als um sechs Uhr Feierabend gemacht wurde, ging er traurig in seine Kammer. Er schaute sein Paket Lebkuchen an und dachte, daß er wohl seiner Lebtag lang ein armer Gesell bleiben würde, denn er hatte weder Geld noch Zeit, um die Meisterprüfung zu machen. Und während er so grübelte, da wurde ihm sein Herz so schwer, daß er nach draußen ging und bitterlich weinte. In seiner Kammer hätte ihn dabei sicherlich die Meisterin ertappt und ihn dafür ausgeschimpft.

Erleichtert wanderte Veit durch die engen Gassen, doch nirgends fand er einen ruhigen Platz, und so ging er schließlich hinauf zur Burg, wo sich ein stilles Gärtlein an den grauen Fels schmiegt. Die Gartentüre stand offen, da der Burggraf nach Wien verreist war. Zu Weihnachten sollten alle Bürger hier nach Herzenslust spazierengehen können. Es war still unter den schneebedeckten Bäumen, und kein Mensch war weit und breit zu sehen. Der Veit wischte den Schnee von einer Mauerecke und ließ sich darauf nieder.

Der Christabend war so schön und klar, daß Veit bald schon seinen Trübsinn vergaß und still vor sich hinblickte und träumte. Hinter der Wallmauer und dem Giebel sah er fern am Himmel den goldenen Schimmer der eben untergegangenen Sonne. Leise schlichen rosenzarte Nebel um die weißverschneiten Türme und Dächer, und hinter den bleigefaßten Fenstern ging Licht um Licht an, als wäre es eine Schar von Glühwürmchen. Und als die Leute unten die Kerzen anzündeten, da blitzte über Veit hell und klar Stern um Stern am Himmel auf. Von Zeit zu Zeit drang tief und voll der nächtliche Glockenschlag von Sankt Lorenz zu ihm herüber, und so saß er eine gute Weile da. Langsam zog der Mond mit lichten Silberschuhen über Häuser und Burg und strahlte einen bläulichen Schimmer hernieder.

Da war es dem Veit mit einem Male so, als höre er ein leises Knistern im Schnee, als würde eine Maus vorbeihuschen. Er bewegte sich leise hin und her, um das Tier zu entdecken. Aber im selben Augenblick fuhr er auch schon erschrocken zurück und schlug ein

Kreuz, denn er hatte ein ganz seltsames Ding erblickt: ein winziges, dunkles Männlein, das nur knapp zwei Fuß groß war. Dem Veit standen fast die Haare zu Berge, dann aber fiel ihm ein, daß am Heiligen Abend die bösen Geister keine Macht haben. Er sprach ein Stoßgebet und blickte wieder neugierig aus einem Versteck hervor, in dem er kaum entdeckt werden konnte, da er im tiefen Schatten saß.

Das Männlein aber, das im hellen Mondlicht stand, hob ein silbernes Horn zum Munde. Daraus drang ein feiner Ton, der weithin hallte und durch den ganzen Burggarten zitterte.

Im selben Augenblick erhob sich überall ein geschäftiges Leben. Aus allen Winkeln und Ecken, aus den Mauerritzen und Felsspalten und aus unterirdischen Gängen, die sich unter der Stadt verzweigten und hierher mündeten, kam es hervor in hellen Scharen – ein gar eigenartiger Zug. Voraus auf zierlichen Pferdchen ritten ein paar Junker, ihnen folgten Landsknechte, hinter diesen trippelten ein paar zarte Jungfrauen mit roten Herzen in den Händen. Zum Schluß kam ein schüchternes Bäuerlein; ihm zur Seite ging seine wohlbeleibte Ehefrau, die einen großen Korb in der Hand hielt. Von den anderen Seiten erschien noch eine große Zahl anderer Männlein, alle in dunklen, schön verzierten Kleidern. Es war ein so dichtes Gewimmel, wie es der Veit noch nie erlebt hatte. Als er genauer hinsah, erkannte er, daß alle Männlein nur Lebkuchen waren, wie er sie in seinen Gedanken schon oft gesehen hatte.

Nun bildeten sie schweigend und feierlich einen Kreis um das Trompetenmännchen, und ein süßer Duft von Zimtwasser und anderen Gewürzen durchzog den Garten. Zum dritten Mal erscholl jetzt das Horn, und hervor aus der Dunkelheit des Ganges schritt ein stolzer Mann. Er ging unter einem scharlachroten Baldachin, den starke Knappen trugen. Und er war königlich anzusehen. Der Kreis öffnete sich ehrfürchtig, der König trat in die Mitte und sprach: »Ich heiße euch herzlich willkommen, meine lieben Untertanen. Der Zauber des Heiligen Abends hat euch zum

Leben erweckt. Ihr habt lange in den dunklen Kellern gelegen, doch jetzt zieht los. Ihr habt meinen Segen und sollt an Weihnachten besonders unter dem Christbaum die Herzen der Kinder erfreuen, ihr lieben Braunmännlein!«

Da riefen alle fröhlich durcheinander, und der Veit sah, wie das Gesicht des Lebkuchenfürsten voller Güte und Freundlichkeit erstrahlte. Dann aber erhob er seine Stimme lauter, und dieses Mal klang sie strafend, als er sich einigen fast unsichtbaren Gestalten zuwandte, die in einer dunklen Ecke standen. Er rief:»Was wollt ihr, ihr unsichtbaren Gesellen, bei unserem Braunvolk? Ihr wißt doch ganz genau, daß ihr nicht eher zu unserem Jahrestag kommen dürft, als bis ein tüchtiger Bäcker euere Form aus braunem Teig geschaffen hat! Wie konntet ihr es wagen, hierher zu kommen, ihr Geister ohne feste Form und Gestalt?«

Nun fingen die unsichtbaren Gestalten jämmerlich zu klagen an und drängten eilig heran. Das kleinste Wesen neigte sich tief herab und rief mit feiner Stimme:»Noch immer müssen wir als Lebkuchengeister herumirren ohne Recht und Ansehen! Auch wir wollen endlich aus süßem Teig geformt werden! Auch wir wollen auf dem Weihnachtstisch prangen und den Menschen Freude machen! Darum hilf uns, Herr, und gib einem tüchtigen Bäckermeister die Kraft, daß er Gestalten formt, die so fein anzusehen sind wie ihr. Dann dürfen auch wir mit Recht zum Jahrtag der Lebkuchen kommen und brauchen uns von den dicken braunen Rücken nicht voll Hochmut zur Seite schieben lassen.«

Da riefen alle unsichtbaren Geister wie aus einem Munde:»Herr, laß uns hierbleiben und gib uns eine feste Form!« Die sichtbaren Lebkuchenmänner aber blickten mürrisch drein, denn sie fürchteten wahrscheinlich, daß ihr Ansehen sinken würde, wenn die unsichtbaren Lebkuchengeister eine feste Form bekommen würden. Der Veit in seiner dunklen Ecke aber lauschte, daß ihm fast die Ohren abfielen, und allmählich merkte er, daß der Mann unter dem Baldachin kein anderer war als der Lebkuchenkönig selbst. Von ihm erzählte man sich, daß ohne seine Hilfe kein Teig aufgehen würde. Unterdessen rückten die dicken Lebkuchen recht fest zusammen, doch half ihnen ihre Abwehr nichts, denn die unsichtbaren Lebkuchengeister schlüpften wie Schatten hindurch und umdrängten den König und baten ihn und flehten gar erbärmlich. Da blickte der König voll Milde auf sie und sprach: »Gern würde ich euch aufnehmen in unserem Kreis und gerne auch zu den Menschen senden, denn unser uraltes Recht ist es, den Menschen Freude zu bringen. Ein schöner Lebkuchen ist für jedes Auge ein herrlicher Anblick. Doch ihr müßt noch ein wenig Geduld haben, denn ohne mich wird es keinem Lebkuchenbäcker jemals gelingen, euch zu schaffen. Es sei denn, es wäre ein solcher Glückspilz und er könnte mich, den Lebkuchenkönig, fangen und an sich fesseln!«

Als das Veit Lorenmeier hörte, da fiel ihm sofort ein, daß schon die bloße Berührung mit einer Menschenhand jeden Zwerg festzaubern und bannen kann. Also sprang er mutig hervor und fuhr mit der Hand wie der Blitz unter den Baldachin. Ein leiser Schrei – und erstaunt hielt er ein rundliches Ding in der Hand, über das sich ein Scharlachdach mit weißen Sprenkeln spannte, die zarten Schneeflocken glichen. Sonst aber war weit und breit nichts mehr zu sehen. Das Ding aber sah ganz genauso aus wie der feuerrote Schwamm, den man im ganzen Volk als Glückspilz bezeichnet. Der Veit ließ sich durch diese List des Königs nicht irremachen, sondern trug ihn sorgsam heim und bemerkte auf einmal nicht die geringste Spur von Trübsinn in seinem Herzen, sondern er fühlte sich fröhlich und guter Dinge. So hatte ihn das liebe Christkind doch nicht ganz vergessen, sondern ihm ein ganz absonderliches, aber sehr prächtiges Weihnachtsgeschenk gegeben.

Zu Hause in seiner Kammer versteckte er den roten Pilz in seiner Truhe und schloß sie sorgsam ab. Als Veit am anderen Morgen erwachte, glaubte er, geträumt zu haben, doch als er die Lade öffnete, da lag vor ihm der Glückspilz, und in der Kammer roch es so lieblich, als würde ein Weihnachtsbaum in ihr stehen. Veit wartete freudig auf das Glück, das jetzt zu ihm kommen mußte.

Und richtig, nach drei Tagen schon wurde er ins Rathaus geladen, wo er erfuhr, daß eine uralte Tante in Hersbruck gestorben sei und ihm hundert Gulden vermacht habe. Nun meldete sich Veit sogleich zur Meisterprüfung an, kaufte sich eine Menge vom besten und durchgegorensten Teig und begann, mit großem Fleiß zu formen und zu backen. Bei jedem Handgriff merkte er deutlich die Hilfe des Lebkuchenkönigs, denn er brauchte nur einen Blick auf seinen Feuerpilz zu werden, so erschienen ihm im Geiste wieder alle jene farbenprächtigen Lebkuchen aus dem Burggarten. Seine Hände bewegten sich wie von selbst, und er schuf die zierlichsten Bildwerke, die man sich vorstellen kann.

Als er fertig war, stellte er unten auf dem Marktplatz eine Bude auf und legte auf einem weißen Tuch appetitlich seine Meisterwerke aus, die Junker und Ritter, die Fräulein und die Bauersleute, die Herzen und die Blumen und alles, was er sonst noch geformt hatte. Und die Leute, vor allem die Kinder, rannten und liefen zu ihm, blieben vor seiner Bude stehen und wollten sich kaum trennen von dem bunten Lebkuchenvolk.

Bald schon legte der Veit seine Meisterprüfung ab, und er hatte danach Tag und Nacht zu schaffen, so daß er sich kurz darauf Gesellen nehmen mußte. Seine Lebkuchen aber wanderten fort aus seiner Bude in alle Welt, bis nach Italien und Hamburg, und blanke Geldstücke kamen in seine Schublade, wo auch auf einem weißen Samtkissen der gefangene Glückspilz lag.

Die Zeit verging wie im Flug, und ehe sich der Veit versah, war wieder der Weihnachtsabend gekommen. Aber dieses Mal suchte er nicht Trost draußen unter dem nächtlichen Himmel, sondern er stand in einem eigenen, gemütlichen Haus vor dem strahlenden Christbaum, und neben ihm stand seine liebe Frau, die er kurz zuvor geheiratet hatte. Beide blickten mit frohen, glücklichen Augen auf den Weihnachtsbaum.

Nach dem Fest aber, als alles still geworden war im Haus und die Lichter erloschen, da stieg Veit hinauf in seine Dachstube, holte seinen Glückspilz aus der Lade heraus und legte ihn andächtig vor sich hin auf den Tisch. Mit dankbarem Herzen dachte er an den Unterschied zwischen damals und heute. So saß er, bis wieder der Mond aufging und mit feinen Silberstrahlen den gefangenen Lebkuchengeist streichelte. Da bemerkte Veit plötzlich, wie sich der Pilz langsam zu regen begann. Er schob seine rote Mütze aus dem freundlichen Angesicht und setzte sich aufrecht hin. Und dann blickte ihn das Männlein nachdenklich an und sprach mit seiner feinen Stimme: »Ein Jahr lang, Veit Lorenmeier, habe ich dir gedient, und habe dir viel Glück ins Haus gebracht. Nun zeige mir, daß du dankbar sein kannst, und gib mich frei, damit ich mich heute um mein kleines Volk kümmern kann. Ich werde es nicht vergessen, deinen Keller mit Lebkuchen anzufüllen. Mach jetzt bitte das Fenster auf, damit ich hinaus kann.«

Veit stand auf und tat, worum er gebeten worden war. Da flutete in einem breiten Strom das Mondlicht herein, und das Männlein ging darauf wie auf einer festen Straße schnurstracks an Veit vorbei. Der blickte der kleinen, dunklen Gestalt, die sich gegen die helle Bahn deutlich abhob, so lange nach, bis sie hinter dem nächsten Giebeldach langsam verschwunden war. Da erst erwachte der Veit aus seinem Staunen und rief weit in den hellen Mondschein hinaus: »Vielen Dank! Vielen Dank! Vielen Dank, lieber Lebkuchenkönig!« Ob ihn das Geisterlein noch hörte, wußte Veit nicht, aber sein Walten verspürte er zeit seines Lebens. Seine Lebkuchen wurden auf der ganzen Welt bekannt und berühmt. Sogar Prinzen und Prinzessinnen holten voll Jubel die kleinen Lebkuchenmännlein oder -weiblein unter dem Christbaum hervor.

Wie die Ansbacher einen Wetterhahn bekamen

Es war einmal eine schöne Henne, die recht zufrieden auf einem Pachthof in Aurach lebte im Kreise ihrer zahlreichen Familie, zu der auch ein häßlicher und verstümmelter junger Hahn gehörte. Diesen gerade liebte nun die Mutter am meisten, denn so machen es die Mütter immer. Diese Mißgeburt war aus einem klimperkleinen Ei gekrochen. Es war nur ein halbes Hähnchen, und es schien gerade, als ob das Schwert Salomons an ihm den Urteilsspruch vollzogen habe, den jener weise König einst gefällt hatte. Es hatte nur ein Auge, einen Flügel und einen Fuß, war dabei aber hochmütiger als sein Vater, welcher der stattlichste, tapferste und galanteste Hahn auf zwanzig Kilometer im Umkreis war. Das Hähnchen hielt sich für den Phönix seiner Rasse. Wenn die anderen Hähne es verspotteten, so meinte es, das sei der blasse Neid. Und wenn die jungen Hühnchen dasselbe taten, so sagte es, es geschehe aus Ärger, weil es ihnen nicht den Hof machen würde. Eines schönen Tages sagte es zu seiner Mutter: »Hör zu, Mutter, auf dem Lande hier ist es mir recht langweilig. Ich habe deshalb beschlossen, an den Hof des Königs zu gehen. Ich will nämlich den König und die Königin selbst sehen.«
Die arme Mutter fing bei diesen Worten zu zittern an. »Kind«, rief sie aus, »wer hat Dir einen solchen Unsinn eingeredet? Dein Vater ist seiner Lebtag nicht von diesem Hof heruntergegangen und ist immer der Stolz der ganzen Familie gewesen. Wo findest Du einen Hühnerhof wie diesen? Wo gesündere und reichlichere Nahrung? Wo einen so geschützten Hühnerstall dicht am Schuppen? Wo eine Familie, die dich mehr liebt als wir?«
»Nego«, sagte das halbe Hähnchen auf lateinisch, was es gerade so radebrechen konnte und auch in den Sand zu kritzeln verstand und was zu deutsch »Nein« heißt. »Meine Brüder und meine Vettern sind alles Nichtswisser und Dummköpfe!«

»Aber, liebes Kind«, entgegnete die Mutter, »hast Du Dich nicht im Spiegel betrachtet? Hast Du nicht gesehen, daß Du einen Fuß, einen Flügel und eine Auge zuwenig hast?«

»Wenn Du mir nun schon mit diesem Vorwurf kommen willst«, entgegnete das halbe Hähnchen, »so muß ich Dir nur sagen, daß Du vor Scham, mich in diesem Zustand zu sehen, in die Erde kriechen solltest. Du hast die Schuld daran und sonst keiner. Aus welchem Ei bin ich denn zur Welt gekommen? Ich wette, es war eins, das ein alter Hahn gelegt hat. Vielleicht treibe ich irgendwo einen geschickten Chirurgen auf, der mir die fehlenden Glieder wieder anflickt. Na also, da hilft nichts! Ich gehe!« Als die arme Mutter sah, daß sie ihm seinen Entschluß nicht ausreden konnte, sagte sie: »Hör wenigstens, liebes Kind, auf die guten Ratschläge Deiner Mutter. Schau, daß Du bei keiner Kirche vorbeikommst, wo das Bild des heiligen Petrus steht. Dieser Heilige ist nicht gut auf Hähne zu sprechen und noch viel weniger auf ihr Krähen. Meide auch eine gewisse Menschenklasse, die auf der Welt unter dem Namen »Köche« bekannt ist und die unsere Todfeinde sind und uns den Hals umdrehen, ehe man »Amen« sagen kann. Und nun, mein Sohn, geleite Dich Gott und der heilige Raphael, welcher der Schutzpatron der Wanderer ist. Geh und bitte Deinen Vater um seinen Segen.«

Das halbe Hähnchen näherte sich dem ehrsamen Urheber seiner Tage, neigte den Schnabel, um die Kralle zu küssen, und bat ihn um seinen Segen. Der ehrwürdige Vater gab ihm denselben mit mehr Würde als mit Zärtlichkeit, denn er mochte das mißgestaltete Hähnchen wegen seiner streitbaren Naturveranlagung nicht besonders. Die Mutter war hingegen so bewegt, daß sie sich die Tränen mit einem trockenen Blatt abwischen mußte.

Das halbe Hähnchen war nun reisefertig, schlug mit dem Flügel und stieß ein dreimaliges »Kikeriki« aus, womit es sich von dem versammelten Hühnerhof verabschiedete. Als es an das Ufer der Altmühl kam, die fast ganz ausgetrocknet war, denn es war eine besonders heiße Sommerzeit, fand es, daß der dünne Wasserfaden von Zweigen aufgehalten wurde. Beim Anblick des halben Hähnchens sagte die Altmühl:»Du siehst, Freund, wie schwach ich bin. Kaum daß ich noch einen Schritt tun kann. Ich habe nicht einmal mehr soviel Kraft, daß ich dieses Gestrüpp, das mir den Weg versperrt, fortstoßen kann. Ebensowenig kann ich einen Umweg machen, das würde mich zu sehr ermüden. Du kannst mich leicht aus dieser Verlegenheit ziehen, wenn Du mit Deinem Schnabel das Strauchwerk zur Seite stößt. Zum Dank dafür kannst Du nicht nur Deinen Durst in meinem Wasser stillen, sondern auch auf meine Dienste zählen, wenn das Wasser des Himmels meine Kräfte wiederhergestellt hat.«

Das halbe Hähnchen antwortete:»Ich könnte Dir wohl helfen, aber ich will nicht. Sehe ich etwa so aus wie der ergebene Diener armseliger, schmutziger Wässerchen?« - »Du wirst schon noch an mich denken, wenn Du es am wenigsten glaubst«, murmelte die Altmühl mit ersterbender Stimme.

»Na, es fehlte weiter nichts, als daß so ein Mund voll Wasser Drohungen ausstieße,« höhnte das halbe Hähnchen.»Es sieht fast so aus, als hättest Du einen Sechser im Lotto oder als wenn Du mit Sicherheit auf eine Sintflut rechnen würdest.«

Ein wenig weiter begegnete das halbe Hähnchen dem Wind, der seiner ganzen Länge nach und fast leblos am Boden lag.»Liebstes Hähnchen«, flüsterte er,»in dieser Welt haben wir alle der eine den anderen nötig. Komm näher zu mir her und schau mich an. Siehst Du, wie übel mich die Sonnenhitze zugerichtet hat? Mich, der so stark, so mächtig ist! Mich, der die Wellen aufpeitscht, der die Felder fegt, der keinen Widerstand gewohnt ist? Diese Hundstage haben mich zugrunde gerichtet. Ich berauschte mich an dem Duft der Blumen, mit denen ich kose, und nun liege ich hier kraftlos am Boden. Wenn Du mich mit dem Schnabel nur zwei Finger breit hoch aufheben und mir ein wenig mit Deinem Flügel zufächeln wolltest, so könnte ich Kraft genug haben, um meinen Flug zu meiner Höhle fortzusetzen, wo Mutter und Schwestern, die Windsbräute, beschäftigt sind, ein paar alte Wolken zusammenzuflicken, die ich zerrissen habe. Da werden sie mir schon mit einer Suppe wieder auf die Beine helfen, so daß ich die Backen wieder voll nehmen kann!«

»Werter Herr«, entgegnete das boshafte halbe Hähnchen, »oft genug hast Du mich zum Besten gehabt, wenn Du mich von hinten in den Schwanz gezwickt und ihn wie einen Fächer ausgebreitet hast, damit sich alle, die mich sahen, über mich lustig machten. Nein, guter Freund, einer jeden Gans schlägt ihr Martinstag, und somit leb wohl, Du Possenreißer!«

Nach diesen Worten krähte er dreimal mit heller Stimme, blies sich vor Eitelkeit auf wie ein Pfau und setzte seinen Weg fort.

Mitten auf dem Stoppelfeld, an das die Bauern Feuer gelegt hatten, erhob sich eine kleine Rauchwolke. Das halbe Hähnchen ging näher hinzu und bemerkte einen winzigen Funken, der jeden Augenblick unter der Asche zu erlöschen drohte.

»Geliebtes Hähnchen«, flüsterte der Funke bei seinem Anblick, »Du kommst genau zur richtigen Sekunde, um mir das Leben zu retten. Aus Mangel an Nahrung liege ich, wie Du siehst, in den letzten Zügen. Ich weiß gar nicht, wo mein Vetter, der Wind, ist, der mich immer aus der Klemme zu ziehen pflegt. Bring mir doch ein paar Strohhalme, damit ich mich wieder beleben kann.«

»Was gehen mich Deine letzten Züge an?« entgegnete ihm das halbe Hähnchen. »Erstick doch, wenn es Dir Spaß macht, und verwünscht soll die Gelegenheit sein, wo ich Dich benötige!«

»Wer weiß, ob Du mich nicht eines Tages brauchen kannst«, antwortete der kleine Funke. »Niemand sollte sagen: Von diesem Wasser trink ich nicht.«

»Was willst du etwa noch lange groß prahlen?« entgegnete das selbstbewußte Hähnchen. »Da, nimm dafür das!«

Und mit diesen Worten bedeckte er den Funken mit Asche, worauf er seiner Gewohnheit gemäß anfing zu krähen, als hätte er wunder was für eine Heldentat vollbracht.

Nun kam das halbe Hähnchen in Ansbach an. Es ging vor einer Kirche vorbei, die, wie man ihm sagte, dem heiligen Petrus geweiht war. Es stellte sich der Kirchentüre gegenüber auf und krähte sich heiser, und zwar aus keinem anderen Grunde, als um den Heiligen in Wut zu versetzen und das Vergnügen zu haben, die Ratschläge seiner Mutter zu widerlegen.

Als es sich nun einem prächtigen Haus näherte, wo es eintreten wollte, um den König und die Königin zu sehen, da riefen ihm die Diener zu: »Zurück!«

Da schlich das Hähnchen um das prächtige Haus herum und durch eine Hintertür in einen großen Saal, wo viele Leute ein und ausgingen. Er fragte, was das für Leute seien und erfuhr, daß es die Köche der Herrschaft wären.

Anstatt nun zu fliehen, wie es ihm seine Mutter geraten hatte, trat er mit erhobenem Kamm und aufgefächertem Schwanz ein, aber einer der Küchenjungen warf sich auf ihn und dreht ihm, ohne viel Federlesens zu machen, in einem Augenblick den Hals um. »So«, sagte er, »nun mal Wasser her, um diesen Schlingel abzufedern!«

»Oh, liebes Wasser, liebes Fräulein Kristallklar!« flehte das halbe Hähnchen mit dem letzten Atemzug, »Tu mir den einzigen Gefallen und verbrüh mich nicht! Erbarm Dich meiner!«

»Hast Du Dich etwa meiner erbarmt, als ich Dich um Hilfe bat, Du Bösewicht?« antwortete das Wasser und kochte vor Zorn. Und es begoß ihn von oben bis unten, während der Küchenjunge ihn kahl rupften, ohne ihm auch nur eine Feder am Leibe zu lassen, mit der man eine verrostete Türangel hätte ölen können.

Darauf packte der Koch das halbe Hähnchen und steckte es in die Bratpfanne.

»Feuer, schönstes Feuer!« rief der Unglückliche. »Du, das du so herrlich loderst und glänzt, hab doch Mitleid mit mir! Unterdrücke Deine Hitze, laß Deine Flammen ausgehen und brenne mich nicht!«

»Oh Du Spitzbube«, rief das Feuer, »wie kannst Du es wagen, mich um Schonung zu bitten, nachdem Du mich selbst erstickt hast unter dem Vorwand, daß Du nie meine Dienste benötigen würdest? Komm nur näher, da wirst Du schon deine Freude an mir haben!«

Und in der Tat, das Feuer begnügte sich nicht damit, das Hähnchen zu bräunen, sondern es briet es dermaßen, daß es schwarz wie eine Kohle wurde.

Als der Koch es in diesem Zustand sah, da packte er es am Bein und warf es zum Fenster hinaus. Nun ergriff es der Wind.

»Wind«, rief das halbe Hähnchen, »mein geliebter Wind, mein verehrter, bester Herr Wind, Du, der Du über alles herrschst und niemandem zu gehorchen brauchst, der Du mächtiger bis als jeder Herrscher, hab doch Mitleid mit mir, laß mich still auf diesem Misthaufen liegen!«

»Dich in Ruhe lassen?!« heulte grimmig der Wind, riß das Hähnchen in einem Wirbel mit sich fort und drehte es wie einen Kreisel in der Luft. »Nicht, solange ich Atem in der Brust habe, lasse ich Dich los!«

Der Wind setzte das halbe Hähnchen hoch oben auf dem Glockenturm ab. Sankt Petrus aber streckte die Hand aus und nagelte den Bösewicht fest. Seitdem sitzt er da, schwarz, platt und nackt, vom Regen gepeitscht, vom Sturmwind gestoßen, vor dem er sich immer seinen Schwanz zu schützen bemüht und von der Sonnenglut gebraten.

Als die Ansbacher den schwarzen Vogel auf dem Kirchturm erblickten, da nannten sie ihn Wetterhahn. Aber keiner von ihnen wußte, daß es nur das halbe Hähnchen war, das seine Sünden, seinen Ungehorsam, seinen Hochmut und seine Bosheit abzubüßen hatte.

Prinzessin Ohnehand

Es lebte einmal in Mittelfranken ein König, der hatte eine schöne, junge Frau. Aber er hatte auch eine böse Mutter, die voll Haß und Neid gegen die junge Königin war und danach trachtete, ihr Leid anzutun, wo sie nur konnte. Eines Tages, als der König auf der Jagd war, brachte ihm seine Frau ein Mädchen zur Welt, das schöne und ebenmäßige Glieder hatte, eine rosige Haut und ein weißes Kreuz auf der Stirn. Darüber ärgerte sich die böse Mutter über alle Maßen. Sogleich ließ sie zwei wilde Landsknechte kommen und bestach sie, das Mädchen zu töten.

»Bringt mir zum Zeichen, daß ihr meinen Wunsch erfüllt habt, die kleinen Hände zurück, dann sollt ihr es zeitlebens wie Fürsten an meinem Hofe haben«, versprach sie ihnen. In die Wiege aber legte sie einen häßlichen, jungen Hund.

Als dann der König nach Hause kam, stellte sich das böse Weib traurig und sagte weinend: »Schau einmal, welch ein Kind dir deine Frau geschenkt hat! Oh, sie ist sicher eine Hexe!«

Der König erschrak sehr. »Ist das wirklich unser Kind?« fragte er die Königin und deutete auf die Wiege. »Ja«, antwortete sie voll Freude, denn sie war noch schwach von der Geburt, lag im Bette und wußte nicht, daß das Kind vertauscht worden war.

Da wurde der König wütend. Er stieß sein Weib aus dem Palast und ließ es von Soldaten bis über die Grenze seines Landes jagen.

Indessen hatten die Soldaten das Kind heimlich fortgeschafft. Es weinte, daß es einen Stein hätte erbarmen können. »Töte du es!« sagte einer zum anderen. Und als sie sich nicht einig werden konnten, wer die grausame Tat vollbringen sollte, wollten sie den lieben Gott betrügen und ihre Sünde beschönigen.

»Wir bringen es nicht um, das hilflose Püppchen, nein, ganz gewiß nicht«, riefen sie, schlugen ihm jedoch beide Hände ab, legten das Kind in einen Binsenkorb und schleuderten diesen in die Altmühl hinaus. Die beiden kleinen Hände brachten sie dann der Mutter des Königs und nahmen dafür ihren Sündenlohn.

Das Körblein schwamm auf dem Wasser, trieb und hüpfte, die lieben Wellen verschlangen es aber nicht. Es kam auch kein gieriger Fisch herbei, sondern der Fluß trug es unversehrt ans einsame Ufer. Dort blieb es im Schilf liegen.

Ein Einsiedler aus der Gegend kam gerade vorbei. Wie staunte er, als er den Binsenkorb fand mit dem Kind darin, das ein Kreuz auf der Stirn hatte und abgeschnittene Hände! Er weinte vor Mitleid, daß die Tränen in seinen langen Bart liefen. Eiligst macht er sich auf nach seiner Klause, pflegte und nährte das Kind und taufte es »Ohnehand«, weil es keine Hände hatte.

Der fromme Mann im Wald hatte seine Freude an dem Mädchen. Er lehrte es geschickt, wie es seine Zähne und seine Füße anstelle seiner Hände gebrauchen konnte. Und er unterrichtete es in allem, was gut und edel war. Rein wie eine Blume wuchs es heran zu einer schönen, gottesfürchtigen jungen Frau.

Eines Tages geschah es, daß ein Prinz, Franz war sein Name, sich auf der Jagd verirrte und bei dem Einsiedler Obdach suchte. Als er Prinzessin Ohnehand sah, erfaßte heiße Liebe sein Herz. Jedoch er wußte, daß sein Vater, ein stolzer König, es nie duldete, daß er ein Bettelmädchen heiraten würde, das dazu noch nicht einmal Hände hatte. Da kaufte er ein kleines, verstecktes Schloß, richtete es herrlich ein und führte dann, gesegnet von dem alten Einsiedler, Ohnehand als seine heimliche Frau dorthin.

Drei Jahre lebten sie überglücklich im Verborgenen. Ohnehand schenkte ihrem Mann zwei starke Buben. Da wurden sie entdeckt. Wutentbrannt kam der König angezogen, nahm Franz gefangen und warf ihn in den tiefsten Kerker des Schlosses.

»Nun kannst du es dir überlegen«, schrie er, »verlasse dieses Weib und kehre mit mir zurück! Wenn nicht, dann kannst du hier verderben!«

Aber Ohnehand wollte nicht, daß ihr Mann um ihretwegen leiden mußte. Sie floh aus dem Schloß. Mit ihren verstümmelten Händen preßte sie die beiden Kinder an sich und rannte hinaus in den Wald. Sie irrte tagelang umher und suchte den Einsiedler, aber sie fand ihn nicht. Da ließ sie sich in einer Höhle nieder. Trostlos und hart war ihr Leben nun geworden. Sie hatte ja keine Hände und mußte alle Arbeit doppelt mühsam mit den Zähnen und mit den Füßen tun.

Sie schleppte Wurzeln und Kräuter als Nahrung herbei. Ihre beiden Kinder tranken an ihrer Brust. Und Ohnehand verlor nicht den Mut. Dort oben im Himmel der große Gott ließ ihren beiden Kindern kein Leid geschehen, das wußte sie.

Eines Tages fand sie einen alten Mann, der lag erschöpft am Wege und stöhnte. Ohnehand sah, daß seine Füße wund waren, da biß sie sich eine Strähne ihres goldblonden Haares ab und legte sie auf seine Wunden. Unter tausend Mühen brachte sie ihn dann zu ihrer Höhle, gab ihm zu trinken und ernährte ihn von ihrem geringen Essensvorrat. Der Greis erholte sich bald.

»Ach«, rief er, mit tränenden Augen, »du Ärmste, die du hier im Elend wohnst, du hast dich meiner angenommen! Ich muß nun weitergehen in meine Heimat, ohne dich wäre ich wohl niemals mehr hingekommen. Gott segne dich! Gott schütze dich! Gott sende dir Hilfe in deiner Not!«

Und siehe, kaum hatte der Greis sie verlassen, da kam über Ohnehand ein großes Glück. Sie erhielt nämlich plötzlich wieder ihre Hände. Ohnehand weinte und dankte Gott. War denn nun ihr Leben noch hart? Allerdings wußte sie vorerst nicht einmal, wie sie das kostbare Geschenk gebrauchen sollte. Bald jedoch genoß sie den Segen, und sie küßte vor Freude oft ihre wieder gewachsenen Hände.

Um diese Zeit war Ohnehands böse Großmutter gestorben. Die beiden Landsknechte waren alt geworden und hatten Angst vor dem Tode. So gingen sie zum König, um ihm alles zu beichten. Zu spät war der König überzeugt von der Unschuld seiner Frau. Sie war längst aus Kummer gestorben. Es blieb ihm nichts anderes übrig, als ihr Grab reich zu schmücken und mit weißen Rosen zu bepflanzen. Nun hoffte er, wenigstens sein armes, verstümmeltes Kind noch zu finden. Boten ritten in alle Länder und fragten nach einem Mädchen ohne Hände mit einem weißen Kreuz auf der Stirn. Sie kamen auch zu Prinz Franz, der seit Ohnehands Verschwinden wieder als Königssohn lebte, aber in tiefe Traurigkeit verfallen war. Er wußte freilich, daß ein solches Mädchen gelebt hatte, aber wo sollte er es finden?

»Und sie war eine Königstochter! Sie war eine Königstochter!« klagte er verzweifelt und händeringend und machte seinem Vater die bittersten Vorwürfe.

Ach, diese Königstochter saß bleich und arm vor ihrer Höhle und lehrte in ihrer Not den ältesten Sohn das erste Gebet. Sie hoffte, Gott werde wenigstens auf das Stammeln ihres Kindes hören, denn der Winter rückte heran. Wie sollte sie die Buben vor Kälte und Hunger schützen?

Da war es ihr, als sängen die Vöglein: »Nimm deine Buben! Nimm sie! Gehe heim mit ihnen in das Land ihres Vaters!«

Sogleich machte sich Ohnehand in die Heimat auf. Unterwegs begegnete ihr eine Gruppe von Reitern. »Hast du unsere Königin nicht gesehen? Ein schönes Weib ohne Hände? fragten sie. »Das bin ich!« Da lachten die Reiter: »Du hast ja Hände!« Und sie ritten weiter. Am nächsten Tag begegnete sie einer Schar von Frauen: »Wir suchen unsere Königin ohne Hände mit einem Kreuz auf der Stirne.«

»Das bin ich!« »Du hast ja Hände!«

»Die hat mir Gott gegeben. Ich schwöre euch bei seinem Namen, daß das wahr ist!«

»Dann zeige uns das Kreuz auf der Stirn«, riefen sie höhnisch. Ohnehand wollte ihre Stirne frei machen, aber das Haar war ihr so dicht gewachsen, daß das Kreuz nicht mehr zu sehen war. Da beschimpften sie die Weiber, schlugen sie und zerrten sie an den Haaren hin zur Stadt. »Sie will unsere Königin sein! Dieses Bettelweib mit den zerlumpten Kindern!« schrien sie den Umstehenden zu.

»Ei, ein feiner Spaß!« lachten die Leute.

Traurig und ohne alle Hoffnung saß Prinz Franz am Fenster seines Schlosses, als man das Bettelweib herbeischleppte. Er erkannte Ohnehand sofort, schwang sich über die Brüstung und sprang vor den Augen der schreienden Menge in den Hof. Im nächsten Augenblick lag Ohnehand mit ihren Buben glücklich an seiner Brust. Nun jubelten auch die Weiber, und sie lobten sich selbst: »Wir haben sie gefunden!« Sie wollten sogar noch einen Lohn dafür. Ohnehands Vater wurde eiligst herbeigeholt und alle feierten Feste über Feste. Und da die beiden Könige des Regierens müde waren, übergaben sie dem jungen Paar ihre zwei Königreiche.

Nun blieb das Glück auch stets bei ihnen. König Franz liebte seine Frau bis zum Tode und Königin Ohnehand gebrauchte ihre Hände nur zu guten Werken, ihr Leben lang. Ihr zu Ehren aber nannte man den Ort, wo sie sich so viele Jahre lang weinend und verstümmelt verborgen halten mußte, Feuchtwangen.

Die fünf Vaterunser aus Dinkelsbühl

In einem Dorf nahe bei Dinkelsbühl wohnte ein armer Mann mit seiner Frau und vielen kleinen Kindern. Er besaß nichts, als was er täglich mit seiner harten Arbeit gewann. Eines Tages sagte die Frau zu ihm:»Lieber Mann, alle unsere Nachbarn gehen zum Markt und verkaufen und kaufen, und wir allein bleiben daheim und verkaufen nichts. Darum will ich dir fünf Vaterunser in einen großen Topf beten. Mit ihm sollst du zum Markt gehen und sie dort verkaufen, danach kauf uns Fleisch, daß wir doch auch einmal Fleischsuppe essen können.«

Nun, der gute Mann zog mit dem großen Topf, in dem fünf Vaterunser waren, nach Dinkelsbühl auf den Markt und setzte sich zu den anderen Bauern, die Korn, Salz, Schmalz, Käse, Eier und anderes feilboten. Wenn er dann gefragt wurde, was er denn verkaufen wolle, sagte er:»Ich habe fünf Vaterunser in diesem Topf.« Als nun jeder seine Waren verkauft hatte, saß der arme Mann noch immer mit seinem Vaterunsertopf, und konnte nichts verkaufen. Schließlich fiel er einigen Metzgern auf. Da diese gerade zum Tratzen aufgelegt waren, kamen sie auf ihn zu und fragten ihn, was er denn im Topf habe. Er gab zur Antwort:»Ich möchte gerne fünf Vaterunser verkaufen.« Ein Metzger lachte und meinte: »Einverstanden, ich will dir soviel Fleisch für deinen Vaterunser-Topf geben, wie er schwer ist.«

Der Bauer war damit zufrieden und ging mit ihm zur Waage. Der Metzger stellte den Topf auf die Waagschale und fing an, Fleisch auf die andere Schale zu legen, zuerst zwei Pfund, dann vier Pfund. Aber alles wog nicht so viel wie der Topf. Er war und blieb schwerer. Da wurde es dem Spötter und seinen Freunden unheimlich zumute, und er packte den Topf voll mit Fleisch und gab ihm noch drei weitere Fleischbeutel dazu. Zufrieden stand der arme Mann auf und ging nach Hause zu seiner Frau.

Das Eichstätter Kräuterzwergl

Vor vielen vielen hundert Jahren lebte tief, tief in einem großen Wald bei Eichstätt, der schon über tausend Jahre alt war und so breit, daß man einen langen Tag gehen mußte, um durchzukommen, dort wo vier Eichen mit ihren Zweigen aneinanderreichten und dichtes Gesträuch mit bunten Heckenrosen einen grauen Felsen umgab, auf dem heute noch ein Kreuz steht, da lebte vor vielen, vielen hundert Jahren ein Kräuterzwergl.

Es war nicht größer als einen halben Meter, hatte ein freundliches Köpflein mit weißen Haaren und einen langen, weißen Bart und sah, wenn es so vor seinem Felsenhaus auf und ab spazierte oder auf einem Eichenast saß, recht ehrwürdig und freundlich aus. Es war immer heiter und guter Dinge, pfiff frohe Lieder und hatte deshalb immer zahlreiche Gesellschaft von Nachtigallen, Drosseln, Finken und Eichhörnchen. Denn das sind gar liebe Tiere und sehr musikalisch dazu.

Das Kräuterzwergl war schon sehr sehr alt, aber es war dennoch jung geblieben wie eine Quelle, die auch schon lange quillt, aber immer neues Wasser gibt.

Die liebste Beschäftigung des Kräuterzwergls war es, den Bewohnern des Forstes Gutes zu tun, wo es nur konnte, und zu helfen mit Rat und Tat. Deshalb hatten es auch alle Geschöpfe so lieb. Die Vöglein sagten ihm jeden Tag Guten Morgen, die Eichhörnchen sprangen um den Kleinen herum, die Rehe schauten freundlich zu ihm auf und selbst die Pflanzen liebten es und dufteten lieblicher, wenn sie es durchs Moos schreiten sahen.

Wenn aber erst ein Mensch in den Wald kam, da bot das Kräuterzwergl alles auf, was es konnte. Wenn es ein Bösewicht war, so ließ es die Wipfel schaurig rauschen, befahl dem Kuckuck zu rufen, und den Raben zu krächzen. Es ließ da und dort einen Stamm krachen und hielt dann dem Sünder seine Verbrechen vor.

War es aber ein guter Mensch, dann gab es ihm so frohen Mut durch all den süßen Duft, den es ausgoß, so starkes Vertrauen durch das tiefe Schweigen, daß es ihm wieder wohl war, selbst wenn er krank und tiefbetrübt im Herzen in den Wald gekommen wäre.

Einmal lief ein Kind in den Wald, das legte sich unter eine der großen Eichen und schlief bald ein. Es war nämlich zu müde, um weiterzugehen.

Da kam die Nacht, und als es wieder aufwachte, da war es ringsum so schwarz und schaurig, daß das kleine Kind zu weinen anfing. Es wollte aufstehen, aber siehe da, es konnte nicht, es war nämlich krank geworden.

Als das Kräuterzwergl es weinen hörte, stand es auf, um nachzusehen, was dem kleinen Menschenkind fehlte. Ein Johanniswürmchen leuchtete ihm auf dem Weg und bald stand das Kräuterzwergl bei dem kranken Kind, das ihn verwundert ansah. Da fragte der gute Waldgeist: »Wer bist Du?« – »Ein krankes Kind, das keine Eltern mehr hat und das bei fremden Leuten leben muß.«

Das Kräuterzwergl war nun schnell verschwunden, brachte einige Wurzeln und Blätter, dann klares Wasser und süßen Honig, bereitete schnell eine gute Medizin, ein Tränklein, ein Pflästerchen, ein Pulver und was man sonst noch in der Apotheke bekommen mag. Dann wendete es alle seine Mittel bei dem Kind an, ohne daß das Kleine etwas bemerkte, und als es erwachte, war es gesund.

Als das Kräuterzwergl nun gute 500 Jahre alt geworden war, kam es soweit, daß es sterben mußte. Als es tot war, war der ganze Wald traurig. Die Vögel sangen nicht mehr, die Blätter fielen ab, die Rehe gingen traurig an den dunklen Weiher und der Wind wehte die Wipfel schaurig durcheinander. Anderen konnte es wohl helfen, sich selbst nicht, denn seine Zeit war um. Aber das Gute, das es im Leben getan hatte, wurde noch im Tode belohnt. Es wurde wunderprächtig begraben.

Voraus flogen zwei Raben, dann kamen vier kleine Mäuse, die auf den Hinterfüßen gingen und grüne Zweige in den Vorderpfötchen hielten. Dann folgten ein halbes Dutzend Igel, ihnen schlossen sich die Rebhühner an und alle trippelten brav in der Reihe. Dann kamen die Hasen von allen Familien, dann die Nußhäher, die Maulwürfe, die Spechte, die Finken, dann ein Chor von Nachtigallen, die ein Trauerlied sangen.

Danach folgte der Leichenwagen aus Tannenreisig zusammengebaut, gezogen von 20 Eichhörnchen und umgeben von Trauernden. Ihm folgten alle übrigen Tiere des Waldes ihrer Größe nach, zuletzt die Hirsche. In den Wipfeln aber hing ein Summen wie Glockenläuten und die Menschen setzten auf dem Felsen, wo das Kräuterzwergl gewohnt hatte, ein eisernes Kreuz.

Schwaben

Der Monheimer Gänsebraten

In Monheim lebten einmal ein paar gute Freunde, die sich vorgenommen hatten, im Wirtshaus nach Herzenslust zusammen zu essen und zu trinken. Sie gingen also in den Monheimer Gasthof und setzten sich dort an den großen hölzernen Tisch, an dem sonst nur der Herr Bürgermeister mit dem Ortspolizisten Platz nehmen durfte. Der Wirt, der ein gutes Geschäft ahnte, tischte ihnen auch tüchtig auf und ermunterte sie, nach Herzenslust zuzulangen. Er sagte:»Was ihr hier trinkt und verzehrt, soll euch alles geschenkt sein, nur diesen fetten Gänsebraten, den müßt ihr bezahlen. Der hat mich selber drei Taler gekostet, und dafür will ich ihn euch gern lassen.« Die Zecher nickten und meinten, das ginge in Ordnung.

Da fuhr draußen die Postkutsche vor. Schnell eilte der Wirt zur Tür, um die neuen Gäste zu empfangen, denn er wollte sich kein Geschäft entgehen lassen. Inzwischen nahm einer aus der lustigen Tafelrunde die Gans vom Tisch und versteckte sie unter der Sitzbank. Dann rief er den Kellner:»He, du«, sagte er,»schenk uns noch mehr ein und bring uns etwas zu essen. Schau doch, die Schüssel ist schon wieder leer.«

Der Kellner schenkte nach und ging dann hinaus in die Küche, um der Wirtin zu melden, daß die Gäste noch Hunger hätten. Er brachte dann bald auch eine große Schüssel mit Würsten, Fleisch und reichlich Gemüse, dazu auch gebackenen Fisch auf den Tisch. Die Freunde ließen sich das Essen gut schmecken und tranken dazu noch viel Bier.

Als sie sich so richtig voll und satt gegessen hatten, winkten sie dem Wirt und baten um die Rechnung. Der kam freudestrahlend an den Tisch und wiederholte, was er schon zu Beginn gesagt hatte:»Alles, was ihr gegessen und getrunken habt, das sei euch geschenkt und möge euch recht gut geschmeckt haben. Wie ich

schon sagte, sollt ihr nur die drei Taler für den Gänsebraten bezahlen. Ihr müßt mir doch recht geben, daß das sehr billig ist.«
Da holte einer der Freunde die Gans aus ihrem Versteck hervor und sagte: »Nein, drei Taler für eine Gans ist uns zu teuer, das können wir uns nicht leisten.« Er stellte den Gänsebraten wieder auf den Tisch. Die fröhliche Tafelrunde stand lachend auf, und alle dankten dem Wirt für das gute Essen und das gehaltene Wort. Dann verließen sie das Wirtshaus. Wie berichtet wird, soll seit diesem Tag niemals mehr ein Monheimer Wirt seine Gäste auf diese Weise bewirtet haben.

Der Nördlinger Stiefelknecht

In einer Nördlinger Amtsstube stand vor langer Zeit einmal ein Stiefelknecht, der brummte unzufrieden vor sich hin: »Es ist doch eine jämmerliche Sache um dieses Leben, wenn man immer im Winkel steht und auf die Herren Stiefel warten muß! Und wie dreckig sie daherkommen, wie grob sie mich armen Knecht dann auch noch oft behandeln! Wenn ich den einen ausziehe, so tritt mich der andere! Ja, die Stiefel haben's gut, die bekommen die Welt zu sehen. Während ich hier in der Ecke stehen muß, gehen sie spazieren im Sonnenschein. Und wenn sie müde sind, dann heißt es: Stiefelknecht her! Und ich muß die groben Herren ausziehen, und sie stellen sich dann bequem in eine Ecke.«

Die Stiefel, denen diese Worte galten, gehörten dem Amtsschreiber, der sie ausgezogen hatte, um sich's etwas leichter zu machen. Sie machten bei der Rede lange Schäfte und der Stiefel des rechten Beines sprach zum Stiefel des linken Beines: »Bruder, wir sollen es guthaben! Wir sollen Herren sein? Der dumme Stiefelknecht weiß gar nicht, wie gut er es hat. Der Lump hat den leichtesten Dienst von der Welt, aber wir! Wir werden den lieben langen Tag hindurch und oft genug durch dick und dünn gejagt. Im Sommer ersticken wir fast vor Staub, im Winter frieren wir im Schnee, und wenn es regnet, dann sind wir immer in Gefahr, in dem Dreck und Matsch zu ersaufen. Ach, und das Pflaster! Die scharfen, kantigen Steine, die kein Erbarmen kennen! Ich möchte nur wissen, wieviel Haut sie mir heute schon wieder abgerieben haben. Ich bin unten ganz durchsichtig geworden. Es ist ein mühevolles Leben, wenn man dienen muß!«

Der Stiefelknecht horchte auf. »Bruder«, sagte der Stiefel vom linken Bein, »das Treten würde ich mir ja noch gefallen lassen, daran gewöhnt man sich. Aber das Rumpeln und Bürsten am Abend oder am frühen Morgen, das ärgert mich am meisten. Ich möchte wissen, warum wir bei unserem Elend auch noch glänzen sollen. Da hat es unser Herr, der Schreiber, gut. Dort sitzt er bequem und schreibt. Wenn ich doch auch ein Schreiber wäre!« – »Das meine ich auch«, seufzte der Stiefelknecht.

Der Schreiber spritzte seine Feder aus, lehnte sich zurück und seufzte: »Gottlob, daß wieder ein Tag vorbei ist! Ein Schreiber hat doch das jämmerlichste Leben! Was ist er denn anderes als ein armseliger Federknecht! Da lob ich es mir, wenn man sein eigener Herr ist, wie mein Vorgesetzter, der Herr Amtmann. Der arbeitet nur, wenn er Lust hat, und wird alle Tage dabei dicker. Ich habe die Plackerei satt. Ja wäre ich doch nur ein Amtmann!« Er zog seufzend die Stiefel an und steckte die Schlappschuhe in die Tasche seines fadenscheinigen Mantels. Da trat der Herr Amtmann ein und sagte brummig: »Du kannst gehen. Es ist Feierabend. Du weißt gar nicht, wie gut Du es hast.« – »Der verspottet mich auch noch«, dachte der Schreiber, machte eine ungeschickte Verbeugung und ging. Die Stiefel jedoch knarrten.

Der Amtmann schritt in seine Wohnstube zurück. Weil er aber die Tür offenstehen ließ, konnte der Stiefelknecht alles hören, was nebenan vorging. Der dicke Amtmann brummte im tiefsten Baß: »Da läuft er hin, das Volk hat's gut. Nun setzt er sich zu einem Glas Bier und raucht in aller Ruhe sein Pfeifchen, und ich! Bis morgen soll die Arbeit fertig sein! Da liegt sie! Was nur der Herr Minister denkt! Immer mehr Arbeit und keine Mark mehr Zulage! Der Geier hole den Dienst! Ach, wenn ich doch mein eigener Herr wäre! Der Herr Minister hat gut befehlen!« – »Sonderbar!« dachte der Stiefelknecht, »der Dicke klagt auch.«

Da klopfte es. »Herein!« rief der Amtmann. Der Doktor trat ein. »Gut, daß Sie kommen«, sagte der Amtmann, »ich fühle mich heute gar nicht wohl und muß doch noch die Nacht hindurcharbeiten. Oh, der Dienst!«

Der Doktor fühlte den Puls und sah sich die Zunge des Amtmanns an. Dann sagte er: »Sie müssen ruhen, bester Freund, Ihnen fehlt nur Schlaf!«

»Ja, schlafen soll ich!« brummte der Amtmann. »Doktorchen, Sie haben es gut! Sie sind Ihr eigener Herr!« – Der Doktor hielt sich den Bauch vor Lachen und rief: »Ich, mein eigener Herr! Aller Welt Diener bin ich! Tag und Nacht läßt man mir keine Ruhe! Glauben Sie mir, bester Freund, der Doktor ist die geplagteste Kreatur auf Gottes Erden. Ja, wenn ich mein eigener Herr wäre! Soviel es Kranke in der Stadt gibt, so viele Herren hab ich und Herrinnen dazu, und ich kann Ihnen sagen, die verstehen es, mich zu quälen. Ich bin jedermanns Knecht!«

Der Doktor ging und der Stiefelknecht dachte: »Wieder ein Knecht mehr, ich bekomme viel Gesellschaft.«

Da klopfte es abermals, und der Herr Minister trat ein und entschuldigte sich höflich für sein spätes Kommen. »Endlich ein wirklicher Herr«, dachte der Stiefelknecht. Der Minister sagte: »Mein lieber Herr Amtmann, schaffen Sie mir bis morgen früh die Schriftstücke, die auf diesem Bogen Papier aufgezeichnet sind. Ich brauche sie ganz notwendig. Ich komme eben erst vom Kanzler, er hat die übelste Laune, und ich hatte heute bei ihm keine gute Stunde. Am liebsten hätte ich um meine Entlassung eingereicht, dann wäre ich nämlich mein eigener Herr!« – Der Stiefelknecht horchte auf. – »Aber es geht nicht«, fuhr der Minister fort, »ich darf den Kanzler, meinen Vorgesetzten, in dieser Situation nicht alleine lassen.« – »Was ist denn geschehen?« fragte der Amtmann erschrocken. – »Ach«, seufzte der Minister, »wir müssen Geld herschaffen, viel Geld, denn alle Kassen sind leer. Glauben Sie mir, kein Mensch hat es so sauer wie ein Minister.«

»Aber wozu brauchen wir Geld?« fragte der Amtmann, »bekommen wir etwa eine Gehaltserhöhung?« – »Gehaltserhöhung!« rief der Minister. »Nein, sicher nicht, eher wird es schon Abzüge geben. Die Bundeskasse ist leer, alle Steuergelder sind verbraucht, und Schulden, sage ich Ihnen, wie wir sie all die Jahre vorher noch nie gehabt haben. Der Herr Kanzler hat keine ruhige Stunde mehr, die Sorgen um das Land lassen ihn nicht ruhig schlafen. Es ist eine schlimme Zeit!«

Der Minister seufzte, der Amtmann seufzte auch. Der Stiefelknecht aber seufzte nicht. Er hatte alles angehört und lachte jetzt
still in sich hinein. »Knechte, lauter Knechte! Nicht einmal der
Kanzler ist sein eigener Herr!«
Von dieser Stunde an war der Stiefelknecht mit seinem bescheidenen Los zufrieden und diente dem Herrn als ein geduldiger
Knecht.

Der Sauhirte

Es war einmal ein Sauhirte, der hatte eine große Schweineherde. Die trieb er jeden Morgen auf die Weide und jeden Abend zurück in den Stall. Damit ihm kein Schwein gestohlen würde, hatte sich der Hirte in seinen Stall nur einen kleinen Eingang bauen lassen. Der war so klein, daß immer nur ein einziges Schwein aus dem Stall herauskonnte oder in ihn hineingelangte. Manchmal blieb eines von ihnen auch in der kleinen Öffnung stehen und ging nicht vor und nicht zurück. Erst wenn es der Schweinehirte antrieb, bewegte es sich. Da kann sich wohl jeder denken, wie lange es jeweils dauerte, bis die vielen Schweine durch den schmalen Eingang in den Stall gelangten oder aus ihm herauskamen. Der Schweinehirte war manchmal ganz verzweifelt und ich auch. Denn soeben steht er wieder mit seiner riesigen Herde vor dem Schweinestall, und wir müssen nun ganz ruhig so lange warten, bis alle Schweine durch das Schlupfloch gelaufen sind. Das kann noch gut ein paar Stunden dauern, und dann will ich das Märchen von dem Sauhirten und seiner großen Schweineherde gerne zu Ende erzählen.

Der gescheite Mistknecht

Ein Raubritter im Schwäbischen besaß einmal einen Hund, den er so sehr liebte, daß er verkünden ließ:»Wenn dieser mein Lieblingshund einmal sterben sollte, dann weiß ich nicht mehr, was ich tue. Aber eines verspreche ich: den, der mir die Nachricht von seinem Tode bringt, den lasse ich ganz bestimmt köpfen!«
Der Hund, den man sehr gute pflegte, wurde deshalb recht alt. Aber auch mit ihm ging es eines Tages zu Ende. Mitten auf dem Hof legte er sich hin und starb. Keiner getraute sich, dem Raubritter den Tod seines Lieblingstieres mitzuteilen. Nur der Mistknecht hatte Mut. Er rannte zum Raubritter und rief:»Ach, Herr! Euer über alles geliebter Hund, der gestern noch herumtollte ...« – »Halt den Mund!« brüllte der Raubritter los, »jetzt also ist es soweit, er ist tot!« Der Mistknecht wagte kein Wort mehr zu sagen. Da herrschte ihn der Raubritter an:»Warum bist du denn so betrübt? Es war doch mein Lieblingstier, nicht deines.« Da seufzte der Mistknecht:»Das schon, hoher Herr, aber noch mehr als der Tod Eures Hundes trifft es mich, daß Ihr Euch nun selbst den Kopf abschlagen müßt, wenn Ihr Euer Wort haltet. Ihr wart nämlich der erste, der den Tod des Hundes aussprach.«
Das verschlug dem Raubritter die Stimme. Einerseits war er über die Worte des Mistknechtes erbost, andererseits beeindruckte ihn dessen Klugheit. Er reichte ihm einen Beutel Gold mit den Worten:»Geh mir sofort aus den Augen und laß dich nie wieder bei mir blicken! Denn du bist der einzige, der weiß, was vorgefallen ist. Da ich mich natürlich nicht selbst köpfen werde, möchte ich dich nicht ständig als lebendes Mahnbild meines gebrochenen Versprechens um mich haben.«
Der Mistknecht nahm dankend den Beutel mit Gold und zog fort. Er kaufte sich einen Hof mit Feldern und wurde ein wohlhabender Bauer.

Das seltsame Erbteil

Es war einmal ein alter Bauer, dessen Leben zu Ende ging. Als er gestorben war, kümmerten sich seine beiden ältesten Söhne nicht darum, nur der jüngste saß weinend die Nacht über am Totenbett. Erst als die Sonne aufging, schlief er erschöpft ein. Am anderen Morgen fanden ihn seine Brüder schlafend und mit Tränen in den Augen. Da sagten sie zueinander: »Das macht uns gar nichts aus, wenn der Kleine schläft. Wir fangen jetzt jedenfalls an, die Erbschaft zu teilen, und wenn er nicht aufwacht, dann teilen wir sie eben zwischen uns alleine.« Ohne sich ein Gewissen daraus zu machen, betrogen sie also ihren eigenen Bruder. Der Älteste nahm das Haus und die Felder, der mittlere Sohn das Vieh und die Ställe. Endlich erwachte der Jüngste und rieb sich die Augen. Aber seine Brüder riefen spöttisch: »Kleiner, du hast geschlafen, deshalb haben wir das Erbe alleine unter uns aufgeteilt. Aber du sollst auch nicht leer ausgehen, du erbst nämlich den Schlaf!« Alle Nachbarn und Dorfbewohner waren erstaunt, daß der Jüngste, ohne zu murren, die Entscheidung seiner Brüder hinnahm. Ja es schien sogar, als würde er insgeheim seine Brüder auslachen. Von diesem Tage an lag der Kleine die meiste Zeit des Tages im Schatten und schlief, während sich seine Brüder auf dem Feld und im Stall abrackern mußten. Sie hatten kaum Zeit zum Essen und waren so müde, daß sie fast im Sitzen einschliefen. Mühsam schleppten sie sich am Abend in ihre Kammern und wollten sich zum Schlafen hinlegen. Aber plötzlich wurden sie durch einen lauten Ruf geweckt: »Wacht auf, wacht auf! Den Schlaf habe ich doch alleine geerbt!« Erschrocken fuhren da die beiden Brüder hoch, und immer, wenn sie wieder einschlafen wollten, ertönte es aus der Kammer des jüngsten Bruders: »Wacht auf, wacht auf! Der Schlaf gehört mir ganz allein!«

So erging es den beiden nun jeden Abend. Der Jüngste arbeitete nicht, er schlief tagsüber und ließ seine müden Brüder des nachts nicht ausruhen. Immer wieder hörte man seinen Ruf: »Der Schlaf gehört mir alleine! Den habe ich doch alleine geerbt!«

Die Dorfbewohner lachten über die Pfiffigkeit des Burschen und riefen: »Das geschieht den beiden ganz recht, sie haben nicht umsonst den Schlaf verachtet. Das ist die gerechte Strafe für die Geizhälse!«

Es dauerte nicht lange, und die beiden Brüder waren so müde, daß sie nicht mehr arbeiten konnten. Zerknirscht schlichen sie zum Bürgermeister, um sich zu beschweren. Der aber riet ihnen, das Erbe erneut und diesmal gerecht aufzuteilen. Wohl oder übel mußten sie diesem Rat folgen, sonst wäre der ganze Hof letztendlich verkommen. Sie gaben dem jüngsten Bruder den gerechten Teil vom Erbe des Vaters und erhielten dafür von ihm ihren Anteil am Schlaf zurück.

Die Lauinger Hunde

Vor langer Zeit hatten einmal in Lauingen die Katzen und die Hunde einen sehr großen Streit miteinander, denn die Hunde meinten, die Katzen müßten ihnen in allem, auch beim Essen natürlich, den Vorrang lassen. Das aber wollten die Katzen nicht zulassen. Sie wehrten sich mit ihren scharfen Krallen und siegten dabei über die Hunde. Verdrossen liefen diese zum König nach München, erklärten ihm ihre Ansicht und baten um mehr Rechte gegen die Katzen. Der König bestimmte daraufhin, daß fortan die Hunde in allem den Vorrang haben sollten und die Katzen erst an zweiter Stelle kämen.

Auf dem Heimweg, kurz vor Lauingen, gelangten sie zu einem großen Fluß, der Donau, über die keine Brücke ging und kein Fährschiff fuhr. Da wurde ihnen angst und bange, und sie wußten nicht, was sie mit dem königlichen Brief, in dem ihnen die Rechte zugesichert waren, tun sollten, damit er nicht naß werde. Schließlich kamen sie auf die Idee, daß einer von ihnen den Brief unter seinen Schwanz klemmen solle, um ihn trocken ans andere Ufer zu bringen. Der Rat gefiel ihnen allen gut, sie gaben einem Hund den Brief unter den Schwanz, glitten in das Wasser und schwammen hinüber. Die reißenden Wasser der Donau aber schwemmten schon bald den Brief mit sich fort, und der Briefträger merkte es nicht einmal, denn er hatte genug mit sich selbst zu tun. Als sie am Ufer waren, fanden sie den Brief nicht. Sie liefen verstört umher und schnupperten sich gegenseitig unter den Schwanz, aber sie fanden ihn nicht. Aus diesem Grund schnuppern sie auch heute noch dort und glauben, sie könnten den Brief vielleicht doch noch finden. Aber weder in Lauingen noch sonstwo auf der Welt wird es ihnen gelingen. Deshalb haben auch bis heute die Hunde vor den Katzen keinen Vorrang.

Das Günzburger Loch

Es war einmal in Günzburg ein Loch, ein hübsches rundliches Loch, nicht zu groß und nicht zu klein. Das irrte wohnungslos in der Welt umher, und das ist für ein Loch sehr schlimm. Jeder hat schon einmal ein Loch gesehen, das war aber doch in irgendeiner Sache darin, zum Beispiel in einem Kleid, oder in einem Topf, im Schuh oder sonst irgendwo, und das war dann die Wohnung des Loches. Hat aber ein Loch keine richtige Wohnung, dann wird es gar nicht beachtet. Und so ging es unserem Loche.

Es traf beim Herumirren viele andere Löcher, und die wurden beachtet. Die hatten aber auch Wohnungen. Da sah es zum Beispiel einmal ein großes Loch in einem Strumpf und hörte, wie eine Frau klagte: »Der schöne, neue Strumpf, daß der schon so ein großes Loch haben muß, so ein ekliges Loch!« Da sagte sich das wohnungslose Loch: »Das ist gemein, daß die Frau zu dem schönen, großen Loch im Strumpf eklig sagt. Das ist eigentliche eine Beleidigung. Aber sie beachtet es doch wenigstens, mich aber sieht keiner. Ich will mir auch einen Strumpf zur Wohnung nehmen.«

Aber da kam schon die Frau mit Nadel und Faden, stopfte das Loch und weg war es. »Das arme, arme Loch, nun ist es fort, mausetot. In einen Strumpf will ich doch lieber nicht gehen«, dachte das umherirrende Loch und flog weiter.

So kam es an einen großen, großen Berg, durch den die Menschen gerade einen Tunnel bauten. Viele hundert Menschen waren bei der Arbeit. Mit Sprengstoff, mit Hämmern und allen möglichen Geräten machten sie das große Tunnelloch immer größer und größer. Das kleine umherirrende Loch hatte noch nie so ein großes, tiefes Loch gesehen, noch nie ein Loch gesehen, auf das die Menschen soviel Fleiß verwendeten. »Ach, ich bin leider zu klein, sonst würde ich auch in einen Berg gehen und ein Tunnel werden«, dachte das umherirrende Loch, versuchte aber doch im

Vorbeifliegen, sich an einem Berg festzusetzen. Aber der Berg war so fest, daß es da gar nichts machen konnte.

Nun kam das Loch auf seiner Wanderschaft in ein Haus, wo eine Familie am Abendbrottisch saß, auf dem ein schöner Schweizer Käse stand. »Schneide mir bitte ein Stück Käse mit dem großen Loch ab«, bat ein Kind die Mutter, und die anderen riefen: »Mir auch!, Mir auch!« Da schnitt die Mutter für jeden ein Stück ab, und jeder bekam etwas von dem großen Loch und auch von den kleinen Löchern daneben, und das waren in jedem Stück wieder selbstständige Löcher geworden. »Am besten wäre es, wenn ich mich in einem Käse festsetzen würde«, dachte das Loch. »Wenn man den Käse durchschneidet, werden aus mir viele Löcher.« Da sah es gerade, wie eins von Kindern den Käse rings um das Loch herum abknabberte, bis nichts mehr von dem Käse übrig war. Nun hatte das Käseloch auch keine Wohnung mehr und wurde von niemandem mehr beachtet, gerade wie das umherirrende Loch. Die anderen Käselöcher wanderten in die verschiedenen Münder und wurden mit dem Käse zusammen zerkaut und verschluckt. Da war es auch mit ihnen vorbei. »In den Käse gehe ich lieber nicht, das ist keine Dauerwohnung«, dachte das Loch und flog weiter.

So flog es hin und her und kam schließlich zum lieben Gott, der gerade dabei war, ein neues kleines Menschenkind zu machen. Der erhaschte sich das Loch, setzte es dem neuen Menschen als Mund ein und schenkte das neue Menschenkind einem jungen Paar. Da wollte das Loch sich recht wichtig machen und recht beachtet werden und machte sich ganz weit auf, und das Baby ließ aus ihm laute Schreie heraus. Sofort guckte das junge Elternpaar voll Vergnügen auf das große Loch und hörte gern die kräftigen Töne, die aus ihm herauskamen. Das Baby wurde in saubere, weiße Windeln gewickelt und in eine Wiege gelegt. Da hörte es mit dem Schreien auf, schlief ein und – weg war das Löchlein. Aber das Loch war nicht tot. Nach einer Weile tat es sich wieder auf und ließ neue Schreie heraus. Nun wurde das Mundloch gestopft, aber nicht wie das Loch im Strumpf mit einem Wollfaden, nein, mit schöner, weißer Muttermilch. Wenn es gestopft war, blieb es eine Weile zu, doch das dauerte nie sehr lange, dann tat es sich wieder auf. Das war ein herrliches Leben für das Loch: Groß und klein konnte es sich machen, konnte ganz verschwinden, konnte allerhand Töne herauslassen, wurde mit schönen Dingen gestopft und starb doch nicht davon. Als das Menschenkind älter wurde, mußte das Loch allerhand schwere Sachen lernen, wie es sich spitz und klein zugleich, oder in einen queren Spalt, oder rund oder länglich machen konnte. Es durfte auch nicht immer, wie es ihm gerade einfiel, nur groß oder klein sein, oder ganz verschwinden, sondern mußte lernen, zur rechten Zeit die richtige Form und Größe zu haben.

Lange, lange konnte das Loch in dieser Wohnung bleiben. Aber eines Tages mußte es sich für immer schließen, als der Mensch, zu dem es gehörte, starb. Denn da schloß sich sein Mund für immer und auch das Günzburger Loch hatte nun seine ewige Ruhe gefunden.

Der Neu-Ulmer Zauberstein

Es lebte einmal vor langer Zeit ein Bauer, der verkaufte seinen Acker und kaufte dafür drei Stücke Tuch, um Handel damit zu treiben. Schon tags darauf reiste er in ein anderes Land. Auf dem Wege sah er einen Haufen Kinder, die hatten eine Maus an einer Schnur, warfen sie ins Wasser und zogen sie wieder heraus. Da bat er die Kinder, barmherzig zu sein und die Maus laufen zu lassen. Die aber sagten trotzig: »Was geht das dich an? Wir lassen sie nicht in Frieden!« Da gab er ihnen ein Stück Tuch, und die Maus wurde befreit.

Bald darauf fand er einen Haufen anderer Kinder, die hatten einen jungen Affen gefangen, den schlugen sie sehr und sie sagten: »Spring! Spring ordentlich! Spring besser!« Aber der junge Affe konnte es noch nicht und stellte sich jämmerlich an.

Der Mann erbarmte sich des Affen und wollte ihn losbitten. Aber weil ihn die Kinder nicht losließen, bot er ihnen das zweite Stück Tuch an. Da gaben sie ihn frei.

Wieder ein wenig weiter hatten mehrere Buben einen jungen Bären, auf dem sie ritten und den sie verprügelten. Jetzt mußte er sein letztes Tuch hergeben, bevor sie den Bären in den Wald laufen ließen.

Nun hatte der Mann nichts mehr zum Handeln und auch nichts zu essen, und er dachte: »Was soll ich nun anfangen?«

Als er mit diesen Gedanken weiterging, fand er auf einer großen Wiese ein schönes Seidentuch mit Goldblumen durchwirkt, das sehr kostbar war. »So hat denn«, sprach er zu sich selbst, »der Himmel das Tuch dir siebenmal ersetzt um der Barmherzigkeit willen, die du geübt hast.« Aber bald sollte er anders denken.

Es kamen Leute daher und sahen das Seidentuch und fragten: »Woher hast du das kostbare Seidenzeug? Das Tuch ist mit anderen Stücken aus der Schatzkammer des Kaisers gestohlen worden.

Nun haben wir endlich den Dieb gefunden! Wo hast du denn die anderen Sachen?« Er aber wußte von nichts.

Die Leute führten ihn vor den Richter. Der sprach:»Weil du dieses Verbrechen begangen hast, so soll man dich in einen großen Kasten legen, den man fest zunageln soll. Man gebe dir zwei Brote mit und werfe dich in das Wasser der Donau.«

Also geschah es. Der Kasten blieb jedoch bald am Ufer einer Sandbank hängen. Die Luft im Kasten aber ging zu Ende und der Bauer wäre beinahe erstickt. Aber da nagte etwas am Kistenholz und rief ihm zu:»Nun drücke ein wenig an den Brettern!« Als er drückte, wurde die Spalte größer, und der Eingesperrte bekam ein klein wenig Luft und er erkannte durch die Spalte die Maus, die er losgekauft hatte.

Die Maus sprach zu ihm:»Bleib noch ein wenig still, bis ich meine Freunde herbeigerufen habe. Für mich allein ist es zu schwer, dich zu befreien.«

Die Maus kam mit dem Affen und mit dem Bären zurück. Der Affe erweiterte die Spalte so, daß der Bär mit seiner Tatze hereinkonnte, und darauf den Kasten mit Gewalt aufbrach, so daß jetzt der Mann herauskonnte und sich auf der Sandbank mitten in der Donau niederließ. Alle drei Tiere brachten ihm hierauf Obst und allerlei Speisen, damit er sich stärken konnte.

Am anderen Morgen erblickte der Mann am Ufer einen hellen Schein, und er schickte den Affen hin. Der Affe brachte ihm einen glänzenden Stein. Das aber war ein Zauberstein.

Da wünschte sich der Mann ans Land, und als er auf dem Lande war, wünschte er sich einen Palast, und schon stieg mitten auf einem großen Feld ein Palast empor mit allen dazugehörigen Gebäuden und kostbaren Geräten. Herrliche Bäume standen umher, und Springbrunnen ließen lieblich helles Wasser aus mehreren Marmorbecken zum Himmel aufsteigen. In diesem Palaste wohnte er nun und behielt seine drei Tiere bei sich.

Nach einiger Zeit kamen die Donau herauf Kaufleute in diese Gegend. Die staunten und sagten:»Wo kommt dieser wunderschöne Palast her? Hier war doch sonst nur ein leerer Acker!« Sie befragten den Schloßherrn und der zeigte ihnen den Wunderstein und erzählte sein Schicksal.

Da sprach der eine der Kaufleute:»Nimm alles, was wir haben, nur laß uns diesen Stein.« Gutmütig gab der Bauer ihnen den Stein und ließ ihnen auch noch ihre Waren.»Ich bin ja glücklich und reich genug«, sagte er. Die Kaufleute waren aber nicht dankbar wie die Tiere. Die Großherzigkeit des Bauern hielten sie für Dummheit. Sie dachten eben nur an sich, wie viele andere Kaufleute auch.

Als am anderen Morgen der Bauer erwachte, saß er wieder in der Donau auf der Sandbank und all sein Besitz war verschwunden. Als er trauernd dasaß, kamen die Tiere und fragten:»Was ist mit dir geschehen?« Als er ihnen alles erzählt hatte, sprachen sie:»Du bist wirklich zu beklagen! Aber sag uns, wohin ist der Mann mit dem Stein gegangen? Dann wollen wir hingehen und ihn suchen.« Als sie nun zu dem Kaufmann kamen, der den Wunderstein hatte, da sagten Bär und Affe:»Maus, schau dich um, wo sich der Wunderstein befindet.« Die Maus schlüpfte durch alle Löcher, bis sie schließlich in ein wunderschönes Zimmer kam, in dem der Kaufmann schlief. Der Stein hing am Ende eines Pfeiles, und der Pfeil steckte mitten in einem Reisighaufen, und neben dem Reisighaufen lagen zwei angebundene Katzen. Da wagte sich die Maus nicht an den Wunderstein und erzählte das auch ihren Freunden. Der Bär war mutlos und meinte:»Dann gibt es kein Mittel mehr, um an den Wunderstein heranzukommen. Laßt uns daher lieber umkehren.« Der Affe widersprach ihm und sagte:»Vielleicht gibt es doch noch ein Mittel. Maus, geh zu dem Kaufmann und nage an seinen Haaren, und in der nächsten Nacht schau nach, wer neben dem Kissen an seinem Kopf angebunden sein wird.« Als am nächsten Morgen der Kaufmann sah, daß jemand an seinen Haaren genagt hatte, band er am Abend die Katzen an den beiden Enden seines Kopfkissens an.
Die Maus aber konnte in der nächsten Nacht nicht an den Pfeil

zum Wunderstein heran. Er hing nämlich zu hoch. »Nun« sagte der Bär, »da kann man nichts machen, kommt, laßt uns umkehren.« Der Affe aber meinte: »Vielleicht gibt es doch noch ein Mittel, laßt uns nur nicht gleich den Mut verlieren. Maus, geh und wühle so lange im Reisighaufen, bis der Pfeil umfällt. Dann bringe den Stein im Maul hierher.«

Die Maus schleppte den Wunderstein bis zum Loch, sie konnte ihn aber nicht hindurchbringen, denn der Stein war zu groß. Sie erklärte das ihren Gefährten. »Nun«, meinte der Bär, »dann wird es wohl nicht gehen, und wir wollen wieder nach Hause, denn der Affe und ich können doch nicht durch ein Mauseloch kriechen.« Aber der Affe erweiterte das Loch mit seinen Pfoten, bis die Maus mit dem Stein hindurchkriechen konnte.

Jetzt wanderten die drei zurück, und als sie an die Donau kamen, setzte sich die Maus ins Ohr des Bären, der Affe aber, der den Wunderstein im Maul hielt, hockte sich auf den Rücken.

Als sie nun schon im Flusse schwammen, da rühmte sich der Bär: »Seht! Ist das nicht gut, daß ich euch alle drei trage, dich Affe, dich Maus und den Wunderstein dazu? Aber das geht nur, weil ich stärker bin als ihr.«

Als er nun keine Antwort darauf bekam, wurde der Bär recht zornig und rief: »Wenn ihr nicht sofort antwortet, so werf ich euch beide ins Wasser!« – »Mach das lieber nicht«, warnte ihn der Affe, und der Wunderstein viel dabei aus seinem Munde in die Fluten. Als sie jetzt über der Donau waren, schimpfte der Affe: »Ach Bär, du bist doch wahrlich ein dummes Tier! Den Stein aus dem Wasser herauszuholen ist nämlich viel schwerer als alles, was wir bisher getan haben. Wir wollen jetzt lieber fortgehen, du dorthin und ich dahin und die Maus in diese Richtung.« Die Maus aber widersprach: »Ich will es erst versuchen, den Stein aus dem Wasser herauszuholen. Ihr beide könnt euch inzwischen etwas ausruhen.« Die Maus lief die Donau entlang auf und ab und tat so, als ob sie große Angst hätte. Da fragten alle Lebewesen im Wasser: »Maus, warum bist du so unruhig?« Die Maus erwiderte: »Ja wißt ihr denn nicht, daß ein großes Herr anrückt, das alle Tiere aus dem Wasser vertreiben will!« – »Oh, welches Unglück«, riefen die Wasserbewohner. »Gib uns bitte einen Rat, was wir tun sollen!« – »Es bleibt Euch nichts anderes übrig«, erklärte die Maus, »als alle Steine aus dem Wasser herbeizuschleppen und am Ufer eine große Mauer zu bauen.« So sprach sie, und die im Wasser lebenden Tiere brachten die Steine aus der tiefen der Donau heran. Endlich schleppte ein großer Frosch auch den Wunderstein herbei und sagte: »Dieser Stein ist besonders schwer!«

»Maus, du bist sehr klug«, rief da der Affe begeistert, als er den Stein sah. Schnell gingen sie nun zum Bauern, der ganz verzweifelt am Boden lag. Als er jedoch den Stein wieder hatte, wünschte er sich sofort ans Land zurück und zauberte sogleich einen Palast herbei, der noch viel prächtiger als der erste war. Und sein Wunsch erfüllte sich auch sofort.

Den Stein aber gab er von nun an nicht mehr her, ebensowenig wie seine drei treuen Freunde. Der Bär fraß und schlief. Der Affe fraß und tanzte. Und die Maus fraß und schlüpfte durch alle Winkel und Löcher, denn der Bauer hielt keine Katze im Palast. Den bösen Kaufmann aber wünschte er mit Hilfe seines Wundersteines dorthin, wo der Pfeffer wächst, und das ist sehr weit weg, jedenfalls nicht in Bayern.

Das schwäbische Farbmärchen

Vor langer Zeit ging es einmal in dem schwäbischen Dörfchen Roth kunterbunt zu. Da machte ein Lausbub, der noch grün hinter den Ohren war, am Montag blau und wurde deshalb von seinem grauen Vater rotviolett geschlagen, bis es ihm grün und gelb vor den braunen Augen wurde. Darüber ärgerte er sich schwarz und schlich rot vor Scham davon. Tags darauf stand das Ereignis schwarz auf weiß in der Rother Gemeindezeitung.

Wer jetzt glaubt, daß ihm mit dieser Geschichte orange für violett vorgemacht oder ein Märchen aufgetischt wird, daß es ihm vor den Augen ganz kunterbunt wird, der hat natürlich – recht.

Der weise Stier von Weißenhorn

»Wer ist das stärkste Lebewesen?« fragte das junge Stierkalb seinen Vater. Der alte Stier antwortete: »Der Mensch ist es. Hüte dich vor ihm. Er ist stärker als alle Tiere.«
Das Stierkalb glaubte das nicht. Es machte sich auf den Weg, um den Menschen zu suchen. Zuerst traf es zwei Ochsen, die einen Wagen zogen. »Seid ihr Menschen?« wollte es wissen. »Nein«, sagten die Ochsen, »aber ein Mensch hat uns vor den Wagen gespannt. Er ist stärker als wir und treibt uns mit der Peitsche an.«
Das Kälbchen ging weiter. Da sah es ein gesatteltes Pferd, das an einen Pflock gebunden war. »Bist du ein Mensch?« fragte es. »Nein«, sagte das Pferd, »aber ein Mensch hat mich hier angebunden. Er ist stärker als ich und reitet auf mir.«
Das Stierlein wanderte weiter und traf einen Holzfäller, der soeben einen Baum gefällt hatte. »Bist du ein Mensch?« fragte es. »Ja«, sagte der Holzfäller. »Gut, dann will ich mit dir kämpfen«, sagte das Stierkalb.
»Meinetwegen«, antwortete der Holzfäller, »aber zuerst hilf mir, das Holz hier zu spalten. Dann kämpfen wir.«
Der kleine Stier war einverstanden. Der Holzfäller hieb mit seiner Axt einen Spalt in den gefällten Baumstamm und ließ sie stecken. Dann bat er den Stier: »Zieh mit deinen Hörnern den Spalt auseinander!« Dieser versuchte es. Im selben Augenblick riß der Mann die Axt aus dem Spalt. Das Holz zog sich sofort zusammen, zwickte die Hörner des Stieres fest und hielt ihn gefangen. Dann rannte der Holzfäller in sein Dorf und schrie: »Kommt alle herbei! Ich habe ein wildes Stierkalb gefangen!«
Sofort kamen die Leute und schlugen mit Knüppeln auf das Tier ein. Sie freuten sich schon auf einen saftigen Braten. In seiner Todesangst riß das Kälbchen seine Hörner aus dem Spalt heraus. Mit Kopfschmerzen lief es in den Wald hinein und versteckte sich.

Halbtot lag es am Boden und schwor, sich an den Menschen zu rächen.

Am nächsten Tag schleppte es sich zu einem anderen Dorf, sank dort erschöpft auf den Boden und brüllte jämmerlich. Da kam ein Bauer, hatte Mitleid mit ihm und schaffte das Kalb in seine Hütte. Mit Ach und Krach gelang es ihm, das Tier gesund zu pflegen. Das war seinem Retter dankbar und folgte ihm wie ein Hündchen. Eines Tages durchstreifte der Bauer mit seinem Kalb den Wald und verirrte sich. zwei Tage waren sie nun schon ohne Nahrung. Matt vor Hunger und Durst sanken beide zu Boden. Da wollte der Bauer den Stier töten, um ihn zu braten, aber der Stier stieß ihn mit seinen Hörnern tot.

Dann dachte er: »Der Holzfäller hat mich damals hereingelegt. Da war ich wütend und schwor, mich an den Menschen zu rächen. Dann hat mir der Bauer das Leben gerettet, indem er mich gesund pflegte. Dafür war ich ihm von Herzen dankbar. Jetzt hat er mir eben zum zweiten Mal das Leben gerettet, denn hätte ich ihn nicht getötet, hätte er mich gefressen. Das werde ich ihm nie vergessen.« Jetzt ging das Stierkalb nach Hause und erzählte alles seinem alten Vater. Der sagte: »Du hast mich gefragt, wer das stärkste Lebewesen ist. Nun weiß ich nicht mehr, ist es der Mensch oder ist es der Stier.«

Als die Geschichte in der Gegend bekannt wurde, nannte man den jungen Stier »Weises Horn«. Und noch heute heißt der Ort, wo er einst gelebt hat, Weißenhorn.

Der Augsburger Gockelmord

Vor langer langer Zeit lebte einmal in der Nähe von Augsburg auf dem Lande ein Bauer, der war so habsüchtig wie ein Hamster, und sein Weib hatte da, wo bei anderen Leuten das Herz sitzt, nichts als einen großmächtigen Kieselbatzen. Darum hatten sich die Kinder, die ihnen der Herrgott geschenkt hatte, beizeiten davon gemacht in eine bessere Welt, und es wuchs nur ein Mägdlein im Hause auf, das war aber nicht ihr eigenes Kind. Sie hatten es als arme Waise auf dem Hof genommen, damit es ihnen die Arbeit mache und einen Dienstboten erspare. Die Traudl aber blühte auf bei Wasser und Brot wie eine Rose im Garten eines Königs.

Weil nun der Bauer seinen Äckern und seinem Vieh nicht ihr Recht gab, standen die Ähren dünn und schwindsüchtig auf den Feldern, die Kühe gaben wenig Milch, und die Schweine lagen am Morgen tot im Stall, bevor sie Speck angesetzt hatten. So war Schmalhans Küchenmeister im Hause.

Eines Tages sprach der Bauer zu seinem Weib: »Wir haben nun seit Monaten nichts als Kraut und Rüben gegessen. Ich habe Lust nach Fleisch. Wir wollen den Gockel schlachten. Der Faulenzer spaziert ohnehin den ganzen Tag nur auf dem Hof herum und frißt den Hennen den teuren Hafer weg. Wenn wir im Sommer Küken züchten wollen, dann tauschen wir einfach die Eier beim Nachbarn ein. Vielleicht erwischen wir dicke für unsere kleinen.«

»Ist mir recht«, sagte das Weib und schnalzte mit der Zunge. Die Traudl aber stand hinter der Tür, und es gab ihr einen Stich. Denn der Gockl war ihr Herzstück und ihr Spielgeselle. Er nahm ihr das Futter aus der Hand und hockte am Abend neben ihr in der dunklen Küche, daß ihr die Kälte und die Einsamkeit nicht das Herz abdrücken konnten.

Die Traudl ging in den Hühnerstall, strich dem Hahn über sein buntes Gefieder und sprach:»Gockl, lieber Gockl, geh weg ganz weit! Der nächste Tag bringt Dir Jammer und Leid!«

Der Gockl aber schlug mit den Flügeln und schrie:»Traudl, liebe Traudl, kikeriki! Meine Traudl, die verlasse ich nimmer und nie!« Am nächsten Abend, als es zu dämmern anfing, sprach der Bauer zur Traudl:»Nimm das Messer und schneid dem Gockl den Hals ab. Er läuft vor mir davon wie besessen, so daß ich ihn nicht einfangen kann. Jetzt sitzt er auf dem Zaun und kräht, als wollte er mich zum Narren halten!«»Ach, Bauer«, sagte die Traudl,»an einem so schönen Abend wie heute soll kein Tier sterben. Laß den Gockl leben! Ich will Dir einen Kaiserschmarrn für den Abend herrichten.«

»Papperlapapp!« schrie der Bauer zornig,»geh mir weg mit Deinem Kaiserschmarrn! Wenn der Gockl nicht bis heute nacht in der Pfanne bruzzelt, solls Dir übel ergehen!«

Da ging das Mädchen in den Stall, neigte sich über den Hahn, daß ihm ihre Tränen in den roten Kamm tropften, und sprach: »Gockl, lieber Gockl, oh bittere Not, kommt der Bauer, dann schlägt er uns beide tot!« Da sprang der Gockl von der Stange herab und krähte:»Traudl, liebe Traudl, lauf hinter mir drein! Sollst am Abend noch Königin sein.«

Dann rannte er zum Stall hinaus, das Mägdlein hinter ihm her, quer über den Hof, die Straße hinunter und zum Dorf hinaus. Es war aber unterdessen Nacht geworden. Im Westen war die Sonne schon untergegangen, die Felder erglühten im letzten Sonnenstrahl wie ein Rosengarten, und im Osten stieg der Vollmond silbern über dem Tannenwald empor. Als sie nun eine Weile gewandert waren, zitterte das Mädchen unter seinem dünnen Gewand und sprach:»Gockl, lieber Gockl, mich friert gar sehr!« Darauf entgegnete der Gockl:»Stell Dich unter, liebe Traudl, dann friert Dich nicht mehr!« Und er flog auf einen Ast und schüttelte ihn, daß die Tannennadeln und das Laub nur so herunterrieselten und das Mädchen mit einem weichen grünen Mantel einhüllten von Kopf bis zu den Füßen.

Dann gingen sie weiter und kamen zu einem einsamen Bauernhof. Da spürte die Traudl Hunger, denn sie hatte den ganzen Tag noch nichts gegessen vor Jammer und Leid, und sie sprach: »Gockl, lieber Gockl, der Hunger tut weh!« Darauf entgegnete der Gockel: »Traudl, liebe Traudl, da schau in die Höh!« Da sah sie über sich den Apfelbaum, der vor der Tür des Bauernhauses stand, voll Speckwürste und Brot hängen. Das hatte die Bäuerin getan. Denn der Baum war in den letzten Jahren ohne Frucht gewesen. Da hatte sie gedacht: »Ich will den Segen auf ihn herunterziehen, so daß er wieder fruchtbar wird. Mögen die Armen, die nachts vorübergehen, sich an den Speisen erquicken.«

Als es nun Mitternacht schlug, fing der Brunnen mitten im Hof plötzlich an, süßen Most zu speien anstatt Wasser. Da stillten die beiden Hunger und Durst und gingen weiter in den Wald hinein. Der erstrahlte silbrig im Mondenschein. Als sie noch nicht lange gewandert waren, kamen sie an eine kleine Hütte. Da sprach die Traudl: »Gockl, lieber Gockl, bin müde zu Tod!« Darauf entgegnete der Gockl: »Komm herein, liebe Traudl, zu Ende ist die Not!« Sie traten in die Hütte ein und fanden einen Tisch und einen Stuhl darin und in der Ecke ein Nest aus Stroh mit einem silbernen Ei. Da dachte das Mädchen: »So etwas habe ich meiner Lebtag noch nie gesehen«, setzte sich auf den Stuhl und wollte von dem langen Weg ausruhen. Der Gockel aber sprang auf das Nest und hackte mit dem Schnabel das Ei entzwei, so daß ein goldenes Messer herausfiel, und er krähte: »Traudl, liebe Traudl, nimm das Messer in Eil, schneid den Kragen mir ab! S'reicht uns beiden zum Heil!« Da fing das Mädchen zu weinen an und rief: »Gockl, lieber Gockl, oh nein, oh nein, herzlieber Gockl, das kann ja nicht sein!« Der Hahn aber zog ihr mit dem Schnabel die Schürze vom Gesicht und krähte: »Traudl, liebe Traudl, nun fasse nur Mut! Alles wird herrlich, und alles wird gut!« Da nahm das Mädchen das Messer, wandte die Augen ab und stieß es dem Gockel durch den Hals. Und wie sie wieder aufsah, war die kleine Hütte verschwunden, und sie stand in einem herrlichen Königssaal. Vor ihr aber neigte sich ein stolzer Prinz mit wehendem Federbusch und klirrenden Sporen und sprach: »Ein böser Zauberer hat mich gebannt, daß ich als Gocklhahn umhergehen mußte. Aber du hast mich erlöst in dieser Nacht. Darum sollst Du hinfort meine Königin sein.«

Am Abend desselben Tages ging der geizige Bauer mit der Axt in den Stall und wollte die Traudl und den Gockl suchen. Weil nun an der Laterne, die er trug, ein Glas zerbrochen war, das er aus Geiz nicht hatte instandsetzen lassen, fiel ein Funke ins Stroh, und in der Nacht standen Haus und Scheune in hellen Flammen, und kein Stein blieb auf dem anderen. Da mußten der Bauer und sein geiziges Weib mit dem Bettelsack auf dem Rücken ins Elend wandern – niemand weiß wohin.

König Gockl und die schöne Traudl aber lebten herrlich und in Freuden und regierten weise und milde über ihr Königreich.

Der Löwe von Friedberg

Vor langer Zeit hauste im Schwäbischen ein Löwe, den ein Fürst von einer Reise mitgebracht hatte. Er ließ ihn zum Schrecken der Leute frei herumlaufen, und weder Mensch noch Tier waren vor ihm sicher.

Als eines Tages der Löwe zum Jagen zu faul geworden war, legte er sich in seine Höhle und stellte sich krank. Vielen Menschen und Tieren tat er leid, und sie beschlossen, ihn zu besuchen. Andere kamen auch aus Neugier, um ihn sterben zu sehen. Aber keiner der Besucher kam wieder aus der Höhle heraus. Jeder wurde von dem Löwen sofort aufgefressen.

Einmal erschien auch ein Fuchs. Er blieb vor der Höhle sitzen und fragte:»Wie geht es dir im Schwabenland?« Der alte Löwe stöhnte:»Ach, mit mir geht es bald zu Ende. Komm herein zu mir und laß dich noch einmal ansehen.« Da meinte der Fuchs:»Ich wünsche dir gute Besserung, aber ich bleibe lieber hier draußen. Ich sehe nämlich eine Menge Spuren, die alle in deine Höhle führen, aber keine einzige, die wieder herausführt.«

Seither ging auch kein anderer mehr in die Höhle des Löwen. Die Besucher wagten sich erst wieder heran, als er wirklich todkrank und daher kraftlos darniederlag. Aber sie kamen nicht aus Mitleid zu ihm, sondern um die getöteten Freunde und Angehörigen zu rächen.

Der Hund biß den Löwen. Der Stier stieß ihn mit den Hörnern. Die Katze kratzte ihn. Der Esel gab ihm Fußtritte. Ein Schwabe schlug mit dem Dreschflegel auf ihn ein. Nur ein Pferd stand still dabei, obwohl der Löwe auch seine Mutter gefressen hatte.

»Willst du ihm nicht auch etwas antun?« fragte der Esel verwundert. »Nein«, sagte das Pferd, »an einem, der wehrlos daliegt, räche ich mich nicht.« Da ließen auch die anderen von ihm ab und gingen beschämt.

Tags darauf starb der Löwe und wurde begraben. Einige Wochen später wuchs auf dem Grab eine seltsame Blume. Sie hatte eine gelbe Blüte, und die Blätter am Stengel waren gezackt wie Zähne. Da sagte ein Schwabe: »Seht nur die Blüte! Ist sie nicht gelb wie das Fell des Löwen. Und die Blätter am Stengel sind so gezackt wie seine Raubtierzähne. Ich weiß für diese Blume einen passenden Namen. Nennen wir sie Löwenzahn!« Die anderen Schwaben waren damit einverstanden, und deshalb heißt diese Blume noch heute Löwenzahn. Sie verbreite sich rasch über Bayern und die ganze Welt. Die Anhöhe aber, auf der der Löwe gestorben war, nannte man Friedberg. Dies tat man zu Ehren des Pferdes, das Mensch und Tier daran erinnert hatte, daß Rache und Haß verabscheuungswürdig sind, weil daraus nie Frieden entstehen kann.

Die drei Mindelheimer Töchter

Es lebte in Mindelheim einmal eine Frau, die arbeitete Tag und Nacht, um ihren drei Töchtern Kleider und Essen geben zu können. Die drei Mädchen wuchsen heran, wurden schön, groß und flink wie die Schwalben. Eine nach der anderen heiratete und zog von zu Hause fort. Es vergingen einige Jahre. Da wurde die Mutter eines Tages schwer krank, und sie schickt ihr Hündchen, einen kleinen Dackel, zu den Töchtern. »Sag ihnen, liebes Hundchen, sie sollen schnell zu mir kommen!«

Der Dackel kam zuerst zur ältesten Tochter. »Ich habe eine traurige Nachricht«, sagte er. »Deine Mutter ist krank, und du sollst gleich zu ihr kommen!« - »Ach«, seufzte da die junge Frau, »ach, ich würde mich ja am liebsten sofort auf den Weg machen, aber es geht nicht. Schau, ich muß zuerst noch meinen großen Waschtrog sauber machen!« - »Den Waschtrog reinigen?« rief der Dackel zornig, »deswegen kannst du nicht weg? Ich wünschte, der Trog hielte dich für immer fest!«

Da sprang der Waschtrog wahrhaftig vom Tisch und der ältesten Tochter auf den Rücken. Und als riesige Schildkröte kroch sie aus dem Haus.

Der Dackel lief nun zur zweiten Tochter. Als er seine Botschaft ausgerichtet hatte, sagte die junge Frau: »Ich würde ja ganz gerne sofort zu meiner Mutter eilen, wenn ich nicht vorher noch ein großes Stück Leinwand zum Verkauf auf dem Jahrmarkt weben müßte.« - »Dein Leben lang sollst du weben müssen ohne aufzuhören«, bellte der erzürnte Dackel, und die zweite Tochter wurde in eine Spinne verwandelt.

Die jüngste Tochter war gerade beim Honigschleudern, als der Dackel anklopfte und die Bitte der Mutter vorbrachte. Sie nahm sich nicht einmal Zeit zu antworten, wischte sich auch den Honig nicht von den Händen, sondern rannte auf der Stelle zu ihrer Mutter. »Mögest du immer den Menschen Freude bringen, gutes Kind!« rief ihr der Dackel nach. »Du und deine Kinder und Kindeskinder!« Und so geschah es auch. Die dritte Tochter lebte viele Jahre und wurde von allen Menschen geliebt. Und als ihre Lebenszeit um war, wurde sie in eine goldene Biene verwandelt. Von ihr stammen alle anderen fleißigen Bienen ab, die vom Frühjahr bis zum Herbst Honig und duftendes Wachs sammeln, damit sich die Menschen an diesen Köstlichkeiten erfreuen können.

Das Biberacher Käuzchen

In alter Zeit lebte in Biberach einmal ein Bauer, der hatte ein Käuzchen gefangen. Er baute für den Vogel einen großen Käfig, setzte ihn hinein und pflegte ihn mit aller Liebe. Trotzdem fühlte sich das Tier in der Gefangenschaft nicht wohl. Das Käuzchen überlegte hin und her, was es machen sollte, um wieder die Freiheit zu erlangen. Aber Jahr um Jahr verging, ohne daß sich ihm eine Gelegenheit zur Flucht geboten hätte.

Eines Tages wollte der Mann nach Memmingen gehen. Als er schon im Aufbruch war, fragte ihn das Käuzchen:»Wohin gehst du?« Der Mann antwortete:»Nach Memmingen. Soll ich dir etwas mitbringen?« Das Käuzchen entgegnete:»Nein, das nicht, aber wenn du unterwegs durch den Wald kommst, wirst du vielleicht einen meiner Freunde sehen. Richte ihm bitte einen schönen Gruß aus und sage ihm, daß ich am Leben bin und seit Jahren in einem Käfig hause.«

Der Bauer machte sich auf die Reise. Auf dem Weg nach Memmingen kam er tatsächlich durch einen Wald. Auf einmal sah er auf dem Ast eines niedrigen Baumes ein Käuzchen sitzen, und er sprach zu ihm:»Einen schönen Gruß von deinem Freund. Er lebt bei mir in einem Käfig, und es geht ihm ausgezeichnet.«

Als das Käuzchen das gehört hatte, stürzte es vom Baum. Der Mann eilte zu ihm hin, aber es rührte sich nicht mehr und schien tot zu sein. Da ließ es der Bauer liegen und setzte seinen Marsch in die Stadt fort.

Nachdem er nach Biberach zurückgekehrt war, berichtete er seinem Käuzchen im Käfig von dem seltsamen Betragen seines Freundes. Kaum hatte das die Nachricht vernommen, seufzte es tief und fiel auf den Boden des Käfigs.

Entsetzt öffnete der Bauer die Gittertür, nahm das Käuzchen heraus und versuchte verzweifelt, es wieder zum Leben zu erwecken.

Aber es rührte sich nicht mehr und schien tot zu sein. Da trug es der Mann ins Freie, legte es auf den Boden und wollte es begraben. Im selben Augenblick aber schlug das Käuzchen die Augen auf, erhob sich in die Luft und entfloh in den Wald.

Da fiel es dem Bauern wie Schuppen von den Augen: Das Käuzchen im Wald hatte durch sein Verhalten dem gefangenen Freund vorgemacht, wie er die Freiheit wiedererlangen konnte. Und Käuze sind, wie alle eulenartigen Vögel eben, sehr, sehr weise.

Das Hahnenei z'Memmingen

Es war einmal ein alter Hahn. Der lebte auf einem Bauernhof in Memmingen. Eines Tages legte er in der hintersten Ecke des Hühnerstalles ein Ei. Die Hühner gackerten aufgeregt, denn sie hatten noch nie erlebt, daß ein Gockel ein Ei legt. Noch am selben Tag starb der alte Hahn. Niemand auf dem Bauernhof sah das Hahnenei, und bald war es vergessen.

Nach sieben Jahren aber auf den Tag genau schlüpfte aus dem Ei ein seltsames Wesen. Es hatte den Kopf, die Krallen und die Flügel eines Hahnes. Der Schnabel war voll spitzer Zähne. Der Körper aber glich einer Schlange. Es war ein Basilisk. Kaum war er aus dem Ei gekrochen, blickte er sich im Hühnerstall um. Als die Hühner es rascheln hörten, schauten sie erschreckt in die Ecke. Doch kaum hatten sie in die Augen des Basilisken geblickt, fielen sie alle tot von der Stange, denn der Blick dieses Untieres war tödlich. Der Basilisk fraß die Hühner und kroch dann auf den Hof. Zum Glück war gerade kein Mensch zugegen. Schnell huschte der Basilisk durch ein offenstehendes Kellerfenster und verschwand hinter einem Weinfaß.

Am Abend kamen die Bauersleute von der Arbeit nach Hause. Der Bauer sagte:»Magd, geh in den Keller und hol einen Krug Wein.« Die Magd ging. Der Bauer wartete. Die Magd kam aber nicht wieder.

Da sagte der Bauer unwillig:»Wo bleibt denn die faule Trine? Knecht, geh in den Keller, hol die Magd und einen Krug Wein!« Der Knecht ging. Der Bauer wartete. Der Knecht aber kam nicht wieder.

Da sagte der Bauer ärgerlich:» Wo bleiben denn nur diese Nichtsnutze? Bäuerin, geh du in den Keller, hol die Magd und den Knecht und einen Krug Wein!« Die Bäuerin ging. Der Bauer wartete. Die Bäuerin aber kam nicht wieder.

Zornig rief der Bauer: »Wo bleiben die drei Malefitze? Muß ich gar selber in den Keller und den Krug mit Wein holen!«

Der Bauer ging. Im Keller war niemand. Da raschelte es hinter dem Weinfaß. Der Bauer erschrak, sprang eilends die Kellertreppe hoch und schlug die Türe zu. Er dachte nach, und da fiel ihm ein, daß sein Großvater erzählt hatte: »Wenn ein alter Hahn ein Ei legt, dann schlüpft ein Basilisk aus. Sein Blick ist tödlich.« Schnell eilte der Bauer in den Hühnerstall. Er war leer. In der Ecke aber fand er die Schalen eines Hahneneis, die fürchterlich stanken. Und auf dem Boden waren Blutspritzer zu sehen. Der Bauer eilte in seine Kammer zurück und holte seinen großen Rasierspiegel hervor. Mit ihm ging er in den Keller.

Da raschelte es hinter dem Weinfaß und der Basilisk kroch hervor. Sein Todesblick aber fiel in den Spiegel, und sofort sank er selbst tot um. Und augenblicklich erstarrte er zu Stein.

Froh nahm der Bauer den Steinbasilisken und trug ihn durch Memmingen. Er erzählte allen Leuten, was geschehen war. Der Basilisk aber wurde immer schwerer und schwerer und war kaum noch zu tragen. Da stellte ihn der Bauer ab, ließ ihn stehen und ging nach Hause. Denn er hatte Wichtigeres zu tun. Er brauchte einen neuen Knecht und eine neue Magd. Und eine Woche später mußte er auch eine neue Bäuerin haben wegen der Wäsche und wegen der Nachkommenschaft.

Der Basilisk aber steht immer noch dort, wo ihn der Bauer abgestellt hatte, gelb und mit roter Zunge.

Die Allgäuer Käskirch

Es stand einmal in den oberbayrischen Alpen eine schöne Kirche aus Stein, in den Allgäuer Alpen aber eine große Kirche aus Käse. Eines Tages kamen die Allgäuer zu den Oberbayern und sagten: »Hört zu, Kameraden! Habt ihr Lust, wollen wir unsere Kirchen tauschen? Ihr bekommt unsere Kirche aus Käse und ihr gebt uns euere Kirch aus Stein dafür!« Die Oberbayern schauten sich die Kirche aus Käse an und sprachen: »Warum, Freunderl, sollten wir euch unsere Steinkirch geben und euere Käskirch dafür nehmen?« Die Allgäuer erklärten es ihnen: »Weil ihr in unserer Kirche auch riechen könnt, nicht bloß beten«.

Das leuchtete den Oberbayern ein und sie tauschten. Als sie nun die Käskirche betraten, roch der Käse so gut, daß sich gleich einer einen Brocken nahm und kostete. Das ließen sich die Oberbayern nicht zweimal vormachen und jeder probierte ein Stückchen. Als sie merkten, wie gut der Käse schmeckte, begannen sie ganze Stücke abzubrechen. Und es dauerte kein Maß-Bier-Krug-Leertrinken-lang, da war die Käskirche aufgegessen und verschwunden bei dem oberbayrischen Appetit.

Jetzt hatten die Oberbayern keinen Ort mehr, wo sie zu Gott beten konnten. Sie gingen zu den Allgäuern und sagten: »Gebt uns sofort unsere Steinkirch zurück, euere Käskirche riecht überhaupt nicht mehr, ihr wolltet uns bescheißen!« Die Allgäuer sind ehrliche Leute und wollten sich nicht als Betrüger hinstellen lassen. Also machten sie den Tausch rückgängig.

Als sie aber zurück in ihre Käskirche wollten, war die verschwunden. Aufgebracht stürzten sie zu den Oberbayern zurück und riefen: »Ja, wo habt ihr unsere Käskirche hingetan?« Da sagten die Oberbayern: »Seht ihr, ihr Hallodri, nicht bloß nicht riechen tut euere Kirch, jetzt hat sie sich auch noch in Luft aufgelöst.

Sind wir froh, daß wir sie vorher noch schnell zurückgetauscht haben.«

Da gingen die Allgäuer voll Wut nach Hause. Eine neue Käskirche sollen sie aber seither nicht mehr gebaut haben.

Die weinenden Allgäuer Weibsbilder

Im Allgäu lebte einmal ein junges Mädchen, das eines Tages von der Mutter zum Wasser holen an den Fluß geschickt wurde. Als es dort angekommen war, setzte es sich hinter einen Baum und überlegte: Ich werde sicher bald heiraten und vielleicht bekomme ich dann ein Kind. Das könnte ich später auch hierher an den Fluß zum Baden schicken. Aber womöglich klettert es auf diesen Baum und setzt sich auf einen langen Ast über dem Wasser. Da könnte es passieren, daß es in die Fluten stürzt und ertrinkt. Dann wäre ich arme Mutter ganz allein! Das Mädchen konnte sich alles so genau vorstellen, daß es bitterlich zu weinen begann.

Unterdessen kam die Mutter, die sehen wollte, wo ihre Tochter so lange blieb. Sie fragte:»Warum heulst du denn, mein Liebes?« Da schluchzte das Mädchen:»Ach, Mutter, ich bin so unglücklich! Stell dir vor, wenn ich demnächst heirate und ein Kind bekomme, das hierher zum Baden geht und auf diesen Baum klettert, setzt es sich vielleicht auf den langen Ast, fällt ins Wasser und ertrinkt womöglich. Dann hättest du als Großmutter dein Enkelkind verloren. Sag selbst, ist das kein Grund zum Heulen?« Da seufzte die Mutter:»Um Himmels willen, auf welche Gedanken du nur kommst!« Und auch die Mutter begann loszuweinen.

Da kam der Vater des Weges, der sehen wollte, wo seine Frau und sein Kind blieben. Als er die beiden so sitzen sah, erkundigte er sich:»Was ist denn nur passiert, daß ihr so entsetzlich weint? Hat euch jemand etwas getan?« Da erklärte ihm seine Frau:»Stell dir vor, lieber Mann, wenn unsere Tochter demnächst heiratet und ein Kind bekommt, so wird sie es bestimmt einmal hierher an den Fluß zum Baden schicken. Wahrscheinlich klettert dann das Kind auf den Baum, hangelt sich hinüber zu dem langen Ast, fällt womöglich herunter, stürzt ins Wasser und ertrinkt. Dann bist du die längste Zeit Großvater gewesen!«

Die beiden Frauen erwarteten nun, daß auch der Vater zu weinen beginnen würde. Der aber schüttelte den Kopf und brummte: »Ein Momenterl, da gibt es nur eines, ich werde den Ast vom Baum abbrechen, damit das Kind nicht hinaufklettern kann, ins Wasser stürzt und dort jämmerlich ertrinkt.« Er stieg auf den Baum, brach den Ast ab und – prügelte seine heulende Frau und seine weinende Tochter nach Hause. Auf diese Weise waren ihnen ihre Flachsen schnell ausgetrieben.

Das Märchen von den zwölf Brüdern in Füssen

Es war einmal eine arme, alte Frau, die lebte in Füssen. Eines Tages ging sie hinaus in den Wald, um Reisig für den Winter zu sammeln. Während sie nun das Holz zusammensuchte, kam sie unbemerkt immer tiefer in den Wald, und gelangte endlich auf ein Kartoffelfeld. Am Ende erhob sich ein hoher Berg, und am Fuße dieses Berges stand ein Haus. Da begann es plötzlich heftig zu regnen, und weil sie nicht naß werden wollte, lief die Frau zu dem Haus, um sich dort ein wenig unterzustellen und zu warten, bis der Regen vorüber wäre. Als sie in das Haus trat, fand sie dort zwölf junge Burschen, die außergewöhnlich schön waren. »Guten Tag, ihr jungen Leute«, sagte sie. »Sei uns willkommen, gute Alte«, entgegneten die Burschen. »Was führt Dich bei einem solchen Wetter zu uns hierher?« – »Ach, ich bin ein armes Weib und bin hergekommen, um zwei oder drei Körbe Reisig für den Winter einzusammeln, denn meine Hütte ist so schlecht und baufällig, daß Wind, Regen und Frost von allen Seiten hineindringen.« Da sagte der eine Bursche: »Sag uns doch, gute Frau, welches ist nach Deiner Ansicht der schlimmste von allen Monaten?« – »Ach, mein Sohn, eigentlich gibt es überhaupt keinen schlimmen Monat. Ein jeder hat seine angenehmen und seine unangenehmen Seiten. Alle Monate sind eigentlich gut, wenn sie nur immer so bleiben wie bisher.« »Aber das ist nicht möglich, liebe Frau, Du wirst doch wohl nicht behaupten wollen, daß der Januar ebenso angenehm ist wie der Mai?« – »Ihr Lieben«, entgegnete die Alte, »wenn der Januar keinen Schnee hätte, brächte der Mai uns keine Blumen. Ich wiederhole es nochmals, alle Monate sind gleich gut, meinen besten Segen über jeden von ihnen.« Da sagten die Burschen zu ihr: »Hast Du nicht einen großen Sack bei Dir?« Die Alte gab ihnen ihren Sack, den sie mitgenommen hatte, um Reisig darin zu sammeln, und die Burschen füllten ihn ihr bis an den Rand mit Goldstücken. Die Alte dankte ihnen, nahm den Sack und kehrte vergnügt nach Füssen zurück. Sie lebte jetzt froh und frei von Nahrungssorgen und half auch ihrer Schwester, die ebenso arm war, wie sie selbst es früher gewesen war.

Die Schwester aber war böse und neidisch und gönnte der Alten ihren Wohlstand nicht. Auch hätte sie gar zu gerne gewußt, wo der plötzliche Reichtum der Schwester herkam. Deshalb quälte und bat sie die Alte unaufhörlich, es ihr doch zu sagen. Die wollte zunächst nichts verraten. Als die Schwester aber mit Bitten nicht nachließ und immer sagte: »Liebe Schwester, kannst Du mir denn nicht anvertrauen, woher Du das viele Geld hast«, da ließ sich die Frau endlich überreden, es ihr zu sagen.

Am nächsten Morgen aber stand die Schwester auf, nahm den größten Sack, den sie finden konnte und ging hinaus in den Wald, als wollte sie Reisig suchen. Sie ging aber geraden Weges zu dem Haus, wo die zwölf Burschen wohnten. Dort trat sie ein, grüßte und setzte sich.

»Woher kommst Du des Weges«, fragten die Burschen. »Ich bin gekommen, um Holz zu sammeln«, erklärte sie, »denn der Januar, dieser kalte und schlimme Monat ist gekommen. Wollte Gott, er wäre weggeblieben, denn jetzt muß ich mich wie eine Schnecke in mein Haus zurückziehen.« – »So, welcher Monat ist dir denn der liebste«, fragten die Burschen. »Keiner taugt etwas! Ich wüßte nicht einen, den ich loben könnte. Seht nur den eiskalten Februar an oder den launenhaften April oder den März, der uns mit seiner Kälte zwingt, alles zu verbrennen. Die anderen Monate sind hingegen nichts wie Feuer und Hitze!«

Da fragten die Burschen: »Hast Du vielleicht einen großen Sack mitgebracht?« – »Natürlich«, antwortete die Alte vergnügt. »Dann gib ihn her«, sagten die Burschen, nahmen den Sack und füllten ihn bis zum Rand mit Schlangen, Nattern und anderem solchen Ungetier. Sie banden ihn zu und sprachen: »Wenn Du zu Hause angekommen bist, schließe alle Türen und Fenster, dann öffne den Sack.«

Da nahm sie voll Freude den großen Sack über die Schultern, schloß sich zu Hause ein und öffnete ihn. Sofort stürzte das giftige Gewürm hervor, und zur Strafe für ihre Bosheit gegenüber den zwölf Monaten und ihr freches Geschwätz hätte es sie getötet, wenn die Alte nicht eilends entflohen wäre.

Das Neuschwansteinmärchen

Vor langer langer Zeit lebte nahe bei Schwangau auf einer Alm, die in der Nähe eines großen Bergwaldes lag, ein Senn mit seinem Weib und seinem Kind. Der Mann war riesenstark mit Haaren wie eine Mähne und einem schwarzen Bart, der ihm wie Flügel um Brust und Schultern flatterte. Seine Augen waren wild und immer voll Zornfunken, so daß die bleiche Mutter und das stille Kind fast nie aus dem Zittern herauskamen.

Und doch haben beide recht herzzerbrechend geweint, als sie eines Tages den Vater erschossen im Walde fanden. Sie begruben ihn unter der höchsten Eiche und beteten lange für seine so plötzlich abgeschiedene Seele. Dann kehrten sie traurig auf die Alm zurück. Doch Zeit und Arbeit lindern alles Leid, so ging es auch mit dem Kummer der beiden Verlassenen. Besonders bei der kleinen Regina bekam der angeborene Frohmut gar bald wieder die Oberhand, vor allem, als der Herbst in goldener Pracht ins Hochland gezogen kam und den Wald in ein Meer von Gelb, Rot und goldschimmernder Glut verwandelte. Mit fleißigen Händen hatten sie stundenlang Vorrat für den Winter in das Haus unter das Dach geschafft. Die Lieblingsbeschäftigung von Regina war es, während die Mutter am offenen Feuer die Suppe kochte, draußen auf die Eiche zu klettern, unter der ihr Vater begraben lag und sich dort zu schaukeln und zu wiegen und mit den Waldvögeln um die Wette zu singen. Es war ein lieblicher Anblick, wie sich dabei ihr Goldhaar in den Ruten und Ranken verfing und hinausflog in das rosige Abendrot.

So wurde es einmal Nacht, ohne daß das Kind es bemerkte. Es war mitten in seinem Gesang stiller geworden, war eingeschlafen und saß nun mit lächelndem Munde in den kräftigen Ästen des Eichenbaumes, während es der Mond mit seinen Silberstrahlen streichelte. Im Traum fing das liebe Dirndl leise zu singen an:

»Frau Eiche, Du bist mein,
groß bist Du, ich bin klein,
sag an, Frau Eiche, sag,
was bringt der neue Tag?«

Da ist ein Zittern durch den Baumwipfel gegangen, als ob die
Zweige das Mädchen wecken und wegschütteln wollten. Es ist
aber nicht erwacht. Unterdessen aber ereilte seine liebe Mutter ein
schlimmes Schicksal. Sie stand nämlich am Herde und schaute in
die züngelnden Flammen und dachte dabei wohl an die vergangenen Zeiten, sonst hätte sie nämlich bemerken und hören müssen, wie sich ein häßlicher, verwachsener Zwerg in Jägertracht mit
einer roten Feder auf dem Spitzhut durch die Türe schlich. Der
Unhold holte mit seinem Knüppel aus und versetzte ihr rücklings
einen furchtbaren Schlag auf den Kopf. Lautlos sank die Mutter
zusammen. Da schnürte er ihr einen Gürtel aus rotem Leder um
die Brust, zog ihn an, so daß es krachte, und huschte dann wieder
hinaus in den schwarzen Wald, ohne daß er Regina in den Zweigen der Eiche gesehen hätte. Sonst hätte er ihr nämlich gewiß auch
etwas zuleide getan. Der Unhold mit der roten Feder war einst der
Todfeind des Vaters. Die beiden waren in ihrer Jugend die besten
Freunde, die man sich nur vorstellen kann. Dann aber gerieten sie
in Streit, und plötzlich gab es keine grimmigeren Feinde, so daß
sie sich bis aufs Blut bekämpften. Einst suchte der Senn im tiefen
Wald Rettung, aber als ihn der Jäger fand, hob er sein Gewehr und
erschoß seinen Todfeind von hinten. Seine Rachsucht aber kannte keine Grenzen, und so wollte er auch die schuldlose Mutter be-
seitigen.
Ohne Argwohn schlief Regina weiterhin fest in den Zweigen der
Eiche und hörte es nicht, wie der Dackel Waldi mit Winseln und
Heulen um den Baum herumsprang. Sie schlief fort, bis in der
frühen Morgenstunde die Katze den Stamm hinaufkletterte und
ihr den Fuß blutig kratzte.
Da öffnete Regina ihre Augen und hörte, wie ein lautes Weinen

durch den Wald ging: Hirsch, Reh und Hase kamen herbei, klagten und hatten Tränen in den Augen. Auch die kleinen Waldvögel jammerten laut über Reginas leblos daliegende Mutter. Der sonst so murrige Bär trabte heran und legte die Mutter auf das Bett. Regina stand am Türpfosten. Ihre roten Bäckchen waren weiß wie Schnee geworden. Die Hände hatte sie auf die Brust gepreßt, als wollte sie es verhindern, daß ihr das Herz zersprang vor lauter Jammer und Schmerz. Doch sie konnte nicht weinen. Da rief ihr die alte schwarze Uhr zu:

»Regina, bist arm,
daß Gott sich erbarm!
Hast Tränen nicht!
Für der Mutter Gesicht?«

Doch das Mädchen konnte nicht weinen.
Da piepste das Rotkelchen, das einst der Lieblingsvogel der Mutter gewesen war:

»O weine doch, Regina mein,
damit erwacht die Mutter Dein!
Nur eine Träne lasse sehn,
dann wir die Mutter auferstehn.«

Doch Regina konnte nicht weinen. Es war, als ob ihr die Augen zugefroren wären. Erst in tiefer Nacht sank sie müde auf den Reisigbuschen vor dem Herd nieder und der Schlaf, der Tröster aller Verzweifelten, hüllte sie in seinen weichen Mantel. Und siehe, im Schlaf tropfte eine um die andere Träne zwischen ihren seidenweichen Wimpern hervor. Die blieben wie Perlen, die im Mondlicht aufschimmerten, auf den schneeweißen Wangen stehen. Aber sie fielen nicht auf die leblos daliegende Mutter, sondern flossen nur auf den Fußboden. Die Mutter erwachte nicht.

So war und blieb es Tage und Nächte. Der Winter zog ins Land, einer der schrecklichsten Winter, den der Schwangau je gesehen hatte. Der Wald lag fast vergraben in Schnee und Eis. Es entstand eine große Not. Ohne Nahrung und ohne Obdach standen Tausende von Tieren in der grausamen Kälte. Es gingen alle jene zugrunde, die mit wunden Füßen die Schneerinde nach Futter durchwühlten. Es starben alle, die mit lahmen Flügeln dem Reich des Todes entfliehen wollten. Am Leben blieb nur, wer die weiße Rauchsäule der Almhütte erblickte, in der Regina und ihre leblose Mutter hausten. Dahin kamen die Tiere, verhungert, blutend, zerschunden. Dort gab es für sie ein warmes Dach. Der Bär schleppte tagtäglich mit der Kraft von zehn Ochsen Äste und abgebrochene Stämme herbei, damit Feuer gemacht werden konnte. Regina backte Brot und es war Frieden, und alles, was sich ansonsten unter der Sonne auf Mord und Tod bekriegte, schlief jetzt still und verträglich beisammen.

In einer sternenklaren Nacht wurde Regina durch ein leises Klopfen geweckt. Draußen stand im knietiefen Schnee ein sehr seltsames Wild. Ein weißes Reh war es. Das trug eine silberne Krone auf den Hörnern und schaute mit bittenden Augen, die Menschenaugen glichen, zum Fenster herein, auf das Herdfeuer und auf die aus ihm hervorspringenden Funken. Eilig zog Regina den Riegel zurück und ließ das fast erfrorene Tier in die gemütliche Stube. Das Mädchen wunderte sich, welches Leben plötzlich in die anderen Hausbewohner kam, die zuvor noch ruhig ringsumher geschlafen hatten. Freudig umringten sie das Reh, schmiegten sich liebkosend an seinen zitternden Leib und leckten ihm die Eisnadeln aus dem schneeweißen Fell. Erst als Regina den seltsamen Gast in ihre eigene Schlafecke bettete und ihn mit dem Jägermantel des Vaters zudeckte, ließen die anderen Tiere von ihm ab, lagen aber die ganze Nacht mit offenen Augen da, um die beiden zu bewachen. In den ersten Morgenstunden lief das Mädchen zum Schuppen, um Holz für die Suppe zu holen. Da hörte sie die Eiche raunen:

>»Regina, meine Kleine,
hör zu, was ich meine:
Des weißen Rehleins Krone brich,
einen König erlöst Du sicherlich!«

Nachdenklich ging das Mädchen zurück und sah, wie inzwischen die Hand der Mutter aus dem Bett gesunken war und mit ihren Fingern das Krönlein umfing, so als ob sie es zerdrücken wollte. Da griff Regina nach der glitzernden Krone und drückte und drückte, obwohl ihr das rote Blut aus den zarten Fingern tropfte, und freudig spürte sie, daß die Hand der Mutter ihr dabei half, bis das Krönlein schließlich zerbrochen am Boden lag und sich in schwarze Kohlen und rußige Steine verwandelt hatte. Dafür aber sprang anstelle des weißen Rehes ein großgewachsener Mann auf, der wunderschön anzusehen war. »Du hast mich erlöst, Regina!« rief er und schloß das verwirrte Mädchen in seine Arme. »Ich danke dir! Und ich will Dich reich belohnen! Du bist mein, Du sollst meine Braut sein!«

Da verneigten sich die Tiere und huldigten ihrem Herrn, denn der Mann war niemand anderer als der König von Bayern selbst. Die böse Waldtrude hatte ihn mit Hilfe des häßlichen, verwachsenen Zwerges in der Jägertracht in ein herumirrendes Reh verzaubert, denn sie wollte, daß ihr allein die Herrschaft über alle bayerischen Wälder gehöre.

»Liebes Mädchen, Du hast den Bann gebrochen«, sprach der König. »Sieben Jahre und sieben Tage irre ich schon durch die Berge und Wälder von Bayern. An tausend Fenster habe ich geklopft, wurde aber überall nur verfolgt. Nirgendwo habe ich Reinheit, Liebe und Treue gefunden, bis ich in meiner letzten Not an diese Alm kam. Nur Du allein, Regina, hast mir das Leben neu geschenkt.« Der König öffnete alle Fenster, so daß das Licht golden hereinfiel. Er öffnete auch die Türe, da stand eine goldene Kutsche, vor die 38 Hirsche gespannt waren, und sie stand gerade unter dem Eichbaum neben dem Grab des Vaters. Auf dem Kutschbock saß Reineke, der Fuchs, in reicher Kleidung, und er schnalzte mit der Peitsche. Ein Dutzend weiße Hasen in scharlachroten Galaröcken hüpfte dienstbereit um den goldenen Wagen. Plötzlich war der ganze Wald wie verjüngt. Es kam ein feiner Wind auf weichen, warmen Frühlingsflügeln dahergeflogen.

Er brach das Eis und schmolz den Schnee. Die Bäche plätscherten froh, die Flüsse rauschten und die Tannen flüsterten. Und sogleich begannen auch alle Vögel zu singen. Schon hatte der König Regina in ihrem armseligen Rock in die Kutsche gesetzt. Die ungeduldigen Hirsche zogen an, denn Reineke Fuchs knallte übermütig mit der Peitsche. Im letzten Augenblick sprang das Mädchen auf und stürzte aus dem Wagen und hinein in die Hütte zur Mutter. »Wie könnte ich von hier wegfahren ohne Dich, liebe Mutter! Ich darf nicht! Und ich will nicht! Ich bleibe bei Dir, Mutter!«

Da bewegte sich wieder die Hand der Frau, und segnend lag sie auf dem Haupt ihres Kindes. Regina erhob sich und ließ sich schließlich vom Lager ihrer Mutter wegführen. Aber sie vergaß nicht, der großen Eiche ade zu sagen. Sie umfaßte den Stamm und sprach leise:

»Frau Eiche, Du bist mein,
die Mutter bleibt allein.
Beschütze Du sie mir
und bleibe stets bei ihr.«

Da zitterten wieder die Äste, und mitten im Winter fing die Eiche zu blühen an. Die Knospen schwollen, der Blütenstaub drang hervor, schwebte auf Regina hernieder und überschüttete sie mit einer goldenen Wolke, so daß sie nun dastand schöner als die schönste Prinzessin. Und die Zweige raunten:

»Sei ohne Sorge, liebes Kind,
die Mutter hütet Dir der Wind.
Du aber folge Deinem Glück,
in einem Jahr kehrst Du zurück.«

Im selben Augenblick fing der Wind zu wehen an. Die Eichen, die schwarzen Tannen und die Birken zogen ihre Wurzeln aus der Erde und alle Sträucher schlangen ihre dornigen, rankenden Arme ineinander. Sie umschlossen die kleine Almhütte und umschlangen das Häuschen, so daß es im Grün völlig vergraben war. Die Eiche des Vaters deckte die letzte Lücke vor der Türe zu. Auf die

335

Schwelle aber legte sich der Bär. Er hatte zuvor alles Feuer im Haus ausgelöscht, füllte mit seinem Körper die ganze Türe aus, deckte mit den Pranken seinen dicken Schädel zu, sprach kein Wort, sondern schaute nur mit dem linken Auge herum, als wollte er sagen: »Geht! Ich behüte alles, und wenn einer kommt, so bin ich da.« Nun begann die Fahrt ins Glück. Die Vögel hatten es dem ganzen Wald verkündigt, daß der erlöste König von Bayern mit seiner Retterin dem Schloß Neuschwanstein entgegenziehen würde. Da fing es durch den weiten Wald zu läuten und zu klingen an in zarten und tiefen Tönen, so als ob viele tausend Glocken von tausenden Kirchtürmen und Kapellchen durch die grünen Täler schallten. Der Wald begann zu knospen und zu blühen. Und mit Blüten überschneit, sprudelten Quellen und Bäche durch den Wald und durch die Wiesen. Je weiter sich der Zug fortbewegte, um so prächtiger wurde er. Alles, was fliegen, laufen, kriechen und krabbeln konnte, schloß sich an. Dazu kamen die königlichen Jäger mit ihren Meuten, die Bauern mit ihren Knechten und Mägden, die Holzfäller, Köhler und Waldschmiede. Alle wollten den König sehen und die Hand seiner Retterin küssen. So fuhren sie Stunde um Stunde, bis die Nacht ihren blauen Schleier ausbreitete.

Soeben kamen sie aus dem Wald. Da entfuhr Regina ein Freudenschrei und sie klatschte begeistert in die Hände. Im weiten, grünen Land erhob sich ein spitzer grauer Felsen. Auf seinem Gipfel thronte eine Burg. Schlank und zierlich stiegen die schneeweißen Mauern und spitzen Türme auf. Das goldene Dach aber schien in Wolken zu baden. Eben kam der Mond hinter den Wolken hervor. Da fing in tiefem Nachtblau das prächtige Königsschloß zu schimmern und zu strahlen an, so daß sich alle Augen geblendet schließen mußten.

»Schau nur, Regina! Unser Haus!« sagte der König und führte seine Braut den hellen Burgweg hinan. Das Schloß lag still wie das Grab. Keine Antwort kam, als der König den silbernen Klopfer an das Tor schlug. Voll Zorn nahm er einem Waldschmied den

Hammer aus der Hand. Mit dem ersten Schlag zersplitterte er das Torschloß, mit dem zweiten brachen die Angeln, mit dem dritten zerkrachten die Holzbohlen! Der Weg war frei.

Im Burghof aber stand ein häßlicher, verwachsener Zwerg in Jägertracht mit einer roten Feder auf dem Spitzhut. Es war der Mörder von Reginas Vater und der Unhold, der ihre Mutter verhext hatte. Seine Augen schossen grüne Blitze auf die Ankommenden, besonders auf das Mädchen aus der Almhütte. Am Brunnen aber lehnte die böse Waldtrude. Sie war aschfahl vor Wut, Zorn und Neid. Auf einen Wink des Königs wurden die beiden gebunden und in ein tiefes Verlies gebracht.

Regina schritt an der Hand des Königs hinauf in die leuchtenden Gemächer. Nachdem sie sich an all der Pracht müde geschaut hatte, erfreuten sie sich im Burghof am Gesang und Tanz der Berg- und Waldleute in der lauen Nacht.

Und so wie dieser schöne Tag vergingen auch die kommenden, bis fast wieder ein Jahr vergangen war. Regina war wirklich ins Glück gefahren. Und doch fehlte etwas an diesem großen Glück. Alle Abende, auch als sie schon die Gemahlin des Königs geworden war, stieg sie hinauf auf den Berg und suchte mit klopfendem Herzen den Platz, wo die Alm liegen mochte, in der ihre Mutter verzaubert schlief. Der König kannte ihren stillen Kummer und er begleitete sie deshalb mehrmals hinauf zur Almhütte. Aber jedesmal kehrten sie trauriger als zuvor zurück. Denn der Todeszauber war nicht zu lösen. Regina nämlich konnte immer noch nicht weinen. In der Alm aber wuchs das Grün schon zum Fenster hinaus und durch alle Ritzen herein, und über das Lager der Mutter rankten sich rote und blaue Glockenblumen. In diesen Blüten lag sie wie schlummernd. Ihr Gesicht wurde immer jünger, das Haar aber war schneeweiß geworden und wuchs in dicken Locken durch die Stube.

So war nun ein Jahr vergangen.

Da kam in das hohe Schloß Neuschwanstein das größte Glück. Es hatte ein rosiges Kind in die goldene Wiege gelegt. Als man es der jungen Mutter zeigte, als sie es in stiller Seligkeit ansah und ihren eigenen kirschroten Mund, ihr Goldhaar und die Schelmengrübchen im Kinn und in den Wangen ihres kleinen Töchterleins wiedererkannte, als sogar das liebe Wesen die blauen Guckaugen aufschlug und die Mutter anlachte, da begann diese erst still, dann laut zu weinen vor übergroßem Glück. Träne um Träne fing das lachende Kind auf mit seinen Fingern, durch die sie wie Goldperlen hindurchrollten. Und wieder klang das volle, wunderschöne Läuten durch den weiten Wald und klang hinauf bis zur Almhütte. Die Mutter fing an, leise zu atmen und zu lächeln. Zur gleichen Stunde trugen die schnellsten Rosse das Königspaar zur Almhütte hinauf. »Frau Eiche«, jauchzte Regina schon von weitem,

»Frau Eiche, Du darfst lachen,
die Mutter wird erwachen.
Ich kann der Mutter Leben,
mit meinen Tränen geben!«

Schon stürzte sie über den Bären hinweg, daß der erstaunt zur Seite kugelte. Zur Mutter hinein! Ihre Schultern umschlungen! Das Gesicht mit tausend Tränen benetzt unter tausend lieben Worten! – Da schlug die Frau die Augen auf – ein schwerer, tiefer Atemzug strömte aus ihrer Brust, so daß es ihr um das Mieder krachte und der rote Zaubergürtel zerrissen wie ein Spinnfaden zur Seite fiel. »Mutter!« »Herzliebes Kind!« Mehr sprachen die beiden nicht. Dann kam die Heimfahrt. Als sie im Schlosse ankamen, eilte die Mutter mit Regina die Treppe hinauf, um das liebe Enkelkind zu grüßen. Aber im Zimmer des Kindes bot sich ihnen ein schrecklicher Anblick.

Ein treuloser Diener hatte die Abwesenheit der Eltern dazu benützt, um die Gefangenen zu befreien. Aber anstatt zu fliehen, hatte das rachsüchtige Paar das Königskind gesucht, um es zu töten und dadurch dem verhaßten Königspaar das schwerste Leid zuzufügen. Während der häßliche, verwachsene Zwerg in seiner Jägertracht und der roten Feder auf dem Spitzhut die Türe bewachte, drang die Waldtrude in das Zimmer ein. Schon zückte die

Hexe den Dolch über der Kleinen, da sprangen zwei auf, die Tag und Nacht an der Wiege des Kindes wachten: Der Dackel Waldi und die kleine Katze. Reginas Haustiere von der Alm. Nun fuhr der Hund der Teufelin ans Bein und biß sie so, daß sie aufheulte. Unterdessen war ihr die Katze ins Gesicht gesprungen und hatte ihr mit zwei Hieben beide Augen ausgekratzt. Mit gräßlichem Geschrei taumelte die Blinde durch das Zimmer und hinauf auf den Schloßturm, wo sie dann mit einem Aufschrei in die Pöllatschlucht hinabstürzte. Dem teuflischen Jägerzwerg aber war die Katze im Hui und Flug im Gesicht. Der Dackel an der Kehle. Obwohl sich der Bösewicht heftig wehrte, der Hund verbiß sich so in seinem Hals, daß man ihn später mit Gewalt von dem Toten trennen mußte.

»Nun glaube ich«, sprach der König, indem er mit der Mutter und Regina, die ihr Kind nicht mehr aus den Armen ließ, in die Gemächer hinunterstieg, »nun glaube ich, ist unser Glück von Bestand.«

So war es auch.

Sie lebten noch viele, viele Jahre in treuer Liebe und herrschten gütig und gerecht. Alle Jahre aber, wenn die Bäume zu blühen begannen, zogen sie hinauf zur Almhütte, und wie einst das Kind sang Regina vor der Eiche, unter der ihr Vater begraben lag:

> »Frau Eiche, Du bist mein,
> groß bist Du, ich bin Dein.
> Ich halt das Glück in Händen,
> dies Märchen soll nie enden!«

Der Herr der Fliegen

Vor langer Zeit kam einmal der Teufel zu einem Schwaben und zechte mit ihmsolange, bis das Männlein ihm im Rausch seine Seele verschrieb. Seither lebte der Schwabe in Saus und Braus, und der Sparifankerl mußte ihm jeden Wunsch erfüllen. So stand es nämlich in dem Vertrag, den die beiden miteinander ausgehandelt hatten.

Als schließlich die Lebenszeit des Schwaben um war, hielt sich der Teufel lüstern in seiner Nähe auf, um die Seele zu packen, sobald der Mann gestorben war. An einem heißen Sommerabend war der Schwabe so schwach, daß er seine Lebenskraft langsam erlöschen fühlte. Entsetzt dachte er daran, daß ihn der Teufel nun gleich holen würde. Zu allem Überdruß plagten ihn auch noch die Mücken entsetzlich. Da hatte er eine Idee.

Der Schwabe erinnerte sich, daß man den Teufel den »Herrn der Fliegen« nannte, und so befahl er ihm: »Ich möchte bei meinem Tod vor den Mücken Ruhe haben. Deshalb habe ich einen letzten Wunsch: Du mußt mir alle Mücken fangen und dort aufs Dach setzen.«

Augenblicklich flitzte der Teufel schneller als jede Mücke durch die Luft und packte sie zu Hunderten mit seinen Pranken. Er setzte sie auf das Dach und brauste dann wieder durch die Luft, um die nächste Portion zu fangen. Aber unterdessen flogen die ersten wieder vom Dach auf. Immer schneller raste der Teufel durch den Mückenschwarm, immer rascher fing er die verdammten Insekten, aber auch die sirrten immer schneller herum. Schließlich ging dem Teufel fast die Luft aus, während er sich nach wie vor bemühte, alle Mücken in den Griff zu bekommen. Aber er erwischte sie nicht.

Schließlich schloß der Schwabe für immer seine Augen. Doch der Teufel hatte ihm noch nicht seinen letzten Wunsch erfüllt. Damit war der Schwabe mit dem »Herrn der Fliegen« quitt, und der mußte ohne dessen Seele zur Hölle hinabfahren. Außerdem hat er seit dieser Zeit den Namen »Herr der Fliegen« verloren, dafür erhielten die Mücken den Ehrentitel »Herren des Teufels«.

Der stolze Schwangauer Schwan

Einmal fand ein Schwan ein Bärenfell. Er hängte es sich um. Dann flog er fauchend durch die Gegend und erschreckte die anderen Tiere. Die fürchteten sich sehr und rannten davon. Nur der Fuchs blieb furchtlos sitzen. »Fürchtest du dich nicht?« fragte der Schwan mit verstellter Stimme. »Nein«, sagte der Fuchs frech, »denn ich sah deinen Schwanenhals aus dem Bärenfell herausgucken, und deine häßliche Stimme erkannte ich auch.«

Beleidigt zog der Schwan ab und beschloß, sich am Fuchs für diese Gemeinheit zu rächen. Er sollte noch vor Meister Petz das Zittern lernen.

Als einmal ein Bär krank war, besuchten ihn alle Tiere und wünschten ihm gute Besserung. Auch der Schwan kam, nur der Fuchs nicht. Da sagte der Schwan zum Bären: »Der Fuchs kommt nicht zur dir, weil es ihm gleichgültig ist, ob du gesund oder krank bist. Vielleicht wünscht er sogar, daß du stirbst.«

Da wurde der Bär zornig und ließ den Fuchs herbeischleppen, um ihn zu bestrafen. Der schlaue Fuchs jammerte: »Ach, Gevatter Bär, du tust mir unrecht. Kaum hatte ich erfahren, daß du krank bist, ging ich zu einem Kräuterweiblein. Ich bat es, mir ein gutes Heilmittel für dich zu verraten. Das ist auch der Grund, warum ich nicht gleich zu dir kam.«

Da fragte der Bär neugierig: »Nun, welches Heilmittel hat dir die Frau denn verraten?« Der Fuchs flüsterte geheimnisvoll: »Sie sagte, du solltest dem Schwan die Federn ausreißen und dich warm in sie einwickeln.«

Sofort ließ der Bär dem sich wehrenden Schwan die Federn ausreißen und wärmte sich in ihnen, bis er wieder gesund war. Erst dann gab er dem Schwan sein Gefieder zurück.

Der Schwan beschloß nun, sich am Bären zu rächen. Als dieser alt und schwach war und sterbenskrank am Boden lag, kam der

Schwan herangewatschelt. Der Bär seufzte: »Das auch noch! Nun sterbe ich dreimal!« »Richtig!« rief der Schwan und ging auf ihn los. Mit dem Schnabel versetzte er ihm den ersten Schlag. »Der ist für den Spott des Fuchses, als ich einmal das Bärenfell trug. Der zweite Hieb ist für die Lüge des Fuchses, die mich ins Unglück stürzte. Und der dritte Stoß ist dafür, daß du mir meine Federn ausreißen ließest.« Dann rief der Schwan triumphierend: »Wer zuletzt lacht, lacht am besten!« »Ja!« brüllte da der Bär, fiel mit letzter Kraft über den Schwan her und verschlang ihn mit Haut und Federn. Diese Geschichte vom Schwan erzählte man sich noch lange und nannte die Gegend, wo sie sich zugetragen hatte, Schwangau.

Das Oberammergauer Mundartmärchen

Es waren einmal drei brave Burschen: ein Schreiner, ein Schuster und ein Holzschneider. Die hatten alle Zeit in dem bayerischen Dörfchen Oberammergau gesessen und fleißig gearbeitet. Mit einem Mal aber stach sie der Haber, so daß es ihnen in ihrer Heimat nicht mehr gefiel und sie hinaus wollten, um sich die große Welt anzuschauen. Das hatte aber einen bösen Haken: Sie sprachen alle drei nur bayrisch. Und da würden sie ja wohl da draußen, vor allem in Norddeutschland, umherlaufen müssen wie die Stummen, und kein Mensch würde sie verstehen.

Es hatte aber jeder von den dreien einmal irgendwo einen hochdeutschen Spruch aufgeschnappt und als Leibspruch angenommen, den sie nun bei jeder Gelegenheit, ob er nun paßte oder nicht, als gebildete Leute von sich gaben. So sagte der Schreiner gern mit hochgezogenen Augenbrauen: »Wie man's treibt, so geht's!« Und der Schuster meinte allemal: »Einmal ist keinmal!« Während der Schneider sich mit dem Spruch brüstete: »Freut Euch des Lebens!« Nun meinten die drei, mit diesen Sprüchen ausgerüstet, würden sie schließlich wohl eine Strecke weit nach Norddeutschland hinaufkommen, und so machten sie sich denn getrost auf den Weg.

Sie waren schon viele Wochen ohne Schwierigkeiten gewandert und kamen bald in eine freundliche Stadt namens Hamburg. Nur ein Wald trennte sie noch von der Stadt, und sie beeilten sich, diese noch vor Anbruch der Nacht zu erreichen. Kaum aber waren sie eine Strecke weit gekommen, als sie entgeistert stehenblieben, denn an dem dürren Ast einer alten Eiche hing lang, starr und stumm ein Gehängter. Ehe sie aber noch die offenen Mäuler wieder zumachen konnten, erscholl Pferdegetrappel, und ein Polizist sprang mit gezogenem Säbel auf sie zu und schrie: »Halt! Diebe! Mörder! Da hätten wir Euch!«

Jetzt wurde es den drei guten Burschen denn doch zu arg. Der Schreiner warf sich in die Brust und sagte mit Bedeutung: »Wie man's treibt, so geht's!« Und der Schuster fügte hinzu: »Einmal ist keinmal!« Während der Holzschneider mit klapperndem Gebein krähte: »Freut Euch des Lebens!«

»Ich werd' Euch was: Freut Euch des Lebens, Gesindel!« schrie erbost der Polizist, »wollt Ihr gar noch eine hohe Obrigkeit verhöhnen? Das soll Euch schlecht bekommen!« Und ehe sie sich recht versahen, waren sie gebunden, nach Hamburg hineingetrieben und dort ins Gefängnis geworfen.

Da saßen nun die armen Kerle in einem feuchten, finsteren Loch und wußten nicht, wie ihnen geschehen war, und seufzten abwechselnd: »Pfiade Gott, die Sach steht schlecht um uns!« Und sie verwünschten ihren hochdeutschen Schnack. Zum Glück fiel dem Schuster ein, daß er wenigstens einen Tröster bei sich hatte, sein Pfeifchen, das er denn auch sofort hervorholte.

Als er nun im Dunkeln das Zündhölzchen gerade an der rechten Hosenbacke seiner Ledernen anreiben will, wird es ihm plötzlich ganz vorsichtig aus der Hand genommen, und vor den drei verdutzten Burschen steht ein kleines, feines Fräulein in einem Kleidl aus roten Mohnblättern, über und über besetzt mit funkelnden Leuchtkäfern.

Nun muß man dazu wissen, daß in dem Unglückswald vor der Stadt Hamburg ein Elfenvölkchen wohnte, das sich jederzeit der Armen und Dummen, die unverschuldet ins Unglück geraten waren, freundlich annahm. Sie hatten nämlich selber einmal eine traurige Erfahrung gemacht. Und das ging so zu:
Auf ihr großes Bitten hatte ihnen der alte, weise Elfenkönig erlaubt, sich dort im Wäldchen ein Schloß zu bauen, unter der Bedingung, daß sie es in einer Nacht fertigbrächten. Das würde ihnen nicht schwer fallen, meinten die Elfen und machten sich sogleich darüber her. Es sollte ein wunderschönes Schlößchen werden, und weil viele hundert Elfen an die Arbeit gingen, so waren schon in den ersten Nachtstunden die Gewölbe fertig. Da aber

stieg der Mond herauf und leuchtete über die Tannen und glitt über den grünen Moosteppich hin, und die Grillen wachten davon auf und wetzten ihre Beinchen und fingen an zu geigen, so wunderschön und so lockend, daß die Elfen ihre Arbeit liegen ließen und nichts anderes mochten, als auf dem weichen Moosteppich im silbernen Mondlicht zu tanzen und zu springen, die ganze Nacht hindurch. Und als der Hahn krähte und alles heimeilte, da war das Schlößchen nicht fertig und die Elfen mußten wieder vorliebnehmen mit den bescheidenen Quartieren beim Pilz oder in der alten Eiche. Das Gewölbe aber steht noch bis zum heutigen Tag. Manchmal finden es die Kinder beim Beerensuchen und gucken neugierig in das verfallene Gemäuer. Da liegen zusammengeringelt kleine, schwarze Schlangen mit goldenen Krönchen auf den Köpfen und schlafen.

Von diesen Elfen also wird es wohl eine gewesen sein, die nun plötzlich vor den drei Burschen stand und dem Schuster das Zündhölzchen aus der Hand genommen hatte. Sie nickte freundlich, wandte sich zu der Türe des Gefängnisses und zeichnete mit dem Hölzchen flink und fest ein kleines Roß auf den dunklen Balken. Das leuchtete, glühte, bekam Leben und stand unversehens als ein leibhaftiges, feuriges Tier vor ihnen. Leicht wie ein Blütenblatt flog die Elfe vorn auf den Hals und winkte den drei Burschen. Die schwangen sich mit einiger Mühe gleichfalls auf das seltsame Reittier, wobei der Holzschneider nur grade noch mit Mühe am Schwanz Platz fand und – tatata, tripptrapp, tatata, tripptrapp, ging's hinaus, daß die Funken nur so stoben.

Nicht lange aber, da hörte das Getrappel auf, denn das feurige Roß stieg plötzlich wie ein seltsamer Vogel steil in die Lüfte. Noch blinkten die Kupferdächer Hamburgs aus der Tiefe herauf, dann verschwanden auch sie, und die vier sausten durch die stockdunkle Nacht, daß ihnen Hören und Sehen verging.

Wie lange, das wußte keiner zu sagen. Endlich aber begann an einer Stelle das Dunkel sich langsam zu lichten und zu röten, und die drei wagten wieder einen Blick unter sich zu werfen. Um Him-

melswillen! Da wallte und wogte es in der Tiefe blau und gefährlich, das war ja wohl gar – das Meer?! Nun standen den vier Älp-
lern die Haare zu Berge, und sie klammerten sich verzweifelt an
das Flugroß. Doch das schnoberte unruhig in die Luft, und im
Augenblick, da aus dem rosigen Schimmer der erste goldige Sonnenstrahl aufzuckte, gab es einen kleinen Ton: Ping! Wie wenn
eine Seifenblase zerplatzt, und das Roß samt dem Feenfräulein
waren dahin.

Die drei Burschen stürzten – hastdunichtgesehen – kopfüber hinunter. Der Holzschneider zeterte noch im Fallen: »Freut Euch des
Lebens!« Der Schreiner schrie: »Wie man's treibt, so geht's!« Und
der Schuster stöhnte: »Einmal ist keinmal!«.

Dann saßen alle drei in einem blühenden, wogenden Kornfeld,
das ihnen mit seinen goldenen Ähren um die Nase strich. Von
Ferne winkten ein paar Kirchtürme gar wohlbekannt und vertraut.
Da hoben die drei Burschen ihre Beine und schritten schweigend
ihrem guten, alten Heimatdorf Oberammergau zu, setzten sich
jeder wieder an die Arbeit in seine Werkstatt und redeten von
Stund an nur noch so, wie ihnen der Schnabel gewachsen war,
nämlich bayrisch.

Literatur

Grimm, Jacob und Wilhelm: Kinder- und Hausmärchen 3 Bde. Berlin 1812-22

Grimm, Jacob und Wilhelm: Deutsche Sagen, 2 Bde. Berlin 1816 und 1818

Maurer, Konrad: Die bayerischen Volkssagen, München 1860

Meier, Ernst: Deutsche Volksmärchen aus Schwaben, Stuttgart 1863

Panzer, Friedrich: Bayerische Sagen und Bräuche – Beitrag zur deutschen Mythologie, 2 Bde. München 1848/1855

Pocci, Franz von: Märchen, Lieder und lustige Komödien, München 1906

Priem, Johann: Nürnberger Sagen und Geschichten, Nürnberg 1872

Schöppner, Alexander: Sagenbuch der Bayerischen Lande: Aus dem Munde des Volkes, der Chronik und der Dichter, 3 Bde. München 1874

Sutermeister, Otto: Kinder- und Hausmärchen aus der Schweiz, Aarau 1873

Vernaleken, Theodor: Alpenmärchen, Wien 1863

Wolf, Johann Wilhelm: Deutsche Hausmärchen, Göttingen-Leipzig 1851

Zingerle, Ignaz und Joseph: Kinder- und Hausmärchen aus Süddeutschland, Regensburg 1854

Inhalt

Alfons Schweiggert

Schattenkönig

Otto, der Bruder König Ludwig II. von Bayern.
Ein Lebensbild.
160 Seiten mit zahlreichen Abbildungen. Geb.
ISBN 3-431-03192-7.

Die erste biographische Darstellung über den kranken
Bruder des bayerischen Märchenkönigs.

Georg Lohmeier

Liberalitas Bavariae

Von der guten und weniger guten alten Zeit in Bayern.
408 Seiten. Geb.
ISBN 3-431-02696-6.

Kenntnisreiche und gescheite Anmerkungen zur
bayerischen Geschichte.

Bayrisches für Christenmenschen

2. Auflage. 240 Seiten. Geb.
ISBN 3-431-02665-6.

„Am gesündesten lebt man nach dem Kirchenjahr und
feiert die Heiligen, wie sie fallen." *Georg Lohmeier*

Königlich Bayerisches Amtsgericht

Alle Verhandlungen in einem Band.
7. Auflage. 528 Seiten. Geb.
ISBN 3-431-01948-X.

„Nur ein Schlitzohr wie Georg Lohmeier ist imstande,
das Komödiantische, das in den Tiefen der bayerischen
Seele ruht, ans Tageslicht zu bringen." *Bayerischer Rundfunk*

Ehrenwirth Verlag München